本书系如下项目的阶段性研究成果

1. 2012年国家社科基金（文化类）重大攻关项目：
“文明、文化与建构和谐世界研究”（批准号：12&ZD010）；

2. 2012年教育部人文社会科学研究一般项目：
审丑的生成与转换机制研究——以外国文学中的审丑现象为例（批准号：12YJA751083）；

3. 2011年山东省社会科学规划研究项目：
“托尔斯泰与张炜比较研究”（批准号：11CWXZ11）。

列夫·托尔斯泰的大地崇拜情结及其危机

张中锋 / 著

Lev Tolstoy's earth worship complex and its crisis

山东人民出版社
国家一级出版社 全国百佳图书出版单位

北斗辉耀　群星灿烂

——序《列夫·托尔斯泰的大地崇拜情结及其危机》

雷成德

一

捧读张中锋的《列夫·托尔斯泰的大地崇拜情结及其危机》，一个别开生面、新颖别致的研究视角，引人兴趣横生，流连忘返，乐在阅读的享受之中。

列夫·尼古拉耶维奇·托尔斯泰（1828－1910）是19世纪俄罗斯的文学大师，世界文坛的顶峰，一百多年来，盛誉不衰，至今仍受到全世界读者的喜爱，拥有亿万粉丝。研究，评论，鉴赏其创作、思想、信仰、社会活动及生平传记的学术专著成千上万，林林葱葱，如茂密的森林，不一而足。这些专著各有其独特的视角，超凡见识，久已为读者所接受。要想从中走出一条新路，实非易事。张中锋钩沉史籍，深读原作，独辟蹊径，脱颖而出，写成这部《列夫·托尔斯泰的大地崇拜情结及其危机》，不仅超越了传统规范，而且为托尔斯泰研究献上了新的成果，填补了学界一大空白。

什么是“大地崇拜情结”？张中锋的解释是：“俄罗斯那广袤无垠的土地不但给作家提供着丰富的物质资源，也提供着丰富的精神资源，这里的精神资源不但包括风俗人情、伦理道德、行为规范，还应包括人的情感寄托和终极关怀，因而大地崇拜中的‘大地’不再是物质上或物理意义上的‘土地’，而是具有了形而上色彩的理想世界。总的来看，托尔斯泰对大地崇拜的主要内涵是人对自然的原始崇拜。”（见《导论》）美国学者蕾切尔·卡森也说：“那些感受大地之美的人，能从中获得生命的力量，直至一生。”托尔斯泰正是一位从大地获得生命力量的人。张中锋从其对大地的崇拜情结中切入，可谓深得其妙，准确而完美。

托尔斯泰以这一情结始终关照着他的全部生活和创作，宛如一根主线穿透其中，因此牢牢地抓住这根主线，便能清澈透亮地展示托尔斯泰那丰富无比的思想和创作的内蕴，便能鞭辟入里地阐发其思想和创作深度。真可谓北斗辉耀，群星璀璨，美丽而诱人的艺术天空就此展现出来。张中锋的这番功力与探究，必然收获至丰至大。

二

本着托尔斯泰大地崇拜情结，辅之以诗意的审美方法，张中锋以长篇小说《战争与和平》为对象，淋漓尽致地阐发了这一新颖的分析方法，他的选项是正确而合乎时宜的。

《战争与和平》是一部震撼世界文坛的史诗，长期以来，学者囿于小说结构宏伟、场面广阔、人物众多、情节复杂等纯文学元素，而并未触及小说中表现出的“大地”情结，其分析评述不免流于表层。张中锋把这些皆置一旁，从托尔斯泰崇拜大地情结切入，开辟了品味与研究这部长篇的新路径。

从“大地”崇拜情结看，《战争与和平》的的确确是一部对生命、生活、青春、激情、幻想与幸福的颂歌。托尔斯泰热情澎湃，对生活现实与前景乐观，因而对人的生命力，尤其是对年轻人的生活前景，充满着高度的珍视和深沉的期待，不仅如此，他对社会现实亦持有信心和希望。不论是惨烈悲壮的战场厮杀，还是和平生活的狩猎；不论是宫廷舞会的喧嚣，还是山野庄园婴儿出生的第一声啼哭；不论是年轻人充满欢笑与友谊的聚会，还是窃窃私语的闺蜜亲情……都给人以生活与生命力蓬勃流动的感人力量，这正是大地赐予托尔斯泰的大地崇拜情结。

托尔斯泰在《生活之路》里说：“人的生活本可以获得无限幸福。”长篇小说里的皮埃尔、安德烈、尼·罗斯托夫、娜塔莎、玛丽以及海伦等，都以各自不同的兴趣、情感和生活方式追寻自己的幸福。皮埃尔和安德烈的友情，他们炽热的心，以及赴汤蹈火的献身精神；娜塔莎活泼天真，聪明灵巧，热情澎湃，在爱情的探索中勇敢面对迷误；玛丽和尼·罗斯托夫的归宿中，透示出年轻人对终极目标的执着与坚定；海伦破坏了人伦的职责与本性，错把风骚当风流……他们身上都洋溢着青春气息，张扬着对生活的爱。即使枝繁叶茂根深冠大的老橡树，爽朗明澈引发少女游思的月光，乃至于纯净空旷朗朗深邃的天空……也都有启迪人们，尤其是年轻人珍惜生命、热爱生活、激励奋进的魅力。这一切都是托尔斯泰对大地崇拜情结的艺术体现。

张中锋在分析《战争与和平》时，首先抓住了小说里显示出的生活真相和人身上蕴蓄的至美品质。长篇小说里浓郁、质朴而厚重的生活气息遮蔽着整个作品，使每个形象、场景、事件和矛盾冲突浸润着爱和昂扬的正能量。这样的作品显然是由托尔斯泰本人对大地崇拜的情结生发而来的。

长篇小说里不仅有生活的正能量，理性的崇高与乐观，也有生活中的非理性展示。张中锋认为非理性也是一种常见的真实，也是生活本质的有力展示。尽管非理性，人们还不承认其合法性，认为它是一种神秘的事物。张中锋廓清了这些迷雾，公正而合理地承认了非理性的神秘性及其存在。这是一个大胆的发掘，把长期被忽视的艺术表现中的非理性呈现出来。例如，《战争与和平》里所写的玛丽在父亲老包尔康斯基濒死床前的纠结心态，十分真实，目睹老人为病痛折磨的表情，内心渴望老父亲快点死掉，即使老人免受痛苦，又使亲人从沉重的感情压抑下获释，自己即将获得自由的一闪念及其所带来的快感，这似乎是神秘的，不合乎人性之常，绝非理性可支使。但这是绝真的，确实神秘，只有玛丽本人所知。然而她却无法公开说明。非理性常和感情隐私纠缠，只是一时突然冲动，虽不合理，却确实存在。其实在生活中的非理性也同样是常见的感情表现。从绝对意义上说，美就是非理性的，人们对自然或其他对象获得美感，并不一定受理性支配。审美活动中并不排斥理性，但也绝不能说，所有的审美活动都是受理性制约的。审美常常是独立的情感活动，具有一定的神秘性。张中锋认为《战争与和平》的非理性是合理而真切的，这一次勇敢的探索，是十分有益的关于艺术美的突破。

托尔斯泰是位艺术实践经验极其丰富的大作家，也是艺术思维十分活跃的大艺术家，在艺术创作中首先重视与构建的是艺术画面，直接感受生活事件的感触，引发灵感，从而构思作品情节。由此可见，其艺术思维未必一开始就受理性支配或制约，因而在艺术画面里理性和非理性交叉呈现，相互补充。

从人物造型中探索非理性神秘性，这是张中锋的一次冒险实践。他敢于提出惊世骇俗的新意，一反传统的纰漏和偏见。这其实是符合艺术实践和艺术规律的，是提高艺术质量，使艺术本质的能量从理性，也许是从抽象干瘪枯燥的概念中解放出来。作为年轻学者，张中锋深悉艺术的本质，提出一系列令人折服的见解。因此，托尔斯泰幻化出的长篇史诗《战争与和平》使大地崇拜情结表现得最为充实、有力和成熟，是托尔斯泰取得至高艺术成就的秘密所在。张中锋的发掘与论述也十分成功。

三

随着托尔斯泰创作的发展与思想的嬗变，他的大地崇拜情结也发生变化，与逐渐形成，并在作品不断表现出的趋向成熟与体系化的托尔斯泰主义相辅相成，此消彼长，道德自我完善的道德说教势不可挡地冲击着对大地的崇拜情结，削弱了在作品中的表现力量，这确是托尔斯泰的创作实际。张中锋观察到这种变化，并以《安娜·卡列尼娜》的研究与评论为契机，划分出托尔斯泰创作前期与中期的巨大分野。

尽管托尔斯泰的道德主义有一个形成过程，远在《童年》中就有萌芽，然而大量涌现并呈强势却是在《战争与和平》及其以后的作品中，直到逝世前夕，紧张而匆忙地编撰成他的绝笔《生活之路》，完全定型。托尔斯泰主义的逐渐强化，削弱甚至损害了他的大地崇拜情结。

出于大地崇拜情结，托尔斯泰在《安娜·卡列尼娜》里尽情地讴歌安娜渴望爱情的诉求，把爱情和生命视为一体。爱情不仅支撑一个人合理的感情生活，而且也是丰富一个人全部生活必不可少的因素。托尔斯泰全力支持和肯定安娜的追求，而且还把她推向社会生活的顶端，成为俯视生活、鉴定生活、预示生活前景的积极力量和崇高权威，使她公开对抗腐朽的上流社会，争取母权和人权。

然而，当安娜站在这个高度，在剧院对抗虚伪残酷的上流社会时，在孩子谢辽沙的生日，勇敢地前去探望，她争取人权和母权的坚决态度却使托尔斯泰震惊。安娜的行为不符合托尔斯泰主义的道德规范，且突破了它，从此对安娜形象的刻化逐渐涂上了否定的色彩。托尔斯泰渴望的是乐天知命，以忍受、谅解、宽恕对方，然而对生命的爱惜，对爱情的珍视，对生活尊严的维护产生了如此激烈的行为，这是他不愿意期待和看到的。正是从这里，托尔斯泰把列文——基蒂的情节线索放大了，以与安娜相对照。

尽管托尔斯泰不喜欢后来的安娜了，谴责她不尽贤妻良母的职责，采取一些庸俗的手法维护爱情等，但作者始终没有把安娜推向放荡女子的行列，仍然坚持维护安娜的自尊与独立的生活态度，只是不愿意再度激烈地对抗社会。然而情节的演变，终于逼她自杀，完成了她悲壮一生的追求。

列文和基蒂同样也是追求真挚的爱情，渴望幸福，然而却与安娜的态度完全不同。这两条线索，双水分流，各自独立，平行展开，互不干扰。当时小说发表后，批评家理论家都未认识到两条线索相互关联的基础，认为作品的名称不能概括内容，两条线索相互割裂，很不和谐。莫斯科大学著名教授拉契斯基致信托尔斯泰，指责两条情节线索的断裂，托尔斯泰复信称，他的作品最值得骄傲之处，便是“拱桥的接合处不为人们所发现”（1878 年 1 月 27 日托尔斯泰给拉契斯基的信《托尔斯泰全集》俄文版，第 62 卷，第 377 页）。自此以后，虽无人批评《安娜·卡列尼娜》两条线索的断裂和树立，然多从作品表面情节上找寻二者的接合处，这似乎并不符合托尔斯泰所说的“不为人们所发现”的说法。

张中锋在这方面，遵循托尔斯泰的自述，做了有益而实在的探索，突破和超越了前人的迷误。他合乎逻辑，而又有说服力地解决了《安娜·卡列尼娜》双水并流的结构问题。他用托尔斯泰对大地崇拜情结解决了这个久悬的疑难。安娜热烈追求生活与惨烈的死都是生活本真的写照，而列文所经受的感情苦旅与焦虑也都是时代动荡造成的必然反映。安娜与列文在同时代生活，他们都渴望个人幸福的满足，这是大地为他们提供的契合点。安娜的热情与列文的伤感是同一树枝上的两朵花，有着鲜明的正反典型意义。再说，安娜在第七部自杀，退出了情节，而列文在第八部单独活动，构成单一线索，仿佛为安娜的出路做出回应，可贵的生命不应自戕，这又是大地崇拜情结的鲜明表示。人生的出路不必走上绝路，珍惜生命，呼唤人们认真对待生命，尽管托尔斯泰做出的提示不正确，但生活并不绝望，这仍是对人的珍贵的期待。还有托尔斯泰说的其小说的“接合处不为人们所发现”与张中锋的论点颇相吻合一致。归根结底，平行发展的情节线索，正是大地崇拜情结互相呼应的必然结果。就这一点来说，张中锋对《安娜·卡列尼娜》的研究，做出了超越式的新成绩。

至于说《复活》是大地崇拜情结的褪色之作，反映出作者思想危机，因而其思想与艺术成就为三部长篇中最差的。这是张中锋试图改变时俗的革新结论，足以显示他的锐气，很值得学界进一步思考。危机存在但并不妨碍崇拜大地。

《复活》是托尔斯泰晚期创作最重要的艺术成果，小说中的两位主人公，一个是贵族青年聂赫留朵夫，一个是农奴姑娘玛丝洛娃，他们错误的相恋，造成了两个人“复活”，也就是从荒唐与苦难的人生中，寻获到托尔斯泰式的终极目标，赎罪与自我拯救成了他们良心复活、各就各位、和谐共处的主要归宿，的确包含着自我完善的伪道德主义，但其中也有强烈鲜明、厚重质朴的对大地的崇拜情结。不然托尔斯泰对社会、宗教、法律、政治、土地私有制等诸多重大问题发出的愤怒抗议，激烈批判，尖锐讽刺和坚决否定的无畏精神，以及为人民仗义执言的勇气，就无法说明。

托尔斯泰的创作宛如峰峦叠嶂、巍峨挺拔、雄伟庄严、逶迤绵亘的高山峻岭，三大名著《战争与和平》《安娜·卡列尼娜》《复活》等是其傲视群小的主峰，还有大大小小的中短篇小说、剧作、论著、故事、艺术论文等围绕。张中锋紧紧抓住三大名著辨析论证，其实还用了大量精力，寻求大地崇拜情结在各类作品中碎片化的反映，以便理出一条明朗的线索，现出托尔斯泰大地崇拜情结与道德说教都有发生、发展、形成主线的过程。这既有助于说明三大名著思想与艺术成熟的过程，也勾划出整体思想与艺术的风貌。

从早期的处女作《童年》到《哈吉·穆拉特》，包括《家庭幸福》《三死》《伊凡·伊里奇之死》《哥萨克》《舞会之后》《克莱采奏鸣曲》，以及《主人和雇工》等，把这些作品中的大地情结与道德主义碎片连成一线，既可为三大名著作思想与艺术的注脚，也可以发现张中锋在剖析与评述中的许多新颖见解，如对《三死》与《伊凡·伊里奇之死》里死亡意识的解析，对《哈吉·穆拉特》富有特色的精辟分析，都是极有价值的。

四

托尔斯泰的大地崇拜情结具有深厚的文化背景，既有俄罗斯本土的文化心态，也有欧洲社会思潮与先进的人文景观的哺育。托尔斯泰早年就把卢梭作为自己的偶像，卢梭的民主自由，崇拜自然的思想开放开启了他的思想启蒙。然而毕竟托尔斯泰生活与创作在19世纪，他顺应了时代，卢梭并未拖住他前进的脚步。他吸收了康德、叔本华、尼采诸人思想中有益的部分，拒绝了唯意志论、悲观论、放纵个人情欲等不道德的内容。尽管现代主义文学以这些西方思想家的思想作为其意识形态的圭臬，但是托尔斯泰却并非如此，不仅不膜拜现代文学潮流中时髦的新货色，还斥之为颓废主义。托尔斯泰信仰的是人民，奉人民为导师，他认为宇宙之中存在着永恒的绝对理念，绝对精神，大地上的万事万物都受其支配。这种哲学观念，使托尔斯泰始终敬畏客观现实，重视和珍惜大地上的一切生命，以此为基础，他对大地的崇拜情结牢固而永恒。受此制约与指导，他始终把艺术的源泉归之现实生活，始终重视和珍惜现实生活中最富活力的人，尤其是千百万农民，始终是他关怀和热爱的服务对象。他从现实生活中觅寻题材，构思作品，结构情节，创造人物形象。正因为如此，他和现代派文学的现代性无涉，尽管不排除艺术手法的借鉴。

张中锋认为托尔斯泰创作中也有相近似的艺术手法。例如托尔斯泰善于展示人物心理活动过程，似乎与意识流相近似，这种看法也只是表层的。其实，他和现代派的意识流绝然不同。现代派的意识流具有主观性的任性，可以超越时空，脱离具体情节，而托尔斯泰的心理活动过程的展示，如车尔尼雪夫斯基所说的“心灵辩证法”，依据人物所处的“情势”与人物自身的情致，必然导致的心理反应。托尔斯泰始终坚持现实主义，不断丰富与创新自己的艺术创作手法。学界也有人从托尔斯泰作品中寻找与现代派文学相近的艺术手法的蛛丝马迹。当代作家韩少功在评述瑞典作家谢尔·埃斯普马克的《失忆的年代》时说：“经过这一些暗布全书的双重转换，细节、情感、氛围、形象、幻想、诗情等元素终于得到释放。托尔斯泰居然附体于卡夫卡的诡异和飘忽，或者说卡夫卡客串了托尔斯泰的广博和深厚。”（韩少功：《灵魂拼图的七巧板》文汇报，2015年6月8日，笔会版）这只是一种幻影式的推想，未必是托尔斯泰与现代派手法勾连的具体例证。

现实主义是一种外延与内含都很广泛的概念，历史渊源既深且长。中外文学史上，从古及今都有现实主义发展与演变的脉络存在。19世纪批判现实主义文学达到高峰，创造了无比辉煌的文学业绩，英国、法国、俄罗斯、德国、美国等成就尤为显赫，而托尔斯泰便是其中的翘楚。

长期以来，一直公认托尔斯泰是批判现实主义文学大师，其作品自然是批判现实主义文学的至高典范。这评价合理而客观，然而有嫌笼统，未能反映出托尔斯泰不断探索和实践的复杂而漫长的创作实际。尽管现实主义可以统率世界文学，但现实主义也有各种分支和流派，各种风格迥异的作品，如此才符合文学园地百花盛开的美景。如同为现实主义作家，马尔克斯的文风为魔幻现实主义，而秘鲁的马里奥·巴尔加斯·略萨却是结构现实主义，两个人同为南美的文学大师，同为诺贝尔文学奖得主，文风却大为不同。

托尔斯泰创作历时六十余年，漫长而复杂，他不流于俗，不盲目从俗，而又不保残守缺，以他不断的探索和实践寻找新的突破。六十年，其创作风格与文风的变化自在意料中，不能用一顶批判现实主义帽子“盖棺论定”。可是这个问题，竟然在如此漫长的历史中，无人提出质疑，加以改革。张中锋率先打破陈腐的学术沉默，提出了新的看法，这又是一次不寻常的突破。

在张中锋的专著中，他把托尔斯泰的现实主义区分为三种：一是自然主义现实主义，以《战争与和平》为例；二是心理主义现实主义，以《伊凡·伊里奇之死》为例；三是古典主义现实主义，以《复活》为例。这三种现实主义区分出前期、中期和晚期不同的创作风貌及其特点，概括出托尔斯泰创作发展的实际情况。

现实主义一直是托尔斯泰遵循的创作方法。自然主义现实主义“至真”“至美”及“至善”的高度融合，严格区别于西欧的自然主义思潮。西欧的自然主义追求细节的真实，而不求本真，至真，典型化的真；只求主观的真，而不求防止客观效果的危害性。托尔斯泰的自然主义反其道而为之。

至于心理现实主义着重在托尔斯泰展示人物心理的流程，追究人物的行为、态度、活动、对话等的心理基因。托尔斯泰擅长此类写法，主要是自己本身的生活经验提示所得，另外便是借鉴前人的经验。他不止一次地说过，特别喜爱莱蒙托夫的《当代英雄》，其心理描写尤其受到推崇。双情节线索结构也使他在《安娜·卡列尼娜》里，大量施展对心理活动过程的展示，使小说取得非凡的成就。

古典主义以理性为第一原则，奖善惩恶，《复活》的故事就带有这种特色。道德说教的加强，人物救赎自我的完善过程，都是道德主义的直接剖示。这部小说的单情节线索，似乎也蒙上了古典主义的色彩。

尽管这些名称未必选得合宜，但它确切地反映出情节结构与写作表现设置的各自特色，把托尔斯泰复杂而漫长的创作历程浓缩在灿烂多变的多姿多彩之中，是一个有益的探索，从文艺学的角度看，不尽有启迪作用。

对大地的崇拜情结和道德说教在创作的不同时期，呈此消彼长之势，前者由强变弱，后者由小变大，由次要而逐渐取得主导，尽管现实主义始终贯串其中，毕竟二者的对立使作品呈现分裂，内在情节结构产生不和谐的噪声，这不能不说是托尔斯泰创作中的绝大遗憾，令读者为之诟病。

到了晚年，托尔斯泰常有生命危机之虞，但他的胸中仍盈满无数美好的思想和智慧，总是担心生前不能一吐为快，带着遗憾离开人世，这种心情使他在作品里往往直接说教，或是夜以继日地编写《每日阅读》《阅读天地》等作品，特别是顽强地撰写《生活之路》一书。这种道德说教大量抬头，严重地损害了作品的艺术张力，尽管他宝刀不老，但也无能为力了。

五

张中锋把托尔斯泰作品中的道德说教、训诫、启示录、基督箴言等统称为道德主义。这实际上触及了托尔斯泰的宗教信仰。道德素养是人立身的基础。人之初，性本善，说明人大抵上是扬善弃恶，愿意做好事的。行善使善，因而社会才得以安定有序，家庭才会伦理定位，事亲至善，爱幼护犊，家庭兄弟和睦等等。然而把道德奉为一种无所不能，解决社会矛盾的道德主义，那就夸大了道德的威力，走向另一极端。

托尔斯泰自称“我的信仰是基督教”，在俄罗斯则称之为东正教。托尔斯泰当然是东正教的一员信徒。可是1901年他被开除教籍，这究竟是为什么呢？其实，托尔斯泰所信奉的基督教是《圣经》里所宣示的原旨教义，这些教义在《新约》里的四部福音书（《马太福音》《马可福音》《路加福音》《约翰福音》）里的道德训诫，是托尔斯泰最为赞赏的。他认为基督教的核心就是“爱”。这是一种泛爱，不仅爱人，视人为兄弟和家人，而且珍爱一切生命。基督就是这种爱的化身，他的献身精神就来自对人的爱，他以宽大的胸怀，自我牺牲的精神上了十字架，人们信仰基督教，就应该学习这种精神。可是东正教教会利用教会组织，成为统治者压迫残害人民的帮凶，也成为榨干信徒血汗的冷酷工具。东正教制订的各种教规、仪式、训诫等不仅充满着伪善，而且呈现出残忍的剥削，压榨与毒害人民的面目。对这一切，托尔斯泰看得很透，遂与之斗争，因为他不能见容于官方教会。

托尔斯泰曾亲自注释、汇编、论述过《新约》里的四部福音，他的一些作品所引的教义和训诫都是来自福音书。福音书所宣示的忍受、谅解、宽恕等等，成为道德自我完善的托尔斯泰主义的滥觞。

在托尔斯泰心目中，爱和上帝是统一的。他说：“哪里有爱，哪里就有上帝。”在《生活之路》第五章里谈得更为明确：“上帝就是爱，住在爱里面，就是住在上帝里面……如果我们彼此相爱，他就住在我们心中，他的爱也就在我们心中实现。”（《生活之路》商务版，61页）从这些话里不难看出：一、爱是信奉的至高境界；二、信仰的普世化、生活化、现实化；三、与官方教会完全和根本不同；四、没有信仰组织、仪式、规约等无用而繁琐的附加因素，只求心中有爱。

既然是普世的、生活化的，因而大家只要信奉且实践爱，便会道德自我完善，营造出家庭幸福、社会安宁的美好结果。自我道德完善便是达到和谐理想境界的有效途径。

把爱与基督等同，与上帝统一，反映出托尔斯泰的人道主义和人本主义观念，形成他的以人为本的宗教道德观。说穿了，他信奉的是人的力量，信奉人本身的道德威力及其影响，全面缓释和解决人与人，人与社会，人与自然的不和谐。爱的宗教代替了官方教会，是一种官方教会的具体呈现。

托尔斯泰的道德宗教，或者说爱的宗教，其根深扎在千百万宗法制农民之中，从他们身上他发现他们笃信宗教真诚无比，他们背负历史的重荷。忍受、宽恕、谅解，是支撑社会存在与发展的强大力量，他们在贫穷与无权的双重压力下，保存了俄罗斯民族的存在与发展。这一切便是他总结出爱的道德宗教的源泉。当然这一切也成为对大地崇拜情结产生并凝固的客观基础。否定和抹杀托尔斯泰的道德主义，显然是不实际的徒劳而已。

当然，他的道德主义也并非完全是精华，摈弃其中的糟粕自属情理之中。托尔斯泰长期浸沉在千百万宗法制农民之中，受到良好的影响，同时也兼收了他们的偏见，一分为二地分析这一现实乃是客观而公正的。

由此可见，托尔斯泰的大地崇拜情结并不与他的道德主义相互对立，虽有此消彼长，或是此长彼消的差别，但这无碍于根本事实的客观存在。

六

在张中锋的书稿中，还广泛运用了比较方法，有横向的平行比较，如托尔斯泰和陀思妥耶夫斯基的全面比较，深刻而细微，颇有新意；还有纵向的超越时空的比较，如和司汤达的比较，托尔斯泰作品前后塑造同一主题的比较，见地甚深，尤应引起关注。把托尔斯泰经常被人忽视的《三死》与后来写成的

《伊凡·伊里奇之死》的死亡意识加以比较，更值得学人关注。它不仅反映出托尔斯泰创作风格的变化，更展示了托尔斯泰全面关怀人的思想变化，以此敦促人们良智的提升。

另外，对中篇小说《哥萨克》与《哈吉·穆拉特》的评述，新意迭出，很有见地。对传统的观点做了颠覆性的破坏，树立起新颖的分析与鉴赏。他不再谴责奥列宁，解脱了他作为多余人的帽子。至于哈吉·穆拉特，他以热情的笔触，赞美其英雄性格，把他看作托尔斯泰晚年创作的巨大成就，也看作大地崇拜情结再一次昂扬的具体表现。对《舞会之后》的彻底性否定，也是惊人之笔，值得学人进一步思考。

如本文开头所讲的，评论和研究托尔斯泰思想与创作是一项十分沉重的任务，单是掌握已有成就的资料、观点、体系、类型，便是不易做到的。青年学者闯进这个领域，有勇气和胆识选择了难以开拓的选题，这的确值得学界给予肯定和鼓励。惟其如此，其专著《列夫·托尔斯泰的大地崇拜情结及其危机》中，不可避免地还存在着一些值得商榷的问题。这些问题择其要者有：

一、对大地崇拜情结，仍有深挖的余地和空间。这种以俄罗斯人文景观为依据的情结并非是个浑然的整体。在该书作者的笔下似乎只有正面的思维力量。既然俄罗斯人文景观中正反交错，那么崇拜情结中也应有消极和偏见、陋习和愚昧。托尔斯泰是千百万宗法制农民的有力和软弱的方面，必然都带入这个情结。再度界定和研究其内涵和外延，似乎很有必要。

二、分析一部作品或作家的整个创作，还应该从整体着眼，全面切入，体会，分析，方能得出符合实际的结论，单单抓住大地崇拜情结去分析像《战争与和平》这样规模宏伟的史诗就难免孤军深入，挂一漏万，片面性过强过大。托尔斯泰作品里的情节和人物大都有生活原型，忽视这一点，就会与作者的写作动机相悖谬。如《童年》里的萨维斯娜，《战争与和平》中的索尼亚与玛丽等人物形象身上，都有托尔斯泰的养育人，他呼之为姑姑的达吉雅娜·叶戈尔斯卡娅，以及他母亲玛丽的某些影子。达吉雅娜·叶戈尔斯卡娅与托尔斯泰的父亲尼古拉相恋，因家庭贫穷无法备办丰厚的嫁妆而主动退出，以支持尼古拉与家庭富足、长相甚丑的玛丽公爵小姐成婚。玛丽是个贤妻良母，给尼古拉带来丰盛的嫁妆，其中包括雅斯纳亚·波里雅娜庄园，婚后育有四子一女，因产后热而过早病逝。接着托尔斯泰父亲、祖母、两位姑姑，都先后在短时间内死去。托尔斯泰四兄弟和妹妹便成了孤儿。这时候达吉雅娜挺身而出，担负起抚育人的责任。托尔斯泰对这位终生不嫁，为尼古拉的幸福及子女的成长献出了自己一生的姑姑，无比爱戴和敬仰。托尔斯泰四兄弟分家时，托尔斯泰要求终生赡养她，直至老年死去。达吉雅娜一直在托尔斯泰家中，参与托尔斯泰家的事务，包括启迪他写作。对这位具有无私奉献精神的妇女，托尔斯泰终生感激，视为亲生母亲，因而常在作品中赞美她。

三、关于《复活》的评价，我个人不苟同于它是三部长篇小说中最差的一部，艺术性与思想性都很低的结论。写作这部小说作者花了十一年（1889－1899）的时间，其原因是与律师柯尼协商，取得柯尼的支持；写作过程加进了许多新作，特别是应时的理论著作《艺术论》等。对《复活》的构思也十分费力费时，例如访问监狱，参加九十年代初俄罗斯的救灾运动。直到1895年他才决定了从“她”玛丝洛娃入手写作，使农民问题被开门见山地提出。这部小说结构紧凑，人物刻画细腻，情节推进有序。托尔斯泰写得十分认真、严肃，多次易稿毁稿。单手稿就达7000多印张，几乎等于《战争与和平》与《安娜·卡列尼娜》手稿的和（《战争与和平》5200印张，《安娜·卡列尼娜》2500印张）。托尔斯泰在艺术描写上匠心独运，绞尽脑汁，如小说以自然景色破题，清新明朗，充满生机的大自然却与人民受难的凄惨景象对照出现。玛丝洛娃被押往法庭，一走出监狱却不习惯阳光，周边飞翔的鸽子引起她的叹息与沉思。写得何等细腻、感人。又如聂赫留朵夫三次探监双方心理活动与对话何等真实，可谓绝笔，至今无人超越。聂赫留朵夫诱奸玛丝洛娃的那个夜晚河水时断时继，时响时隐，更是值得深思。为了赎罪，他处理了田产，再次来到农村，那个如注的暴雨之夜，引起他诸多联想。托尔斯泰处理细节更是呕心沥血。为了寻找玛丝洛娃的眼神，“微微斜睨的”神态竟花费了几年的时间，给她一个黑色的眼珠是夫妻二人多次商讨的结果。至于为了本真地展示男女主人公的性格，使他们二人断然分手，改变了原先二人结婚移居英国的结局，使现实主义取得最终的胜利。《复活》的艺术表现超过了前两部，这是作品客观的实际存在。令人讨嫌的是作品结尾引列了大量的《圣经》，这确实是失败之笔，破坏了小说完整美好的结构与情节，应该受到摈弃与谴责。最后《复活》的社会效益以及受到广泛的社会称誉，广大读者也十分喜爱它。这自然应予以重视，作为评价作品的参照。因此关于《复活》的评价，还有待于大家参与讨论，商榷，进一步认知。

尽管有一些尚待商榷和进一步探讨的问题，张中锋的书稿《列夫·托尔斯泰的大地崇拜情结及其危机》毕竟是一部新锐之作，成功之作，破冰之作。年轻学者的胆识与刻苦向学的精神是他成功的秘笈。我深信这是个好的开头，在不久的将来会结出更多的丰硕成果。在今天学术界的因循之气尚未廓清，外国文学研究仍需要真正启蒙的大好时机，张中锋的实践是有益的尝试。我衷心期待着他新成果的再现。

2015 年 7 月 1 日完稿于西安杏园寓所

目　录

导　论

列夫·托尔斯泰是一位长期生活在宗法制乡村的贵族作家，对土地有着深厚的感情。俄罗斯那广袤无垠的土地不但给作家提供着丰富的物质资源，也提供着丰富的精神资源，这里的精神资源不但包括风俗人情、伦理道德、行为规范，还包括人的情感寄托和终极关怀，因而大地崇拜中的“大地”不再是物质上或物理意义上的“土地”，而是具有了形而上色彩的理想世界。总的来看，托尔斯泰对大地崇拜的主要内涵是人对自然的原始崇拜。原始崇拜是人和自然之间所建立的一种神秘关系，是人还没有完全脱离自然，还要依附于自然，离不开自然这根脐带的标志。关于“大地崇拜情结”，弗雷泽在《金枝》的“阿多尼斯的神话”中，他把大地看作是一位“男神”，主宰着大地。在林惠祥的《文学人类学教程》一书中，大地被看作是一种“地母”，生养万物。在这里不管把大地想象成“男神”还是“地母”，都体现着农耕时代对大地的崇拜，并且这种崇拜成了一种情结“遗传”下来。对于这种现象，用黑格尔的艺术理论来讲，人和自然的关系还处在一种象征型关系，属于一种自然宗教。在这种情况下大地不但是人的信仰对象，也是人存在的价值尺度，落实到社会制度层面就是宗法制社会。这种宗法制社会是古典形态的，前现代的。尽管这种状况带有原始的泛神论色彩，但由于能够形象地反映事物，因此，这无形中增强了作品的审美性。由于托尔斯泰是一个已经文明化了的现代人，因此在上述基础上又可以引申出两层内涵：一层意思是托尔斯泰受西方启蒙思想影响，把自然看作是人性解放的手段。自然的解放也就意味着人性的解放，在思想观念上往往意味着人的觉醒和人的个性解放，尽管以自然的名义，但人和自然开始产生分裂，落实到政治制度层面上，就是对自由和民主的提倡，这一点托尔斯泰是以开拓人的主体世界来体现的。二层意思是进入现代社会后，托尔斯泰开始借助自然反对文明对人的异化。对自然的赞美，就是对生命的肯定和张扬。上述两种对待自然的态度在托尔斯泰的作品中是浑然一体的，不过相对来讲，对大地的原始崇拜情结，是最为基本的。

大地崇拜情结在俄国知识分子身上存有普遍性，而真正脚踏大地，通过自己的文学创作表现出对大地崇拜情结的，并取得巨大文学成就的，当首推托尔斯泰。就像希腊神话中的大力神安泰从大地获得不竭的力量源泉一样，托尔斯泰也从大地崇拜中获得源源不断的创作源泉和激情四射的创作灵感，为世人创作出了一部部像《战争与和平》（1863－1869）、《安娜·卡列尼娜》（1873－1877）等著名的长篇小说，和像《哥萨克》（1862）、《伊万·伊利奇之死》（1886）、《哈吉·穆拉特》（1905）等一系列精彩的中篇小说。但是没有离开大地并不等于就一直稳稳地站在大地上，随着时间的推移，商业大潮的渐近，现代都市生活的到来，土地似乎渐渐失去了昔日的丰厚和魅力，正日益变得贫瘠和陌生。此时的大地也似乎不再那么坚实可靠了，作家脚下的大地开始颤动，直至摇晃不止。大地的颤动表明托尔斯泰对大地的崇拜情结已经发生危机，具体表现为作者由对大地的崇拜，开始发生质疑，并逐渐失掉信仰，抛弃大地，转向对宗法道德的推崇。在这个转变过程中，托尔斯泰又创作出了不少中、短篇小说，如《克莱采奏鸣曲》《舞会之后》等，以及长篇小说《复活》。应该说这些作品的艺术性在减弱，特别是《复活》，成了作者最终离开大地的标志，它也就很难说是一部代表作了。由于大地崇拜是托尔斯泰创作的源泉，是作家审视世界的支撑点和感悟世界的出发点，因此，作家对大地崇拜的情感危机，深刻地影响着其创作变化，具体表现为崇拜大地时的作品风格表现为单纯、丰厚、沉静；矛盾危机时的作品风格表现为深刻、形象、丰富；转向宗法道德时的作品风格表现为简单、单薄、抽象等，其艺术水准明显下降。同时在作者创作观念的转变过程中，它的作品结构、人物塑造，以及对现实主义创作方法的运用上，都有所改变。创作中还呈现出审丑意识和死亡意识。另外与陀思妥耶夫斯基在大地崇拜上的相近性加以比较，更能清楚地看到托尔斯泰创作观念的优势和局限性所在。

本文采用了文化人类学研究方法为主，辅以美学研究方法，对托尔斯泰一生的创作，展开分析。以下分为十章来加以论证，具体如下：

第一章论述了大地崇拜情结，并把《战争与和平》看作是作者大地崇拜情结的充分体现，及其信仰危机的初始之作。

本章开始论述了大地崇拜情结的内涵，并认为《战争与和平》是托尔斯泰在大地崇拜情结中表现得最为充分和典型的一部作品。作品虽然描写了别祖豪夫、博尔孔斯基、库拉金、罗斯托夫等四大贵族家族，但作者描写的中心却是罗斯托夫家族，因为作为乡村贵族的罗斯托夫家族体现着作者对大地的崇拜情感。本论从罗斯托夫一家狩猎场面开始论起。罗斯托夫家族长期生活在乡村，偎依在大自然的怀抱里，与土地相伴，因此，罗斯托夫家的人养成了性情淳朴、善良、乐观、忠厚仗义、热情好客等特点，当然也有保守和忠君思想等不足，总之，这是一家为作家所偏爱的人家，其他的家族都在精神上受着它的影响。但也就在对大地最为崇拜之时，出现了危机，这便是罗斯托夫家族最值得骄傲的少女娜塔莎被一个花花公子所诱惑，发生“婚变”。大家闺秀做出了使家族身败名裂的事情，可见宗法文化的脆弱。再加上罗斯托夫庄园在经济上的衰落，逐渐失去昔日的辉煌，这可以说是托尔斯泰所崇尚的大地已经发生颤动，信仰危机已经开始。

大地崇拜情结充满了神秘性，而神秘性又使得《战争与和平》充满了非理性，这主要表现在三个方面：一是表现在人物塑造上，人物性格出现了“流动性”；二是表现在对战争的描写上，战争的胜负存在着偶然性；三是表现在对历史的态度上，历史的发展存在着神秘性。《战争与和平》中非理性现象的大量出现，使作品焕发出无穷的艺术魅力。

对大地崇拜及其质疑的现象不是从《战争与和平》开始的，在这之前作者所写的中篇小说《家庭幸福》和《哥萨克》中就已经出现了，只不过属于早期萌发时期，其中的一些描写似乎是后来《战争与和平》中某些情节的“预演”。

第二章主要论述了大地崇拜情结的减弱和信仰危机的深化，其在《安娜·卡列尼娜》中表现得更为明显。

《安娜·卡列尼娜》是一部最能展示作者思想复杂而又矛盾的作品。该作品的两个主人公安娜和列文，一个生活在大都市里，一个生活在乡村，分别讲述着两个爱情故事，这种奇怪的结构正是作者对大地崇拜的继续和信仰危机进一步发展的矛盾体现。列文的人生困惑和安娜的悲剧结局是这一矛盾直接或间接的体现。安娜和列文的命运看似毫无联系，实际上他们在借助大地而“互喻”。

第三章论述了继《安娜·卡列尼娜》之后，作者信仰危机的进一步加重。

《安娜·卡列尼娜》发表后，托尔斯泰进入一个心情紊乱、思想矛盾时期，此时很难再建立起思想一元化的宏大叙事，于是便产生出一系列中短篇小说，其中比较著名的有《伊万·伊利奇之死》《克莱采奏鸣曲》和《舞会之后》等。通过这三部作品，我们看到托尔斯泰对大地崇拜情结的进一步弱化和信仰危机的进一步加重。

第四章论述了作者最终离开大地，转向了道德崇拜，只不过这种道德崇拜是以向基督教皈依的形式出现的。

标志着托尔斯泰真正从对大地崇拜走向对道德推崇的是其晚年所写的长篇小说《复活》，因为这时的作者思想已不再矛盾，而是趋于稳定，形成体系，即“托尔斯泰主义”。在该篇中，道德家的托尔斯泰正在战胜艺术家的托尔斯泰，对道德的信仰正在代替对大地的崇拜。托尔斯泰创作观的这一变化，在一定程度上损害了作品的思想性和艺术性。

第五章论述了托尔斯泰虽然离开了大地，但理智压抑不住情感，他内心深处仍然眷恋着大地，《复活》之后《哈吉·穆拉特》的出现，似乎是个证明。

大地崇拜情结再次出现所带来的审美主义创作观，使托尔斯泰再度创作出了一部当代史诗一样的作品。不过作品中的道德主义批评之声，还没有完全消弭，并存在着在信仰上再次转向异教（有可能是伊斯兰教）的可能。应该说在艺术上这是一部回光返照式的创作，体现了作者大地崇拜意识的微弱复返，以后作者再也没有创作出类似的佳作。

第六章论述了托尔斯泰对大地崇拜情结的质疑和信仰危机之间的思想矛盾，影响到了作品的结构。

对大地崇拜情结的坚守和向道德信仰的转移可以简括为自然主义（诗性的）和道德主义（“托尔斯泰主义”的）之间的矛盾冲突，彼长此消的过程也影响到了作品的结构，出现了多线索结构的《战争与和平》、双线索结构的《安娜·卡列尼娜》和单线索结构的《复活》。

第七章论述了托尔斯泰对大地崇拜情结的质疑和信仰危机之间的思想矛盾变化，拓展深化了现实主义创作方法。

托尔斯泰上述创作观的变化也影响到了他对现实主义创作方法的运用，使得现实主义向三个方向“拓展深化”，即“自然主义的现实主义”“心理主义的现实主义”和“古典主义的现实主义”。不过这种“拓展深化”既有成功的地方，也存在着不足。

第八章论述了托尔斯泰大地崇拜情结及其危机与审丑意识的发生。

列夫·托尔斯泰大地崇拜信仰危机的发生，个体面临着脚下断桥临渊般的恐惧，使他感受到了人生的凶险、时事的偶然、命运的难测，以及由此而来的精神空虚、孤独、焦虑和死亡的威胁，所有这些现代情感使托尔斯泰透过美丽人生的虚幻，看到非理性世界的丑陋，正因为这样，此时人性之丑和世界之丑，便具有了审丑的意义。

第九章论述了托尔斯泰大地崇拜情结及其危机与其在创作中透露出的死亡意识。

由于遭遇大地崇拜危机，个人的存在突然如临深渊，使得托尔斯泰特别关注死亡，他的创作中存在着大量的死亡意识，同时对死亡的大量探索、考察与揭示，引起了读者的震惊，达到了死亡美学的效果。

第十章论述了托尔斯泰与陀思妥耶夫斯基具有相近的大地崇拜情结。

托尔斯泰与陀思妥耶夫斯基在创作中对大地的崇拜情结具有“相近性”。两者加以比较，能更好地看出托尔斯泰创作所存在的优势与不足。

总之，托尔斯泰对大地由崇拜到质疑再到信仰转移的过程，贯穿了他一生的全部创作，把握住这一点，就能够把握住托尔斯泰的创作秘密。

绪　论

一、近20年来国内列夫·托尔斯泰研究现状

近20年来，学术界逐渐摆脱了意识形态的束缚，开始从文本出发，从文学欣赏和文学研究的角度，来看待托尔斯泰的创作。托尔斯泰仍然是我国非常受欢迎的俄国作家之一，他的作品译介总量仍居俄国作家之首，并大大超过历史上的任何一个时期。这一时期先后出版了17卷本的《列夫·托尔斯泰文集》（人民文学出版社2000年）和12卷本的《托尔斯泰小说全集》（上海文艺出版社2004年），这在托尔斯泰作品的译介史上是前所未有过的，具有里程碑意义。

在此基础上我国学者也勤于钻研，著书立说，其中较有影响的学术著作或编著（按出版时间顺序）有王景生的《洞烛心灵——列夫·托尔斯泰心理描写艺术新论》（中央编译出版社1996年），刘文荣编著的《托尔斯泰：1828－1910俄国文学家》（海天出版社1997年），汪家明的《灵魂苦旅——列夫·托尔斯泰传》（太白文艺出版社1998年），刘念兹、孙明霞的《爱的先知——列夫·托尔斯泰传》（河北人民出版社1999年），吴泽霖的《托尔斯泰与中国古典文化思想》（北京师范大学出版社2000年），邱运华的《诗性启示：托尔斯泰小说诗学研究》（学苑出版社2000年），李正荣的《托尔斯泰的体悟与托尔斯泰的小说》（北京师范大学出版社2001年），李明滨的《托尔斯泰及其创作》（辽宁大学出版社2001年），王智量等主编的《托尔斯泰览要》（贵州人民出版社2006年），陈建华的《人生真谛的不倦探索者——列夫·托尔斯泰传》（重庆出版社2007年）以及杨正先的《托尔斯泰研究》（中国社会科学出版社2008年）等。

另外，还有些学者虽非专门研究托尔斯泰，但在他们的专著或编著中专门

设置了研究托尔斯泰的章节，如胡日佳的《俄国文学与西方》（学林出版社1999年），陈建华主编的《中国俄苏文学研究史论》（共4卷）（重庆出版社2007年），雷永生的《东西文化碰撞中的人——东正教与俄罗斯人道主义》（华夏出版社2007年），徐凤林编的《俄国哲学》（商务印书馆2013年）等。至于具体的章节名目，因在后面还要提及，在这里就不列举了。

除了著述之外。近20年还有数百篇研究托尔斯泰的论文发表，因限于篇幅，亦不再一一枚举。

除此之外还有译著。伴随着国内研究现象的繁盛，国外研究托尔斯泰的学术著作也被大量地翻译过来，关于托尔斯泰的传记和研究专著就有十几部之多，较著名的有（按国别及译介时间顺序）俄国作家批评家布宁的《托尔斯泰的解脱》（辽宁教育出版社2000）、什克洛夫斯基的《列夫·托尔斯泰传》（海燕出版社2005年）、德米特里·梅列日科夫斯基的《托尔斯泰与陀思妥耶夫斯基》（华夏出版社2009年），法国作家罗曼·罗兰的《托尔斯泰传》（商务印书馆，1995年），英国作家批评家艾尔默·莫德的《托尔斯泰传》（北京十月文艺出版社2001年）、罗莎蒙德·巴特利特的《托尔斯泰大传——一个俄国人的一生》（现代出版社2014年），奥地利作家茨威格的《托尔斯泰传》（浙江文艺出版社2009年），美国学者汤普逊的《理解俄国：俄国文化中的圣愚》（三联书店1998年）、乔治·斯坦纳的《托尔斯泰或陀思妥耶夫斯基》（浙江大学出版社2011年）、里克·麦克皮克等的《托尔斯泰论战争》（经济科学出版社2013年）等，其中有些译著成了研究托尔斯泰的经典之作。

以上这些都显示了近20年研究、翻译托尔斯泰方面的实绩，其成果是很丰富的，其成就也是很大的。

二、近20年来国内托尔斯泰研究的成就与不足

近20年是国内学术研究较为活跃的时期。对托尔斯泰的研究在彻底摆脱了意识形态束缚之后，研究界出现了方法多样、流派纷呈的“百花齐放”局面。对上述国内研究状况、研究方法和研究视角加以梳理，分门别类，然后加以评述，便会对目前的研究现状，得出一个较为清晰的整体印象。按照学界的研究方法，可分为诗学研究方法、宗教文化研究方法、心理学研究方法、比较研究方法、接受研究方法、文艺学研究方法、哲学（思想）研究方法，以及

美学研究方法等八种，当然这里所说的“方法”有的是方法论意义上的，有的只是相当于一种视角。有八种研究方法，也就形成了八种“学派”或“流派”（这里所说的并不是严格意义上的“学派”或“流派”，只是相近的研究方法和视角而已，便于行文论述和梳理）。除了这些方法以外，还有其他研究托尔斯泰的方法，只是由于成果不多，影响较小，在这里就不再论述了。

国内这八种研究方法可具体分为：（1）诗学研究方法。这是在八种研究托尔斯泰方法中成果最多，成就最大的一个“学派”，其代表性的学者是李正荣、邱运华等。（2）宗教文化研究方法。代表性的学者是王志耕、雷成德、金亚娜、雷永生、吴泽霖、徐凤林等。总起来看，王志耕、雷成德、金亚娜、雷永生、徐凤林更侧重宗教研究，吴泽霖更侧重文化研究。他们运用宗教价值观念和丰富的异外文化思想，对托尔斯泰加以研究，成就也比较大。由于后文还要对诗学研究方法和宗教文化研究方法等进行专门述评，此处不多赘述。（3）心理学研究方法的代表学者是王景生、程正民等。王景生的论文《托尔斯泰前期叙事中的内心独白：兼谈“心灵辩证法”的理解问题》（《外国文学研究》1995 年第 1 期），《〈昨天的故事〉：列夫·托尔斯泰生前未发表的一篇意识流小说》（《国外文学》1996 年第 2 期），著作《洞烛心灵——列夫·托尔斯泰心理描写艺术新论》等，对托尔斯泰心理描写艺术进行了专门研究，王在上述文章中对托尔斯泰有关心理描写的“心灵辩证法”（车尔尼雪夫斯基语）的这一经典判定，表达了自己独特的理解，而且开始发掘托尔斯泰心理描写上的意识流手法，并指出，这样的手法为托尔斯泰后来的心理描写，准备了一个很高的起点。王的这篇文章可以看作是对陈燊的《列夫·托尔斯泰和意识流》（《外国文学评论》1987 年第 4 期）一文中，关于托尔斯泰创作中意识流现象存在的论证继续。程正民在《托尔斯泰的艺术独创性与艺术思维的变化和俄国农民心理》（《北京师范大学学报》1996 年第 2 期）一文中，研究了托尔斯泰所具有的农民心理对其创作的影响，同时程还认为，正是由于托尔斯泰内心存在着农民心理，他才会表达愤怒，创作才会出现由客观向主观的转变，以至于后期的创作才会出现主观色彩、讽刺风格，以及政论性均有所加重的现象。心理学研究的学者人数不多，成果数量也较少，但研究成果水平还是较高的，只是以后如何进一步发展，也是需要考虑的问题。（4）比较研究方法是用对比的方法研究托尔斯泰创作的一种方法。这方面的代表性学者为胡日佳、季星星等。胡日佳的代表作为《俄国文学与西方》，在该书中胡日佳比较了托尔斯泰与德国古典哲学以及叔本华哲学的关系，并且还比较了托尔斯泰与西方历史小说在叙事学上的同异。季星星在《试论托尔斯泰和陀思妥耶夫斯基的叙事文风》（《俄罗斯文艺》1996 年第 3 期）一文中比较了托尔斯泰和陀思妥耶夫斯基两位文学巨人之间在叙事上的差异，同时也质疑巴赫金把他们简单地分成“独白式”和“复调式”的小说家，存在着某些极端做法，因为在季看来，这两种创作模式在他们身上互相渗透，并非泾渭分明。比较研究方法可能较易掌握和操作，因而论文较多，但如何解决比较研究是比较文学而非文学比较，进一步提高理论水平，开阔学术视野，这仍是一个应该注意的问题。（5）接受研究方法。接受研究是从接受者的角度来研究托尔斯泰创作的一种方法，这方面的代表学者为赵明、张直心等。赵明在《屠格涅夫·托尔斯泰·契诃夫——20 世纪中国文学接受俄国文学的三种模式》（《外国文学评论》1997 年第 1 期）一文中，指出了中国接受托尔斯泰的模式。赵认为“托尔斯泰的思想、为人和艺术世界很适合中国知识分子最一般的良知：救万民于水火之中”[①]。张直心在《〈狂人日记〉：鲁迅与托尔斯泰同名小说互阐》（《文学评论》2011 年第 5 期）一文中则认为，托尔斯泰在鲁迅的心目中是作为“狂人”和“激进人道主义”者的形象被接受的。只有需要才有存在，赵明和张直心的论述很好地揭示了接受研究方法的实质，但是可惜的是，用接受研究方法研究托尔斯泰的学者不多，成果也少，如何把这一种方法发扬下去，进一步形成类似的研究群体和系列专著，这也是一个亟待解决的问题。（6）文艺学研究方法指的是研究托尔斯泰著述中的文论思想，这些文论思想有可能包含在艺术专论上，有些则包含在他的文学创作中。这方面的论文，如赵炎秋在《列夫·托尔斯泰文艺思想研究》（《外国文学研究》2004 年第 5 期）一文中指出，托尔斯泰的情感理论并未指向浪漫主义，而是指向功利主义，但又承认情感必须通过形象来表达的独特文艺思想。田全金在《论托尔斯泰对莎士比亚的批判》（《文艺理论研究》2011 年第 2 期）一文中指出，托尔斯泰文论思想的一个错误就在于把艺术等同于布道，从而对莎士比亚做出较为武断的否定

---

① 赵明：《屠格涅夫·托尔斯泰·契诃夫——20 世纪中国文学接受俄国文学的三种模式》，载《外国文学评论》1997 年第 1 期。

行为。郑绍楠的《托尔斯泰论艺术》（《江汉论坛》2012年第4期）一文中谈道：托尔斯泰反对文艺的非功利性或超功利性，“他认为艺术离开宗教超验性的引导，只会走向堕落——沦为享乐的工具，从而不能发挥艺术本应该有的功能——传达情感从而起到联合所有人的作用”①。关于托尔斯泰的文艺思想的研究者多看重他的“艺术论”“情感论”，以及功利文艺观等。但这方面的成果并不多，学界对托尔斯泰的文论思想研究还是较为薄弱的。这大概与托尔斯泰丰富的文学创作相比，他的文论论述较少而且较为简单明了有关。（7）哲学研究方法。该研究方法是论者从某个哲学理论或哲学思想来解释托尔斯泰创作的，这方面的学者很多，因为哲学视角和思想视角是我们惯常使用的，并且也是简便易行的。在这方面没有很明显的代表性的学者，因此，论者也只是列举一下该类的论文目录，不再展开评述。如论著或编著有汪家明编著的《列夫·托尔斯泰传》，杨正先的《托尔斯泰研究》，徐风林编的《俄国哲学》的“存在哲学与道德哲学”中的“托尔斯泰”部分等。论文有董小英的《哲学家列夫·托尔斯泰》（《外国文学动态》1998年第1期），赵山奎的《存在论视野中的〈伊万·伊利奇之死〉》（《南京师大学报》2002年第2期），雷成德的《“题辞”的内蕴：托尔斯泰艺术研究之三》（《西北大学学报》2002年第4期），宋德发等的《巴赫金的列夫·托尔斯泰》（《广州社会科学》2005年第1期），朱建刚的《生命意识与民族根基——略论斯特拉霍夫对托尔斯泰的阐释》（《外国文学评论》2014年第1期）等，还有一些研究托尔斯泰对待死亡问题的论文，也属于此类。这些学者在研究托尔斯泰创作方面，或研究其哲学，或探究其思想，学术研究人数和成果都比较多，其中一些关于托尔斯泰创作主旨存在着“贵族平民化”或逐渐完善“托尔斯泰主义”等论述，也给人以较大的思想启迪。但不足之处是很难形成系统的思想体系，以及存在着从一种意识形态转向另一种意识形态的倾向。（8）美学研究方法。关于“美学研究”一般学者会认为和研究作家的创作思想有关，因此“美学研究”常常又被称之为“美学思想研究”，如我们通常的分析作品中的人物性格或形象，挖掘作品的思想价值和艺术价值，以及论述作品对社会的反映深度和创作的影响等，都属于这类研究。不过这是一种广泛意义上的美学研究，但论者在这里所

① 郑绍楠：《托尔斯泰论艺术》，载《江汉论坛》2012年第4期。

提到的美学研究方法是狭义的研究方法，它专指运用美学范畴和美学理论来研究作家创作的美学特性。在学界运用这种方法来研究托尔斯泰的学者较少，所取得的成果也不多，但在托尔斯泰研究上，该研究的确是一个不容忽视但又常常遭忽视的“流派”。在美学研究方法的学者中，本人便在这方面做了一些尝试，代表性的论文为《试论托尔斯泰创作中的审丑意识》（《南京师大学报》2002 年第 2 期）。从审丑的角度研究托尔斯泰应该是一种典型的美学方法，本人陆续发表了多篇论文。由于下文还要就此专门论述，在这里也不多赘述。同时还要指出，上述八种研究方法及其成果，虽然是分开来谈的，但是有的成果往往是多种研究方法同时并存的，诗学和文论并非泾渭分明，比较和接受往往同时发生，哲学和美学也常常相伴共舞，这是应该注意的。还有，由于本人所掌握资料有限，以及出于分类论述的需要和代表性程度的考虑，可能引用不全，难免会有遗珠之恨，还望同行给予谅解。

近 20 年大量翻译国外研究托尔斯泰的学术著作，也极大地冲击了国人的研究思维，开拓了学术视野，其中影响比较大的有两类，一是在宗教文化研究方面，如俄国作家学者布宁的《托尔斯泰的解脱》，梅列日科夫斯基的《托尔斯泰与陀思妥耶夫斯基》，以及美国学者汤普逊的《理解俄国：俄国文化中的圣愚》等。二是接近于美学研究方法的有法国作家罗曼·罗兰的《托尔斯泰传》，奥地利作家茨威格的《托尔斯泰传》，什克洛夫斯基的《列夫·托尔斯泰传》，以及梅列日科夫斯基的《托尔斯泰与陀思妥耶夫斯基》。梅列日科夫斯基的著作运用了多个研究方法，并且观点新颖、视角独特，给国人的启发较多，这是学界同仁所公认的。

但是在研究托尔斯泰学术繁荣的背后，也应看到一些不足：（1）近 20 年来研究托尔斯泰的学术专著还是不多，在这些学术专著中，传记著作又占了不少；论文虽然很多，但论点或关注点较为分散，同时研究的持续性不够，对某一方面难以研深研透，这样就反映出研究上学术性和理论性的积累不足。（2）研究角度较为分散，难以形成合力。在上述论述中，只有诗学研究和宗教文化研究成就比较大，而美学研究等其他的研究都比较薄弱，甚至是各自为战，几乎一家一派。即使像诗学研究和宗教文化研究的人数相对较多较集中的“学派”，其研究合作仍不够，彼此联系较少，学术研究仍处在非自觉状态。（3）学术争鸣不够。学术争鸣是学术繁荣的标志之一，可是在近 20 年的研究中，论者很少看到以争鸣的方式相互交流。（4）在上述评述中，如果仔细看一下成果的出版或发表时间就会看出，这些研究成果多是10年以前的，特别是2000年前后成果非常集中，甚至达到了“井喷”的程度，但是近10年来也即自2005年以来研究托尔斯泰的成果则很少，真正有分量的学术专著就更少。对托尔斯泰研究出现衰落和后继乏人的现象，这不能不说是在托尔斯泰研究上的一个不足。当然，造成这种不足的原因很多，首先是学界研究兴趣的转移，虽然转移的方向很多，但主流上转向陀思妥耶夫斯基研究和白银时代文学研究等却是不争的事实。特别是陀思妥耶夫斯基的研究，这位在国内学术研究上一向较为迟滞的作家，后来者居上，其关注程度已远远超过了人们对托尔斯泰的兴趣。近10年内出现的研究陀思妥耶夫斯基的论著论文大量涌现，这种热度意味着是对陀思妥耶夫斯基在国内长期处于不公地位的补偿，本也无可厚非，但在客观上的确遮掩了对托尔斯泰的研究。因为毕竟研究者的人数是有限定的，况且与欧美文学研究的人数与日俱增相比，俄罗斯文学研究的队伍在逐年减少，甚至青黄不接。其次的原因是研究方法的匮乏，没有较为先进的科学研究方法，仅靠研究材料难以持久。同时，旧的研究方法没有得到拓展，新的研究方法还没有找到，使得托尔斯泰研究在目前处于徘徊不前的境地。还有在目前的经济压倒一切的社会状况面前，文学已经处于较为冷落的地步，外国文学比中国文学还要冷，俄罗斯文学又是外国文学中的冷中之冷，像冬天的俄罗斯，朔风劲吹，令人彻寒。在这种情况下，近几年托尔斯泰研究出现沉闷局面和沉寂现象，是可以想象的。

对于上述不足，有些不是凭靠个人的能力就可以改变的，但作为研究托尔斯泰多年的本人，还是想在现有的研究方法基础上，再进一步寻找新的方法。这便是试图用文化人类学研究方法与美学研究方法相结合的方法。那么，这种方法是如何产生的呢？又是如何把两种方法加以结合的呢？

三、对诗学研究方法的述评及对本文研究方法的开启

受研究篇幅和行文主旨所限，论者不可能对上述所有研究方法平均用力、一一分析，这既办不到，也没有必要，这里只重点评述一下诗学研究方法和宗教文化研究方法的学术成就，一来该研究是目前国内在研究托尔斯泰方面成就较大和成果较突出的两种研究方法，并在学界形成了一定的规模和气候，说它

代表了国内托尔斯泰研究的最高成就也不为过；二来这两种研究角度与本文的研究方法有一些联系，具体来说，诗学研究方法启迪了论者进一步开拓人的主体性，这便是对文化人类学研究方法的关注，以及对美学研究方法的重新看待。而宗教文化研究方法则让论者看到托尔斯泰宗教思想的本质，实际上是对道德主义的推崇，在信仰上，非基督教的、异端的思想在影响着托尔斯泰的宗教观。这样宗教文化研究方法就弥补了论者关于托尔斯泰在宗教信仰变化上的充分理解。既然这样，本节就首先着重分析诗学研究方法及其对本文研究方法的开启。

应该说从诗学研究方法来研究托尔斯泰在当代中国还算是一种新方法，它极大地扭转了托尔斯泰在中国以往研究上的意识形态方向，也极大地排除了政治干扰，扩大了关于人的内涵。人不再是狭隘的阶级的人和政治的人，也不是民族的人，而是有着丰富的感性内涵的人。诗学是纯粹的，不带任何功利目的。更让人感到高兴的是这些诗学研究者们，能够在普遍诗学的基础上，建构自己与研究对象相适应的具体的诗学理论体系，形成了自己独特的研究特色，也把对托尔斯泰的研究引向纵深。尽管每位学者的诗学理论可能存在着差别，但他们都注重对创作主体内在世界的研究，通过对创作主体的研究，来把握作品。同时在研究中把作品看成是一个完整的艺术文本，是作者艺术理想借助语言符号的再现。这方面的代表人物是李正荣和邱运华。

李正荣的代表性论著为《托尔斯泰的体悟与托尔斯泰的小说》，论文为《〈战争与和平〉主题新论》（《俄罗斯文艺》1995 年第 3 期）、《史诗微积分：托尔斯泰小说的诗学特征》（《外国文学评论》1996 年第 4 期）、《颠僧传统与托尔斯泰小说的精神特质》（《俄罗斯文艺》1996 年第 3 期）、《托尔斯泰小说的三种时空向度》（《外国文学评论》1997 年第 3 期）等 4 篇。在短短的几年内出版和发表这些具有高水平的论文论著，应该说李正荣确立了自己在托尔斯泰创作研究上的地位。

李正荣结合东西方的诗学理论和实践，以及托尔斯泰的具体创作特性，形成了自己的诗学理论，他把托尔斯泰的创作特性用“体悟”概念来加以表现，并借此来研究托尔斯泰的创作。诗学研究方法在国内研究托尔斯泰上，还是首次运用，因此，如果想了解李的托尔斯泰研究，就必须先了解“体悟”概念。按照李自己的解释，体悟是一个相对模糊的概念，并非说不清，似乎是没有必要说清。李曾经这样解释道："真实性、创造性、世界性、深刻性，这是人们熟知的托尔斯泰，而这一切一切，我认为都源于我们上面说的'心灵'的体悟能力。这些突出的成就恰恰是作家体悟能力运作的结果，是伟大作家的体悟双重双向，甚至有时是多重多向运作的结果，就是说，它既是对外在的世界深度和广度的体悟，又是对内在世界深度与广度的体悟。它一方面形成托尔斯泰小说诗学内在层次上的使命体悟、光明体悟、圣徒体悟、原罪体悟、终极体悟，另一方面也形成了他的小说诗学外在层次上的宏观上的庞大的史诗规模、微观上的原色细节、结构上的终极障碍、人物精神上的三级、多级追述、重复出现的语境等等特征。"[①] 并且，"这种超越康德、叔本华、孔子、老子、佛的体悟，从根本上划清了托尔斯泰同康德、叔本华以及后来的狄尔泰、柏格森、克罗齐的'直觉主义'的界限"[②]。通过这样对概念的描述、界定，而非下定义，我们就会发现"体悟"这个概念充满了创造性的、非理性的、神秘的特性，如果下定义的话，反倒使它失去了"体"和"悟"，这样的处理是无法之法，而又包括万法。这样的不确定性也为解释托尔斯泰创作中的许许多多不确定性，带来了方便。我们可以说，托尔斯泰通过创作他所体悟的世界的同时，李正荣也在体悟托尔斯泰。总而言之，李为研究托尔斯泰所创立的诗学理论支架，是独特的、坚实而又有力的，对一些问题的解释也是让人信服的，甚至是击节赞赏的。

接下来李按照"体悟"原理对托尔斯泰的创作进行解读，在解读过程中论者把相对抽象的"体悟"划分为"原色细节的诗意化""悟境""史诗微积分""时空的三种向度""终极超越障碍"，以及"向死而生"等六个方面加以论述，部分地打开了托尔斯泰创作的艺术秘密，读后给人以不少启发。应该说这是一部难得的研究托尔斯泰的佳作，有创建，有思想。

不过"体悟"理论也存在着一个小小的局限，既然所有的创作都是创作者体悟的结果，那么如何甄别托尔斯泰作品之间的艺术高低呢？既然所有的体悟写作都是文学艺术，那么如何看待托尔斯泰的政论文章呢？李从体悟理论出发，把托尔斯泰的一些政论文章也定为是托尔斯泰体悟的结果——视为文学作

---

① 李正荣：《托尔斯泰的体悟与托尔斯泰的小说》，北京：北京师范大学出版社，2001 年，第 9 页。

② 李正荣：《托尔斯泰的体悟与托尔斯泰的小说》，北京：北京师范大学出版社，2001 年，第 23 页。

品，显然这就混淆了艺术与非艺术、文学与非文学之间的界限。当然，理论是工具，尺有所短，寸有所长，李对“体悟”的运用，也存在着局限性，这是应该看到的。

在诗学研究上另一个学者是邱运华，之所以先论述李而非邱，是因为李对托尔斯泰的诗学研究发轫较早些。

邱运华在运用诗学理论研究托尔斯泰上成果较多，成就也较大，其中代表性的著作有《诗性启示：托尔斯泰小说诗学研究》（学苑出版社 2000 年），论文有《托尔斯泰留下的诠释困境》（《外国文学评论》1998 年第 4 期），《论列夫·托尔斯泰诗性启示的象征》（《北京行政学院学报》2000 年第 1 期），《托尔斯泰诗性启示与评论界的接受思考》（《湘潭大学社会科学学报》2000 年第 2 期），《“神圣使命”与诗性启示——19 世纪俄国思想文化语境与托尔斯泰小说诗学的一个特色》（《广东社会科学》2000 年第 2 期），《诗性启示：列夫·托尔斯泰诗学的根本特征》（《国外文学》2000 年第 3 期）等 5 篇。邱运华也和李正荣一样在短短的几年之内就出了这么多研究托尔斯泰的成果，也为自己奠定了研究托尔斯泰方面的学术地位。

与李正荣确立一个诗学概念“体悟”一样，邱运华也确立了一个诗学概念“诗性启示”。那么“诗性启示”是什么呢？与李正荣的“体悟”近似，邱运华则是“顿悟”，从字面上看有些近似，但实际上相差甚远，就时间上来看，“体悟”是一个绵长的过程，而“顿悟”则是刹那间。但这还不是相差最远的，最远的应该是“诗性启示”的内涵。邱认为“诗性启示”内涵很丰富，但核心是“顿悟”，邱解释道：“这些顿悟的瞬间，总是在小说情境最关键最高潮的时刻闪现，相应，托尔斯泰小说的最关键处，每每就是主人翁情感体验最为紧张所在。他把最强烈的情感爆发留在生死攸关之处，让主人翁在这一刹那超越以往制约他的一切尘世的束缚，接近精神的新境界，顿悟‘上帝’的启示。这是情感积累的爆发，是心理焦虑的归宿，是‘生命的另一种东西’闪现的‘微光’。我们体验着主人翁紧张焦虑的精神状态，顺着他的情感趋向走着，注定要来到这里，伴随他共同体验这一刹那的情感爆发。”[①] 有“顿悟”也就有“启示”，同时还需有启示的内涵，并成为“诗性启示”。邱进一步谈

① 邱运华:《诗性启示:列夫·托尔斯泰诗学的根本特征》,载《国外文学》2000 年第 3 期。

道："我之将这种诗学的首要特征归纳为'诗性启示'，首要理由是：托尔斯泰在自己的小说诗学里，强调了一种与西方近代诗学功利取向完全不同的对待艺术的态度。这种态度也就是强调超越现实世界的物质性，在价值层面上追求绝对、面向末日、叩问人生归宿及存在意义，以及超越一切此在的局限，谋求永恒的终极答案的审美风范。……永恒道德、普世情感和末世论价值，这是托尔斯泰诗性启示的主要内涵。"① 作者有了这种诗性启示，就会审美地看待客观事物，就会大大增加人物主体的丰富性。"启示，正是由作家对材料进行'审美地'处理、灌注了人的审美力量之后，便成为艺术对象，成为诗性启示。"② "诗性启示同样具备一般启示的特征，人成为艺术世界的中心。站在人的立场上去处理；唯有以人的全部丰富性（人的情感、审美习惯和艺术趣味等）去观照它、审视它和把握它，使之人化，这样，自在的、不具任何情感形式的材料，才会具备情感形式，才会生动起来，才会变成艺术的内容。"③ 在这里我们看到邱为了完善自己的理论，不但赋予"诗性启示"以丰富的社会内涵，而且还借助美学的力量，以人和人的丰富性为中心展开，作为实现审美的中介，从而完善了自己的理论。诗学和美学的结合，形成了邱的诗学理论特色。

不仅如此，邱还论述了"诗性启示"的内容是一个不断变化着的过程。"以具体文学作品所体现的诗性启示内涵为标志，托尔斯泰的整个一生创作，大致可以分为前后两个时期。以《战争与和平》为代表的一系列小说，可以称为前期；以《复活》和《安娜·卡列尼娜》为代表的小说可以称为后期。前后期的分界时间，大致与托尔斯泰世界观激烈变化时间相近。前期小说中诗性启示的内涵，主要是对个性生命、历史规律和社会变革意义的沉思，与后期相比较，较少宗教色彩。而后期小说则相反，宗教意识较为浓厚。"④ 这样，"诗性启示"不再凌空蹈虚，便有了实际的内涵及其历时性的演变，同时和托尔斯泰的创作思想相联系，这样研究托尔斯泰的创作得失，就更便于操作了。

关于"诗性启示"，邱还总结了"诗学的复合结构"说、"象征"说，以

① 邱运华:《诗性启示:列夫·托尔斯泰诗学的根本特征》,载《国外文学》2000 年第 3 期。
② 邱运华:《诗性启示:列夫·托尔斯泰诗学的根本特征》,载《国外文学》2000 年第 3 期。
③ 邱运华:《诗性启示:列夫·托尔斯泰诗学的根本特征》,载《国外文学》2000 年第 3 期。
④ 邱运华:《诗性启示:列夫·托尔斯泰诗学的根本特征》,载《国外文学》2000 年第 3 期。

及“镜子发挥灯的一般功能”等说法，都极大丰富和发展了“诗性启示”的内涵及其功用，奠定下较为扎实的诗学理论根基，形成自己的独特理论，同时这种理论也具有开放性。应该说邱的诗学启示更富有理论色彩，也更多创建，特别是诗学加美学的论述，能够很好地解释托尔斯泰的创作。

不过“诗性启示”这一概念是否能够包括宗教启示或者其他意识形态启示，这也是一个问题，并且如果是后者的话，那么如何会产生审美呢？因为并不是所有的启示都可以产生审美，哲学的启示伴随着智性的快乐、宗教的启示会带来情感的战栗和神秘主义的快感，这些都很难说是审美的。同时如何防止把意识形态从前门赶出去，又从后门迎进来的宿命，也是值得注意的。

通过以上对李正荣和邱运华两位学者对托尔斯泰研究的评述来看，他们都在各自的诗学理论建构与研究应用方面，做出了不小的贡献，在俄罗斯文学研究界把对托尔斯泰的研究向前推进了一大步，并形成了自己的研究特色，这是应该值得学习的。诗学理论在开拓人的主体性上立下了汗马功劳，特别是强调文学的目的是文学性和人的丰富性展开的时候，这已经是通向美学了，在这一点上和本人目前所采用的美学研究方法已有相通之处。

不过诗学研究方法还应该往前走，进一步超越“体悟”的神秘主义和“诗性启示”的宗教信仰、民族文化和意识形态等顿悟内核，走向一种对人的更为开放的研究，正如叶舒宪所说的，“对异族、异国、异文化的全面关注与重新估价，是文化人类学这一门新兴学科奉献给20世纪的最大精神礼物”①。是人的再次发现，“所谓人的发现，是指人类学这门学科第一次实现对全球范围的不同文化和不同人群的全面认识，并在此基础上宣告：地球上任何一个角落的任何一个人群，不论其生产力和物质水平如何差异，在本质上都是同样的人类种属，其文化价值也同样没有优劣高下之分”②。这就超越了民族和国界，并且“从学科性质的认识看，是从‘人的科学’转到‘文化阐释’。人的科学是早期人类学家希望效法和追随自然科学范式描绘出的学科远景蓝图。文化阐释则放弃了追求自然科学的目标，承认文化现象和人文现象一样，不宜一刀切地做纯科学分析，而应走阐释学的道路，对每一独特的文化进行内部的意义发

---

① 叶舒宪:《文学人类学教程》,北京:中国社会科学出版社,2010年,第10页。

② 叶舒宪:《文学人类学教程》,北京:中国社会科学出版社,2010年,第14页。

现和编码规则的解释"①。对人的科学认识，走向了对人的文化阐释，这不但大大拓展了人的主题内涵，也极大地改变了对人的认识方式。因此，本文就是试图建立在这种人学观念上的文学研究方法，即文化人类学研究方法，这也是本文所使用的方法，从这一点上来说，应该感谢诗学研究方法的启示。

当然，要想使本论文的立论和论证得以顺利进行，还得从另一个研究方法即宗教文化研究方法中吸取"营养"。

四、对宗教文化研究方法的述评及对本文研究方法的开启

该研究方法的述评大致按照研究者其成果发表先后顺序，分别为王志耕、吴泽霖、雷成德、金亚娜、雷永生，以及徐凤林等。他们的代表性成果依次为：王志耕的《世俗生活的宗教阐释——托尔斯泰的〈生活之路〉》（《外国文学评论》1998年第1期），以及新译托尔斯泰的晚年著作《生活之路》（北京商务印书馆2015年）等，吴泽霖的《托尔斯泰与中国古典文化思想》（北京师范大学出版社2000年），雷成德的《题辞的内蕴：托尔斯泰艺术研究之三》（《西北大学学报》2002年第4期），金亚娜的《充盈的虚无——俄罗斯文学中的宗教意识》（人民文学出版社2003年）、《"伸冤在我，我必报应"的重新解读》（《外国文学评论》2008年第3期），以及《列夫·托尔斯泰的理性信仰与现代性因素》（《俄罗斯文艺》2010年第3期）等，雷永生的《东西文化碰撞中的人——东正教与俄罗斯人道主义》（华夏出版社2007年），以及徐凤林的《俄罗斯宗教哲学》（北京大学出版社2006年）。

王志耕在《世俗生活哲学的宗教阐释——托尔斯泰的〈生活之路〉》一文中认为，托尔斯泰晚年拒绝了东正教的学说，企图建立一个志在恢复真正基督教教义的新宗教。"19世纪80年代，托尔斯泰出版了他的《忏悔录》之后，试图进一步把自己对人生的思考以更直接的方式传达给民众。他弃绝了东正教会的种种学说，力求在恢复真正基督教义的旗帜下建立一套新的教义体系。正如许多思想家都努力使人相信其思想的深远渊源一样，托尔斯泰并不想表明这套体系是他的创建，而要让人们意识到，他的思想乃是历代哲人最优秀思想的反映。因此，他开始通过各种途径阅读大量文献资料，选取其中精辟的言论，

① 叶舒宪：《文学人类学教程》，北京：中国社会科学出版社，2010年，第17页。

来佐证他的宗教哲学理论。”① 同时托尔斯泰为了便于普及自己的信仰体系，使社会各个阶层的人们都能读懂，因此作品中的语言尽量通俗化，情节故事化，以及格式上也尽量让人们易于接受。但这并不是格言集，而是托尔斯泰的一些思想观念的提炼或总结，即使是别人的话，托尔斯泰也常常加以改造。为了传播自己的新宗教主张，托尔斯泰还不时地对东正教加以批判和革新。“托尔斯泰在晚年一直致力于恢复基督教的本来面目，证明真正的基督教义的存在，或者说，他是试图用一套生活的法则来框架基督教义。”②“在托尔斯泰看来，把基督教当作一种可以企盼奇迹的信仰，并通过种种繁琐的礼仪以促使奇迹降临，这些对宗教的一般理解恰恰就是‘伪教义’。真正的基督教义应当停留在道德完善的层面上，即应针对可以体验的‘生活’——现世生命，教导人们在现世生命的历程中通过‘爱’达到与上帝和所有人的同一化。”③“也就是说，托尔斯泰所指出的‘生活之路’不是通往来世的，它就铺展在现世生命的历程之中。由此可见，这种从形而上的角度探讨幸福的貌似宗教教义的论述，实际上是一种世俗的生活哲学。”④ 从这里可以看出，托尔斯泰对东正教进行了全面清理，否定神迹，反对仪式，拒绝救赎和来世主义，甚至也不承认人格化的上帝，把宗教变成了生活哲学。在此基础上，托尔斯泰还对国家主义进行批判，对民众的信仰能力极力赞扬，那么托尔斯泰这样做所形成的“新宗教”还是宗教吗？“人们会说托尔斯泰的‘生活之路’仍然不切实际。但我们不能从这样的角度去评判托尔斯泰，尤其是今天，我们已有充分的资格将其置于历史的背景下来审视。托尔斯泰是将一种世俗的理想主义推向了宗教的最高境界，而反过来又将这种教义的价值取向定位于世俗的生活。”⑤“为此，托尔斯泰在他生命的最后一年做出了最后的努力，来设计一条根本的《生活之

---

① 王志耕：《世俗生活哲学的宗教阐释——托尔斯泰的〈生活之路〉》，载《外国文学评论》1998 年第 3 期。

② 王志耕：《世俗生活哲学的宗教阐释——托尔斯泰的〈生活之路〉》，载《外国文学评论》1998 年第 3 期。

③ 王志耕：《世俗生活哲学的宗教阐释——托尔斯泰的〈生活之路〉》，载《外国文学评论》1998 年第 3 期。

④ 王志耕：《世俗生活哲学的宗教阐释——托尔斯泰的〈生活之路〉》，载《外国文学评论》1998 年第 3 期。

⑤ 王志耕：《世俗生活哲学的宗教阐释——托尔斯泰的〈生活之路〉》，载《外国文学评论》1998 年第 3 期。

路》：人人依照爱的原则来生活，于是他们将获得幸福，拥有自由、全能和永恒的生命，他们将融入上帝，获得拯救，并越来越强烈和深刻地感受到拥有天堂的快乐。”① 如此，托尔斯泰的《生活之路》就真的成了新宗教了。王志耕为了强调托尔斯泰这种新宗教教义的重要性，还重新翻译出版了托尔斯泰晚年所写的《生活之路》。

从以上引述可以看出，王志耕对于托尔斯泰宗教思想的解释和阐发，还是有一定道理的。托尔斯泰看到了当时东正教的保守、腐败，以及对政府的依附和与现实生活相脱离的弊端，否定官方东正教活动中的一些迷信和神秘的东西，试图创立一种更加接近民众生活的新宗教，从而启迪和指导人们过一种理性的生活，实现宗教的日常生活化，改变民众的精神面貌，因而具有积极的意义，再加上托尔斯泰本人巨大的名声和身体力行的影响，因而托尔斯泰的宗教观念在当时还是很具有时代性和进步性的。

但是我们也应该看到托尔斯泰的宗教思想和宗教改革，以及《生活之路》一书的出版价值等，还是存在着不少值得商榷的地方，主要表现在以下几个方面：一是托尔斯泰对东正教脱离民众，宣扬迷信和神秘主义，依附权力缺乏独立品格等现象加以批判，是有一定道理的，但是托尔斯泰连圣经神迹、宗教仪式，以及人格化的上帝等都加以否定，这只能说明托尔斯泰对宗教的性质缺乏了解，因为任何宗教都离不开一定的仪式、神迹，以及对人格神的信仰，没有了这些，其宗教也就不成为宗教了。托尔斯泰推崇理性，但理性还并不是信仰。理性依靠思维、理智、科学等，而信仰依靠情感、神秘感和崇敬感，所以托尔斯泰用理性清理教会的做法并不太恰当。二是宗教的世俗化之路的确是东正教改革之必然，就像欧洲16世纪的宗教改革以适应资本主义的发展一样。但宗教的世俗化是改革宗教的保守性和教会的反动性，不是要削弱人们对上帝的信仰，而是要加强个人和上帝的联系，赋予新生活以神圣意义，把个体从除上帝之外的权威中解放出来，增强人们面对新生活的信心，因此，托尔斯泰只强调生活的世俗化和重要性，而忽视了要凭靠上帝信仰对生活的引导，甚至仅仅为了生活好和现实幸福（以爱的名义）而努力，只是这样生活倒真的世俗

① 王志耕：《世俗生活哲学的宗教阐释——托尔斯泰的〈生活之路〉》，载《外国文学评论》1998年第3期。

化了，但没有宗教介入和神圣引导的生活，很难保证这种世俗化会长久而不会走向庸俗化。三是托尔斯泰把宗教的教义通俗化和格言化，固然适应了普通大众的理解能力和接受能力，但是这种忽视上帝而只重视“新教义”的做法，很容易使《生活之路》变成类似生活指南类的小册子。托尔斯泰强调的理性实际上是一种道德理性，最终宣扬的是一种道德理想主义，进而会演变成一种禁欲主义。托尔斯泰热爱劳动，生活简朴，主张素食，但这作为个人修养还可以，如果推广普及的话，也会存在着极大的消极后果，先不说是否人人都能做到或必须做到，但就说禁欲行为是否有可能与资本主义到来时所宣扬的公民自由和个性解放等意识形态相背离，这都是值得考虑的问题。个性自由不仅意味着欲望的解放，也意味着创造力的解放，宗教的世俗化如果不和个性发展相联系，不紧紧依靠上帝这个道德依托的本体，只是一味地主张道德操守，这样的宗教改革实际上已失去了改革的真谛。四是对个性自由的忽视会带来对个体精神品格的降低，就会以全民提倡道德的名义扼杀个体精神的发展，从而也就降低了宗教的品格，因此，《生活之路》只是陈列出人们应该做什么或不应该做什么，可是缺乏宗教意义上的本体论的支持，不但人们会失去上述行为的热情和动力，而且时间长了还容易沉沦。总的来看托尔斯泰的宗教理想到了晚年更加趋于保守了，远不如中青年时期的宗教探索充满活力。托尔斯泰对实践理性的迷恋使其更趋向于卢梭，过分夸大实践理性的作用抑制了托尔斯泰宗教改革的活力，因此，从这个意义上来说，托尔斯泰晚年的《生活之路》其宗教价值和实践价值都是非常有限的，“世俗化的理想”既没有达到“宗教的最高境界”，也没有真正地实现世俗化。

吴泽霖的《托尔斯泰与中国古典文化思想》一书，是一部在研究托尔斯泰与中国古典文化思想关系上具有集大成者意义或总结意义的著作。在该作中吴谈道：“托尔斯泰和中国古典文化思想的关系，很早就成为人们所关注的课题。这不仅是因为托尔斯泰在思想求索过程中执着地向东方古典文化思想，特别是向中国的老子、孔子、孟子、墨子等人的学说寻求生活真理，对他们的学说进行了积极的译介和研究，而且还由于在19世纪与20世纪之交的世界动荡危机之中，他心系东方，瞩目中国，把人类社会的前途和希望寄寓其上。可以说，托尔斯泰是俄国古典文学家中和中国文化关系中，最为密切的一人。"① 从这段文字我们可以看出托尔斯泰与中国的古典文化有着密切的联系，同时这种联系并不意味着托尔斯泰的宗教信仰将转向于东方文化信仰，而是托尔斯泰在吸收这些文化营养时，建构了自己的"新宗教"，这一点吴说得比较明确。如果仅仅从这一点来看，吴的论述不过是在进一步说明托尔斯泰的《生活之路》是如何形成的？或如何对中国古典文化加以吸收的？从这个角度讲吴泽霖以及还有很多类似研究的学者，其研究还是有着较大学术价值的，但论者更看重的是吴在研究的过程中受舍斯托夫研究影响，认为托尔斯泰之所以走向东方文化，是因为他的思想转变中要从一个"共同体"出来，不是转入个体的觉醒和担当，而是又转入了另一个"共同体"，吴的这一观点鲜明而深刻，这样，托尔斯泰就只能转向体现共同体文化特征的中国古典文化了。

托尔斯泰在19世纪六七十年代曾遭遇到过个人精神危机，发生过"阿尔扎马斯的恐惧"，此时也迷恋过叔本华的悲观主义哲学和兄长尼古拉的死亡等，所有这些情状促使托尔斯泰个体意识的觉醒，把他从宗法的"共同体"社会里抛了出来。按照西方有关个人思想发展的逻辑讲，此时觉醒的个体要么忍受孤独，要么反抗世界的荒诞而自杀，要么最终皈依上帝。在吴看来托尔斯泰超出了上述的"要么"，而是出乎人们意料地进入了另一个"共同体"世界，从而避免了个人危机，这就形成了托尔斯泰思想转变的一个特色。"这种以个人为本位的西方思想模式认为，人只有在被逐出'共同世界'之后，成为一个否定了'共同世界'之理性的个人才能清晰地'本真'地'发现自我'。而令舍斯托夫不满的是，托尔斯泰违背了他所认定的真理之路：即走出人们的'共同世界'。走入'个人世界'而觉悟人生的真谛。托尔斯泰的谢尔盖神父最终不是走入'个人世界'去觉悟人生，而竟是走入另一个'共同世界'；走向人间，去向一个村妇帕申卡寻求真理，'在菜园子里做工，教孩子们读书，还照料病人'。对于这些舍斯托夫称之为'对古典主义的赏光'的描写，舍斯托夫大加揶揄。"② 托尔斯泰"在将自己逐出那个使生命成为罪恶的'共同世界'之后，他却转向了另一个'共同世界'。因为他从根本上就不相

① 吴泽霖:《托尔斯泰与中国古典文化思想》,北京:北京师范大学出版社,2000年,第1页。
② 吴泽霖:《托尔斯泰与中国古典文化思想》,北京:北京师范大学出版社,2000年,第56页。

信有这样一个独立的‘个人世界’存在，自然也就不相信这个‘个人世界’可能有达到真理的力量”[①]。“托尔斯泰仅仅把个体看作是自然的个体，这样的个体没有价值和意义。”[②]“这样，托尔斯泰就不但和舍斯托夫、陀思妥耶夫斯基分道扬镳，而且也和整个西方的思维方式背道而驰了。面对西方理性主义的危机，托尔斯泰没有走向现代西方的非理性主义之路，而是回首瞩目东方……”[③] 吴在这方面的论述还是较为独到的，因为他看到了托尔斯泰精神转向的关键点。

不过应该看到，吴只是客观陈述了托尔斯泰思想的这一转变，并没有对于这一转变本身做出评价，这是较为遗憾的，因为吴更关心的是托尔斯泰“如何”和“已经”“转向了东方”，以便为下一步托尔斯泰与东方思想相联系，其实如果吴在这里稍微留意盘桓一下，这正是理解托尔斯泰的宗教改革如何存在着问题的关键所在，也是托尔斯泰为何不如陀思妥耶夫斯基宗教思想深刻的原因。托尔斯泰对“个体”的理解有误，他仅仅把个体看作生物学意义上的个体，个体不能脱离“总体生命”，这样托尔斯泰的选择必然是走向体现“总体生命”的大众、民间，这种宗教观反映到思想上就是一种民粹主义行为的表现。这种宗教的世俗化是一种“伪世俗化”，因为丧失了个体本位的世俗化只能是对宗教信仰的消弭化，最终走向无神论。吴在这方面似乎只是看到了托尔斯泰宗教信仰转变上的特色，而没有看到这种转变的实质及消极意义，即托尔斯泰的精神探索走向肤浅化和平庸化，并产生了极大的甚至连作者自己都意识不到的消极后果，这种消极后果表现在他的创作上，也表现在当时的社会政治上。别尔嘉耶夫认为：“托尔斯泰在精神上使大俄罗斯不能再存在。他做了很多摧毁俄罗斯的事情。而在这种自杀事业中，他是一个俄国人，他身上表现出宿命的不幸的俄罗斯人的特征。”[④] 其实托尔斯泰是以主体性的消解来解决主体性所遭遇到困境的。换一个通俗的说法，就是用取消问题的方式来代替对问题的解决。论者在想，如果吴把这一点论述清楚，然后再谈托尔斯泰对东方古典文化的借鉴与吸收，来构建自己“新宗教”的价值和意义，则“科学性”

---

① 吴泽霖：《托尔斯泰与中国古典文化思想》，北京：北京师范大学出版社，2000 年，第 57 页。

② 吴泽霖：《托尔斯泰与中国古典文化思想》，北京：北京师范大学出版社，2000 年，第 58 页。

③ 吴泽霖：《托尔斯泰与中国古典文化思想》，北京：北京师范大学出版社，2000 年，第 59 页。

④ 吴泽霖：《托尔斯泰与中国古典文化思想》，北京：北京师范大学出版社，2000 年，第 110－111 页。

效果将会更好。

雷成德虽然发表的有关托尔斯泰宗教研究的文章不多，但是在《题辞的内蕴：托尔斯泰艺术研究之三》一文中首先指出了题辞的圣经化解读是错误的，“读者对作品的领悟是依靠作品本身的形象、情节、场面、气势、故事等，而书前的题辞要规定读者的结论，则是一种违反艺术规律的错误行为。因此，这些题辞往往和作品实际效果恰相对抗。题辞尽管是作品重要的组成部分，然而，这些题辞却成了累赘，破坏了作品整体的审美价值”[①]。同时雷认为托尔斯泰的题辞首先是其受了叔本华的影响。“托尔斯泰在写作过程中阅读了叔本华的哲学著作《作为意志表象的世界》，其中对‘伸冤在我，我必报应’的引述与论证吸引了他的关注。叔本华在文中说：‘任何人对我做的不义都不能使我由于这个不义而有权去报应他，从长远的观点看，以恶报恶，既不会认为是有道德的，也不能认为任何其他的理性论据是正确的……无论什么样的人都无权以纯粹道德法官和报应者的面目出现，并惩罚使他受到痛苦的另一个人的行为。由此可见，为了这一点而要责成他忏悔——这是急躁的登峰造极的骄傲自信，因为《圣经》上说：对我报应和我的报应。’”[②] 再加上雷还认为托尔斯泰在创作过程中是承认安娜的冤情的，以及认为安娜的死具有使人发生精神升华的积极影响，并不完全赞成简单的“报应”和“惩罚”结论。这样雷关于题辞问题做了较新的解读。其次，雷对托尔斯泰的宗教观具有明确而又深刻的看法，认为托尔斯泰所信仰的是“宗教道德”或“道德宗教”，指出了托尔斯泰宗教思想的实质。雷认为：“应该承认，托尔斯泰从自传三部曲到《安娜·卡列尼娜》，以善为本，道德自我完善的克制始终贯穿其中。然而，在世界观危机之后，这种思想却表现出显著的宗教色彩，才逐渐形成了道德宗教体系。因而，从《安娜·卡列尼娜》援引《圣经·新约·罗马人书》的‘伸冤在我，我必报应’以后，道德宗教观念得到更快更经常的延伸……”[③] 由此看来，雷对托尔斯泰宗教思想的定位为“宗教道德”或“道德宗教”也是比较准确的（论者觉得“道德宗教”的提法更好），同时也指出了这种宗教观对艺术创作的消极影响，这在托尔斯泰的创作实践中也得到了印证。最后雷

---

① 雷成德:《题辞的内蕴:托尔斯泰艺术研究之三》,载《西北大学学报》2002 年第 4 期。
② 雷成德:《题辞的内蕴:托尔斯泰艺术研究之三》,载《西北大学学报》2002 年第 4 期。
③ 雷成德:《题辞的内蕴:托尔斯泰艺术研究之三》,载《西北大学学报》2002 年第 4 期。

还补充了一点，即托尔斯泰的人本思想：“托尔斯泰既是以人为本的信奉者，更是言行一致的实践者。托尔斯泰之所以成为19世纪震撼世界的文学大师和人类良知的导师，其根源正在于他所关心、同情、热爱的人，不是理念中的人，而是有血有肉活在现实中生活的人，这就使他的艺术有取之不尽用之不竭的素材，使他的作品成为关注人的命运与感情、生活与理想的真实写照，成为人类生活前进与演化的生动记录。”① 正是在这一观念下，托尔斯泰对安娜遭遇的同情，才使得这些形象刻画得非常成功。

总起来看，雷成德对于托尔斯泰宗教观不但概括为“道德宗教”，而且还对“道德”的内涵，即托尔斯泰同情这些不幸者，含有冤情者，而非一味地坚持一种基督教“我必报应”的抽象道德。托尔斯泰这样做也增强了创作上的审美效果，使作品更具有艺术性。实际上雷更深层次意思是想说明，托尔斯泰的宗教思想中包含有对人性的极大尊重，只是雷在行文中表现得比较谨慎罢了，而真正把这一点揭示得非常明确的是金亚娜等人。

金亚娜、刘锟、张鹤等所著的《充盈的虚无——俄罗斯文学中的宗教意识》一书，是对于俄罗斯宗教文化问题研究较为深入的一部学术专著，金亚娜、张鹤等在该书的第三章“天国在心中”部分里，首先谈到了托尔斯泰信仰的矛盾性。“在十九世纪的俄罗斯作家中，恐怕没有人像托尔斯泰那样，对一切神迹抱着怀疑和轻蔑的态度，却又终生渴望听到神的声音。”② 表现在托尔斯泰身上为两个方面：一方面借助理性清理官方东正教信仰上的迷信和神秘主义色彩，另一方面他又渴望得到基督教的信仰。同时托尔斯泰还把人分为动物性的人和神性的人，并且两者均不可偏废，无论是完全的神性和完全的动物性都是要不得的。“托尔斯泰无法摆脱的矛盾症结处——没有兽性的生命是可悲的，没有神性的生命是可耻的，为了神性的获得，必须阉割人的兽性，但这又过于残酷、违背人性的。从另一个角度来看，这段话也向我们说明了为什么托尔斯泰笔下最可爱而无害的女性都是少女的原因，因为她们是‘无肉体的灵性’，她们身上闪烁着处子的纯真，没有成熟的肉的诱惑和耻辱。”③ 应该说金和张的这种分析是很有道理的，也很深刻，这也就把雷成德关于托尔斯泰的

① 雷成德：《题辞的内蕴：托尔斯泰艺术研究之三》，载《西北大学学报》2002年第4期。
② 金亚娜、刘锟、张鹤等：《充盈的虚无》，北京：人民文学出版社，2003年，第93页。
③ 金亚娜、刘锟、张鹤等：《充盈的虚无》，北京：人民文学出版社，2003年，第143页。

"人性"在此以"动物性"的方式给突出放大了。因此，金等把握住了托尔斯泰宗教思想中最为打动人的精神内核，具体应用到托尔斯泰像《安娜·卡列尼娜》等优秀作品上，也都能得到很好的解释和说明。金和张还认为，尽管二者都很重要，但显然神性是人性的旨归，安娜虽然富有生命力，但她忽视了神性；列文虽然婚姻生活很满意，但他并没有忘记神性，因此他们的结局也不同。除此之外，金和张还论述到了通向神性凭借理性帮助的问题。金并不满于此，她还要进一步阐述自己的独特看法，她要进一步发展自己有关托尔斯泰对人性的理解，甚至到了要给安娜"翻案"的程度，这些均表现在《"伸冤在我，我必报应"的重新解读》一文中。在该文中金对"伸冤在我，我必报应"这一关于安娜命中遭罚的题辞做出了新的解释，认为该题辞，"论证了作家赋予女主人公一种圣徒式的死亡，是要通过死亡赎回她自身的清白，而正是死亡能够显现出生命的全部意义和价值"[①]。从而赋予安娜自杀的神圣性（基督教是反对自杀的——引者），这样就肯定了安娜自杀的积极意义，这种把人性和神性完全融为一体的观点的确新颖独特。之后金又在《列夫·托尔斯泰的理性信仰与现代性因素》一文中给予更加明确的说明："托尔斯泰能够突破东正教神学的界限，博采东西方众宗教教义之长，并吸收古今相关哲学思想，建构自己的宗教道德学说，充分地体现出他对新时代文明的敏锐预感和宗教精神真理探索的超越性。在托尔斯泰的宗教真理探寻中，体现出东正教会极其反对的来源于西方启蒙主义的现代性因素。这里我们所说的现代性，不是指称罗马帝国向基督教过渡的时期，也不是指它被首次使用的十世纪末，而限定在启蒙运动以来所产生的'新'的世界体系生成时代的思想意识（其顶峰在18世纪）。我们在本文中论及托尔斯泰的宗教信仰中的现代性意识，主要是指大师对欧洲启蒙运动的价值观念的信奉，他对古代宗教理念的具有现代意识的反思和重构，以及对与传统东正教价值观密切联系的俄国社会、政治、道德等方面的批判。从教会的立场来看，他的这种做法具有极大的破坏性，简直是对宗教权威的一种颠覆；而从文明发展的立场来看，这是一种了不起的进步，是托尔斯泰的创造。他的富有理性的宗教思想探索对当时和后世有很大的引领作用。"[②]

---

① 金亚娜:《"伸冤在我,我必报应"的重新解读》,载《外国文学评论》2008年第3期。

② 金亚娜:《列夫·托尔斯泰的理性信仰与现代性因素》,载《俄罗斯文艺》2010年第3期。

这样就为托尔斯泰之所以能肯定生命、看重人性等找到了思想依据。应该说金对于托尔斯泰的研究还是比较深刻和独特的，看到了托尔斯泰信仰的矛盾性，以及试图用理性来对东正教进行宗教改革的企图，还有“宗教道德”概念的提出，都是非常有价值的。

但是也应该看到，托尔斯泰的宗教思想并非静止的，而是变化的，他晚年的思想对于人性（动物性）开始采取否定态度的做法也是较为明显的，特别是像托尔斯泰的《复活》及其之后的一些作品，开始走向了一元神论，甚至走向极端道德主义，并由此招致的非议以及对文学创作带来不小的消极影响，都是比较明显的。还有托尔斯泰用理性来解决信仰问题，就像王志耕所认为的那样，固然能够扫除很多迷信的现象，恢复大众的理性生活，但用理性只能解决理性问题，而解决信仰问题似乎文不对题。托尔斯泰的启蒙宗教很容易走向理性主义和道德理想主义，最后是禁欲主义，这也是应该注意的（最后也真的出现了）。

在有关理性能够帮助托尔斯泰进行宗教改革方面的论述上，雷永生谈得比较多，也比较详尽，他在《东西文化碰撞中的人》一书里，在“列夫·托尔斯泰理性和爱可达至善”为标题的一节中，进一步解释了“理性”在信仰中的作用。“按照东正教的标准，托尔斯泰的确不是一个合格的基督徒，但他又的确是基督学说特别是《福音书》的信徒。他在宗教问题上持开放的态度，并不专以正教的一套为正宗，甚至他还接受了新教的影响，力求克服东正教的神秘主义因素，将理性主义引入他的宗教之中。”① 这里可以看出，托尔斯泰是借助理性在进行宗教改革，去除东正教中的迷信因素和神秘主义因素，使其更接近有点世俗化的新教。接下来雷永生进一步解释，把理性视作能够使人性达到神性的手段。“为什么托尔斯泰要像新教那样，用理性主义去冲刷基督教的神秘主义呢？纵观他的宗教和道德学说，我们可以知道，他认为，信仰问题实际上是一个人的道德完善化的问题，而理性在达到完善化的过程中起着关键的作用。能够认识真理的理性是引领人类实现道德自我完善的力量；如果没有理性，人类就会分不清动物性和神性，就会追求动物性躯体的幸福，受到那种

---

① 雷永生：《东西文化碰撞中的人——东正教与俄罗斯人道主义》，北京：华夏出版社，2007 年，第 139－140 页。

幸福的诱惑和欺骗，就会被动物性的生命牵动而湮没了神性，那何谈道德上自我完善呢？同时，其重要性还在于道德完善是个人的行为，而个人在这方面除了理性这一手段之外，别无他物，只有依靠理性的力量。”① 而真正由人性达到神性，在运用理性的同时，还应辅之以爱。基于爱才能达到至善，从而达到神性。“除了理性之外，道德自我完善还需要依靠爱。托尔斯泰不仅将上帝理解为真理，而且还将其理解为爱。上帝爱人，爱生命，所以把自己的这种本质根植于人的生命之中。这种爱与动物性躯体由于欲望的满足而产生的、以自己利益为中心的爱是根本不同的，那种爱永远也达不到对上帝的爱和对他人的爱。……将基于个人利益、需要和喜好所产生的爱与出于人之本质的、纯洁的、超越于个人利益和喜好的、不图回报的、非工具性的爱区别开来，不仅可以分清爱的不同层次，而且可以引导人们明确自我道德完善的目标。实际上，在托尔斯泰那里，最高的爱，即基于神性生命的爱，纯洁的、无私的、超越尘世的爱，也就是善，甚至是至善。爱和善在这里是统一的，他在这里为人道主义设定了一个崇高的境界。尽管这个境界很难达到，但它却可以使人的道德境界得到不断的提升，道德水平得到不断的升华。”② 我想这个“崇高的境界”就应该是神性的世界，就是“天国”了。

在这里可以看出雷永生的思路比较清晰，逻辑也比较严密，即理性是手段，神性是目的，而爱和善的同一则成了实现神性的途径，或者其本身就是神性。但也应看到，托尔斯泰的宗教改革所借助的是理性而非信仰，所以还达不到“因信称义”的“新教”程度，受启蒙思想影响，特别是卢梭“良知”说的影响，借助理性经由爱和善而达到神性，必然走向道德主义和理性主义，从而有可能远离了信仰，因为理性并非人的唯一本质，在信仰上起作用的还有非理性和超理性，其作用甚至更大。新教在宗教改革中提出了“选捡说”，取消了天主教在人和上帝之间的“中介”作用，强调“因信称义”，个人可以和上帝直接沟通，既保障了个体自由问题，又强化了个体信仰问题，而托尔斯泰的信仰又把“理性”或“道德”等作为中介，依据理性必然抑制非理性和超理

① 雷永生:《东西文化碰撞中的人——东正教与俄罗斯人道主义》,北京:华夏出版社,2007 年,第 140 页。

② 雷永生:《东西文化碰撞中的人——东正教与俄罗斯人道主义》,北京:华夏出版社,2007 年,第 140 - 141 页。

性，只能走向道德理想主义，进而走向无神论，因此，按照雷永生的观点，托尔斯泰在借鉴新教对东正教进行宗教改革上可能会得到相反的效果，至于托尔斯泰在进行宗教改革时是否真的借鉴了新教，还是个问题。

徐凤林在《俄罗斯宗教哲学》一书中的第四章“托尔斯泰的道德哲学”一章，专门探讨了托尔斯泰的宗教观。徐认为托尔斯泰强调了生命的意义在于内在精神和对理性的服从，而肉体生命则是非生命本质性的。同时徐也认为托尔斯泰也强调理性在信仰中的作用，这比起雷永生来更加直白。“虽然这里强调了超出理性知识的信仰，但可以说托尔斯泰在哲学上是理性主义者。这个信仰不是与不可知的奥秘相联系的，不是理性的彻底终止和盲目的信从；信仰给理性知识提出了界限，但这个界限又是理性所提出来的，是理性所设定和认可的。这种作为生命力量的信仰是在理性认可的范围内超出理性的界限的。所以，这种信仰最终是对知天命的理性、对认识了自己的地位和知道自己应该怎么做的这样一种理性的信任、认同、服从。”① 在这里理性不但是信仰的手段，也逐渐成为信仰的内容和目的，徐把托尔斯泰定为“理性主义者”是比较明确和准确的，因为托尔斯泰也否定了人格化的上帝。“索洛维约夫在《生命的精神基础》一文中详细论述了宗教信仰的三个必要条件：祈祷，施舍，持戒。然而，托尔斯泰的宗教信仰观则反对一切神秘。在他看来真正的信仰既不需要教堂，也不需要装饰、颂诗、集会。……就基督教而言，耶稣基督也不是神，不是像信经上讲的三位一体的上帝之子。基督是人，是基督教改革家，是伟大的道德家，他向人类揭示了怎样生活的伟大真理。这个真理就是爱，是在上帝中的统一，这实际上是服从内在的理性或良知。”② 在这里，上帝便变成了道德良知。“这样，虽然托尔斯泰也有许多关于上帝、基督、信仰的论述，但与基督教的教会教义大有不同，力图消灭宗教的神秘性和神圣性。托尔斯泰批评传统的基督教上帝观，转向上帝在人心，强调人的内在理性或良知，这与中国的陆王心学批评程朱理学之理的外在性和高高在上，强调‘心即理’和‘致良知’，有某些近似之处。但信仰如果离开了神圣性和神秘性，还能否成为生命意义和无私之爱的基础，这仍然是一个存在争议的问题。”③ 应该说徐对托

---

① 徐凤林:《俄罗斯宗教哲学》,北京:北京大学出版社,2006 年,第 63 页。
② 徐凤林:《俄罗斯宗教哲学》,北京:北京大学出版社,2006 年,第 73 页。
③ 徐凤林:《俄罗斯宗教哲学》,北京:北京大学出版社,2006 年,第 75 页。

尔斯泰宗教观的本质把握还是较为准确的，理性主义观念构成了托尔斯泰信仰的内核，这样托尔斯泰的信仰就有走向虚无主义的可能。不过徐只是从有关托尔斯泰的宗教文章，以及部分文学作品出发来加以论述的，忽视了托尔斯泰作为作家有时是“言行不一”的，特别是像后期的中篇小说《哈吉·穆拉特》等这样“出格”作品的出现，就更多地表现出托尔斯泰宗教观的复杂性。

除上述6位学者外，在托尔斯泰宗教研究上还有一些学者，虽然他们发表的相关文章不多，但也都提出了自己鲜明的观点，如邱运华在《托尔斯泰留下的诠释困境》一文中和陈建华在《人生真谛的不倦探索者：列夫·托尔斯泰传》一书中，均认为晚年的托尔斯泰面对残酷的现实，试图突破自己宗教学说而不能的矛盾痛苦。邱认为：“这样，20世纪的托尔斯泰学说在暴力、宗教观念和皇权这三大问题的看法上发生了巨变，这使得人们评判他的学说，必然产生较大的分歧。用单一的、静止不变的眼光去看待托尔斯泰及其学说，会不可避免地陷入自相矛盾。”① 陈认为：“在生命的最后岁月里，托尔斯泰没有放弃自己的宗教道德学说，但有时他也会表现出某种疑虑。”② 赵明在《上帝的天国可否建在人间》（《宁夏社会科学》1995年第1期）一文中认为，托尔斯泰实际上是个无神论者，因为在赵看来，上帝的天国一旦建在人间，就不是天国了。“身为凡胎却要成就上帝的伟业，恰恰孕育了托翁探索的深刻矛盾和全部悲剧。”③ 赵宁在《托尔斯泰的乌托邦思想》（《河南大学学报》2003年第1期）一文中，也认为托尔斯泰想建立一个人人劳动、平等、健康的人间天国，这就是托尔斯泰的乌托邦。徐海燕在《托尔斯泰的宗教探索及其对创作的影响》（《江苏社会科学》2001年第4期）一文中认为，托尔斯泰想创立的新宗教，其内容就是原始基督教教义，并在晚年创作的《复活》中得到了集中体现。这里所说的“原始基督教教义”，其实就是以基督教的名义把基督教教义当作道德信条，在托尔斯泰看来，基督教影响巨大，深入人心，借助于此，能更好地宣传“托尔斯泰主义”。赵桂莲在《快乐与压抑：托尔斯泰的迷惑与解脱》（《欧美文学论丛》2002年12月15日）一文中认为：“托尔斯泰是传统文化，尤其是传统基督教文化的彻底叛逆者。这正如俄国哲学家、神学

---

① 邱运华：《托尔斯泰留下的诠释困境》，载《外国文学评论》1998年第4期。

② 陈建华：《人生真谛的不倦探索者：列夫·托尔斯泰传》，重庆：重庆出版社，2007年，第273页。

③ 赵明：《上帝的天国可否建在人间》，载《宁夏社会科学》1995年第1期。

家弗·伊里因所说的，‘托尔斯泰如同尼采一样否定（作为价值体系的）文化，只不过与尼采不同的是，托尔斯泰是为了道德而否定，尼采是为了美学而否定，但二者进行的都是文化重估’。因此，‘托尔斯泰……是摧毁者’。”[①] 这里托尔斯泰成了虚无主义者。屠茂芹在《俄罗斯民族信仰的特点与托尔斯泰的宗教观》（《东方论坛》2003 年 3 期）中认为：“托尔斯泰也许就是上个世纪交替时期的堂吉诃德，一个道德勇士。在传统价值观念分崩离析的年代，他想留住传统中那些美好的东西，为此他不惜牺牲家庭幸福，直至自己的生命。托尔斯泰从宗教出发，他想建立的，实际上是人与人之间的道德秩序，他想在人与动物之间，立起人的骄傲。这个问题，即使在今天这样的信息时代，依然具有重要意义。道德理想，永远是实现人类美好生活的必要保障。从这个意义上说，不单作为作家的托尔斯泰永远有他的读者，作为思想家的托尔斯泰，他的宗教道德思想，也永远具有无法取代的价值。”[②] 这里的道德固然很崇高，但也仍然存在着一个道德理想如何可能的问题。以上这些“代表性研究者”的研究观点，既有充实丰富之处，也有自己的新开拓。另外，还有一些学者对托尔斯泰与佛教、伊斯兰教、萨满教、诺斯替教等宗教或文化的关系加以研究，这些研究使人得出一个结论，一方面托尔斯泰为建构自己的新宗教体系或道德宗教体系，吸收了很多异质文化中的思想，正如王志耕谈到《生活之路》的形成一样，采取“拿来主义”，另一方面我们也不可否认托尔斯泰的思想中存在着异教和多神教成分。

总起来看，托尔斯泰的宗教思想是颇为复杂的，既有世俗化的宗教改革选择，又有走向无神论的忧虑；既有尊重生命的一面，又有禁欲主义成分；既有借助理性进行改革的一面，又存在着走向道德主义的可能；既执着于对上帝的信仰，又掺杂着异教的、多神教的，甚至是虚无主义思想。尽管如此复杂，论者认为托尔斯泰的宗教主张（特别是晚年）并不具备现代宗教思想，因为最为关键的是他忽视了个体的本体性和精神性。托尔斯泰与陀思妥耶夫斯基相比，虽都是宗教改革家，但陀思妥耶夫斯基是往前冲的，他创造出了带有存在主义色彩的基督教信仰，初步解决了现代个人的终极关怀问题；而托尔斯泰则

---

① 赵桂莲:《快乐与压抑:托尔斯泰的迷惑与解脱》,载《欧美文学论丛》,2002 年 12 月 15 日。

② 屠茂芹:《俄罗斯民族信仰的特点与托尔斯泰的宗教观》,载《东方论坛》2003 年第 3 期。

退后了，退到了靠道德信条来支撑信仰的古典的宗法制时代。托尔斯泰的宗教改革如果其过程还有点意义的话，那么所导致的结论则是令人遗憾的。

但也正是因为这一点，让论者看到托尔斯泰对大地的崇拜情结不仅仅是其创作观，而且也对其扮演着终极信仰的作用，以及信仰危机后也并未完全转向基督教。所有以上为本文中在处理托尔斯泰的宗教信仰问题上，提供了凭靠。

美学研究方法

本文论者早在2002年就发表了《试论托尔斯泰创作中的审丑意识》，在该文中论者从审丑的美学角度，打开了对托尔斯泰的新研究。虽然托尔斯泰的整个创作风格看起来是崇高的，并不乏和谐，但其间却充满着不和谐和反和谐因素，因为作者从宗法的古典的共同体走出来，便面临着价值观念的急剧变化，个体与集体、个人与社会、人与自然的脱节所造成的恐惧，便为审丑的形成创造了条件。后来论者又写出了《论〈复活〉创作中的新伪古典主义美学特征》（《宁夏大学学报》2008年第4期）一文，在该文中论者指出了《复活》在创作上存在着假崇高问题，进而指出托尔斯泰的现实主义创作存在着“伪古典主义化”倾向，从而对作品的艺术性带来极大的消极影响。本文论者在《论托尔斯泰的“泛现实主义化”创作及其得失》（《四川大学学报》2009年第6期）一文中，从三种美学范畴崇高、丑、假崇高等，与之相对应的论者分别从“诗性的”“心理的”和“古典的”三个角度，分析了托尔斯泰对“现实主义”创作方法的“开拓”，并指出“开拓”的得失。在《论托尔斯泰创作思想的嬗变对其长篇小说结构形式的影响》（《四川大学学报》2011年第3期）一文中，论者又从作者美学观念的变化带来了托尔斯泰创作结构嬗变等观点。总之，运用美学研究方法，取得了一定的研究成果。

但是也应看到存在的不足，文学艺术的成功存在着多种因素，并不仅仅用审美或审丑能够说得清楚的，还应该求教于其他研究方法。在托尔斯泰诗学角度所取得斐然成果，以及宗教文化研究所取得成就的基础上，令论者想到了进一步开拓主体性的文化人类学方法，进一步扩大对人的内涵研究，走出美学研究及其他研究方法所存在的偏狭，而文化人类学则是一个更为广阔的天地，对人的主体性拓展还要宽，理论还要成熟，文化之根扎得还要深。

五、以文化人类学研究方法为主导辅以美学研究方法

受诗学研究方法及其大量研究成果的启发，以及对这种方法进一步发展的需求，论者便选择了文化人类学研究方法。同时也受宗教文化研究方法及其丰富的成果的启发，认识到了托尔斯泰宗教观的实质，其内核不过是一种被各种文化所包装的道德主义。最后还有论者自己长期采用的美学研究方法，及其所取得的一些研究成果，再加上诗学研究中所包含的美学因素，因此，形成了本论文以文化人类学研究方法为主导，辅以美学研究方法便构成了本论文的基本研究方法，并形成本论文的构想。具体如下：

研究目的：研究托尔斯泰的创作规律与美学表现。

研究意义：托尔斯泰作为文学大家之一，对其深入研究，以便更好地了解俄罗斯文学，这对于我国文学的发展，起着借鉴意义。

研究方法：以文化人类学研究方法为主导，辅以美学研究方法。

研究观点：托尔斯泰对大地的崇拜情结构成了他的世界观和创作观，这种独特的创作观也就决定了他作品成功和具有独特个性的地方。对大地崇拜的质疑和对道德的推崇，构成了其作品内在的审美主义和伦理主义之间的矛盾冲突，增加了作品在创作思想上的复杂性和矛盾性，这又在客观上加强了作品的艺术魅力。对大地崇拜情结的最终抛弃和向道德主义的转移，不但作者的创作思想水平在下降，而且给作品的艺术性也受到了消极影响。

托尔斯泰创作观念的流变，还影响到了作品在创作结构上由多线索向单线索发展的嬗变，以及对“现实主义”创作方法拓展上的得与失。论文最后把托尔斯泰与陀思妥耶夫斯基的大地崇拜情结相对比，对于托尔斯泰的大地崇拜情结及其信仰危机的状况，有了更为清楚的了解。

创新突破：

1. 方法创新：采用了文化人类学为主导辅以美学研究方法，对托尔斯泰创作进行研究。此研究方法在国内学界首次采用此方法，这就彻底摆脱了以往的意识形态研究方法，以及有别于国内研究托尔斯泰的其他八种研究方法，并试图对诗学研究方法加以超越和对美学研究方法加以拓展。

2. 观点创新：托尔斯泰的创作上存在着浓重的大地崇拜情结，对其崇拜由虔信到动摇再到转移的过程，体现在托尔斯泰创作中。以新方法所形成的新

的评价标准，运用新的美学观念，重新评估托尔斯泰的作品，进一步肯定了《战争与和平》《安娜·卡列尼娜》和《哈吉·穆拉特》等作品的艺术价值，重新审视《复活》的艺术价值，纠正以往在文学史上把其定位过高的做法。

3. 观点创新：美学也必须注入新的美学观念、美学理论和美学思想，才能使审美研究这一方法得到真正运用。本论文在美学观念上不但运用了审美、审崇高，还运用了审丑、审荒诞等美学范畴。表现在文艺学上，不但运用了现实主义、新古典主义、伪古典主义，还运用了现代主义等文艺学范畴。同时还重新揭示出了托尔斯泰创作结构形式上的规律，作者对于“现实主义”创作方法开拓上的得与失，托尔斯泰创作中的审丑现象和死亡意识，以及把托尔斯泰和陀思妥耶夫斯基相比较得出的新启示等，最终揭示出托尔斯泰的创作体现在美学上的新变化和文艺观念上的新思想。

第一章

大地崇拜情结的浓烈与危机的初露端倪

列夫·托尔斯泰是一位长期生活在宗法制乡村的贵族作家，对土地有着深厚的感情。俄罗斯那广袤无垠的土地不但给作家提供着丰富的物质资源，也提供着不竭的精神资源，这里的精神资源不但包括风俗人情、伦理道德、行为规范，而且还应包括人的情感寄托和终极关怀，因而大地崇拜中的“大地”不再是物质上或物理意义上的“土地”，而是具有了形而上色彩的理想世界。总的来看，托尔斯泰对大地的崇拜其主要内涵是人对自然的原始崇拜。原始崇拜是人和自然之间所建立的一种神秘关系，是人还没有完全脱离自然，还要依附于自然，离不开自然这根脐带的标志。

关于“大地崇拜情结”，英国文化人类学者弗雷泽在《金枝》中的“第二十九章阿多尼斯的神话”里，讲述了大地年复一年的变化，背后一定有一位男神在主宰着，他定期地死去复生。阿多尼斯神话唤起了人们对大地的交流、理解与崇敬。[①] 文化人类学者林惠祥，他在《文学人类学教程》一书的“第二章自然崇拜”中这样谈道：“大地的崇拜——在野蛮人看起来地是一个生物，土壤是它的筋肉，岩石是它的骨骼。在很多种神话里头，它有一个美丽而妥切的名称便是‘地母’，因为她能生养万物。……‘地母’的观念或者发生于人类脱离狩猎进入农耕的时代。有些美丽的神话系起于植物的春生而冬凋，还有各种仪式与风俗，常举行于春季，其宗旨便是祈求收获的丰厚。其中献祭有时是流血的，因为人类以为非有这样残酷的牺牲不足以邀神的保佑。”[②] 在这里

---

① ［英］弗雷泽：《金枝》，汪培基译，北京：商务印书馆，2013 年，第 524 – 529 页。

② 林惠祥：《文学人类学教程》，北京：商务印书馆，2011 年，第 285 页。

不管把大地想象成“男神”还是“地母”，都体现着农耕时代对大地的崇拜，并且这种崇拜成了一种情结“遗传”下来。对于这种现象，用黑格尔的艺术理论来讲，人和自然的关系还处在一种象征型关系，属于一种自然宗教。在这种情况下大地不但是人的信仰对象，也是人存在的价值尺度，落实到社会制度层面就是宗法制度，它是古典形态的、前现代的。尽管这种状况带有原始的泛神论色彩，但由于能够形象地反映事物，因此，这无形中增强了作品的审美性。

由于托尔斯泰毕竟是一位已经文明化了的现代人，在上述基础上又可以引申出两层内涵：一是受西方启蒙思想影响，把自然看作是人性解放的手段。自然的解放也就意味着人性的解放，在思想观念上往往意味着人的觉醒和人的个性解放，尽管以自然的名义，但人和自然开始产生分裂，落实到政治制度层面上，就是对自由和民主的提倡。这一点托尔斯泰是以开拓人的主体世界来体现的。二是进入现代社会，托尔斯泰开始借助自然的力量，来反对文明对人的异化。对自然的赞美，就是对生命的肯定和张扬。上述三种对待自然的态度在托尔斯泰的作品中是浑然一体的，其中对大地的原始崇拜情结，是最为基本的。

其实这种大地崇拜情结在俄罗斯知识分子身上大都存在，著名学者金雁认为，俄罗斯知识分子“崇拜大地、崇拜苦难和底层意识。俄罗斯平原广袤无垠、苍茫无形的自然环境，形成了‘知识分子’特有的‘大地母亲’情怀。他们认为自然状态是人类存在的理想形式，只有脚踏祖国的大地、投身到大自然的怀抱中去，就会感受到生命的源泉，才有立足之本，才不会被城市的污泥浊水所吞没。赫尔岑说，俄国人感触自然的原动力要比接受拉丁教育的人强烈得多，‘我们思念的东西不是自由，而是一根坚固的根基，那就是我们安宁的家园，我们的灵魂不是寻找无意义的空间，而是寻找能使灵魂充实的俄罗斯大地’”①。尽管大地崇拜情感在俄国知识分子身上存有普遍性，但是真正脚踏大地，通过自己的文学创作表现出对大地的崇拜情感，并取得巨大文学成就的当首推列夫·托尔斯泰。就像希腊神话中的大力神安泰从大地获得不竭的力量源泉一样，托尔斯泰也从大地崇拜中获得源源不断的创作源泉和激情四射的创作灵感，为世人创作出了一部部像《战争与和平》（1863－1869）、《安娜·卡列

---

① 金雁：《俄罗斯村社文化及其民族传统》，载《人文杂志》2006年第4期。

尼娜》(1873－1877)等著名的长篇小说和像《哥萨克》(1862)、《伊万·伊利奇之死》(1886)、《哈吉·穆拉特》(1905)等一系列精彩的中短篇小说。其实就连托尔斯泰那强健的体魄，也像大自然一样，充满了旺盛的生命力，是大自然的杰作。在作家茨威格笔下，托尔斯泰“他非常健壮。他的体格是为了一个世纪建造的。他的筋肉结实，充满活力，节状的肌肉高高隆起，真的有熊一般的力气：年轻的托尔斯泰躺在地上能够用单臂把一个强壮笨重的士兵举起来。他的筋骨很灵活，在体操方面，他不用助跑就能轻而易举地跳过高高的绳子。他游起泳来像一条鱼，他骑马奔跑活像一个哥萨克人，他割起草来就像一个农民——这个铁打的人从来只是在思想上知道疲劳。在他的生命力的围墙上无论哪里都没有缺口、缝隙、裂纹、缺陷、毛病。因此，从来没有重大疾病侵袭过他这铁石般结实的身体，托尔斯泰的令人难以置信的强健身体始终阻碍着虚弱无力所侵入”①。还有他那点石成金、富有创造力的双手，高尔基曾这样加以描绘：“他的一双手长得很怪：手背上青筋暴起，疙疙瘩瘩的，很难看，可是却又富于特殊的表现力和创造力。莱奥纳多·达·芬奇的手大概也是这样。这样的手什么事情都能做。有时候他一面说话，一面手指动个不停。他把手指慢慢地收拢起来，捏成一个拳头，然后又突然放开，与此同时还发表一些有见解的，理由充分的言论。他像一位神，不过他既不像犹太教中的万军之主耶和华，又不像是奥林匹斯山上的神，他像是一位‘坐在金色菩提树下的槭树宝座上’的俄国神。这位神祇虽然并不怎么威严，可是他也许比其他所有的神都更狡猾。”② 看到这些描述，我们感觉到托尔斯泰就是一位活在人间的安泰，并且像安泰一样坚实地站在大地上，表达着对世界的感受，给我们创造出一个本真的、诗意的、自由的生活。

站在坚实的大地上，将创作出怎样的作品呢？俄国作家柯罗连科读了托尔斯泰的作品之后感觉到：“托尔斯泰的世界是充满纯洁而灿烂的阳光世界。这世界里的一切反映在大小比例和明暗浓淡方面都是与实际现象相符合的，而创作组合的过程是按照自然界的有机规律来完成的……他所描写的风景上空阳光灿烂，彩云飞驰，游人间的欢乐和悲哀，有过失罪孽和德行……这一切形象都

① [奥]茨威格:《托尔斯泰传》,申文林译,杭州:浙江文艺出版社,2009 年,第 17 页。

② 《同时代人回忆托尔斯泰》(下),周敏显等译,上海:上海译文出版社,1984 年,第 686 页。

闪现着生命和运动，沸腾着人类的激情、人类的思想、向上的志愿和深邃的堕落。它们完全按照生活的创造而构思出来。它们的大小色彩和相互配置的比例都像平整镜面跟前的屏幕一样，正确而清楚地反映出现实的互相关系和明暗。而这一切都标志着精神的烙印，闪耀着特殊的想象力和永远旺盛不息的思想的内在光辉。……是的，这几乎是一种非人力所及的想象力，几乎是一种支配着生活的沸腾的影像的魔力。可以大胆地说，在创作幻想的真挚力量上，在艺术素材的丰富和鲜明上，当代艺术家中没有一个人能够和托尔斯泰匹敌。"① 俄国文学批评家魏列萨耶夫也有类似的感受："太阳照耀着美丽的大地，光华四射，温暖宜人。放眼望去，处处充满了出人意外的、神秘而美好的生命，处处光彩夺目，洋溢着幸福、朝气，呈现出一种永远不会枯竭的美。好像你突然从昏暗的地下室来到春天的田野，可以尽情和自由地呼吸。演员的、消失了的童年在回忆中复活了：那个时候所看到的世界才这样明朗和纯洁，那个时候周围一切的神秘的含义是能感觉到的。在美好的世界上生活着人，从他心灵深处长出的活的根须，伸向周围的生命，在其中舒展蔓延并在不断的、完全合为一体的感觉中紧密交织在一起。"② 这就是来自大地的感觉，生命在升腾，在发展，而对于大地的崇拜情结，使托尔斯泰幻化出明媚而又健康的艺术世界。

这是就托尔斯泰作品的风格来讲的，那么人物塑造如何呢？著名俄国学者梅列日科夫斯基指出托尔斯泰在塑造人物上注重人物的肉体塑造，并通过肉体寻找灵魂。因为对大地的赞美就是对生命的赞美，进而就是对生命肉体的赞美，托尔斯泰认为人有健康的体魄，才会有健康的灵魂，肉体的高尚程度一点也不比灵魂差，因此，托尔斯泰笔下的人物像达·芬奇笔下的画像那么鲜明、丰富和饱满，像米开朗基罗的雕刻那么坚实、有力、肌肉和血管突兀饱绽，人物性格富于激情，长于感受。对此，梅列日科夫斯基是这样分析的："……而在托尔斯泰那里，则是肉体性，坚实和健康的同样神圣而又恶魔般地过盛，归根结底，和陀思妥耶夫斯基一样，是同一种预示着暴风雨和欢宴的，只不过表现形式不同的激荡的生命力之过剩。以后我们还会看到，托尔斯泰是从对于这一肉体性、这一神性的动物性的奥秘之无限深入探索中来汲取自己并非似是而

---

① ［俄］柯罗连科：《文学回忆录》，丰一吟译，北京：人民文学出版社，1985 年，第 117－119 页。

② 倪蕊琴编选：《俄国作家批评家论列夫·托尔斯泰》，北京：中国社会科学出版社，1982 年，第 225 页。

非、并非假基督教的，而是真正的异教的宗教特征的；我之所以用神性的一语，是为要说明，从一定的宗教观点来看，人身上的动物性特征是和灵魂精神一样神圣和佳善的，因此，肉体和精神只是外在上，只是在现象中才是对立的，而在终极的、彼岸的本质上，则是一致的。……肉体像精神一样，也是彼岸的；对于它来说，貌似黑暗、低劣的动物性之深渊一定会变得等同于精神性之深渊，表现得光明、崇高；天体的黑夜半球是等于白昼之半球。”[①] 梅列日科夫斯基认为托尔斯泰强调肉体的价值，即强调肉体也有崇高和光明的一面，认为托尔斯泰似乎在为西方长期把肉体贬斥为罪恶的、黑暗的、低劣的等说法翻案，从大地、从生命、从肉体出发，这不但形成了托尔斯泰的价值观、创作观，也形成了其美学观，这样，托尔斯泰也由此与一般西欧作家相区别，甚至与俄国作家的代表人物陀思妥耶夫斯基相区别。托尔斯泰也就成了不仅仅是民族意义上的（别的国家难以产生），而且也是从美学和宗教意义上的独具个性的作家。

托尔斯泰的美学观让论者想起我们近年注重身体（肉体）的美学研究，是以“生命美学”“身体美学”或“生生美学”等的名义出现的。

对人的感性生命较早关注的可以追溯到二十多年前刘晓波，他在与李泽厚的对话中谈道：“本来，世界是混乱的、模糊的、无序的、运动的，但是，人类为了自己的发展，便通过理性的、经验的目光重建起一个正常的、明晰的、有序的、静止的文明世界。本来，人的生命是个无法进行任何本质规定的、永不满足的动力系统，是充满各种情欲的汪洋大海。但是，人类对自身的不可遏的盲目冲动的恐惧导致了对欲望的节制。”[②] 刘晓波的理论在当时具有石破天惊之效，是因为他第一次把感性身体提高到和理性灵魂平起平坐的地位，表面上看是刘晓波在造李泽厚的反，实际上是感性在造理性的反，肉体在造精神的反。对此陈炎评价道：“尽管刘晓波对李泽厚的批判暴露出了其自身在理论上的极端与片面，然而他却以一种虽然幼稚但却尖锐的方式揭示出了李泽厚学说在另一个极端上所隐藏着的片面。”[③] 此为公允之论。之后的封孝伦在他的

---

① ［俄］梅列日科夫斯基：《托尔斯泰与陀思妥耶夫斯基》，杨德友译，北京：华夏出版社，2009 年，第 102 页。

② 刘晓波：《我看审美》，载《文艺争鸣》1988 年第 5 期。

③ 陈炎：《试论“积淀说”和“突破说”》，载《学术月刊》1993 年第 5 期。

《人类生命系统中的美学》中，再次肯定了身体在审美中的基础作用：“生物生命的愿望的满足，是审美感受中不可忽视和排除的有机部分。艺术媒材色彩与声音以及它们的组合，应努力满足视听感官的各个层次的需要。同时，在艺术内容中还应有适当的满足人的生命需要的成分，比如食、性，以及满足嗅觉、味觉、触觉等等方面的内容。”① 封进一步关注肉体。而提出“生命美学”说的潘知常认为：“在认识活动之前，还有先于认识活动的自由生命活动。在我思、反思、自我、逻辑、理性、认识、意识之前，还有先于我思、先于反思、先于自我、先于逻辑、先于理性、先于认识、先于意识的东西，这就是自由的生命活动，只有它，才是最为根本、最为源初的，也才是美学的真实基点。”② 从而让审美回到最初的“生命活动”。在这方面理论性较强的是陈伯海，他在《“肉身”也能“证道”》一文中认为：“在西方哲学与审美传统中，身体主体遭到忽视，一直是个突出的问题。实际上，审美主体乃是身心合一的身体，这是审美活动得以顺利开展的必要前提。”③ 陈进一步为“肉体”正名。对此，还是研究“生生美学”的程相占来得直接，他在其所译的《身体意识与身体美学》一书的“中文译序”中认为：“我所理解的‘身体意识’不仅是心灵对于作为对象的身体的意识，而且也包括‘身体化的意识’：活生生的身体直接与世界接触、在世界之内体验它。通过这种意识，身体能够将它自身同时体验为主体和客体。因为‘肉体’这个术语通常与心灵相对，常常被用来指称一种无知觉、无生气的东西，还因为‘肉体’这个术语在基督教文化中通常有着各种负面联想，而且，它通常只关注身体的肉感部分，所以，我经常选用‘身体’这个术语来指活生生的、敏感的、动态的、具有感知能力的身体。”④ 到了陈和程这里，关于“身体”的价值和地位才得以稳固下来，并令人较为信服地接受。

这里论者并无意要捋顺一下“身体”（肉体）在当代美学研究中的“肯定史”，更不想展示一下当代“身体美学”或“生命美学”等研究的新成果，而是想说明“身体”（肉体）的价值和意义，并且还想进一步说明，早在19世

---

① 封孝伦:《人类生命系统中的美学》,合肥:安徽教育出版社,1999年,第354页。

② 潘知常:《建构现代形态的马克思主义美学体系》,载《学术月刊》1992年第11期。

③ 陈伯海:《“肉身”也能“证道”》,载《文史哲》2010年第5期。

④ [美]理查德·舒斯特曼:《身体意识与身体美学》,程相占译,北京:商务印书馆,2011年,第1页。

纪托尔斯泰那里便已得到了重视，并将“审美的身体”参与到他的文学创作中，这也是大地崇拜情结的美学表现。另外，如果从这个角度来阐发一下托尔斯泰的美学思想，也是极有意义的。

可是托尔斯泰的这种高昂的艺术情绪在他创作的一生中不可能是一贯的，托尔斯泰毕竟是作家、艺术家，而非美学理论家，他的美学思想是不稳定的，不持久的，更难始终如一。随着时间的推移、时代的发展、商业大潮的渐行、现代都市生活的到来，土地似乎正在渐渐失去昔日的亲和力，正日益变得贫瘠和陌生，大地似乎变得不再那么坚实可靠了，而是开始颤动，直至摇动不已。这种状况的出现表明了托尔斯泰对大地由崇拜开始走向质疑的心态，因此崇拜、质疑、信仰转向等这种矛盾交织的复杂情感深深地折磨着托尔斯泰，使其创作经历了崇拜时的单纯、矛盾时的深刻和转向道德时的偏激。

由于托尔斯泰的大地崇拜情结在《战争与和平》中的表现最为典型和充分，因而本论也将从该部作品入手。

第一节　《战争与和平》创作中的大地崇拜情结与危机的悄然出现

一

《战争与和平》是一部洋洋百万言的文学巨著，被罗曼·罗兰评为“我们时代底最大的史诗，是近代的《伊利亚特》”①。托尔斯泰在该作中的大地崇拜情结表现得最为充分和典型。虽然全书无处不体现着托尔斯泰的这种情感，但在对于乡村贵族罗斯托夫一家狩猎场面的描述中，表现得最为集中。虽然作品描写了别祖豪夫、博尔孔斯基、库拉金、罗斯托夫等四大贵族家族，但作者描写的中心却是罗斯托夫家族。罗斯托夫家族是乡村贵族，由于长期生活在乡村，偎依在大自然的怀抱里，与土地相伴，因此罗斯托夫家的人养成了性情淳朴、善良、开朗、乐观、忠厚、仗义，以及热情好客等特点，当然也有保守和忠君思想等不足，总之，这是一个为作家所喜爱所偏爱的家族。

① ［法］罗曼·罗兰：《托尔斯泰传》，傅雷译，北京：商务印书馆，1995年，第41页。

对罗斯托夫一家狩猎场面的描写处于第二册第四部的第三节至七节中，这几乎是全书的中心位置，起着向心的凝聚作用，甚至可以说是起着“戏眼”的作用。作者由此确立了把宗法制生活作为价值中心，并使其成为作品所描写人物和事件的评判标准，当然也由此初步流露出作者对大地既崇拜又质疑的复杂心态。

对于农业文明来说一年四季中最好的季节是秋末冬初，因为秋季收获的是粮食，而初冬收获的则是猎物。经过一个漫长的秋天，狼、兔子、狐狸等动物已经肥胖得跑不动了，此时最适宜狩猎。作品中写道：

> 已经是初冬的天气，早晨的严寒冻结了被秋雨浸湿的土地，秋播的作物蓬蓬勃勃地长起来了，被牲口踏得发褐色的冬麦田垅，那淡黄的春播作物禾茬和红色的荞麦田垅，把茂密的秋播作物衬托得格外鲜绿。八月底，山巅和树林在冬麦的黑土田地和禾茬中间还是一些绿洲，这时在嫩绿的冬麦中间，已经变为金黄和鲜红之洲了。野兔的毛已经换了一半，小狐狸也开始出窝了，狼仔已经长得像狗一样大小。这是狩猎的最好季节。[①]

大地生机勃勃，在召唤着人们去收获。狩猎是秋收之后人们再一次与大地的亲近，不过这种亲近方式，使得人们更加自由无羁，更加欢快释放，因为这时的狩猎不啻是对秋收的延续，也是对大地崇拜的狂欢。在群马奔腾中，在众犬狂吠中，在人们的喜笑颜开中，对大地崇拜的情感被表达得淋漓尽致。因此，作品对罗斯托夫一家狩猎场面的描写，不惜笔墨，极力铺陈，充分展示。在这次狩猎中，年轻的尼古拉捕获了一头狡猾的老狼，满足了夙愿；而娜塔莎在狩猎中的表现也非常出色，她那骑马奔跑的矫健姿态，真有点巾帼不让须眉的样子，特别是娜塔莎在“大叔”家伴着琴声而舞的情景，无师自通的民间舞蹈，以及温馨和谐的家庭氛围等，把狩猎的欢快场面推向了高潮。“大叔”弹琴，邀娜塔莎跳舞，大家都担心她不太会跳民间舞蹈，但娜塔莎那轻盈的步伐、婀娜的舞姿、欢快的表情，很快就把在场所有的人给征服了，众人啧啧称

① ［俄］列夫·托尔斯泰:《战争与和平》,刘辽逸译,北京:人民文学出版社,1989 年,第 653－654 页。

赞。作为哥哥的尼古拉更是对妹妹的表现十分惊奇：

这个受过法籍家庭女教师教育的伯爵小姐是何时何地、又是怎样从她所呼吸的俄罗斯空气中汲取了这种精神的？而且从其中得到了早已被 pas de châle 挤掉的舞姿？而这正是大叔所期待于那种学不来教不会的俄罗斯的精神和舞姿。她刚一站稳，微微含笑，那神态庄严、高傲、狡黠、欢乐，顷刻之间，尼古拉和所有在场的人最初那种担心——担心她做得不像那么回事——就完全消失了，而且他们在欣赏她了。

她做得正像那么回事儿，而且是那么地道，简直丝毫不爽，阿尼西娅·费多罗夫娜立刻递给她一条为了做得更好必不可少的手帕，她透过笑声流出了眼泪：这个陌生的有教养的伯爵小姐，身材纤细，举止文雅，满身绫罗绸缎，竟能体会到阿克西娅的内心世界，以及阿克西娅的父亲、婶婶、大娘，每一个俄罗斯人的内心世界。[①]

你看，像大地精灵一般的娜塔莎，诠释了大地崇拜中的欢乐、健康、和谐，以及充满生机的精神内涵，这是古典乡村生活的至境，这是宗法制生活的快乐。生活在这片土地上的俄罗斯人是多么热爱自己的故乡家园，多么热爱这片广袤神奇的土地。与都市生活相比，这种生活多么地丰富和充实啊，就像“大叔”所说的：生很快乐，死亦无忧。这就是大地崇拜的生活，是诗性的生活，也是身心和谐的和令人陶醉的生活。

的确，如果我们通观全篇来看这部分的话，可以看出作者的匠心独运，因为对大地的崇拜为作品中所有的存在提供了价值资源和评判标准：乡村文明是健康的、充实的、积极向上的，而与之相对照的都市文明则是缺乏根基的、病态的、消极的、充满欲望的，并容易导致空虚和堕落，在这里大地崇拜为俄国这个以农业文明占主导地位的国家，提供了道德优先的批判参照。美国著名的俄罗斯文学研究者乔治·斯坦纳就此概括道：“更重要的一点是，托尔斯泰使用了意向和暗喻，以便将他最关注的两个层面：农村和城市——的经验联系起

① ［俄］列夫·托尔斯泰：《战争与和平》，刘辽逸译，北京：人民文学出版社，1989 年，第 680 – 681 页。

来，进行对比，在这一点上，我们触及的可能是他的艺术核心。其原因在于，乡村生活与城市生活之间的区别具有启迪性；对托尔斯泰来说，这是善良与邪恶之间的根本区分，是非自然和不人道的城市生活准则与田园生活的黄金时代之间的区别。这种基本的二元论是托尔斯泰在小说中形成双重或三重的结构动机之一，并且最终在托尔斯泰的伦理体系中得以定型。”① 事实上在创作过程中，作者的倾向性也是非常明显的，他对罗斯托夫一家是偏爱的，罗斯托夫一家最后该得到的都得到了，即爱情、财富，以及子孙满堂，而生活在都市中的贵族则是遭批判的。莫斯科不如乡村，彼得堡不如莫斯科，而法国巴黎比彼得堡还要差些，还要有害。作者在作品中所谴责的生活在彼得堡的库拉金家族，他们毫无爱国之心，只知道贪图享乐和安逸，海伦及其哥哥阿纳托利的偶然死去，表明了作者的臧否态度。拿破仑也不例外，他的疯狂，他致千万人生死于不顾的个人野心，正是西方文明的产物，是远离土地的工业文明的结果，因此，拿破仑给我们的印象也必然是毫无道德感的宵小之徒，最后的失败是必然的。至于遭受贬谪隐居于乡间的世代官宦人家博尔孔斯基家族，也受到了作家的冷嘲。老博尔孔斯基的刻板古怪与老罗斯托夫的慷慨好客，玛丽亚的矫揉造作与娜塔莎的单纯热情，安德烈的虚荣自负与尼古拉的谦逊朴实等形成鲜明对照，而事实上前者的不少财产最终以陪嫁的方式，归于一向被老博尔孔斯基所鄙视的罗斯托夫家族，似乎也表明了作者的态度。同时，狩猎的场景也说明了俄罗斯那广袤的土地，正是俄罗斯人生于斯、长于斯、葬于斯的地方，是容不得别人来侵犯的，这就是俄国人民奋起反抗法国入侵的原因之所在，因此，我们可以看到，越是生活在中下层的官兵，越是接近大地的这些人，他们的爱国热忱就越高涨，而库图佐夫则恰恰是民意的代表，“民意”代表“天意”，自然也是天意的体现。这一切在申格拉本战役和波罗底诺战役中很典型地得到表现，这两场战役之所以取得胜利（当然波罗底诺战役更多是精神上的胜利），主要是俄罗斯中下级军官士兵作战勇敢的结果。俄国士兵同仇敌忾、不怕牺牲的大无畏的英雄气概，连经历过最为惨烈战争场面的拿破仑都为之震惊，这种爱国热情恰恰来自于对故土的深厚感情。

---

① ［美］乔治·斯坦纳：《托尔斯泰或陀思妥耶夫斯基》，严忠志译，杭州：浙江大学出版社，2011 年，第 74 页。

当然更为重要的是对土地的崇拜也即是对生命力的崇拜，因为大地孕育了万物，万物生长繁衍无不靠着大地。这样在托尔斯泰笔下，那些心灵美好的人，善于反思自己生活的有智慧的人，都是一些生命力旺盛的人，也都是些紧紧依靠大地的人。而那些品质低下、生活贪婪、毫无道德感的人，都是些生命力比较弱的人，也是远离土地缺乏根基的人，因为托尔斯泰相信“自然至善”。关于“自然至善”，托尔斯泰早在1847年4月17日中的日记中就做了解释：“人生的目的是尽一切可能促使一切存在着的东西得到全面发展。当我从自然界的角度来谈的时候，我看到自然界的一切都在不停地发展，它的每一个组成部分在无意识地促进其他组成部分繁荣发展。人类既然也是自然界的一个组成部分，而且是赋有意识的一个组成部分，那么同样应该像其他组成部分那样，不过是有意识地利用自己的精神天赋，努力使一切存在着的东西得到发展。”① 托尔斯泰用这一“理论”塑造出了一系列成功的人物形象，像皮埃尔——这位莫斯科最富有的贵族家庭的唯一继承人——用安德烈的话说他有一颗金子般的心。皮埃尔是一个不断反思生活和不断超越自己的人，所有这些都源于皮埃尔有一个充满生命力的躯体，是一个像大自然一样的随遇而安的人。皮埃尔给人的印象是胖胖的、高高大大的、跟着感觉走的人，私生子的身世似乎更确凿地证明了这一点（私生子恰恰是两性相悦的结果）。但是我们通过作品会看到，皮埃尔虽然走过一些弯路，屈服过一些诱惑，但是旺盛的生命力使他能够保持良好的品格而不至于堕落，他的不期而遇的财富地位，他的因海伦早逝而轻易摆脱掉的不幸婚姻，他的总是化险为夷的冒险，他的最终获得爱情的团圆结局，都说明作者对皮埃尔的厚爱有加。至于安德烈则是一位秉性刚直的善于思考的优秀青年，与皮埃尔相对照的是他有坚强的意志力，有明确的奋斗目标，有旺盛的精力。不过他的能够不断反思和超越，与他不断地接触罗斯托夫的家人有关（接地气），特别是与娜塔莎对他的影响有关。可以说生活在乡村的罗斯托夫家族似乎是一片精神家园，所有来到这里的人都会在精神上得到洗礼，可惜的是，骄傲的安德烈最终离开了罗斯托夫家，也使他最终丧失了性命，如果不是临终前身边有娜塔莎的安慰，安德烈的死将是非常凄惨的。库

① ［俄］列夫·托尔斯泰：《列夫·托尔斯泰文集》第17卷，陈馥、郑揆译，北京：人民文学出版社，1987年，第5－6页。

拉金家族，以及拿破仑等，他们都是一些灵魂空虚、道德堕落的人，他们身上好像也生机勃勃，像海伦也美若仙子，阿纳托利也倜傥风流，拿破仑也精力充沛，似乎在他们身上也充满了生命力，其实这是一种错觉，在作者看来这不是生命力，而是一种欲望。因为生命力是健康的、能够满足心灵需要的，是真善美相统一的，是可爱的；而欲望则是服从感官需要的，是病态的、消极的，是非心灵的、非心智的，是可怕的。关于“生命”和“欲望”的区别，托尔斯泰在写于1905年6月6日的日记中写道，生命“就像树木的成长一样。然而一段树枝，或者一段树枝里生长的生命力如果吸去全部生长力，那就不对了，有害了”①。显然这里的树枝“吸去全部生命力”就是“欲望”，这是违背“自然至善”的。与生命力相关的还有生殖力，因为生命力的旺盛还表现在对生命的繁衍上。你看罗斯托夫家族人丁兴旺，而娜塔莎简直就是一架生育机器，而库拉金家族则走向枯竭和毁灭，甚至连博尔孔斯基家出现难产母死的现象，似乎也在说明了其家族的生命力还不够强大。作品中还有一个细节，这就是索尼娅，她为了使尼古拉能够娶到有很多陪嫁的玛丽亚公爵小姐，使罗斯托夫家族走出困境，便主动提出要与尼古拉解除婚约，这种富有自我牺牲精神的行为不仅未得到作者的嘉许，反倒受到揶揄。作者借用娜塔莎之口说出了如下评论索尼娅的话，说索尼娅是一朵只开花不结果的谎花，并借用《圣经》上的话说：“有的还要加与，没有的连他已有的也要剥夺。”② 娜塔莎这样的无情恰恰表现了作者反对压抑生命力，主张对生命力尽情张扬的肯定。神学家列夫·舍斯托夫也认为：“索尼娅是一朵空花；她的过失在于缺乏利己主义，尽管她整个都是忠诚的化身，整个都是自我牺牲的化身。这类品质在托尔斯泰眼中不是什么好品质，人犯不着为了此类品质而活着。谁要是只具有这类品质，谁就仅仅只是酷似于人，但却还不是人。”③ “天地之大德曰生”，而那种违背生命力的行为准则只不过是世俗的道德，这种道德实际上是不道德。总之，大地成了生命力的策源地，所有接近土地的人，他们的生命都得到了张扬，他们的灵魂都会发生变化，不断超越。而远离它的人，则会走向反面，这里典型地

---

① [俄]列夫·托尔斯泰：《列夫·托尔斯泰文集》(第17卷)，陈馥、郑揆译，北京：人民文学出版社，1987年，第287页。

② [俄]列夫·托尔斯泰：《战争与和平》，刘辽逸译，北京：人民文学出版社，1989年，第1506页。

③ [俄]列夫·舍斯托夫：《旷野呼告 无根基颂》，方珊等译，北京：华夏出版社，1999年，第187页。

体现了作者对大地所具有的浓厚的崇拜情结。

二

安德烈出身于古老的博尔孔斯基贵族家庭，那么这是一个怎样的家庭呢？这一个差不多也生活在乡间的贵族家庭，他们对土地的感情如何呢？其实他们并非真正生活在乡村，而仅仅是由于政治上失势而谪居在乡间的士大夫，并幻想着有朝一日重新崛起，因此他们的灵魂与乡村的氛围是格格不入的。关于博尔孔斯基的家族，作品中是这样介绍的。

> 在社交界绰号普鲁士王的大将尼古拉·安德烈耶维奇公爵，在保罗皇帝时代就被放逐到了乡下，他和女儿玛丽亚公爵小姐以及她的女伴布里安小姐，在童山过着深居简出的生活。新王朝执政时，虽然他已被允许进入都城，但他继续定居农村，足不出户。他说，如果有谁需要求他，那么他就得从莫斯科走一百五十俄里的路到童山来好了，而他什么都不要，对任何人都一无所求。他说，人有两个万恶之源：游手好闲和迷信；人的美德也有两个：活动和智慧。他亲自教育女儿，为了在她身上培养这两种美德，他教他代数和几何，把她的生活安排得没有一点空闲。他本人总是很忙，时而写回忆录，时而算高等数学题，时而在车床上车鼻烟壶，时而在花园里劳作和监督他田庄里未曾中断的建筑工程。因为活动的首要条件是秩序，所以在他的生活方式中程序达到了高度的精确。……每当书斋那扇高大的门被推开，一个身材矮小的老人出来会客时，戴扑粉的假发，露出一双肌肉萎缩的小手和两条垂下的灰白的眉毛，有时他皱起眉头，眉毛便挡住那双机灵的、焕发着青春之光的眼睛，这时在等候的人身上一种尊敬甚至畏惧之感就油然而生。[①]

不消说，这是一个刻板教条的生活、理智到压抑人性的生活，由于遭贬谪的受辱心理，还会产生莫名的孤傲和想出人头地的病态心理，还有他那枯瘦而

---

① ［俄］列夫·托尔斯泰：《战争与和平》，刘辽逸译，北京：人民文学出版社，1989 年，第 116 – 117 页。

趋于衰老的身体等，而所有这一切，是与抒发人性的大自然生活相悖逆的，是与罗斯托夫家族那种充满阳光的健康的生活形成鲜明对比的。在这样的环境下成长起来的青年将会成长为怎样的反自然性格，是可想而知的。

老博尔孔斯基有一双儿女，儿子安德烈，女儿玛丽亚，都处在青春时期，但在这种环境下成长起来形成了他们独特而略带怪异的性格。

先说说安德烈，与皮埃尔和尼古拉相比，他是一位有抱负、有志向，也非常英俊潇洒的贵族青年，但是他又是非常理性的人。安德烈性格非常孤傲，看不起社交界的庸俗，看不起喜欢社交的妇女，尽管他的妻子丽莎很漂亮，性格非常开朗，但却非常厌恶她，因为在安德烈眼中，人们对日常生活的重视正是庸俗的表现，因此他竟如此地奉劝皮埃尔，不要结婚，因为一结了婚妇女就会成为你的累赘，把你变成一个平庸的人。也正是因为这样，安德烈毫不理会妻子已经怀孕希望其留在身边的劝告，而让其因难产而死在这偏僻的庄园。

那么安德烈的抱负是什么呢？在拿破仑入侵俄国的大敌当前之时，才发现安德烈所谓的志向并不是要为国尽忠成为民族英雄，也不是真的光宗耀祖，而是借机出人头地，成名天下，实现自我的野心，而残酷的战争恰恰提供了在和平时期难以得到的机会。安德烈非但不反感拿破仑，而且仰慕他，把他奉为楷模，在他看来，拿破仑作为一个平民仅仅凭借着土伦战役就一战成名，之后便平步青云，并最终当上了法兰西帝国的皇帝，这些都是战争促成的，可以说没有战争就没有拿破仑。安德烈野心膨胀，渴望着即将展开的俄法对抗的奥斯特里茨战役，将成为他成名天下的土伦，甚至想象着因为自己战功卓著，表现出色，受到沙皇的青睐而取代库图佐夫。对功名的渴望使安德烈竟产生这样的冷血想法：“……向往荣誉，向往出名，向往受人爱戴，那么我向往这一切，我只向往这一切，我只为这一切而活着，这并不是我的罪过。是呵，就是为了这一切！我永远不会对任何人说这话，但是，我的上帝！叫我怎么办呢，如果除了荣誉，受人尊敬之外，我什么都不爱。死亡、受伤、家破人亡，没有任何东西是我觉得可怕的。许多人——父亲、妹妹、妻子，我的这些最珍贵的人，不管对我是多么可亲可爱，但是只要我能得到片刻的荣誉，出人头地，能得到我不认识的，而且也不会认识的人们对我的爱戴，不论看起来是多么可怕，多么不近情理，我可以立刻把他们割舍。”[①] 看来安德烈是一个为了荣誉而不惜牺牲自己及他人生命的人，这哪里还谈得上光宗耀祖或民族英雄，而是极端自私自利的个人主义，幸亏奥斯特里茨战役俄军的惨败止住了安德烈野心的发展，如果真的让安德烈实现了自己的野心，很难说他不会成为第二个拿破仑。不过安德烈还是有良知的善于反思的青年，当他负伤倒在奥斯特里茨战场上仰望高空等待死亡时，面对“土伦”变成了“滑铁卢”的事实，却发出这样的喟叹：“……为什么我以前没有见过这么高远的天空？我终于看见了，我是多么幸福。是啊！除了这无垠的天空，一切都是空虚，一切都是欺骗。除了它之外什么都没有，什么都没有。甚至连天空也没有，除了安静、肃静，什么也没有。谢谢上帝！”[②] 看来还有比荣誉比成名更为重要的，这便是生命本身。

安德烈虽大难不死，但伤愈后的安德烈却失去了以往的锐气，变得心灰意冷，只知道苟活于世，可是就在这时一次偶然造访罗斯托夫家的机会，重新燃起他对生活的希望，是大自然和代表美好大自然的娜塔莎·罗斯托夫唤起了他的爱情，使他从家族所构造的理性躯壳里活化出来。

安德烈晚上住在了罗斯托夫家，睡不着，于是他来到窗前，“他刚一打开护窗板，月光仿佛久已警惕地守候在窗外，立刻闯进来。他打开窗户。夜很凉爽，沉寂，明亮。窗前有一排修剪过的树，它的一个侧面暗黑，另一个侧面发银灰色。树下生长着多汁的、潮湿的、曲卷的、有的叶茎呈现银灰色的植物。离黑色的树木更远的地方，有一个露水闪亮的屋顶，右首有一棵枝条曲卷的、干和枝又白又亮的树，树的上面，在几乎没有星星的明朗的春天的天空中，悬挂着一轮快要浑圆的满月，他臂肘依着窗台，眼睛注视着天空”[③]。这时的夜景也许在安德烈看来还只是很“客观”，还说不上美，更谈不上诗意，但这时却有人在启发他，这就是恰巧住在他楼上的娜塔莎。深夜了，索尼娅劝娜塔莎睡觉，娜塔莎却说：“咳，怎么能睡呢！你来瞧瞧，多么美呀！真的美极了。……这么美的夜，从来没有过，从来没有过。”[④] 娜塔莎对大自然美的欣赏是索尼娅所不能理解的，但这也就决定了两个人的性情和结局的差别。爱自

---

① ［俄］列夫·托尔斯泰：《战争与和平》，刘辽逸译，北京：人民文学出版社，1989 年，第 350 页。
② ［俄］列夫·托尔斯泰：《战争与和平》，刘辽逸译，北京：人民文学出版社，1989 年，第 371 页。
③ ［俄］列夫·托尔斯泰：《战争与和平》，刘辽逸译，北京：人民文学出版社，1989 年，第 557 页。
④ ［俄］列夫·托尔斯泰：《战争与和平》，刘辽逸译，北京：人民文学出版社，1989 年，第 558 页。

然的人，自然也爱她，因为自然给人以诗性的智慧。安德烈受到大自然和代表大自然美的娜塔莎的启发，在回家的途中，重新发现了自然的美。

> 安德烈公爵回去时，已经是六月初了。他又驱车进入那片桦树林，那颗疙瘩流星的老橡树曾给他以古怪的深刻印象。比一个半月前，在森林中铃铛响得更深沉了；到处都很丰满、浓密，到处都是绿荫；散布在桦树林中的小枞树，并不破坏整体的美，而且配合整个气氛，在毛茸茸的幼枝上长出嫩绿的针叶。……那棵老橡树完全变了样，它伸展着枝叶苍翠茂盛的华盖，呆呆地屹立着，在夕阳的光照下微微摇曳。不论是疙瘩瘤星的手指，不论是伤疤，不论是旧时的怀疑和悲伤的表情，都一扫而光了。透过坚硬的百年老树皮，在没有枝杈的地方，钻出鲜亮嫩绿的叶子，简直令人不敢相信，这么一颗老树竟然生出嫩绿的叶子。“这就是那棵老橡树。”安德烈公爵想道，他心里忽然有一种春天万物复苏的喜悦感觉。他一生中那些美好的时光，一下子涌上心头。奥斯特里茨战场上高高的天空，亡妻脸上责备的表情，在渡船上的皮埃尔，受到优美夜色感动的那个少女，还有那个夜晚和月光——所有这一切，他都想起来了。“不，才活了三十一个年头，并不能就算完结，”安德烈公爵坚决果断地说，“光是我对自己的一切都知道是不够的，要让大家都知道，连皮埃尔和那个想飞到天上去的少女都知道，要让大家了解我，我不应当只为个人而活着，不要把我的生活弄得和大家的生活毫无关系，而是要我的生活影响所有的人，所有的人都和我一起生活！”①

安德烈在盎然的自然生机中，精神得到了复活与更新。当他和娜塔莎“共同”欣赏月光下的大自然时，他一下子就产生了爱，“大自然”也成了“媒人”，他在内心深处已经爱上了娜塔莎。

可是安德烈命运多舛，刚刚和代表大地情怀的罗斯托夫家族建立联系，刚刚成为娜塔莎的未婚夫，却由于来自家庭的阻碍（老博尔孔斯基鄙视罗斯托

① ［俄］列夫·托尔斯泰：《战争与和平》，刘辽逸译，北京：人民文学出版社，1989 年，第 559 – 560 页。

夫一家，不愿与之结亲），和娜塔莎的婚变（莫名其妙地爱上一个花花公子），而再次陷入悲观绝望，再次走上战场，只不过这次上战场不是为了成名，也不是为了报国，而是为了那曾经受过屈辱的心灵复仇。安德烈复仇的具体对象是情敌阿纳托利，因为他诱拐娜塔莎，事败后服兵役（其实是躲到前线战场上去）；安德烈此时复仇的抽象对象是入侵俄国的法国士兵。法国人入侵了俄国，洗劫了家乡童山，其父因过度悲伤绝望而死去，于是安德烈的复仇欲望变得格外强烈。“我不收容俘虏。俘虏是什么东西呢？是一些骑士。法国人毁掉我的家园，现在又在毁掉莫斯科，他们每分钟都在侮辱我。他们是我的敌人，在我看来，他们全是罪犯。季莫欣以及全军都有同样的看法，应该把他们处死！他们既然是我的敌人，就不能成为我的朋友，不管他们在蒂尔西特是怎样谈判的。”① 如果法国人对于安德烈有着亡家之仇，那么情敌阿纳托利则有着夺妻之恨，必欲杀之而后快。应该说复仇是违背自然人性的一种变态心理，“天地之大德曰生”，自然至善而非自然至恶。可是当他看到战争的残酷：几万人的尸体横陈在田野里，看到情敌阿纳托利受伤锯断腿后痛苦地死去，特别是自己身负重伤而面临死亡时，在昔日情人娜塔莎的安抚下，安德烈的精神再度发生变化。因为与娜塔莎的接近是与自然的接近，大地的接近，使他由恨转向爱（爱融化了恨），并由男女之爱转向博爱，完成了精神上的最后升华。安德烈的死一方面说明远离大自然的安德烈必遭自然惩罚；另一方面安德烈最终精神上的超越也说明代表大地情怀的娜塔莎影响之巨大，因为大地就是自由、包容、善良和爱。

三

在说安德烈的妹妹玛丽亚之前，先来看看安德烈的妻子丽莎是怎样成为这个理性教条、违逆自然环境下的牺牲品的。

丽莎外表是美丽的，天性是活泼的，性格是善良的，虽然丽莎在作品中出场不多，但是作者却把丽莎写活了。“她那略带黑色绒毛的好看的上唇，翘得遮不住牙齿，正因为上唇微翘，显得更加可爱，有时上唇向前伸或者跟下唇抿起来，就越发可爱了。正像特别惹人喜爱的女人常有的那样，她那缺点——翘

① ［俄］列夫·托尔斯泰：《战争与和平》，刘辽逸译，北京：人民文学出版社，1989年，第1029页。

嘴唇和半张开的嘴——仿佛成了她独特的美。不论谁看到这个精神饱满、活泼可爱、虽然怀孕然而轻松愉快的未来母亲，都感到快乐。老年人和抑郁苦闷的年轻人，只要和她在一起待一会儿，谈几句话，就仿佛觉得他们也变得和她一样了。凡是和她说过话、看见她一说话就露出妩媚的微笑、看见她经常露出雪白闪亮的牙齿的人，就会觉得他那一天受到特别的宠幸。每个人都有这样的想法。"① 这样一个人见人爱的女性应该生活在罗斯托夫家，应该和娜塔莎成为好朋友，可惜丽莎嫁错了人家，生活在一个不幸的环境中。就因为丽莎喜欢生活，热爱交际，看重家庭，厌恶战争，缺乏大的理想和抱负（无非是忠君爱国、光宗耀祖之类），并有点爱交际慕虚荣，而被这个家的男人们看不上。无论丽莎的公公还是丈夫，这些一贯鄙视女人的"真男人"，都把女人看作是缺乏理性的动物。如果他们真的重视丽莎，就不应该让她在乡间生育而导致难产死去。因此，当丽莎死后安德烈从她的表情中竟读出了她的抱怨和抗议，尽管这种抗议是微弱的，但却是令人痛心的。安德烈走进妻子的房间，"她死了，仍然像五分钟前他看她的时候那样躺着，虽然眼珠凝然不动，双颊苍白，但是那可爱的孩童般的脸盘和盖着一丛黑色茸毛的嘴唇，仍然是那么一副表情。'我爱你们所有的人，对谁也没有做过坏事，你们怎么这样对待我啊？'"② 这样的话语在作品中竟被重复五次之多，其悲切情绪感人至深，这是作者对这种封建贵族家庭的控诉。应该说年轻漂亮的丽莎的死，完全是这个反自然的不尊重人性的家庭的罪过，丽莎的悲剧时常让论者想起巴金《家》中的女性遭遇。"在前现代，不论中国，还是西方，身体都被视作灵魂、思想、意识的对立面或者障碍物遭受到普遍的压抑、抵制、防范。"③ 丽莎是个可爱的美好女性形象，多少年之后，博尔孔斯基父子才感悟到他们的罪过，愧疚他们的行为。

丽莎这位女性由于过早地死去而使其形象并未来得及充分展开，有些单薄，但是另一个不幸的女性玛丽亚公爵小姐则是贯彻全书始终的女性形象，作者对其刻画得较为充分。由于大地崇拜既是对大自然的崇拜，同时也是对自然生命的释放和张扬，因此，人性受到压抑必然导致人的生命和性情都受到伤

① ［俄］列夫·托尔斯泰:《战争与和平》,刘辽逸译,北京:人民文学出版社,1989 年,第 10 页。
② ［俄］列夫·托尔斯泰:《战争与和平》,刘辽逸译,北京:人民文学出版社,1989 年,第 433 页。
③ 刘传霞:《中国当代文学身体政治研究》,北京:中国社会科学出版社,2014 年,第 1 页。

害，玛丽亚公爵小姐正是这样的人。

安德烈的妹妹玛丽亚公爵小姐也是《战争与和平》中一个非常具有独特性格特征的女性。那么，玛丽亚公爵小姐是怎样的人呢？玛丽亚公爵小姐是一个善良的老姑娘，一个虔信上帝的基督徒，由于她多年来一直陪伴在性情乖张，喜怒无常的老博尔孔斯基身边，过着远离自然甚至悖逆自然的生活，而相貌变得越来越丑陋，性情也越来越古怪了。看来大地崇拜比基督教还要重要，仅有基督教信仰还是不够的。托尔斯泰在作品中塑造了三类女性，罗斯托夫家的娜塔莎是崇尚自然的，库拉金家的海伦是崇尚欲望的，而博尔孔斯基的这位小姐玛丽亚则是信奉基督的。在作者看来，崇尚欲望的是一种放纵行为，外表妖冶的海伦就是这种信奉的结果；崇尚自然的是一种人性的健康发展，外表长得美丽大方，青春四射的娜塔莎就是这种信奉的典型；而崇尚基督的，应该是善良、娴静、温柔的性情，玛丽亚应该是这样的女性，可是她却恰恰同时信奉家族的高贵，遵从家族的清规戒律、繁文缛节，过着一种反自然和脱离大地的生活，这也必然形成玛丽亚既虔诚又古怪的性格。人的身体作为大自然的一部分也应该是美的，只有美的健康的身体，才能够产生美的灵魂，那么我们看一下在这种扭曲环境下长大的玛丽亚是怎样的一个人。先看外表，玛丽亚的"头发是细心梳过的，她的脸上露出了光彩，但仍然遮掩不住松皮耷拉、死气沉沉的轮廓。她穿起这身她在彼得堡社交界常穿的衣裳，更显得加倍地难看了。……她脸红了，那对美丽的眼睛变得暗淡了，脸上布满了红斑，她带着脸上常有的那种殉道者的、难看的表情，任凭布里安小姐和丽莎的摆布。这两个女人完全真心诚意地想把她打扮得漂漂亮亮。她长得太丑了，她们俩谁也不会有跟她斗艳比美的想法，所以她们完全是出于真心诚意，并且怀着女人们所具有的那种天真而坚决的信念，认为衣裳可以使面孔变得漂亮，于是就动手给她穿戴起来"①。这是玛丽亚在会见前来求婚的库拉金家的花花公子阿纳托利时精心打扮的，女为悦己者容，过分打扮和慌乱的处女之心，使她大丢其丑，父亲老博尔孔斯基为自己女儿的轻佻而丢人现眼气得不行，更主要的是玛丽亚竟没有看出阿纳托利来求婚看重的不是她，而是她家未来作为陪嫁的巨大财产，

① ［俄］列夫·托尔斯泰:《战争与和平》,刘辽逸译,北京:人民文学出版社,1989 年,第 289 – 290 页。

当玛丽亚偶尔碰见阿纳托利私下和自己的女仆布里安小姐调情幽会时，她才从白马王子的梦幻中惊醒。看来玛丽亚不但没有美丽的外表，也没有美丽的智慧。如果没有这些也就罢了，玛丽亚却还有一些阴暗的不健康的心理，当她未来的嫂子娜塔莎来拜访未来的婆家时，玛丽亚出于嫉妒之心竟然轻慢了娜塔莎，这也是造成未来娜塔莎与安德烈婚变的原因之一。玛丽亚公爵小姐是怎样接待未来的嫂子的呢？"玛丽亚公爵小姐第一眼就不喜欢娜塔莎。她觉得她打扮得太漂亮，快乐得太轻浮，而且爱虚荣。其实玛丽亚公爵小姐没有发现，在她没有看未来的嫂子之前，她由于嫉妒她的美貌、青春和幸福，嫉妒哥哥对她的爱情，对她就没有好感了。除了这无法克服的对她的反感外，玛丽亚公爵小姐这时心情之所以激动，还因为在通报罗斯托夫父女到来时，老公爵喊道，他不愿意见他们，如果玛丽亚公爵小姐愿意的话，那就让她接见吧，可是不要让他们去见他。"① 这里既有不健康的嫉妒心在作祟，也有都市贵族对乡村贵族的偏见，后者长期生活在自然的怀抱中可能变得越来越土气，但在土气中却越来越富有生命力。你看娜塔莎不但外表漂亮，而且内心也非常阳光和健康，而玛丽亚一家自视甚高，由于远离自然而变得越来越矫揉造作，孤芳自赏，专断独行了，玛丽亚别说美丽，甚至连身上的女人味也越来越少了。没有大自然的情怀，没有对大地的崇拜，即使作为一个虔诚的基督教徒也会远离上帝。还有一向自认为是孝女的玛丽亚，竟然在父亲病重时盼望着的不是他早日康复，而是盼他快点死去。"是的……我……我……我。我盼望他死。是的，我盼望快点结束……我盼望安静……将来会怎样呢？"② 玛丽亚公爵小姐这种怪异的表现，固然可以看出缺乏自然生命力而带来的虚伪情感，也可以看出其对长期压抑生命现象与行为的本能反抗，因为作为玛丽亚本人也是长期的受害者，这是一个"吃人"的家族，而且也是一个"被吃"的家族。

玛丽亚公爵小姐的性格转变还是来自她与罗斯托夫家族人的接触。第一件事就是在父亲病死全家迁移的危急时刻，农奴们发生哗变，因为他们不愿意走（他们并不是特别痛恨拿破仑，拿破仑所到之处很多封建制度解体，农奴们获得解放，当然托尔斯泰并不这样认可，只是一味强调当地农民的刁赖颟顸），

① ［俄］列夫·托尔斯泰：《战争与和平》，刘辽逸译，北京：人民文学出版社，1989年，第738页。
② ［俄］列夫·托尔斯泰：《战争与和平》，刘辽逸译，北京：人民文学出版社，1989年，第952页。

可是玛丽亚公爵小姐作为孤身女人毫无办法，只能徒唤奈何，眼看着法国士兵越来越近了。正在这非常危险的时刻，尼古拉·罗斯托夫带着士兵巡游至此，他了解了情况，迅速惩罚了那些肇事者，使玛丽亚公爵小姐摆脱危险处境，化险为夷。玛丽亚非常感谢尼古拉·罗斯托夫，并萌发了爱情，爱上了这位热情善良，长着纯俄罗斯脸型的贵族男子。第二件事就是玛丽亚公爵小姐和娜塔莎伯爵小姐在安德烈病重到死亡相处的日子里，彼此达成了“和解”，玛丽亚明显受到娜塔莎的影响。“他的最后日子和时刻，平凡而简单地过去了，玛丽亚公爵小姐和娜塔莎都感受到了这一点。她们没有哭，没有发抖，在最后的那几天，连她们自己也觉得，她们已经不是在看护他的躯体。她们俩的感情是那么强烈，死亡表面的、可怕的一面，对她们已经不发生作用，而且她们认为，没有必要去触动哀痛。她们当着他的面没有哭，背着他的时候也没有哭，她们彼此之间从来不谈论他。她们觉得用语言不能表达她们所理解的东西。”① 确知安德烈死后，“娜塔莎和玛丽亚公爵小姐也在哭，但是她们哭不是因为个人的不幸；她们哭是因为她们面对那简单而庄严的死亡奥秘而内心充满了崇敬的感情”②。在死亡面前，活着的人受到心灵的震撼和洗礼，因为这触及人的终极关怀问题，因此，才使玛丽亚和娜塔莎认识到自己的不足，她们尽释前嫌，握手言和。“安德烈公爵临终的那些日子，把娜塔莎和玛丽亚公爵小姐结合起来了。新的不幸促使她们更加接近了。”③“自这天起，玛丽亚公爵小姐和娜塔莎之间建立了那种只有女人之间才有的热情而温柔的友谊。她们不停地亲吻彼此，谈些温存的话，大部分时间都是一起度过的，如果一个人出去了，另一个人心里就不安，就赶快去找她。她们俩在一起比分开独自一个人感到和谐。她们之间建立的感情比友谊更强烈：这是一种只有在一起才能活下去的独特感情。有时她们一连几个小时默不做声；有时已经躺在床上了，又开始谈话，一直谈到早晨。她们多半谈久已过去的事。玛丽亚公爵小姐讲她的童年，讲她的母亲，讲她的父亲，讲她的梦想；娜塔莎过去由于不怎么懂，不理会那种虔诚、顺从的生活，不理会基督教自我牺牲的诗意，现在她觉得她和玛丽亚公爵小姐被爱结合在一起，因此也爱玛丽亚公爵小姐的过去、懂得了她过去不懂得

① ［俄］列夫·托尔斯泰:《战争与和平》,刘辽逸译,北京:人民文学出版社,1989 年,第 1095 页。
② ［俄］列夫·托尔斯泰:《战争与和平》,刘辽逸译,北京:人民文学出版社,1989 年,第 1096 页。
③ ［俄］列夫·托尔斯泰:《战争与和平》,刘辽逸译,北京:人民文学出版社,1989 年,第 1416 页。

的另一面生活。她不想把这种顺从和自我牺牲精神使用在自己身上，因为她习惯寻求另一种欢乐，但是她懂得了而且爱上了对方身上那种她过去所不能理解的德行。至于玛丽亚公爵小姐，她听了娜塔莎讲她的童年和少年的故事，也发现了她先前不了解的另一面生活——相信生活、相信生活的乐趣。”① 这里所说的玛丽亚对“另一种生活”的了解便意味着她对罗斯托夫家族生活观念的接受，即回归到真实的自然生活中去，过一种真性情的自由生活。

四

行文至此，如果大家仅仅认为托尔斯泰是一位主张回归自然的卢梭主义者，或是一位简单的自然主义者和大地崇拜者，那就大大低估了托尔斯泰思想的深刻性和复杂性。托尔斯泰之所以伟大恰恰在于他对大地崇拜的同时，也存在着疑虑；在对自然至善的信奉中，也看到了自然有“至恶”的一面。因为毕竟社会在发展，人的主体意识和个体意识在觉醒，当我们所崇拜的大地母亲给我们带来丰富的物质供养和精神慰藉的同时，也带来了贫瘠、蒙昧与偏狭。这也正是托尔斯泰在对大地崇拜中，同时也感觉到大地在颤动的原因之所在。

还是再回到罗斯托夫一家的狩猎场面吧，如果你是一个细心读者的话，就会在热闹的狩猎场面背后看出某些悲凉的东西。首先，由于这场狩猎是在罗斯托夫家经济日益凋敝的状况下进行的，因此与已往狩猎相比，如今的狩猎似乎有些例行公事了，其表面的热闹似乎也难以遮掩住家族经济上的窘迫，关于这一点作者也没有忘记“提醒”书内的尼古拉和书外的读者，即作者借一同打猎的邻居贵族伊拉金的口吻对尼古拉说出来的话：“这么说来，伯爵，你们家的收成也不怎么样?”② 这短短不经意的一句话，不仅道出了罗斯托夫一家经济状况的不佳，而且也道出了整个贵族阶层的经济困境。事实上也是如此，在狩猎后不久，“伊利亚·安德烈伊奇伯爵辞去了贵族长的职务，因为这个职务需要很大的开销。但是他的经济状况仍然没有好转。娜塔莎和尼古拉常常看见父母秘密商谈，传闻要卖掉罗斯托夫祖传的豪华宅地和莫斯科近郊的田

① ［俄］列夫·托尔斯泰:《战争与和平》,刘辽逸译,北京:人民文学出版社,1989 年,第 1417 – 1418 页。

② ［俄］列夫·托尔斯泰:《战争与和平》,刘辽逸译,北京:人民文学出版社,1989 年,第 560 页。

产。……伯爵经管他的家产，犹如在巨大的捕兽网里挣扎，他极力不相信他陷入网里，然而他一步步地越陷越深，感到既无力把困住他的网冲破，也不能小心地、耐心地把它解开。好心的伯爵夫人觉得，她的孩子们要受穷，这不是伯爵的罪过，因为他只能像他现在这样做人，连他自己也由于意识到他和孩子们的破产而感到痛苦，她在寻求挽救的办法。”① 那么这个办法就是让尼古拉找一位富家小姐，拆散目前处在热恋中的表兄妹恋，牺牲具有美好品质和外表美丽的外甥女索尼娅。看来爱情要给经济让路了，这是古典爱情所遭遇到的最大的人为悲剧。

在宗法文明向现代工业文明转型的时代里，农业走向凋敝，贵族走向破产，似乎是一种大趋势，因为农业文明是对抗不过工业文明的，贵族是农业文明的代表。虽然土地依然肥沃，田野依然广袤，山峦依然起伏，河流依然奔流，但是大地却已经不再能承载和养育生活在其上的人们，作者不能不陷入以往对大地崇拜的质疑。托尔斯泰，这位文学中的安泰，他已经感受到脚下的大地开始颤动，因为此时的大地已经不再能够继续为人们提供源源不断的物质资源和精神资源，以应对这个变动不居的时代。这一点从收获的猎物也可以看出。这么一场人数众多的轰轰烈烈的狩猎行动，其收获物仅仅是一头老狼，大自然的馈赠也未免太吝啬了吧。那更多的狼群呢？更多的黑熊呢？更多的野兔呢？都到哪里去了呢？其次，这种境况还表现在娜塔莎身上，刚才还沉浸在乡村歌舞欢乐中的这位贵族小姐，竟然在舞蹈刚一结束，就马上陷入到了对未婚夫的思念中去，并且这种思念已不再是单纯的单相思，而是夹杂着对未来生活的焦躁和恐惧，以及随之而来的精神空虚。可是娜塔莎精神怎么能够焦虑呢？怎么能够空虚呢？我们不是有大地吗？不是有狩猎和民间舞蹈吗？不是有未婚夫吗？古典心灵是和谐宁静的，是充实的，天人合一的，怎么能有焦虑和空虚这些现代工业社会才具有的病态情绪呢？看来大地再也抚慰不了娜塔莎那颗年轻的心，因为她再也不满足于现状，她要抒发自己的个性，她要自由，尽管此时她还不知道何谓自由。后来的事实证明，当娜塔莎这位单纯、漂亮、如“出水芙蓉，天然去雕饰”的她——这位在作者眼中作为乡村文明的代表——

① ［俄］列夫·托尔斯泰：《战争与和平》，刘辽逸译，北京：人民文学出版社，1989 年，第 683 – 684 页。

走进彼得堡时，她竟禁不住诱惑，要跟花花公子阿纳托利私奔而不惜个人与家族的身败名裂，这真是让人难以想象。陷入情欲中的娜塔莎竟说出这样的话来："我觉得我已经爱他一百年了。我觉得在爱他之前，我从来没有爱过任何人。……我刚一看见他，就觉得他是我的主宰，我是他的奴隶，我不能不爱他。是的，我是奴隶！凡是他命令我的，我都照办。"① 这真有点令人匪夷所思，难道乡村文明就这样不堪一击吗？大地的力量哪里去了？作品中娜塔莎的婚变情节不亚于一场大地震，她带来的是作者对大地崇拜的危机，带来的是恒定价值的混乱，这种危机与混乱使得安德烈、阿纳托利、皮埃尔等都走向那绞肉机般的波罗底诺战场，其结果是安德烈、阿纳托利战死沙场，而皮埃尔看到战争的惨烈之后要刺杀拿破仑，后来成了俘虏差点被枪毙掉。

为什么娜塔莎要鬼使神差地背叛婚约呢？为什么所有的人自此都出现了精神骚动了呢？是大地出了问题，还是古典情感不再能安慰人了呢？其实还不是一回事儿，古典情感不能安慰人还不就是大地出了问题？因为与大地崇拜的情感相伴而生的是一种宗法情感，它追求的是人与自然的天人合一和个体心灵的宁静和谐，可是近代工业文明的到来，生产力的迅猛发展，大大提高了作为主体的人征服自然的能力，主体自我和客体自然，个体独立与社会集体的对立成为社会发展的必然。因为古典感情尽管宁静和谐，但它同时也是悖弱的、单薄的、缺乏真正生命力的，其和谐是以忽视和压抑个体自我的存在发展为前提的。正如娜塔莎的婚变看似突然，实际上与道德无关而是与缺乏个性有关，娜塔莎在这之前爱过很多男子，先是鲍里斯，后来是一个会唱歌的艺术家，再后来是杰尼索夫，见到安德烈时已经是第四个了，看来娜塔莎再爱上阿纳托利也很正常。爱情是现代社会男女个性自由的表现，在古典氛围中长大的娜塔莎缺乏的恰恰是个性，而没有启蒙理性培养的个性诉求很容易滑向欲望的满足。面对古典和谐的弊端，美学家周来祥总结道："……但古典的中和之美，既是未经分化的古代人的创造，又是原始的、素朴的、单纯的，在封闭的圆圈中发展的。它不丰富，不复杂，承受不了尖锐剧烈的冲突，它的完满恰恰建立在古代人不完满的基础上。古代人曾经认为自己是完满的，但那种完满是未经裂变的

① [俄]列夫·托尔斯泰:《战争与和平》,刘辽逸译,北京:人民文学出版社,1989 年,第 768 页。

原始的低层次的完满，与现代自由人的完满不可同日而语。”① 因此，随着近代以来主体的逐渐强大，对个性的关注也逐渐提到议事日程上来了，天人合一的局面被打破了，宁静致远的和谐心态也将不复存在，因此，这时的“个性”往往被视作“恶”的力量。之所以“个性”被称为“恶”，是因为它要突破古典局面所体现的“伪和谐”，它要切断和大地的精神联系成为“自我”。但这个“恶”却是有力量的，是具有存在合理性的，它意味着个体觉醒后对自由的向往，这正如康德所说的：“自然的历史是从善开始的，因为它是上帝的作品；自由的历史是从恶开始的，因为它是人的作品。”② 马克思在引述黑格尔对“恶”的论述时说：“黑格尔指出：‘人们以为，当他们说人的本性是善的这句话时，他们就说出了一种伟大的思想；但他们忘了，当人们说人本性是恶的这句话时，是说出了一种更伟大得多的思想。’在黑格尔那里，恶是历史发展的动力借以表现出来的形式。”③ 因此“恶”使个体的人告别了自然，并逐渐强大起来，只有这样的人才能成为适应现代社会生活的现代人。托尔斯泰的伟大之处恰恰在于他包容了这种恶，甚至有些怂恿。因此，托尔斯泰才会让娜塔莎飞蛾投火般地去爱上一个花花公子而弃婚约如敝屣，才让安德烈为了荣誉鬼使神差地两度上战场，才会使皮埃尔不断反省又不断地沉迷于酒色之中，作者才会借他人之口来指责牺牲个人婚姻幸福的索尼娅。虽然托尔斯泰不一定具备近代启蒙理性思想，但是他让其笔下的主人公尽情地去张扬自己，释放自己，去顺应自然，这便和启蒙理性所要求的张扬个性相吻合，尽管这种吻合可能是不自觉的。也正是因为托尔斯泰对他笔下人物的近乎放纵的宽容，他笔下的人物才会焕发出耀眼的艺术魅力，但这一切又都是以托尔斯泰越来越困惑和越来越矛盾为代价的，因为这样做他将失去天人合一，失去大地，而失去大地将会失去物质资源和精神资源，失去情感寄托和精神信仰，对作者威胁最大的是还将失去对世界的感受方式和表达方式，而没有这一切，艺术创作也将随之失去，因此，作者只能试图再寻找一种新的信仰方式来代替对大地的崇拜。

---

① 周来祥:《辩证和谐美学与审丑教育》,载《文艺研究》2003 年第 4 期。

② [德]康德:《历史理性批判文集》,何兆武译,北京:商务印书馆,1990 年,第 68 页。

③ 《马克思恩格斯选集》第 4 卷,北京:人民出版社,1972 年,第 223 页。

五

魔鬼一旦放出瓶子去就很难收回，个性一旦得到张扬就很难再屈服于压抑；对大地崇拜的感情一旦发生危机，就很难再回到单纯的崇拜中去，同时人如何做才能顺应自然至善而避免走弯路也是个问题，那么剩下来的只有寻找新的“大地”，这个新的信仰也是最为方便的信仰便，这便是上帝。千百年来俄罗斯民族一直在信奉着基督教，只是托尔斯泰自己在大地的崇拜中曾一度遗忘，如今还得尝试着皈依。于是乎，《战争与和平》中的主人公们开始变得对上帝异乎寻常地关注起来，而这一切又仿佛都是从娜塔莎婚变开始的。婚变后的娜塔莎身心受到极大的打击，差点丧失性命，后来身体恢复不是凭借服药，而是凭靠着不断向上帝祷告，作品中较为详细地描写了娜塔莎在教堂里面对着圣母像的所思所为。“在这伟大的和不可知的事物面前，娜塔莎总有一种前所未有的谦卑感觉，当她听懂了祷词的时候，她那带有个人色彩的感情就和她的祷词融合起来；当她听不懂的时候，她更愉快地想到，想懂得一切的愿望是值得骄傲的，懂得一切是不可能的，只要相信和皈依上帝就行了，因为她觉得，此时此刻上帝支配着她的灵魂。她画十字，鞠躬，当她对自己卑劣的行为感到恐惧，弄不明白时，只求上帝宽恕她，宽恕她的一切，对她发慈悲。最能使她全神贯注的忏悔的祷告。……这时她体验到一种前所未有的感情，她觉得有可能改正错误和有可能过一种纯洁、幸福的新生活。”① 而骄傲的安德烈在波罗底诺战役再次负伤面临死亡时，娜塔莎目睹了死亡的残酷与可怕，再加上受虔诚基督徒玛丽亚公爵小姐的影响，这些都为娜塔莎的宗教转向，起着促进作用。“玛丽亚公爵小姐讲她的童年，讲她的母亲，讲她的父亲，讲她的梦想；娜塔莎过去由于不怎么懂，不理会那种虔诚、顺从的生活，不理会基督教自我牺牲的诗意，现在她觉得她和玛丽亚公爵小姐被爱结合在一起，因此也爱玛丽亚公爵小姐的过去、懂得了她过去不懂得的另一面生活。她不想把这种顺从和自我牺牲精神使用在自己身上，因为她习惯寻求另一种欢乐，但是她懂得了而且爱上了对方身上那种她过去所不能理解的德行。”② 娜塔莎从玛丽亚公爵小

① ［俄］列夫·托尔斯泰:《战争与和平》,刘辽逸译,北京:人民文学出版社,1989 年,第 876 页。

② ［俄］列夫·托尔斯泰:《战争与和平》,刘辽逸译,北京:人民文学出版社,1989 年,第 1417 – 1418 页。

姐身上看到的"虔诚""顺从"等生活观念，正是一种宗教生活行为特征。还有安德烈，他经过了死亡才终于明白了上帝的存在，并且知道上帝就是爱："我体会到那种作为灵魂本质的不需要对象的爱。我现在就体会到这种幸福。爱邻人，爱自己的敌人。爱一切——爱上帝所体现的一切。"① 殊途同归，皮埃尔被俘后在一个名叫卡拉塔耶夫的农民劝说下，皈依了上帝。"他在被俘期间突然认识到，不是靠语言、推理，而是靠直觉认识到保姆早就给他说的那个道理：上帝就在眼前，就在这儿，它无所不在。他在被俘期间认识到，卡拉塔耶夫心目中的上帝比共济会员们所承认的造物主更伟大，更无限，更高深。一个人极目远望，结果却在自己的脚下找到所寻求的东西，他觉得他就是这样的人。"② 甚至连一向很少思考的尼古拉也受到玛丽亚公爵小姐宗教情感的感染而开始发生"情变"——疏远索尼娅："于是不由得在心里把两者作一个比较：论精神的天赋，一个是贫乏的，另一个是丰富的，而这种精神天赋正是尼古拉所缺少，因而对它是非常重视的。"③ 并且，"一想起玛丽亚公爵小姐，怜悯之情就油然而生，他开始祷告，他长久没有做过这样的祷告了。泪水涌到眼睛和喉咙里……"④ 这样娜塔莎、皮埃尔、安德烈、尼古拉等都走向了回归上帝之路。

到这里我们可以看出，托尔斯泰上帝思想的复活，恰恰是与他大地崇拜信仰危机所导致的结果，那么托尔斯泰真的愿意离开大地吗？真的愿意失去古典时代"共同体"生活的脉脉温情吗？真的想用"上帝"来代替"大地"吗？问题似乎并不是那么简单。《战争与和平》快结束的 1869 年，托尔斯泰在思想上遭遇了两次危机，一是阅读了叔本华的悲观哲学；一是发生了众所周知的"阿尔扎马斯的恐惧"，即在一个叫阿尔扎马斯的宾馆里夜间梦到自己死亡。两者对人生悲观的看法把托尔斯泰抛出了日常生活的轨道，其精神危机达到了总爆发的程度。面临死亡的恐惧，托尔斯泰没能像果戈理那样感到是上帝的一种召唤，也没能像陀思妥耶夫斯基那样临死前神情坦然地拿起圣经，阅读福音书，更没像后来的尼采那样走向轰轰烈烈的诗意的死，而是像卢梭一样再次地

---

① ［俄］列夫·托尔斯泰:《战争与和平》,刘辽逸译,北京:人民文学出版社,1989 年,第 1218 页。
② ［俄］列夫·托尔斯泰:《战争与和平》,刘辽逸译,北京:人民文学出版社,1989 年,第 1447 页。
③ ［俄］列夫·托尔斯泰:《战争与和平》,刘辽逸译,北京:人民文学出版社,1989 年,第 1254 页。
④ ［俄］列夫·托尔斯泰:《战争与和平》,刘辽逸译,北京:人民文学出版社,1989 年,第 1255 页。

回归到古典的“共同体”温暖怀抱，以取消个体的方式来解决个体生存危机问题。因此，如果仔细分析就会发现，托尔斯泰的上帝还不是真正宗教意义的上帝，不是个体人格独立后的精神慰藉和终极关怀，而不过是对宗法制生活规范的一种改造。托尔斯泰上帝观的核心就是“道德上自我完善”，是“爱”，就是要爱人如己，其实这不过是一种古典共同体社会所追求的道德伦理罢了。因为宗法的共同体社会的维持恰恰需要抑制个体，压制个性的恶，并通过宣扬无私的爱才能使这种集体得以维持，托尔斯泰恋恋不舍的仍然是大地，因为大地是诗性的、自由的，是创作灵感产生的源泉，而外在于大地崇拜的宗法道德却是僵硬的、教条的。尽管如此，托尔斯泰只能做如是选择了，即只能让娜塔莎投入宗法文明的怀抱，尽管这时的大地已经颤动，尽管这时的宗法文明已经残缺，但是托尔斯泰还是执拗地这样做下去。

托尔斯泰之所以不能转向对上帝的信仰而只能转向对道德的推崇，除了留恋大地，留恋宗法生活的温情，以及个体面临死亡深渊的恐惧之外，他还缺乏一种信仰上帝及其灵魂皈依的能力，这一点梅列日科夫斯基看得很准：“如果研究托尔斯泰一生全部的内心生活，就不能不得出如下结论：在他精神发展的有意识方面和无意识方面之间存在着不协调、不均衡的情况。然而，这种不协调未必就在于过多的意识力量。我们至少有机会观察到，例如，虽然在歌德身上有比在托尔斯泰身上大得多的意识力量，但这一力量并没有破坏灵魂生活与智慧生活的和谐，甚至反而加强了这种和谐。不是的，托尔斯泰的道德观发展和宗教观成长过程中沮丧、病态之最重要原因不在于过度的意识，而是相反，在于意识的不足、不完善。他的意识过于敏锐，或者说，无论如何，过于细腻、紧张，却不是无所不包、洞察一切的。”① “在托尔斯泰那里，是因为肉的重量超过了灵……”② 著名的俄国思想研究大家以赛亚·伯林按照“狐狸多知，而刺猬只有一大知”的观点，认为托尔斯泰是狐狸而非刺猬。“我想提供的假设是：托尔斯泰天性是狐狸，却自信是刺猬；他的天赋与成就是一回事，他的信念、连带他对他自身成就的诠释，又是另一回事；结果，他的理想导使

---

① ［俄］德米特里·梅列日科夫斯基：《托尔斯泰与陀思妥耶夫斯基》，杨德友译，北京：华夏出版社，2009 年，第 39 页。

② ［俄］德米特里·梅列日科夫斯基：《托尔斯泰与陀思妥耶夫斯基》，杨德友译，北京：华夏出版社，2009 年，第 104 页。

他以及被他的说服天才所赚的人，对他与别人所应有的作为，提出了有系统的错误诠释。”① 既然托尔斯泰是狐狸，就很难把对真理的追求集中在一点上，也就很难具有虔信专一的潜质了。看来无论是托尔斯泰的肉体感觉能力远远超出意识的能力，还是难以集中到一点的多元思想探索，都很难使托尔斯泰成为一个具有宗教意识的人。人的潜质差异巨大，有人天生就是虔信者、教徒、圣人，有人仅仅是好人，这大概与我们平时所说的“慧根”的有无和多少相关吧。因此，当托尔斯泰回到宗法生活中去，那么他笔下的妇女也就成了贤妻而多育的女性，而男人则成了乡村“劳模”了。“娜塔莎是一八一三年初春结婚的，到一八二〇年她已生了三位千金，还有她长期盼望，现在由她亲自喂奶的儿子。她发胖了，身体变宽了，从现在这个健壮的母亲身上，已经很难找到当初那个苗条活泼的娜塔莎来了。她的面部轮廓分明了，露出一种宁静、温柔、开朗的表情。她脸上再也没有先前那种赋予她魅力的熊熊燃烧的青春活力了。现在只能看到她的躯体，再也看不到她的灵魂了。看到一个健壮、美丽、多产的女人。昔日的热情现在也很少燃烧了。”② 这样，单纯的、快乐的、富有灵性的娜塔莎，最终变成了一架毫无生气的生育机器，这还是我们所希望的那个曾经可爱的娜塔莎吗？那么，执拗的常常自以为是的安德烈就只能是战死沙场的份儿了，而皮埃尔这位勤于思考的人也只能“归顺”娜塔莎，并在后者的“监督”和“指导”下生活了。至于尼古拉则成了托尔斯泰笔下回归宗法制生活的榜样。尼古拉所管理的一向经营不善的庄园，获得了奇迹般的扭亏为盈，那么尼古拉是怎样做的呢？“尼古拉是一个普通的地主，他不喜欢新的经营方法，特别不喜欢当时流行的英国那套办法，他嘲笑有关农业理论的文章，他不喜欢工厂，不喜欢贵重的作物，他根本不单独经营农业的某一部门。他的目光总是盯着整个庄园，而不是庄园的某一部门。在管理庄园中主要的事物不是土壤和空气中的氮气和氧气，不是特别的犁和粪肥，而是使氮气、氧气、粪肥、犁起作用的那个主要工具——也就是农业劳动者。当尼古拉着手管理庄

① ［英］以赛亚·伯林：《俄国思想家》，彭淮栋译，南京：译林出版社，2001 年，第 29 页。“狐狸多知，而刺猬只有一大知。”是说狐狸是多变的、多方向的、多元的；而刺猬是不变的、单一方向的、一元的。伯林以动物的特点引申出在政治上肯定多元的消极自由，反对建立封闭一元的思想体系。在评价俄罗斯文学时，伯林认为托尔斯泰看似是刺猬，实际上是狐狸；而陀思妥耶夫斯基看似是狐狸，实际上是刺猬。本文这里引述的意思是信仰需要虔信专一，像刺猬一样。具有狐狸性格的托尔斯泰是做不到的。

② ［俄］列夫·托尔斯泰：《战争与和平》，刘辽逸译，北京：人民文学出版社，1989 年，第 1513 页。

园，深入了解它的各种部门的时候，最能引起他的注意的是农民。在他看来，农民不仅仅是工具，而且也是目的和裁判者。……他赞助农民的家庭保持最大的规模，不赞成分家。他对懒汉、浪子和无用的人，决不宽贷，尽可能把他们从集体中驱逐出去。……然而他却是用整个心灵爱‘咱们俄国农民’，爱他们的风俗习惯，正因为这样，他才能了解和吸取一些富有成效的经营方法和方式。”① 这样一种看不起科技，轻视管理，强化农奴制制度，抑制分家，忽视人的个性发展的一系列保守甚至有些反动（考虑到该书成书时农奴制已经废除）的措施，很难想象尼古拉会在农业上“取得最辉煌的成就”，这只不过是作者对土地、对乡村、对农业的偏爱和对大地崇拜危机的一种极力掩饰罢了。看来托尔斯泰还是难以割舍对大地的强烈情感，情感之深已经使他失去了最起码的判断力，让他变得“独断专行”起来，因为他需要大地，也必须站在大地上，并尽可能地抑制住大地的颤动。

安泰的大地已经颤动，其结果必然是安泰被大力神赫拉克勒斯高高举起而杀死，托尔斯泰的大地也在颤动，其结果也必然带来作者精神上的危机及其信仰上的转移，这便构成了作者对大地崇拜所激发的对生命力的张扬与对宗法制道德规范的遵守之间的矛盾，不过由于此时作者的大地崇拜情感仍占有主导地位，因此这种矛盾非但没有把托尔斯泰打倒，反倒激发出了作者近乎诡谲的创作灵感，创作出天才之作《战争与和平》来。

六

对于《战争与和平》的分析本应该到此结束了，但是论者在对该作品中的女性观察中，却发现托尔斯泰在塑造女性形象方面存在着一个规律性的现象，即“托氏女性谱系”。

所谓“托氏女性谱系”，是托尔斯泰受大地崇拜情结的影响，在《战争与和平》中的女性形象塑造过程中，按照女性与大地的远近亲疏关系，把她们分成差序等级，并给予不同程度的臧否褒贬。具体到作品中，作家以罗斯托夫家族中的女性娜塔莎为典范，为核心，依次塑造出了索尼娅、玛丽亚、海伦、

① ［俄］列夫·托尔斯泰:《战争与和平》,刘辽逸译,北京:人民文学出版社,1989 年,第 1500 – 1501 页。

朱莉等女性形象，从而形成了一个富有托尔斯泰特色的“托氏女性谱系”。在这个“谱系”中，娜塔莎等是被肯定的，是属于“第一等级”的；玛丽亚是可改造的，是属于“第二等级”的；海伦等则是被否定的，是属于“第三等级”的（这里对“等级”一词的使用并非完全准确，为了说明问题，是不得已而用之）。

作为“托氏女性谱系”中“第一等级”的女性应该是娜塔莎，因为怀有对大地的崇拜情结，托尔斯泰对宗法制乡村女性进行着一种理想化的塑造，具体表现为对娜塔莎的赞美。

娜塔莎第一次踏入交际场合就取得了巨大成功，她给貌似繁华实则庸常的彼得堡舞会带来一股清新空气。关于娜塔莎的清新风格，作者曾把她和另一个美人海伦加以对比，“她那裸露的脖颈和手臂瘦削，并不好看。比起海伦的肩膀，她的肩膀就太瘦了，胸部不够丰满，手臂纤细；但海伦的身体由于被千百双眼睛玩赏过，仿佛涂了一层油漆，而娜塔莎还是初次袒胸露臂的少女，如果不是她相信非如此不可，她会感到非常害羞的”[①]。这里以海伦的放荡庸俗，更显娜塔莎的清纯脱俗。就连一向自视甚高的安德烈，也为娜塔莎的清新气质所吸引，因为“安德烈公爵觉得在娜塔莎身上有一种对于他来说完全陌生的特殊世界，具有充满了他从来不知道的喜悦，早在奥特拉德诺耶林荫道上和在月夜的窗口，这个陌生的世界就曾经使他心神不安。现在这个世界已经不再使他心神不安了，也不陌生了；而且，他亲身进入这个世界后，发现了新的乐趣”[②]。这个“陌生的特殊世界”，就是凭靠大地生活的诗意世界，最终安德烈向娜塔莎求婚了。另外，不光是正直的安德烈，就连海伦的哥哥花花公子阿纳托利也爱上了娜塔莎，看来好人喜欢娜塔莎，坏人也喜欢娜塔莎，尽管他们的动机有别，前者满足爱情，后者满足情欲，但足以证明娜塔莎魅力之大。当都市贵族因太多的清规戒律和繁文缛节而走向僵化时，乡村田野所带来的刚健清新的气息，似乎给都市贵族们带来新的活力。对土地的崇拜也即是对生命力的崇拜，托尔斯泰相信“自然至善”，娜塔莎就是这样一位充满生命力的女性，尽管娜塔莎曾经遭受过诱惑而差点堕落，但却能够迷途知返，浴火重生，这是

① [俄]列夫·托尔斯泰:《战争与和平》,刘辽逸译,北京:人民文学出版社,1989 年,第 609 页。
② [俄]列夫·托尔斯泰:《战争与和平》,刘辽逸译,北京:人民文学出版社,1989 年,第 618 页。

乡村女性靠近大地而具有的天然美好品质所决定的。

在罗斯托夫家中，如果说娜塔莎是美的化身，那么索尼娅就是善的化身，作品中索尼娅是作为尼古拉·罗斯托夫的情人出现的。善良的索尼娅长得很美，作品中写道："索尼娅是个身材苗条、娇小玲珑的黑发姑娘，在长长的睫毛下流动着柔和的目光，又黑又粗的发辫在头上盘了两圈，脸上的肤色，特别是露在外面消瘦而健美的手臂和脖颈的肤色有点发黄，她那举止从容，纤细四肢的柔软和灵活，她那有几分狡黠和矜持的仪容，使人想到她像一只美丽的、尚未成年、将来一定会成为一只迷人的牝猫的小猫仔。"① 就是这样一个美丽的女人却始终不渝地爱着她的表哥尼古拉，爱着罗斯托夫一家人。她曾经成功地阻止了娜塔莎与阿纳托利的私奔，使这个家庭免去了一场可怕的人为灾难。同时，尽管索尼娅痴爱着尼古拉，拒绝了其他的求婚者，但是当她看到罗斯托夫家庭需要迎娶一个富有的大家闺秀，方能摆脱家庭窘境时，索尼娅便毅然退出，把心爱的尼古拉让给了玛丽亚公爵小姐，以牺牲自己的爱情来拯救罗斯托夫家族，其道德品质之高尚，令人为之赞叹。尽管作者对其牺牲精神有所微词，但却显示出作为人所具有的理性之高贵。娜塔莎代表美，而索尼娅代表善，这样一对优秀的女性只能出现在罗斯托夫家族，也是作者大地崇拜情结的体现。

与娜塔莎相比，蛰居乡间的博尔孔斯基家族女性玛丽亚，只能在"托氏女性谱系"中处于"第二等级"了。

博尔孔斯基家族是远离大地的大贵族家族，在这样的家族中对具有自然天性美的女性是压抑的，甚至是摧残的，丽莎的惨死，玛丽亚性格的扭曲，正说明了这一点。不过玛丽亚公爵小姐的性格转变还是来自她与罗斯托夫家人的接触。第一件事就是在老博尔孔斯基病死和全家迁移的危急时刻，农奴发生哗变，可是玛丽亚公爵小姐作为孤身女人毫无办法，十分焦急，眼看着法国士兵越来越近了，正在这非常危险的时刻，尼古拉·罗斯托夫带着士兵巡游至此，他了解了情况之后，迅速惩罚了那些肇事者，使玛丽亚公爵小姐摆脱了危险处境，化险为夷。玛丽亚和尼古拉四目相视，在这场"英雄救美人"的活动中，爱情迸发。爱情使人美丽，玛丽亚公爵小姐突然变得漂亮了。"自从她看见这

① ［俄］列夫·托尔斯泰：《战争与和平》，刘辽逸译，北京：人民文学出版社，1989年，第58页。

张可亲可爱的面孔的那一刻起，一种新的生命力就占有了她，使得她一言一行都不是通过自己的意志。罗斯托夫一进来，她的脸就突然变了样儿。就像一只精雕细绘的灯笼突然点亮了，灯笼四壁那些复杂的精致的艺术品，原先看来是粗糙、灰暗、毫无意义的，这时却显出意外的美：玛丽亚公爵小姐就突然起了这样的变化。”[①] 这是罗斯托夫家族的人影响其外貌而发生的变化。第二件事就是玛丽亚公爵小姐和娜塔莎伯爵小姐在安德烈从伤重到死亡相处的几天里，彼此达成了“和解”，玛丽亚明显受到娜塔莎的影响，“至于玛丽亚公爵小姐，她听了娜塔莎讲她的童年和少年的故事，也发现了她先前不了解的另一面生活——相信生活、相信生活的乐趣”[②]。这里所说的玛丽亚对“另一种生活”的了解，便意味着她对罗斯托夫家族生活观念的接受，即回归到真实的自然生活中去，过一种真性情的自由生活，这样玛丽亚公爵小姐才真正恢复成一个外表和内心都变美的女人。与丽莎的悲剧结局相比，玛丽亚公爵小姐是幸运的，父亲的早死，精神枷锁的解脱，以及她无意中接触到了精神之源——罗斯托夫家族，使她成为可以向好的方向发展的女性。

作为“第二等级”的玛丽亚虽然在作者眼中不如“第一等级”的女性娜塔莎等更为理想，但她们仍然是作者抱有希望的，是可以改变和改造的，从玛丽亚完美的结局来看，就很好地说明了这一点。

出身于大都市的彼得堡美女海伦·库拉金，以及待字闺中的富有的朱莉，她们应该属于“陀氏女性谱系”的“第三等级”了，因为前者生性放荡，后者庸俗不堪，而这些都是与乡村的美好道德相去甚远的。

在托尔斯泰看来，远离大地乡村的库拉金家族都是一些灵魂空虚、道德堕落的人，海伦就是这样的女性。从外表上看，海伦美若仙子，顾盼风流。作品中写海伦一出场，就魅力四射。“当她从闪开的男人们中间穿过时，她那缀有常春藤和青苔花边的素白礼服发出窸窸窣窣的声音，白净的肩膀、光泽的头发和璀璨的钻石都光彩夺目，她径自朝安娜·帕夫洛夫娜走去，眼睛不看任何人，但对所有的人都笑容可掬，仿佛她把欣赏她的身材、丰腴的双肩和装束入时的十分裸露的胸脯和背脊的美的权利，慷慨大方地赐予每个人，仿佛给舞会

① ［俄］列夫·托尔斯泰:《战争与和平》,刘辽逸译,北京:人民文学出版社,1989 年,第 1249 页。

② ［俄］列夫·托尔斯泰:《战争与和平》,刘辽逸译,北京:人民文学出版社,1989 年,第 1417 －1418 页。

带来全部光彩的也是她。海伦真是太漂亮了，她身上不仅毫无卖弄的意味，而且相反，仿佛她为自己无可置疑的、其魅力之大足以征服一切的美貌，感到不好意思。仿佛她宁愿减少自己美的魅力，可就是办不到。”① 我们不可否认，海伦的确是美丽的，似乎在她身上也充满了生命力，但在作者看来这不是生命力，而是一种欲望。对欲望的不餍的追求，使海伦生活糜烂，纵情声色，甚至发生和自己的哥哥乱伦的丑闻。由于生活放荡，海伦过早地香消玉殒了。这是大地对于违逆“自然至善”行为的一种惩罚。

还有生活在彼得堡的玛丽亚公爵小姐的好友朱莉，也是一位远离罗斯托夫家族的女人。朱莉曾经喜欢尼古拉·罗斯托夫，但终因与罗斯托夫家族接触太少而渐行渐远，这位自以为虔诚的基督徒走向了神秘主义，进而走向庸俗（这一点连玛丽亚也不如了），而其外貌也变得更丑了。作品中写道：“朱莉二十七岁了。自从她的兄弟们死后，她成了巨富。她现在简直变得难看极了；但是她以为她不仅依然美丽，而且比以前更迷人了。下面两件事更证明了她的错觉：第一，她成为非常富有的待嫁姑娘；第二，她岁数越大，男人和她交游时就越有安全感，因而也就越随便，他们享受她的晚餐、晚会以及在她那儿热闹的聚会，却可以不负任何责任。十年前，男人不便天天到一个有十七岁大姑娘的人家去，怕影响她的声誉，也怕自己受束缚，现在可以大胆地每天去了，对待她可以不把她当作未婚的姑娘，而当作没有性别的熟人。”② 最后朱莉费尽心机，凭靠自己的财产和小伎俩，嫁给了鲍里斯——一个同样庸俗的势利男人。

由此可见，海伦和朱莉都是远离大地、背离自然的女人，其结局也必然是悲惨的或滑稽的。大地成了生命力的策源地，所有接近土地的人，她们的生命都得到张扬，她们的灵魂都会发生变化，都会不断超越自己。而远离它的人，则会走向反面，这里典型地体现了作者对大地浓重的崇拜情结。

由此看来，托尔斯泰在大地崇拜视野下，在《战争与和平》中塑造出了带有作家自身特点的女性形象，论者称其为“托氏女性谱系”，这便是作家以罗斯托夫家族中的女性娜塔莎和索尼娅为真善美的核心，她们是宗法制乡村生

① ［俄］列夫·托尔斯泰:《战争与和平》,刘辽逸译,北京:人民文学出版社,1989年,第14页。
② ［俄］列夫·托尔斯泰:《战争与和平》,刘辽逸译,北京:人民文学出版社,1989年,第729－730页。

活的代表，并按照这种评价标准依次塑造出了其他女性。从当今的女权主义标准来看“托氏女性谱系”不免充满了作者的“任性”和“男权的霸道”，譬如为什么乡村在道德上一定要胜过城市呢？为什么莫斯科一定要胜过彼得堡呢？为什么乡村女性一定要胜过都市女性呢？为什么城市贵族的女性一定是性情古怪的或者放纵堕落的？等等不一而足。但笔者更看重对“谱系”的构建、归纳与研究，因为这样能够更好地了解托尔斯泰，了解托尔斯泰笔下的女性，以及女性的内心世界。

看来，从大地崇拜情结及其危机入手，成了理解《战争与和平》诸方面问题的“钥匙”。

第二节 《战争与和平》创作中的非理性现象研究

列夫·托尔斯泰：“如果设想人类生活可以用理性来支配，那么，生活的可能性就被消灭了。”①

——题记

一

列夫·托尔斯泰历来被看作是俄国批判现实主义文学的代表性作家，他的《战争与和平》也常常被看作是其批判现实主义代表作之一。如果细心阅读这部鸿篇巨制的话就会发现，与其他作品不同，该作并没有完全按照现实主义美学法则即遵从理性主义原则进行创作，而是在作品中充斥着大量的对非理性现象的描写，而所有这一切都与托尔斯泰的大地崇拜情结有关，因为“崇拜”和“情结”本身都充满了神秘性和非理性，这是按照理性所不能理解和解释的。著名俄国评论家魏列萨耶夫说：“托尔斯泰向来十分不相信理智。对他来说，复杂的生命不可能纳入言词、思想和信念的有限框框。信念的坚定性和明确性最能证明与生命丧失了联系。”② 生命是很难用理智来测量的。

这种非理性现象几乎出现在托尔斯泰的所有创作中，而以《战争与和平》

① ［俄］列夫·托尔斯泰：《战争与和平》，刘辽逸译，北京：人民文学出版社，1989 年，第 1482 页。

② 倪蕊琴编选：《俄国作家论列夫·托尔斯泰》，北京：中国社会科学出版社，1982 年，第 227 页。

体现得最为集中和典型，因为它是托尔斯泰所表现出来的大地崇拜情结最为浓重的作品，因此其非理性和神秘性也表现得比较充分。具体来说表现在三个方面：一是表现在人物塑造上，人物性格出现了“流动性”；二是表现在对战争的描写上，战争的胜负存在着偶然性；三是表现在对历史的态度上，历史的发展存在着神秘性。对于创作中存在非理性现象这一事实，托尔斯泰在《关于〈战争与和平〉的几句话》中也有所提及：“我想使读者在我的作品里，不至于发现或不去寻找我不想或不善于表达的那些东西，而要把注意力正好集中在我所要表达的东西上面。”① 由此看来，作者“不想或不善于表达的那些东西”，那些看似漫不经心的东西，恰恰是我们最需要关注的，这便是对非理性现象的表现。托尔斯泰对非理性现象的描写这一超越现实主义美学法度的做法及其在作品中的大量涌现，非但没有降低和损害文学作品的艺术性，反倒进一步增添了作品的艺术魅力。

二

我们平时常常津津乐道于托尔斯泰在人物塑造上心理描写的高妙，被称为“心灵辩证法”（车尔尼雪夫斯基语），甚至有的研究者认为托尔斯泰的心理描写已经达到了意识流的程度②，应该说这样的评价和研究都是有道理的，但如果从更深广的意义上来说，用“非理性现象”来揭示托尔斯泰的这一创作特性，似乎更全面更深入，心理变动不过是人的非理性现象的一部分。托尔斯泰之所以在人物塑造上采用非理性现象来揭示人物性格，是因为他看到了人身上的非理性特性，作者在1898年2月3日和3月21日所写的日记中对此种表现有所总结：“最常见的一种错误是把人分为善良的，凶恶的，愚蠢的，聪明的。人是流动的，他身上有着各种可能性：曾经是愚蠢的，后来变聪明了；曾经是凶恶的，后来变善良了，或者相反。这便是人的伟大之处。因此不可指责人。他是一个怎样的人呢？你指责他，而他已经变成另外一个人了。……最好是写一部艺术作品来清楚地表现人的流动性，就是说，同一个人时而是恶人，

① ［前苏联］尼·尼·古谢夫：《〈战争与和平〉创作过程概要》，雷成德译，西安：西北大学出版社，1987年，第176页。

② 陈燊：《列夫·托尔斯泰和意识流》，载《外国文学评论》1987年第4期。

时而是天使，时而是智者，时而是大力士，时而是最软弱的人。”① 这里所强调的人是“流动的”，就是指人的非理性，也可以说托尔斯泰表现人物的非理性往往是通过描写人性的“流动性”来实现的。别尔嘉耶夫认为：“托尔斯泰很好地理解了这一点，他总在描写人的这种双重生活：一种是外在的、相对的、充满谎言的、不真实的生活，人靠它来面对社会、国家和文明；另一种是内在的、真正的生活，人在其中面对的是原初现实，面对的是生命深处。”② 而这内在“生命深处”则是变动不居的非理性。

在《战争与和平》中作者着墨较多的是安德烈·博尔孔斯基公爵。安德烈具有爱国、正直、勇敢、高傲的特点，是作品最初八页开始出现的人物。安德烈崇尚正义、崇尚理性，作品中他是这样出场的。“博尔孔斯基公爵中等身材，是个十分英俊的青年，面目清秀而严峻。……看来，客厅里所有的人他不仅都认识，而且使他感到厌恶，甚至连看一看他们或听他们说话，他都觉得非常无聊。在所有这些使他乏味的人们中间，他的漂亮妻子似乎最使他感到厌恶。”③ 安德烈鄙视人际交往这些俗事，他最为关心的是能够有机会效力沙场，要像拿破仑在土伦一战成名那样，他要在奥斯特里茨实现自己的抱负，甚至想象着库图佐夫已被解职，自己成了总司令，指挥全军，取得了举世瞩目的重大胜利。因此，安德烈才会为了功名，不惜牺牲一切。看来安德烈是为了荣誉而不惜牺牲自己及他人生命的人，可事实上真的如此吗？当安德烈负伤倒在奥斯特里茨战场上仰望高空时，却发出这样的喟叹：“……为什么我以前没有见过这么高远的天空？我终于看见了，我是多么幸福。是啊！除了这无垠的天空，一切都是空虚，一切都是欺骗。”④ 什么都没有，当然连荣誉也没有了，可是他不是一直把荣誉、成名当成生命吗？安德烈不是意志坚强，理性到了冷血的地步了吗？看来还有比这些更为重要的，这便是生命本身。

这还不算，安德烈身上的非理性现象还不仅仅止于此。安德烈本来是恨娜塔莎的，因为私奔的丑闻对他那颗高傲的自尊心来说，其打击是可想而知的。

---

① ［俄］列夫·托尔斯泰：《列夫·托尔斯泰文集》第 17 卷，北京：人民文学出版社，2000 年，第266－267 页。

② ［俄］尼·别尔嘉耶夫：《论人的奴役与自由》，张百春译，北京：中国城市出版社，2002 年，第 2 页。

③ ［俄］列夫·托尔斯泰：《战争与和平》，刘辽逸译，北京：人民文学出版社，1989 年，第 17 页。

④ ［俄］列夫·托尔斯泰：《战争与和平》，刘辽逸译，北京：人民文学出版社，1989 年，第 371 页。

安德烈第二次上战场很难说是为了荣誉，更多的是一种报复情敌和发泄怨恨，可是安德烈的情感并不服从理智的安排，尽管安德烈意志坚强，就在紧张的波罗底诺大战之前，面临着生死抉择的明天，久久不能入睡的安德烈忽然想起了娜塔莎，并刹那间低下了他那高贵的头颅，不得不承认自己依然爱着娜塔莎，并且爱得那么强烈："我了解她，不仅了解，而且我爱她那内在的精神力量，她那真诚，她那由衷的坦率爽直，她那仿佛和肉体融为一体的灵魂……正是她这个灵魂，我爱她如此强烈，如此幸福……"① 凭着秉性，他怎么会爱上一个污辱了他的女人，怎么会向一个弱女子低头呢？他连自己妻子的死都近乎无动于衷，作为一个乡村姑娘的娜塔莎在他来说又算得了什么，可是这就是爱情，真正爱上一个人，是理性所无法解释的，惧死的本能，激发着生的本能，爱情就是生。对人物心理的非理性描写，使得安德烈一下子立体起来。

安德烈的妹妹玛丽亚是一个虔诚的基督徒，可是当她看到父亲奄奄一息时所产生的感情不是悲痛，而是萌生了邪恶的念头，即内心盼望父亲快点死。"玛丽雅公爵小姐有时这样想。她日日夜夜守护着他，几乎不睡觉，说来可怕，她常常注意他，不是希望看到好的征象，而是愿意看到他接近末日的征候。"② 当她一觉醒来听到父亲痛苦地呻吟着，以为父亲没有好转也没有更坏，她不自觉地想到："究竟会怎么样？我到底要什么！我要他死！"③ 而听到医生说父亲好些了，她"心怦怦直跳。她脸色发白，身子靠在门上免得倒下。她心里充满可怕的罪恶念头，去见他，同他说话，看到他的眼神，她觉得这是又惊又喜又难受的事"④。一个虔诚的基督教徒，一个父亲的亲生女儿，竟然对于父亲的死感到"又惊又喜"，这是多么违背理性的事啊，因为玛丽亚"多少年来都没有在头脑里出现过的念头——关于永远不会畏惧父亲的自由生活，甚至关于爱情和家庭的可能性，如此等等的念头，像魔鬼的诱惑似的在她的想象里不停地徘徊。有一个问题，不管怎样驱逐它，在她的头脑中总是挥之不去，那就是在现时，也就是在办完后事以后，她怎样安排自己的生活。这是魔鬼的诱惑，玛丽亚公爵小姐是知道的。她知道唯一对付它的武器是祈祷，于是她试

---

① [俄]列夫·托尔斯泰:《战争与和平》,刘辽逸译,北京:人民文学出版社,1989 年,第 1032 页。
② [俄]列夫·托尔斯泰:《战争与和平》,草婴译,上海:上海文艺出版社,2007 年,第 742 页。
③ [俄]列夫·托尔斯泰:《战争与和平》,草婴译,上海:上海文艺出版社,2007 年,第 743 页。
④ [俄]列夫·托尔斯泰:《战争与和平》,草婴译,上海:上海文艺出版社,2007 年,第 743 页。

着祷告。她摆出祷告的姿势，望着圣像，念祷词，但是她祈祷不下去。她觉得她现在是在另一个世界——俗世的、操劳的和充满了自由活动的、与她先前禁锢其中而且在其中最好的安慰就是祷告的那种精神世界，完全相反的世界。她无法祈祷，也哭不出来，因为俗世的思虑包围着她"①。这是多么违背理性的事啊，可是这样的事情发生却符合实际，因为这时候的玛丽亚害怕老公爵会好起来，害怕回到从前那种没有自由的生活。我们对她的想法无可指摘，虽然缺乏道德理性，但却是符合人性的，人关注他人生命的重要程度，远不如关注自己的生命；人关注义务的重要程度，远不如关注自己权利，而这种权利便是自由。玛丽亚害怕失去还未到手的自由，因为她在理性束缚中生活得太久了，以至于被压抑得失去了理性。这就是一个真实的玛丽亚，魔鬼并不是外在于客观，而是其内心渴望自由的欲望，玛丽亚是善和恶的统一体。

比起出自世袭官宦的安德烈来说，尼古拉生活在宗法制气息比较浓厚的乡村，因此，真诚善良、热情好客、忠君爱国等变成了尼古拉最为明显的性格特征和价值观。尼古拉忠于皇帝，达到了狂热的程度，他会因为接近皇帝而感到幸福，他会因为皇帝的一句话就认定："真愿意死！愿意为他死！"按说这样淳朴的乡村青年不该有别的想法，会言行一致，可是在申格拉本战役中，当他不幸负伤，倒在地上，想到的不是为国捐躯的自豪，而是家乡亲人。"尼古拉迷糊了一会儿，在这短暂的昏迷中，他梦见了许多景象：他看见他的母亲又白又大的手，看见宋尼雅瘦削的肩膀，娜塔莎的眼睛和笑声，还有杰尼索夫和他的声音与小胡子……'谁也不需要我了。'尼古拉想。'没有人帮助我，没有人可怜我。可从前我在家里多么强壮、快乐，着人喜爱。'他叹了一口气，随即又情不自禁地呻吟起来。……他望望在篝火上飞舞的雪花，想起俄罗斯的冬天，想起明亮温暖的家，想起厚厚的皮大衣、飞驰的雪橇、健康的身体，以及家里人对他的爱护和关怀。'我到这里干什么呀！'尼古拉想。"② 托尔斯泰没有将尼古拉塑造成"崇高"的英雄，负伤的他不会因为自己为国献身而自豪，反而后悔参军打仗，后悔为什么不留在温暖的家中。他怕死，他热爱生活，怕再也见不到和善的父母、活泼的娜塔莎、爱他的索尼娅等。他之所以想到这

① ［俄］列夫·托尔斯泰：《战争与和平》，刘辽逸译，北京：人民文学出版社，1989 年，第 948 页。
② ［俄］列夫·托尔斯泰：《战争与和平》，草婴译，上海：上海文艺出版社，2007 年，第 207－208 页。

些，是因为他心中有爱，有牵挂，这些非理性的想法，才是构成他生命最为根本之处，爱国忠君只不过是理性的需要罢了。

“流动性”的人性描写还表现在娜塔莎身上。娜塔莎是乡村贵族小姐，尼古拉的妹妹，她性格开朗，爱笑，性情纯真，“长着一双黑眼睛，一张大嘴巴，相貌不漂亮，但挺活泼”，不似海伦那般惊艳。娜塔莎是一种张扬生命之美；海伦是一种表现欲望之艳。生命之美让人可爱；欲望之艳令人可怕。娜塔莎喜欢唱歌甚至打猎，她身上满是乡土气息，自然、纯净如“清水出芙蓉”。可就是这样一位纯洁的乡村姑娘，却背叛了自己曾经相爱的未婚夫安德烈，而要跟一个已婚的花花公子阿纳托利·库拉金私奔，可见人的理性真的靠不住了，连淳朴如此的乡村姑娘也疯狂了。

甚至连拿破仑和库图佐夫这样的军事天才也有不理智的地方。“为什么打起波罗底诺战役？不论对法国还是对俄国人来说，这次战役都是毫无意义的。这次战役对俄国来说，最直接的结果曾是也必然是促进莫斯科的毁灭，对法国人来说，促进了他们全军的覆没。这个结果甚至在当时也是完全明显的，然而拿破仑还是发动了这次战役，而库图佐夫也奋起迎战了。如果两位统帅都以理智为指导，拿破仑似乎应该明白，他深入两千俄里，在很可能损害四分之一军队的情况下发动一场大战，他必然走向毁灭；库图佐夫也似乎同样应当明白，冒着损失四分之一军队的危险迎战，他准会失掉莫斯科。”① 但是这两位富有理智和智慧的军事天才还是开战了，并且最终完全出现了他们预料到的不利后果。人不是理智的趋利避害的动物吗？可是人有时则喜欢做对自己有害的事情，这不正是人身上的非理性在起作用吗？

在《战争与和平》中采用性格“流动性”的非理性方法塑造的人物还有很多，限于篇幅难以一一尽述，但这种方法无疑是非常成功的，它揭示出了人的多重性存在。对于此，托尔斯泰曾在他晚年创作的《复活》中，对此做过很精辟的总结：“有一种极为常见而且流传很广的迷信，认为每一个人都有他独特的确定的品性，认为人有善良的，有凶恶的，有聪明的，有愚蠢的，有精力充沛的，有冷漠疲沓的，等等，其实人不是这样的。我们谈到一个人，可以说他善良的时候多于凶恶的时候，聪明的时候多于愚蠢的时候，精力充沛的时

① ［俄］列夫·托尔斯泰：《战争与和平》，刘辽逸译，北京：人民文学出版社，1989年，第1001－1002页。

候多于冷漠疲沓的时候，或者刚好相反。至于我们谈到一个人，说他善良或者聪明，又谈到另一个人，说他凶恶或者愚蠢，那就不对了。然而我们总是这样把人分类。这是不合实情的。……每一个人身上都有一切人性的胚胎，有的时候表现这一些人性，有的时候又表现那一些人性。他常常变得不像他自己，同时却又始终是他自己。在某些人身上，这类变化特别剧烈。”① 米兰·昆德拉对托尔斯泰此种方法看得比较透：“在托尔斯泰那里，小说探寻在人做出的决定和人的行为中，非理性是如何起作用。”② 这种方法所塑造的人物不再是理性的、崇高的，而是充满了非理性，即我们所看到的人物性格变化不仅常常前后矛盾，而且有些稀奇荒诞、不可思议。

关于这一点，还是来看看与托尔斯泰同时代的作家安年科夫在读了《战争与和平》之后，对于作品中人物塑造的感受吧。

有一个情况最为奇怪，这个圈子里的人们好像是受着某种诅咒的控制，注定要遭受一种严厉的惩罚，那就是永远也达不到自己的任何哪一种设想、计划和希望。他们好像被一种不可捉摸的怀有敌意的力量驱赶着，从他们自己为自己设置的目标旁疾驰而过，即使达到什么，也往往不是向往中的目标。除了最卑下、庸劣的心计和打算以外，一切稍微郑重的事情他们中任何人都难以做成。我们如果细察作家对这些人物的高超的描写，就会感到，这个环境之中的人们的身旁专门安排了一个报应女神。她将会使他们在经营某一件事的中途突然身衰力竭，而且经常会使他们心向往之的好事化为泡影。他们什么事也做不成，一切都从他们手头滑走。……小说所描写的社会优秀人物的可悲的历史已在反复出现，以至到最后，只消任何画面的某个地方开始露出有青春活力的生命，只消任何欢快情景的叙述预示着可能有严肃正当和有教义的结局，读者就不免战战兢兢并疑虑重重，担心着一切说不定马上会让所有的希望变成错觉，会自作主张地违背本身的内容，转进茫然一片的空虚和庸俗的杀害，并在那里消失踪迹。但人们不禁要问，是哪一只无情的手，为了惩罚何种过错才加罪于这整个环

① ［俄］列夫·托尔斯泰：《列夫·托尔斯泰文集》第11卷，汝龙译，北京：人民文学出版社，2000年，第254－255页。

② ［捷克］米兰·昆德拉：《小说的艺术》，董强译，上海：上海译文出版社，2004年，第6页。

境之上……究竟发生了什么事？看来，什么特别的事也没有发生。[①]

“哪一只无情的手”呢？不用说，有如此巨大能量的，让崇高庄严的理性无可奈何的，就是非理性这只手。也正是非理性这只手，为我们产生并带来了新奇感，因为这种方法增添了丑和荒诞等新的美学元素。

三

既然人身上充满着非理性，那么有这些非理性的人所组成的战争也必然充满非理性，这一点托尔斯泰看得很清楚，因为他自己也亲身经历过残酷的战争。托尔斯泰亲身经历过战争的残酷，特别是他所参加的1855年塞瓦斯托波尔的堡垒战，差点丧命，因此他知道战争是怎么回事儿。战争本身并不是按照作战计划和作战指挥者部署的那样按照完美的理性设计来进行的，而是充满了偶然因素和突发事件，这正如他借安德烈对战争的反思所表达的：“根据自己的军事经验中，他已经得出一个信念，在战争中，最深思熟虑的完善周密的计划并没有任何意义，问题全在于如何处理突发的、预见不到敌人的行动，还在于如何和由谁来指挥整个战役。”[②] 安德烈不相信工事的坚固和防御力量的强弱：“千百万个形形色色的偶然事件在瞬息间就决定了胜负，这要看：是我们还是他们逃跑或者将要逃跑，是这个人被打死，或者那个人被打死；至于现在所做的一切，全是儿戏。”[③] 安德烈的所思所想便一下子道出了战争的非理性特性。

《战争与和平》中所描写的第一次战争就是申格拉本战役，这场敌我力量悬殊的战役之所以取得胜利，仅仅由于图申大尉的炮兵连被漏掉了通知撤退的命令而坚守阵地，由此才造成法军的误判而不敢贸然进攻。作品中写道：“图申的炮兵连被遗忘了，直到战争将要结束，而中央阵地的炮声仍然轰轰隆隆，巴格拉季翁公爵执勤校官到那里，接着又把安德烈公爵派了去，命令炮兵尽快

---

① 倪蕊琴编选:《俄国作家批评家论列夫·托尔斯泰》,北京:中国社会科学出版社,1982年,第225页。

② [俄]列夫·托尔斯泰:《战争与和平》,刘辽逸译,北京:人民文学出版社,1989年,第842页。

③ [俄]列夫·托尔斯泰:《战争与和平》,刘辽逸译,北京:人民文学出版社,1989年,第1027－1028页。

撤退。图申炮垒近处的掩护部队，在战斗中不知奉了谁的命令撤走了。炮兵连仍在继续轰击，它之所以没有被法军攻下，仅仅因为敌人不能设想四面没有掩护的炮队这么大胆地射击。相反，从这个炮队的顽强的战斗看来，敌人认为在中央集中着俄军主力，对这个据点发动两次进攻，但两次都被这个高地上的四门孤立无援的大炮用霰弹击退。”① 这个偶然性的失误竟带来了俄军阻止法军掩护撤退的重大胜利。而奥斯特里茨战役的失败、溃退也竟然是由于一个士兵喊了声：“弟兄们，咱们完了！”② 听到这句话，士兵们便纷纷后退，死伤两万多人，如果不是天色已晚，连沙皇亚历山大一世都差点成了俘虏。可见战争充满了偶然性，在上述的两场战役中，如果没有这个被遗漏的炮兵阵地，如果不存在一个士兵的一声惊慌喊叫，也许战争的结局会是另一番样子。

战争的偶然性还表现在指挥官对战争部署的“无效”上。我们以往认为的战争指挥者大多运筹帷幄，决胜千里，但在作者看来都是浪漫的想象。托尔斯泰以重大的波罗底诺战役中拿破仑对战斗的部署为例，说明所有的战争部署都不起作用。拿破仑这位被称为军事天才的人，在军事部署上却极为混乱，充满了随意性，因为他的所有命令都很难得到执行。作品中写道：“假如我们对拿破仑天才不抱有宗教的敬畏来看这些命令的话，那么，战斗部署是极端模糊和混乱的，它包括四点，即四项命令。这四项命令没有一项是能够实现的，实际上也没有实现。这个部署的第一项说：在拿破仑所选定的地点上的炮队，连同与其并列的佩尔涅提和富歇的大炮，共计一百零二尊，对俄国的凸角堡和多面堡开火并发射榴弹。这是办不到的，因为在拿破仑所指定的地点，炮弹射不到俄国的工事，除非就近的司令官违反拿破仑的命令把大炮向前移动，不然那一百零二尊大炮只能放空。……这么一来，部署中的那些命令没有一项是被执行了的，也不可能被执行。”③ 拿破仑如此，其实在这一点上，库图佐夫也好不到哪里去，他对于决定几万人生死的防守阵地的布置，也带有极大的随意性。“俄国人并没有寻找最好的阵地；恰恰相反，他们在退却中放过了许多比

---

① [俄]列夫·托尔斯泰：《战争与和平》，刘辽逸译，北京：人民文学出版社，1989年，第251－252页。

② [俄]列夫·托尔斯泰：《战争与和平》，刘辽逸译，北京：人民文学出版社，1989年，第368－369页。

③ [俄]列夫·托尔斯泰：《战争与和平》，刘辽逸译，北京：人民文学出版社，1989年，第1039－1040页。

波罗底诺更好的阵地。他们没有据守这些阵地中的任何一个：因为库图佐夫不愿采纳不是他所选择的阵地；因为人们对大会战的要求还不够强烈；还因为带领后备军的米洛拉多维奇尚未赶到；还有其他无数的原因。事实上，以前所放过的阵地都比较强大，波罗底诺阵地不但不强大，与俄罗斯帝国任何一个地方相比较，哪怕随便用针在地图上插一个地方，它都更不像一个阵地。”① “由此可见，波罗底诺战役完全不像人们描绘的那样。波罗底诺战役并不是在一个选定的，设了防的阵地上进行的，也不是俄军的兵力仅仅稍弱于敌军，实际上俄国人由于失掉舍瓦尔金诺多面堡，不得不在一个开阔的，几乎没有防御工事的地带，兵力比法军少一半的情况下迎接波罗底诺战役，也就是说，在这样的条件下，不仅战斗十小时和打一场不分输赢的战役不可想象，就是坚持三小时而不使军队完全崩溃和逃遁也是不可想象的。”② 看来，库图佐夫在即将进行的如此大战役的安排上，也缺乏周密的部署。

俄国最终胜利了，但这并非表明俄国人的勇敢与智慧，也有拿破仑攻入莫斯科之后出了许多昏招才导致如此，占领莫斯科后的拿破仑，“如果要以两倍的兵力猛扑俄国残余部队并且消灭它，如果要提出有利的媾和条件，万一讲和被拒绝，就进攻威胁彼得堡，甚至战事万一失利，就回到斯摩棱斯克或维尔纳，或者就留在莫斯科，总之，如果要保持法国军队当时所处的那种辉煌境况，似乎不需要特殊的天才就可以办到。为了办到这一点，只要做一件极普通、极容易的事情，那就是禁止军队抢劫，准备冬季服装，用正当的方法征集粮食，据法国史学家说，莫斯科有足够全军食用半年多的粮食。可是拿破仑，这个被史学家誉为天才中最伟大的天才，掌握军政大权的人，竟然在这些方面什么也没做。他不仅什么也没做，而且相反，他把他的权力却用在所有道路中选择了一条最愚蠢、最有害的道路。……就让最有经验的战略家姑且假定拿破仑的目的是要毁灭他的军队，也想不出另外一系列的行动像拿破仑所做的那样确切无疑地、与俄国军队采取任何措施都无关地使法国军队覆灭得那么彻底。天才的拿破仑却做到了这一点”③。对此，拿破仑在《回忆录》中感慨道：打

① ［俄］列夫·托尔斯泰：《战争与和平》，刘辽逸译，北京：人民文学出版社，1989 年，第 1003 页。

② ［俄］列夫·托尔斯泰：《战争与和平》，刘辽逸译，北京：人民文学出版社，1989 年，第 1006－1007 页。

③ ［俄］列夫·托尔斯泰：《战争与和平》，刘辽逸译，北京：人民文学出版社，1989 年，第 1315 页。

败他的不是敌人，而是他自己。这么一位军事天才，富有睿智，怎么会一下子变得愚不可及了呢？因为拿破仑首先是一个人，一个具有理性同时也兼具非理性的人，拿破仑身上的非理性导致了他的失败，可是却还原了一个真实的拿破仑。托尔斯泰对战争存在着非理性特征的揭示，还原了战争的真实性和偶然性，让我们看到了一个全新的战场场面：战争不再是帝王将相们在茶室内下棋般的随心所欲，不再是文明战胜落后，爱国者战胜入侵者，正义战胜非正义那么简单，而是充满了偶然性，偶发的一个事件不但影响着战争的胜利，甚至会影响着历史发展的进程。

可见战争首先是人的战争，而人的非理性特性又使得战争充满着难以确定的因素。由此来看，战争不再显示人的神圣、辉煌与伟大，而是暴露出人性中的愚妄、残忍、自私、任性和偏狭等阴暗面，是一种丑，并且这种丑是一种审丑，因为它向真实的人性、真实的自我大大迈进了一步。

四

其实不但人和战争是非理性的，由人的行为和战争等事件所组成的历史也充满了非理性。这正如托尔斯泰所说的："研究如此悲壮的、为巨大事件所丰富和使我们感到如此亲切的时代，如此生动地流传着各种各样有关它的传说的时代时，我毫无疑问地认为，我们的理智难以理解的那些历史事件发生的原因。说到1812年事件的原因在于拿破仑的侵略野心和亚历山大·巴甫洛维奇坚定的爱国主义，这正像说到罗马帝国瓦解的原因在于某种野蛮人把自己的人民驱往西方，而某个罗马皇帝对国家管理不善，或者说一座被挖空的大山的崩倒正是最后一位工人用镢头挖掘的结果一样，都是毫无意义的。"① 在托尔斯泰眼中历史是神秘的、不可知的，这一观点正是对启蒙以来由于人的理性能力被过分夸大，便认为历史发展规律已经被发现并可以把握的反拨，因为这样的历史观未免太过于乐观了。因为"在现代西方哲学看来，主体性的目的论或历史主义原则不过是一种哲学上的简约论，历史的发展根本不存在某种线性的、连续的因果链条，而只是一系列偶然事件的堆积"②。历史进程不能设计，

① ［前苏联］尼·尼·古谢夫：《〈战争与和平〉创作过程概要》，雷成德译，西安：西北大学出版社，1987年，第183页。

② 张志伟、欧阳谦：《西方哲学智慧》，北京：中国人民大学出版社，2000年，第91页。

不能计划，充满了神秘性，而这种神秘性恰恰是由其偶然性所造成的，比如一场战争灾难的到来，竟然和天上出现彗星的自然现象相联系，这显然是创作中的一种非理性现象。“在进入阿尔巴特广场的地方，皮埃尔眼前展现出广袤无垠的昏暗的星空。一八一二年出现的这颗巨大而明亮的彗星正位于圣洁林荫道的上方，差不多悬在这片天空的正中央，它的周围密布着繁星，它与众星不同之处乃在于，它接近地面，放射出一道白光，它的长长的尾巴向上翘起来，据说，正是那颗彗星预示着一切灾难和世界末日的凶兆。但是皮埃尔心中这颗拖着长尾巴的璀璨的彗星并没有引起任何恐怖感。与之相反，皮埃尔兴高采烈地睁开他那双被泪水沾湿的眼睛，凝视着这颗明亮的彗星，它仿佛正以非言语所能形容的速度沿着一条抛物线飞过这辽阔的空间，忽然它像一枝射进土中的利箭，在黑暗的天空楔入它所选定的地方，停止不动，它使尽全力地翘起尾巴，在无数闪烁的星星之间炫耀自己的白光。”① 于是，一场惨绝人寰的战争开始了，而战争又影响着历史的进程。实际上战争和彗星并没有多少关系，但是作者把它们联系起来却加重了历史发展的神秘感。这种反理性、反乐观的历史观，正是托尔斯泰的智慧之处。别尔嘉耶夫说：“我从来也不是托尔斯泰的信徒，甚至不喜欢托尔斯泰主义者，但托尔斯泰起来反抗历史上的假伟大、假神圣，反抗所有社会关系中的虚伪，渗透到了我的本质中。”② 正是因为这样，作者总是在作品中对那些比较理性的人、“聪明”的人，以及想安排生活、改变社会，甚至试图改造世界进程格局的人，表现出极大的反感，这些人大多没有什么好的结局，正所谓“聪明反被聪明误”，反之，那些跟着感觉走，带有宿命论色彩的人，往往在不知不觉中顺应了历史。

安德烈就是一位比较理性的人，他有智慧，有才干，但也很骄傲很自负，鄙视一般人的世俗享乐生活，对妻子丽莎的观点——来自一个漂亮女人的抱怨——毫不顾忌，甚至奉劝好朋友皮埃尔不要结婚，因为好男人总要被蠢女人给毁掉。安德烈上战场并不是真正为了沙皇、国家，而是为了自己，想通过战争一举成名，然后跻入上层社会，掌控权力，像拿破仑那样，实现自己的政治

---

① ［俄］列夫·托尔斯泰:《战争与和平》,刘辽逸译,北京:人民文学出版社,1989 年,第 801 – 802 页。

② ［俄］尼·别尔嘉耶夫:《俄罗斯思想的宗教阐释》,邱运华等译,北京:东方出版社,1998 年,第 2 页。

抱负，可是事与愿违，两次上战场均负伤，并且后一次负伤还要了他的性命，在托尔斯泰看来，这样的人注定不配有好结果。事实上安德烈的一生也的确很倒霉，先后经历了妻亡父死、情人背叛等不幸遭遇，最后连家产也成了他一向瞧不起的罗斯托夫家族的了。

作品中还描写了19世纪著名的俄国改革家斯佩兰斯基，他正在试图对社会进行周密改良，安德烈对他的才智非常推崇："他在他身上看见了一个富于理智、思想周密、才智广博的人，他以全部的精力和顽强的意志取得权力和利用这个权力专门为俄国谋福利。在安德烈公爵心目中，斯佩兰斯基正是榜样，这种人对一切生活现象均能够给予合理的说明，只承认合理的事物是真实的，善于用理性的尺度衡量一切。在斯佩兰斯基的阐述中，一切都是那么简单明了，安德烈公爵不由得完全同意他的意见。如果他表示反对或者争辩，那只不过因为他故意要显示自己有独立的见解和不完全服从他的意见罢了。"① 可见安德烈对斯佩兰斯基之佩服。但是作者在写到这里时也写了安德烈偶然间对斯佩兰斯基产生不快的感觉："这一切都是对的，一切都挺好，但是只有一点使安德烈公爵困惑不解，这就是斯佩兰斯基的目光——它显得冷漠、镜子一般清澈，使人无法洞察他的心灵，还有他那只洁白而柔嫩的手臂，安德烈公爵情不自禁地注视着它，就像人们通常观赏有权有势的人们的手臂那样。镜子般清澈的目光、这只又白又嫩的手臂不知怎的激怒了安德烈公爵。而且他发现斯佩兰斯基过分地蔑视他人，运用各种手法来论证自己的意见，这使安德烈公爵十分诧异，使他心里不高兴。"② 看来连比较理性的安德烈也感到不愉快了，因为过于重视理性的结果必然是对个体人的忽视，因为个体人是感性的，对那些理性设计家来说，个体的人是渺小的、可以忽略不计的。当然，这样的人的结局就只有被流放了。

比斯佩兰斯基还具有理性狂妄的是拿破仑，这个昔日科西嘉岛上的一介平民、武夫竟然要统一欧洲，建立欧洲联合王国，而他则是王国的主人。可是，在作者看来，拿破仑所到之处浮尸遍野，流血漂橹，是个野心家兼历史罪人，在托尔斯泰笔下拿破仑是个赌徒般的小丑。拿破仑看似也是相信理性的，是个

---

① ［俄］列夫·托尔斯泰：《战争与和平》，刘辽逸译，北京：人民文学出版社，1989年，第1065页。

② ［俄］列夫·托尔斯泰：《战争与和平》，刘辽逸译，北京：人民文学出版社，1989年，第527页。

理性自大狂。作者是这样描写在波罗底诺战场上的拿破仑的，赌注越大，考虑越周全，越不可能赢。偶然、非理性连拿破仑也难以驾驭，原本率领六十万大军进攻俄国的法军，最后逃回法国的只有几千人。

与安德烈、斯佩兰斯基和拿破仑等这些崇尚理性的人相比，托尔斯泰在感情上更偏爱那些跟着感觉走的非理性的人，像皮埃尔和库图佐夫等。

皮埃尔是个私生子，从国外回到本国，不谙世事人情，莽撞行事，可是往往他歪打正着，因祸得福，与安德烈做事总要刻意为之不同，皮埃尔总是随遇而安，却往往无心插柳柳成荫。这位长得高高大大莽莽撞撞的年轻人，一回国就赶上父亲去世，侥幸继承遗产，在一夜之间就成了大富翁。后来虽然禁不住诱惑娶了海伦，但海伦却淫乱早逝，从而娶了美丽单纯的娜塔莎（这原本是安德烈所渴望的）。和多洛霍夫决斗，打伤了这位决斗高手而自己却毫发无损。刺杀拿破仑不成却侥幸脱险，并在这期间巧遇了农民卡拉塔耶夫而获得了人生启示。由此看来皮埃尔真是吉星高照，左右逢源，他之所以有如此好的结局正是因为他所崇尚的不是理性而是感性，他不像他的好朋友安德烈过于相信理智和才能，他只是顺应自然。

当然，认为历史不可左右，应该顺应自然，在这方面做得最好的是库图佐夫。托尔斯泰通过安德烈的眼睛对库图佐夫加以肯定和赞美。“安德烈公爵怎么也说不清那是怎么一来和由于什么缘故就产生了一种效果；但是，在同库图佐夫会见后回到团里，对于整个战局和受此重任的人，他都放了心。他越是看到在这个老人身上没有个人的东西，仿佛有的只是热情奔放的习惯，而缺少分析事件和作出结论的才智，只有静观事件趋向的能力，他就越加放心，觉得一切都会安排妥帖的。‘他没有任何个人的东西。他什么也不思考，他什么也不做，’安德烈公爵想道，‘可是他听取一切，记取一切，把一切都安排得妥妥帖贴，对有益的事情，他不妨碍；对有害的事情，他不纵容。他懂得，有一种东西比他的意志更强，更重要——这就是事件的必然过程。他善于观察这些事件，善于理解这些事件的意义，由于对这些事件的理解，他善于放弃对那些事件的干预，放弃那本来别有打算的个人意志。’”① 库图佐夫身上体现出来的这

① ［俄］列夫·托尔斯泰：《战争与和平》，刘辽逸译，北京：人民文学出版社，1989 年，第 990－991 页。

种精神气质，感染了安德烈，当然并没有彻底改变安德烈，安德烈太自负了，太理性了。

正是由于此，托尔斯泰在总结个人的偶然行为在历史中所起的巨大作用时谈道："为了研究历史的规律，我们应当撇开帝王将相，完全改变观察的对象，而去研究指导群众的同类型的无限小的因素。"① 托尔斯泰所提到的这个"无限小的因素"，就是发生在个人身上的偶然行为。历史发展存在着神秘性、非理性，都基于它。米兰·昆德拉在《被背叛的遗忘》中对托尔斯泰的非理性历史观做了很形象的解释："出于这种历史的概念，托尔斯泰描绘了超验的空间，让他的人物在其中活动。他们既不知道历史的意义和它的未来进程，甚至也不知道自己所作所为的客观意义，他们在生活中前进就像前进在迷雾中。"② 可见既然作为历史主体的人是盲目的，那么历史自然也就是盲目的。历史的荒诞性在美学上带来了荒诞美，因为它是对启蒙所形成的理性历史观的消解。

总的来看，托尔斯泰在《战争与和平》中对人物的塑造、战争的表现，以及对历史进程等的描写上都大量地运用了非理性现象，让个体的人不但从各种既定观念中解脱出来，还让人从庄严的战争中和霸道的历史中解脱出来，以实现个体的真正自由，而所有这一切，都与作者对大地的崇拜情结所带来的非理性思维相关联。

第三节　大地崇拜情结与危机的较早萌现

其实早在创作《战争与和平》之前的一些中篇小说中，就含有对大地的崇拜情结及其初露的信仰危机意识，只是这种状况表现得还不够明显。对大地崇拜往往通过对自然景物的描写来表现，而危机意识更多是通过主人公精神上的莫名焦虑来表现。对于此，普列汉诺夫认为："每一个读过托尔斯泰作品的人都知道，托尔斯泰爱大自然，并以任何人任何时候也不曾达到的技巧描绘大自然。大自然不是被写出来的，而是活在我们的伟大的艺术家身上。有时大自

---

① ［俄］列夫·托尔斯泰：《战争与和平》，刘辽逸译，北京：人民文学出版社，1989年，第1090页。

② ［捷克］米兰·昆德拉：《被背叛的遗嘱》，余中先译，上海：上海译文出版社，2003年，第250页。

然甚至仿佛是小说中的一个人物……"[①] 因此，比起长篇小说《战争与和平》来，作家的前期中篇小说中的自然景物描写要多得多，这是对大地崇拜较为浓烈的表现。

托尔斯泰前期创作的中篇小说不少，这里仅就《家庭幸福》（1856）和《哥萨克》（1863）等两部作品为例来考察。此阶段的托尔斯泰对大地的崇拜情结还占着主要地位，信仰"危机"只是偶然闪现，在这种情况下构成其作品的基调也是积极的、明朗的、乐观向上的。

一

《家庭幸福》是以一个女性"我"（卡捷琳娜·卡尔洛夫娜）的视角来进行描写的，描写了我由恋爱到结婚再到差点发生婚变的整个过程，深入地展示了"我"的生活感受和丰富多变的内心世界，读来让人感到亲切、清新，也充分展示了托尔斯泰善于描写女性心理的高超艺术才华。

"我"的经历有点类似于《战争与和平》中的娜塔莎，可以说是娜塔莎命运的"彩排"，为其后来的出场做了"铺垫"。这时的托尔斯泰对大地的崇拜情结还很浓厚，因此，他在写男女之间的爱情时，还得紧紧依靠大地，因而对自然景物的描写多而详尽。作品"我"生活在乡村，生活在大自然的怀抱里，过着衣食无忧的生活，可是就在"我"刚刚步入少女阶段，"我"的父母却突然病故。在"我"极度忧伤的情况下，父亲的朋友谢尔盖·米哈伊雷奇给予"我"极大的安慰，并爱上了"我"。在"我"的眼中，谢尔盖长得"又高又结实"，性格温柔敦厚，热爱乡村生活，迷恋乡村风光，他希望"我"嫁给他，并和其一块在乡村过一种宁静的田园生活。谢尔盖的这些品性，以及身体的健壮，恰恰是大地所赋予的。崇拜大地则身体健壮，身体健壮则品行良好，这看起来并没有什么必然的联系，可这却是托尔斯泰的生活"逻辑"。

对于谢尔盖的求婚，"我"也愉快地接受了，因为"我"也深深地爱着他，特别是因为年龄差距所带来求婚者的犹豫难决，更加重了"我"的烦忧。

① 倪蕊琴编选:《俄国作家批评家论列夫·托尔斯泰》,北京:中国社会科学出版社,1982 年,第 250 页。

这部作品描写了很多自然风景，可以说“我”和谢尔盖的爱情正是美丽的大自然促成的。在这里，大自然成了“媒婆”“月下老”，在撮合着他们的爱情，即便在他们身上出现了短暂的感情挫折和爱情危机，也得靠大自然来疗救。作品中“我”对谢尔盖情窦初开时的情状，就是伴随着对自然景色的描写展开的。“第一次他是傍晚来的，那时我们完全没有想到他会来。我们正在凉台上准备喝茶。花园里已是一片葱绿，夜莺已经在茂密的花坛中筑了巢，在圣彼得节前的整个斋戒期，一直住在这儿。一丛丛枝叶纷披的丁香，好像从顶上洒了一层白色和紫色的东西。这时快开花了。林荫道上的白桦树叶在落日的斜晖中全变得透明了。凉台上绿影婆娑。草地上一定落满了浓重的晚露。”① 这样美的景色，正预示着爱情也像待开的花蕾一样。他们站在凉台上，“从各处飘来了更加浓郁的花香，草上沾满了浓露，有一只夜莺在附近的丁香丛中歌唱，它听到我们的声音后，便停了下来；星空好像要低垂到我们头上来了似的”②。环境是那么美好，大自然如诗如画，爱情之花在悄悄展蕾吐絮。“只是那只夜莺不再像傍晚时那样时断时续、犹豫不决地歌唱，而是像夜间歌唱时那样，不慌不忙、婉转从容地叫了起来，整个花园都洋溢着它那嘹亮的歌声，于是另一只夜莺便从远处的低谷里今晚上头一次与它应和。近处的这只夜莺停止了歌唱，好像倾听了一会儿，然后就用倾泻而出的银铃般的颤音，更高亢、更嘹亮地歌唱起来。这一唱一和的啼啭，庄严地从容不迫地掠过了这个不属于我们，而是属于鸟类的夜的世界。”③ 这两只“夜莺”“一唱一和”，这不正是作为情中人的“我”和谢尔盖吗？大自然是美丽的、丰富而繁育的，同时也是广袤、厚重和乐于奉献的，当谢尔盖提出人应该为别人而活着时，温和、善良、朴实的谢尔盖不也像大自然一样具有美好品质吗？

在美好大自然的“促使”下，有情人终成眷属，走上了婚礼的殿堂。在婚礼上“我”是那么高兴，“于是回忆、希望、幸福和怅惘在我心里融成了庄严和愉快的感情，刚好和这种静止的新鲜空气、寂寥、凋零的田野和灰白的天

---

① ［俄］列夫·托尔斯泰：《列夫·托尔斯泰文集》第 3 卷，芳信、刘辽逸译，北京：人民文学出版社，2000 年，第 88 页。

② ［俄］列夫·托尔斯泰：《列夫·托尔斯泰文集》第 3 卷，芳信、刘辽逸译，北京：人民文学出版社，2000 年，第 90 页。

③ ［俄］列夫·托尔斯泰：《列夫·托尔斯泰文集》第 3 卷，芳信、刘辽逸译，北京：人民文学出版社，2000 年，第 92 页。

空相协调；那灿烂而无力的阳光，从这灰白的天空射下来普照大地，也想要晒着我的面颊。我觉得，这个和我并肩走着的人，是理解我的感情并和我有同感的。他慢慢地走着，我偶然望望他的脸，在他脸上也同样露出了那种充满在大自然里和我心里的又悲又喜的严肃的心情"①。正是"我"和谢尔盖都怀着这样的心情，所以成了幸福的一对。

可是人毕竟不是大自然，大自然所表现出的春之盛开、夏之繁华、秋之富丽等这种表面的美丽和绚烂都是为了种的繁衍，而作为有主体意识和自由意志的人并不会长期囿于自然的目的，他会超越自然，关注个体价值。因此，当爱情步入婚姻殿堂的两个月之后，季节到了冬天，"我"内心的情感危机发生了。冬天万物凋零，大地没有了灿烂也没有繁华，暴露出了大自然的最终目的，即以往的花开、鸟叫，以及皎洁的夜月光辉等，都不过是为了实现这一目的的手段。季节的变化，引发了作为万物灵长的人的觉悟，而这种危机的表现就在于情人间的感情危机，冬是诱因。爱情虽尚存，但"我"的心境却发生了变化："我和从前一样爱他，也和从前一样因他的爱而幸福；可是我的爱情停滞了，不再增加了，而且除了爱情以外，还有一种新的不安的感觉开始偷偷地潜入我的心思。在我经历过热恋他的幸福之后，光爱他对我来说已经不够了。我需要的是活动，而不是平静的生活。我需要的是激动、危险和为了感情而牺牲自己。我身上有的是在我们平静生活中容不下的过剩的精力。我常常感到一阵忧郁，我把这当做不好的事，拼命想瞒住他，我又常常感到强烈的柔情和喜悦的冲动，这使他感到害怕。"②"我要的不是行善，我要的是搏斗；我要的是感情生活中支配我们，而不是让生活来支配感情。我希望和他一起走近万丈深渊，并说：'再走一步，我就掉下去了，只要一动，我就完了。'于是他，站在万丈深渊的边上，脸色发白，用他那强有力的手抱住我，并且抱着我俯临深渊，以至我的心都吓冷了，然后随他高兴把我抱到哪里去。"③所有以上"我"所感到的"过剩的精力""搏斗"，甚至"俯临深渊"的想法，都不过

---

① ［俄］列夫·托尔斯泰：《列夫·托尔斯泰文集》第3卷，芳信、刘辽逸译，北京：人民文学出版社，2000年，第123－124页。

② ［俄］列夫·托尔斯泰：《列夫·托尔斯泰文集》第3卷，芳信、刘辽逸译，北京：人民文学出版社，2000年，第133页。

③ ［俄］列夫·托尔斯泰：《列夫·托尔斯泰文集》第3卷，芳信、刘辽逸译，北京：人民文学出版社，2000年，第134页。

是"我"不再满足于现状的个人意识的觉醒。爱情背后种的繁衍的目的把每个人都当成了工具，古典共同体文化粉饰这种状况并压抑了人的自由意志，而提倡奉献精神的道德说教又进一步把个人需求放到了"伪崇高"的地位，因此这种对大自然的崇拜一方面意味着对宗法生活的维护；另一方面也意味着个体生命力因旺盛而渴望张扬。安泰的大地已经颤动，因为"我"已经感觉到宗法的田园生活已经让人感到沉闷，宁静的生活近乎沉寂和死寂，希望过一种富有挑战性的生活甚至危险的生活，因为只有这样的生活才能激活已经沉睡的麻木的情感，才能彰显出个性。

19 世纪的俄国是一个由古典社会向现代社会转型的国家，几乎所有这时期的俄罗斯作家都在遭遇类似的问题：普希金和莱蒙托夫诗歌中的少女会爱上"拜伦式"贵族青年，体验着惊心动魄的危险；屠格涅夫笔下的大家小姐总是爱上那些激进者甚至是革命者，随时为着某种激情和所谓的理想而出走，而献身；陀思妥耶夫斯基小说里的姑娘大都愿意去体验一种畸形的爱情，并伴有轻度的歇斯底里症；而契诃夫戏剧中的新娘会突然感到生活的沉闷和无聊，会由此莫名其妙地离开家庭，远走高飞，去过一种所谓的"新生活"。但是这些作家对这一现象都描写得过于"匆忙"，似乎来不及充分地去展示它，而托尔斯泰则从文化角度去慢慢地、详尽地呈现它。

接下来的"我"要真正体验一下能实现个人价值的生活，来到了与宗法制乡村生活相对立的城市生活——彼得堡。都市文化在当时的俄国是一种新兴的文化，它的特点是工业化和商业化，这种文化已经和土地断绝了联系，它更关注的是金钱，是欲望的满足和人的个性发挥，因此，当"我"首次由乡村来到城市时，内心充满了好奇和激动。"这一切叫人眼花缭乱，新奇和愉快；他和他的爱把这一切照得那么温暖和明亮，使我觉得那寂静的乡村生活似乎是一种遥远和不足道的东西……'过去的一切简直是开玩笑；生活还没有开始呢；而现在，才是真正的生活！将来还不定怎样呢?'我这样想。在乡村中使我烦恼的不安和烦闷，突然像魔术似地完全消失了。"① "我"也体验到了交际生活的快乐。"我们去了，我所感到的愉快超出了我的意料。我觉得在这个舞

① ［俄］列夫·托尔斯泰：《列夫·托尔斯泰文集》第 3 卷，芳信、刘辽逸译，北京：人民文学出版社，2000 年，第 139 – 140 页。

台上，比以前更显得我是中心，一切都环绕着我旋转，只是为了我，这个大厅才灯烛辉煌，乐声悠扬，这一群赞美我的人才聚集到这里。所有的人，从理发员和侍女起，一直到穿越舞厅的舞伴和老人止，似乎都在对我说或是让我感到，他们是爱我的。在这个舞会上形成的对我的一致评论，我表姐把它告诉了我，那就是，我完全不同于别的女人，在我身上有一种独特的，乡村的，淳朴和迷人的东西。我的成功使我的虚荣心得到满足，因此我坦白地对我丈夫说，我很想今年再去参加两三次舞会，而且我还昧着良心加了这么一句：‘这样一来，我就可以好好地过瘾了。’”[①] 但个性的满足和虚荣心的满足有时很难分开，正当“我”不听从丈夫按时返乡的劝告，沉湎于彼得堡的这种生活时，都市生活却向“我”显示了较为残酷的一面，因为随着时间的发展，“我”将被更年轻的“交际明星”所取代而成为明日黄花，并且这还不算，还要有成为某个法国贵族情人的可能。但就在这时“我”仍然禁不住某法国男子的诱惑，“我又恨他又怕他，我觉得他是那么陌生；可是在这一刹那间，这个可恨的陌生人的激动和狂热却在我心里引起那样强烈的反响！我感到一种难以遏止的欲望，想让那粗野而又美丽的嘴尽情地吻我，听凭那露出纤细的青筋、手指上戴着宝石戒指的胳膊来拥抱我。我一心只想不顾死活地投进那个突然在我面前张开的、富有诱惑力的、充满被禁止的欢悦的深渊……好吧，就让羞耻和罪恶越来越多地落到我头上来吧”[②]。“我”开始放纵情欲，走向堕落，因为“我”需要激动、危险和为了感情而牺牲自己。这些“恶”的行为恰恰正好是“我”的个性的觉醒，可见大地崇拜下的“天人合一”的和谐宁静状态，在都市生活面前显得多么脆弱啊！但是此时的“我”也像后来娜塔莎一样到了彼得堡就陷入了一种充满诱惑的堕落生活，然后也像娜塔莎一样及时地悬崖勒马，只是与娜塔莎不同的是，娜塔莎被挽救是因为具有宗法古典美的索尼娅，而“我”的及时被挽救则多亏了美好的大自然，因为事情的发生恰恰发生在一个公园里。

大自然依然美好，依然感染着我走向真善美。“我走到凉台上，在帆布篷

① ［俄］列夫·托尔斯泰：《列夫·托尔斯泰文集》第3卷，芳信、刘辽逸译，北京：人民文学出版社，2000年，第142页。

② ［俄］列夫·托尔斯泰：《列夫·托尔斯泰文集》第3卷，芳信、刘辽逸译，北京：人民文学出版社，2000年，第159页。

下的长凳上坐下；在我们定情的那一天，我就是坐的这条长凳。太阳已经西沉，天开始黑了，一小片春天的乌云悬挂在房屋和花园的上空，只有在树林后面才能看得见一片晴朗的天空，染着即将消失的晚霞，一颗刚升起的黄昏的星星正在天边闪烁。薄云的阴影笼罩着一切，而一切正在等待着一场静静的春雨。风息了，连一片叶子，一棵小草都不动了；丁香和稠李的香味十分浓郁，似乎整个空气都像开了花似的，花园里，凉台上都是香花，一阵阵，忽浓忽淡，使人真想闭上眼睛什么也不看，什么也不听，一个劲儿闻着这种甜甜的芳香。"[①] "一阵夜香从花园里逐渐更浓烈、更甜蜜地飘起，声息和寂静变得更庄严了，星星开始越来越密地在天空闪烁。我望了望他，我心中突然轻快起来，好像使我痛苦的那根无形的、有病的神经被摘除了似的。"[②] "我"在美好的自然面前感到了自己的罪责，便重新萌发了向丈夫忏悔并重归于好的想法，看来此时的大地在托尔斯泰眼中还是坚实的。谢尔盖原谅了"我"曾经的过失，爱情一定要经风雨。"我们大家，尤其是你们女人，为了要回到真正的生活中来，一定得亲身去经历一下那荒唐无聊的生活；别人的话你们是不信的。那时候你还远远没有尝够那种迷人而可爱的无聊生活，我看着你觉得怪有意思，所以我就让你去体验它，我觉得我没有权力束缚你，虽然对我来说这样的时期就要过去了。"[③] 尽管有了忏悔和谅解，那曾经失去的爱情真的能回来吗？"我突然清楚而又平静地明白了：那时候的感情，就像时间本身一样一去不复返了；现在要它回来不仅不可能，而且是痛苦和令人难堪的。算了吧，我觉得非常幸福繁荣的那个时代真就那么好吗？而且，这一切早就成了过眼云烟了！"[④] "从那天起，我和我丈夫的恋爱关系结束了；旧的感情变成了一种宝贵的、不能返回的回忆，而爱孩子们和爱我孩子的父亲的一种新感情，却给另一种完全不同的幸福生活打下了基础，而且这种幸福生活一直继

---

① ［俄］列夫·托尔斯泰：《列夫·托尔斯泰文集》第3卷，芳信、刘辽逸译，北京：人民文学出版社，2000年，第166页。

② ［俄］列夫·托尔斯泰：《列夫·托尔斯泰文集》第3卷，芳信、刘辽逸译，北京：人民文学出版社，2000年，第173页。

③ ［俄］列夫·托尔斯泰：《列夫·托尔斯泰文集》第3卷，芳信、刘辽逸译，北京：人民文学出版社，2000年，第171页。

④ ［俄］列夫·托尔斯泰：《列夫·托尔斯泰文集》第3卷，芳信、刘辽逸译，北京：人民文学出版社，2000年，第173页。

续到现在……”① 尽管谢尔盖侃侃而谈，但昔日的爱情已经不存在了，来自男女两性之间的爱情已经变成一种伦理义务的爱，而一个年轻美丽的女人，则变成了一架生育机器，在托尔斯泰的坚持下，女人所要追求的现代个性行为，如今重新屈服于古典共同体对个性的消融，因为大地崇拜也意味着对生命的崇拜，而生命意味着生命（种）的繁衍，因此繁衍的温床——家庭——是最为需要的。

为什么都市文明一定是堕落的陷阱？为什么道德高尚的一定是乡村？因为托尔斯泰所崇尚的就是大地，就是宗法制的田园生活，这既是他生存的立足点，也是他创作的立足点，正是由于对文明的拒绝，他才会把他的女主人公放置在彼得堡这个最西方化的都市去试练，并且受着最讲文明的法国某贵族的诱惑（应该注意的是，该法国贵族非常瘦弱，都市是病态的，都市中的人也是不健康的，心灵也必然是空虚的和肮脏的），差一点堕落，而这一切都来自托尔斯泰对大地的坚实信仰。托尔斯泰尽管强烈地批判西方文化，维护大地，但是他又不能不看到大地已经颤动，看到乡村的古典文明的脆弱，因此都市的这种诱惑又是真实而有力量的，为此他又不得不使回归的女性放弃任何精神追求，而变成一种为了种的繁衍而存在的“生育女性”。这是托尔斯泰的无奈，是托尔斯泰大地崇拜下女人的必然结局。

由此看来，《战争与和平》中娜塔莎的命运，早在《幸福家庭》中就已经得到了“预演”，只不过娜塔莎的经历更曲折些，人物形象更细腻些罢了。

二

接下来作者又创作了《哥萨克》，仍然表现出对大地的崇拜，以及在崇拜中所蕴含的危机，并且这种强度显然要超过《家庭幸福》。不过此时的托尔斯泰似乎已不太相信他当前正在驻足的大地了，因为此大地似乎被西方文明“污染”过，要不怎么老是颤动不止呢？因此他必须要寻找一块更为纯洁而又纯粹的大地，他要让他的主人公到这样的大地上去重新试炼。那么这块大地在哪儿呢？它就在东方，在遥远的高加索，这里远离被欧洲文明“污染”了的

① ［俄］列夫·托尔斯泰：《列夫·托尔斯泰文集》第3卷，芳信、刘辽逸译，北京：人民文学出版社，2000年，第174页。

彼得堡和部分被污染的莫斯科等大都市，是一块“纯洁”之地。

高加索这个历来被俄罗斯作家魂牵梦绕的地方，这个被普希金、莱蒙托夫等作家视作新的精神源泉的地方，应该是一片坚实无比的大地，于是作者创作了《哥萨克》。在《哥萨克》中，作者虚拟了他的主人公奥列宁，他厌恶了莫斯科的都市生活，看到了这种生活是虚伪的堕落的（不知为什么都市生活就一定虚伪和堕落的），他要到高加索那些被现代文明所遗忘的哥萨克人群中，去寻找一种全新的生活。在那里奥列宁将过一种独特的生活，将娶一个真正纯洁的女人，那么这样的女人应该是怎样的呢？

> 在年轻人的种种思想里，还掺和着一个最珍贵的幻想。这就是对于女人的幻想。那个在群山之中的女人，在他的想象中，是一个契尔克斯女奴，她身材匀称，长长的辫子，一双眼睛又温柔又深邃。他想象山里有一间茅屋，她正伫立在门口等他，这时他疲倦不堪，带着满身尘土，鲜血和光荣回到她的身边，于是他感觉到她的亲吻、她的双肩，她得甜蜜的声音，她的温顺。她是可爱的，但是她没有受过教育，性情粗野。在漫长的冬夜里，他开始教育她。她聪明，理解力很强，天赋很高，很快就获得了一切必要的知识。有什么了不起？她很快就学会了各种语言，读法国文学作品，而且读得懂。譬如，《巴黎圣母院》，一定是她喜欢读的。她也会说法语。在客厅里，她比最上流社会的妇女具有更多的天赋和尊严。她会唱歌，唱得朴素、有力、热情。①

我们看到，奥列宁所希冀的理想女人，是一个没有受过文明污染的纯粹女人，这样的女人经过他的稍加调教，就会胜过那些所谓最文明和最有教养的法国沙龙里的女人。这样的女人聪明而不虚伪，诚实善良而不矫揉造作，忠于丈夫而不慕虚荣，这样的女人显然比出身于俄罗斯贵族家庭的《幸福家庭》中的“我”（卡捷琳娜）还要可靠，可是这样的女人真的存在吗？为了促进这种理想女人和理想生活的实现，作者加大了对自然环境和异域风光的描写，希冀

① ［俄］列夫·托尔斯泰：《列夫·托尔斯泰文集》第3卷，芳信、刘辽逸译，北京：人民文学出版社，2000年，第186页。

淳朴的土地生活着淳朴的人们。

事实上高加索自然景色非常美，远非内地相比，奥列宁刚一进入高加索之地，就被这里的自然美所震慑。

> 第二天一大早，清新凉爽的空气把他从驿站上拂醒了；他漫无边际地向右方望去。早晨是透彻地明净。忽然，在离他二十步的地方，乍一看去，仿佛是一群轮廓柔和的白雪的巨大的东西，它们的顶端衬着远方的天空显得奇异的、分明的、轻巧的边缘。当他弄清楚他和山与天空之间离得那么远，群山是那么庞大的时候，当他感到这种美是怎样的无限的时候，他惊呆了：这怕是幻景、是梦景吧。他为了更清醒点，摇晃了一下身子。但是那山仍然是那样。……起初，这些山只是使奥列宁惊奇，后来使他喜悦；可是再往后，当他更多更多地注视这不是从别的黑色的山、而是直接从草原上崛起、绵延不断地奔向远方的雪山的时候，他渐渐地开始深入体会这种美，并且感觉到山。从这一刻起，只要是他所见的，所想的，所感的，他觉得都获得一种新的特征，像山那样严峻端庄的特征。一切莫斯科的回忆、羞愧、悔恨，一切对高加索的可鄙的幻想，统统消失了，一去不复返了。“现在才是开始。”仿佛有一个庄严的声音对他说。[①]

自然是美的，那么人也是美的，奥列宁一度陶醉于这种美中，爱上这里的美的环境，也爱上这里看似淳朴的山民，特别是这里的女人都长得特别美，而且是一种“惊人”的美，以至于奥列宁想象着将来有一天能够成为高加索哥萨克居民中的一员。

在哥萨克普遍的美女中，奥列宁最看中的是房东家的少女玛丽亚娜。“奥列宁把门再推开一点，在半明半暗中看见了哥萨克姑娘的高大苗条的身材。怀着急不可待的青春的好奇心，他不由得注意到在薄薄的印花布长衫下衬出的少女身姿，以及那双美丽的黑眼睛带着儿童的畏惧和野性的好奇心注视着他。……那坚实的年轻的步伐，那白头巾下闪闪的眼睛刺人的一瞥，那美人的

① ［俄］列夫·托尔斯泰：《列夫·托尔斯泰文集》第3卷，芳信、刘辽逸译，北京：人民文学出版社，2000年，第188－189页。

矫健体格之匀称苗条，现在使奥列宁更感到吃惊。”[①] 奥列宁很快陷入单相思中，“她轻易不笑，但是她一笑总是妩媚动人。她身上洋溢着处女的魅力和健康的气息。在座的姑娘都很美，但是她们，以及别列茨基，拿甜饼进来的勤务兵——所有的人，都不由自主地看玛丽亚娜，对她说话就是对姑娘们说话。她在姑娘中间是一个高傲而快乐的皇后”[②]。奥列宁深深地爱上了这位少女，他在给朋友的信中写道：“自从我第一次看见哥萨克姑娘玛丽亚娜以后，已经三个月过去了。我所走出的那个世界的观点和成见在身上还是鲜明的。我当时不相信我能爱上这个女人。我欣赏她，像欣赏山峰和天空的美一样，我不能不欣赏她，因为她像山峰和天空一样美丽。后来我感觉到，对于这种美的观察，成为我生活中不可缺少的一部分，我开始问自己：我是不是爱上了她？……我爱这姑娘，这是我有生以来第一次也是唯一的一次感到了真正的爱情。”[③]

我们看，奥列宁爱上的这个姑娘有什么特点呢？也就是他心目中的美女应该是怎样的呢？玛丽亚娜健康，甚至有些健壮，长得高大而又不失窈窕，身上的肌肉绷得很紧，眼睛又黑又亮，精力充沛，充满了热情，像“山峰和天空的美一样”。这是一种纯自然的造化之美，是淳朴的土地力量的化身，是对大地崇拜在女性身上的体现。在作者看来，这样的女人不但是美丽的而且是善良的，勤劳能干的，敢爱敢恨的，以及个性鲜明的。奥列宁斥责生活在莫斯科的人们：“你们不知道什么是幸福，不知道什么是生活！需要体验一次毫无矫揉造作的自然美的生活。需要看一看和理解一下我每天在面前所看到的一切：永远不可能接近的雪山和庄严的女人——她那朴素的美，只有出自造物手中的第一个女人才具有这种美，然后就会明白了，是谁毁灭自己，是谁生活在真实中，是谁生活在虚伪里——是你们还是我。可惜你们不知道，在我看来，你们那醉生梦死的生活是多么可厌而且可怜！……幸福就是生活在大自然中，观赏

---

① ［俄］列夫·托尔斯泰：《列夫·托尔斯泰文集》第3卷，芳信、刘辽逸译，北京：人民文学出版社，2000年，第221页。

② ［俄］列夫·托尔斯泰：《列夫·托尔斯泰文集》第3卷，芳信、刘辽逸译，北京：人民文学出版社，2000年，第292页。

③ ［俄］列夫·托尔斯泰：《列夫·托尔斯泰文集》第3卷，芳信、刘辽逸译，北京：人民文学出版社，2000年，第321－323页。

自然和同它谈话。"[1] 托尔斯泰以后笔下的美女几乎都是如此，首先是健康的，然后是美丽的，并且是真善美的统一体。

哥萨克姑娘们长得漂亮，小伙子也很帅气，如刚入伍不久的哥萨克士兵卢卡什卡就长得非常酷。"站在瞭台上的卢卡什卡是一个高个、漂亮、模样非常像母亲的二十来岁的小伙子。他的面貌和全身，虽然具有青春期的瘦削，但却显示出极大的体力和精神力量。……卢卡什卡就有这种骑手的派头。他双手扶着马刀，眯缝着眼，老是注视着远方的村庄。他的五官分开来并不好看，可是他那匀称的体格、乌黑的眉毛、聪明的脸型，令人一眼看上去就不由得要说：'好小伙子！'"[2] 卢卡什卡人帅，而且无论是站岗放哨、打猎盗马、酗酒调情、追逐女人等哥萨克所具有的特性，都在他身上得到了很好的发挥，甚至他还非常勇敢地打死了一个车臣人，成为轰动了整个山村的英雄，如果不是死得早，肯定会成为一个出色的哥萨克。在这片纯粹的土地上，养育出男人的剽悍和蛮野，把男人的阳刚之气发挥到了极致，这是那些受过文明教育的软弱甚至悖弱的人们，所不具备的。

不但年轻人是这样，老年人也是如此，作品中还刻画了一个老哥萨克叶罗什卡大叔的形象，他是一个真正的哥萨克，为奥列宁所喜爱。叶罗什卡大叔把哥萨克人的打猎、酗酒、打仗、唱歌跳舞，甚至讨好女人的习性发挥到极致（上面叙述的年轻人卢卡什卡就很崇拜他）。在奥列宁看来，叶罗什卡大叔的生活才是真正人的生活，是自由的诗性的生活。不仅如此，叶罗什卡大叔的外表就很吸引人，充满了雄性的特征。"叶罗什卡大叔是一个彪形大汉，留着雪白的大胡子，肩膀和胸脯也都是宽阔的，在没有人和他比较的森林里，他显得并不很高，因为他的粗壮长得非常匀称。他穿着一件破旧的粗呢上衣，把下襟掖在腰间，脚上用绳子绑着裹在包脚布上的泡软的鹿皮，头戴一顶破旧的白色小帽。他一个肩上背着捕野雉的网罩和口袋，口袋里装着引诱鹞鹰用的母鸡和青鹰；另一个肩上用皮带背着打死的野猫；腰后掖着几个布口袋，口袋里装的是子弹、火药、面包，还掖着拂蚊子用的马尾、一把刀鞘已经破烂而且满染陈

---

① [俄]列夫·托尔斯泰：《列夫·托尔斯泰文集》第3卷，芳信、刘辽逸译，北京：人民文学出版社，2000年，第321页。

② [俄]列夫·托尔斯泰：《列夫·托尔斯泰文集》第3卷，芳信、刘辽逸译，北京：人民文学出版社，2000年，第199页。

旧血迹的大匕首和两个打死的野雉。”[①] 这么一个健壮的形象真是和他生活的自然环境十分相称，大自然在发展着自己的时候，也造就着生活在它身上的孩子们。

自然之美，以及人物之美，让奥列宁喜欢上了高加索这块地方，而忘却了以往在莫斯科的生活。“莫斯科生活的回忆已经飞到九霄云外。旧生活一扫而光，新的生活，全然崭新的，还没有犯过错误的生活开始了。他可以在这里的新人中间做一个新人，赢得一个新的好名声。……他再看一看山和天空，一种庄严的大自然的严峻感情，掺进他的一切回忆和幻想里。他的生活就是这样开始了，并不像他离开莫斯科时所想的那样，而是出乎意外地开始了。”[②] 自然不但给他带来美，还把他引向善，引发了他很多的哲思。奥列宁把这些想法写在了日记中：“近来我反复地思索，我的看法有了很大的改变，于是我懂得了在识字课本里就讲到的道理。为了做一个幸福的人，要做到一件事情，那就是要爱，自我牺牲地爱，爱一切人和一切事物，爱的网要伸展到四面八方；谁落进网里，就捉住谁。所以我捉住了瓦纽沙、叶罗什卡大叔、卢卡什卡、玛丽亚娜。”[③] 你看，奥列宁不但要过哥萨克人的生活，还要超越他们，要爱一切人，而所有这些升华的思想，都是来到哥萨克产生的，也许这片大地是坚实的，人之间的关系是和谐的，是可以维护宗法文明的。

可是这是奥列宁的一厢情愿，也许也是作者的一厢情愿，对现实所采取的忠实态度，很快让作者通过他的主人公，看到了高加索生活的另一面。在一次单独打猎中，奥列宁迷了路，便紧张害怕起来，此时的大自然在他面前展露出来的不再是善，而是恶的一面。

> 来到空地上，他张望了一下：太阳已经从树梢上看不见了，空气有点凉意，地形变得完全认不出了，不像是村子四周。忽然一切都变了——气候和森林的性格都不同了：天空遮满乌云，风在树梢簌簌作响，周围只能

---

① ［俄］列夫·托尔斯泰：《列夫·托尔斯泰文集》第3卷，芳信、刘辽逸译，北京：人民文学出版社，2000年，第200页。

② ［俄］列夫·托尔斯泰：《列夫·托尔斯泰文集》第3卷，芳信、刘辽逸译，北京：人民文学出版社，2000年，第2244页。

③ ［俄］列夫·托尔斯泰：《列夫·托尔斯泰文集》第3卷，芳信、刘辽逸译，北京：人民文学出版社，2000年，第302页。

看见芦苇和年深日久的折断的树木。他唤那条离开他去追逐什么野兽的狗，他的声音仿佛是从荒野中发出的回声。他忽然不寒而栗。他害怕起来。①

其实大自然本身无所谓善恶，也可以说大自然既善又恶，只是在传统的古典社会，生产力不发达，人们不是从事实出发，而是从主观愿望出发，希望大自然为善，可以说是善代替了美与真。因此，在古典作家笔下自然不但是善的、美的，而且还充满着诗情画意，甚至充满着一种神秘力量，这就是托尔斯泰对大自然的崇拜，具体为对大地的崇拜。但近代社会的到来，科技的发展，大自然遭祛魅，自然恶的一面便被充分暴露出来。托尔斯泰是生活在19世纪的作家，他不会像18世纪的卢梭那样简单地“回归自然”，因此，在他笔下不可能把高加索写成一个世外桃源，尽管他主观上也许希望会这样。但他在客观描写大自然上既呈现出了其壮美，也呈现出了其丑、其恶，主人公奥列宁的森林遭遇就是如此，即作者既体现了森林的美与馈赠，也体现了森林所存在的险恶，而能够直面恶，这是一个现代人所必然具有的态度，因为自然的难以征服和人的局限性必然造成人和自然的关系是永远紧张的。当然，这种自然既包括外在的自然即大自然，也包括人的内在自然即自然欲望，后者可能比前者更可怕。对大自然恶的发现是让托尔斯泰感到大地颤动的主因，因为它意味着古典和谐大厦的即将倾覆。

大自然的恶意味着人性的恶，人是大自然的产物。事实上在作品的后期，奥列宁眼中理想的美女玛丽亚娜、年轻的哥萨克卢卡什卡、年长的老猎人叶罗什卡大叔，以及其他人等，都表现出了难尽人意的地方。玛丽亚娜虽然身材高大，有一种健康的美，但其性格仍然有偏执的地方，当奥列宁对她表白爱心时，因为她所爱的卢卡什卡被打死了，气愤之余她竟然对这个求爱者毫无礼貌地说“讨厌!”，而她从没有想过这样粗暴的拒绝方式将给一位痴情者的心理以何种打击。如果说玛丽亚娜身上是偏执的话，那么卢卡什卡身上则存在着偏狭、残忍和愚昧。当奥列宁因为其贫穷而把马送给他时，他竟认为奥列宁是傻

① ［俄］列夫·托尔斯泰:《列夫·托尔斯泰文集》第3卷，芳信、刘辽逸译，北京：人民文学出版社，2000年，第267－269页。

瓜，或另有所图。更让人感到可怕的是，他把杀死一个车臣人当成一件光荣的事儿，连奥列宁都认为："多么荒唐和错误！杀了人，他还觉得幸福，得意，仿佛他做了一件大好事。难道无法使他明白，这没什么可欢天喜地的？幸福不在于杀人，而在于自我奉献。"① 至于偷盗车臣人的马匹，卢卡什卡更成了家常便饭。《圣经》上说，动刀枪的必被刀枪所伤，卢卡什卡果然没多久就被另一个车臣人杀死了，而该人正是先前死者的弟弟。而更不可思议的是，一个哥萨克青年杀死了一个相邻而居的车臣人，就被村里人视作英雄，男人羡慕他，姑娘也会爱上他，可见这是多么野蛮而残酷的民风。还有叶罗什卡大叔，这位表面上看起来活得非常仗义、潇洒、慷慨的老哥萨克，这位被奥列宁一直视为知己的老人，也有狡黠的一面，他之所以和奥列宁来往密切，很难说全部是出自友谊，里面也有看中奥列宁的富有钱财以及源源不断的美酒佳肴的原因。他擅长狩猎，懂得人生哲理，但也喜欢吹牛撒谎，潇洒中含有邋遢，仗义中蕴着狡诈，伤感中透着残酷。还有玛丽亚娜的父亲虽是个少尉，但也是个爱财如命的庸俗之人，他的人生目的就是唯利是图。他之所以对奥列宁热心是因为关心其钱袋，他之所以喜欢自己女儿玛丽亚娜是因为女儿的婚事有可能带来彩礼，甚至连妻子也不过是他的劳力佣工而已。这是一个已被商业化了的拜金主义者，同时也表明高加索之地也不再"纯洁"和"纯粹"。果不其然，当奥列宁离开时，他们竟然很不以为然，上了马的"奥列宁回头望了一眼。叶罗什卡大叔和玛丽亚娜在谈话，好像是谈自己的事，不论是老头或者姑娘都没有看他"②。人还没走，茶就已经凉了。在这个个性不发达的蛮荒之地，资本化之风对人性的腐蚀将会更加厉害。

对于《哥萨克》，学界似乎存在着误读，认为该作品的主题是一部卢梭式的回归自然之作，是作者借助大自然来批判现代文明的表现。主人公奥列宁之所以不见容于高加索，恰恰是他自身已经沾染了太多文明的缘故。其实如果你仔细认真阅读文本的话就会发现，该作品的表现与其说是表现回归自然，不如说是表现回归自然的如何不可能。该作品实际上反映出作者借奥列宁表现出来

---

① ［俄］列夫·托尔斯泰：《列夫·托尔斯泰文集》第3卷，芳信、刘辽逸译，北京：人民文学出版社，2000年，第273页。

② ［俄］列夫·托尔斯泰：《列夫·托尔斯泰文集》第3卷，芳信、刘辽逸译，北京：人民文学出版社，2000年，第358页。

的大地崇拜以及危机的矛盾心情。奥列宁最后孤寂地离开这片他曾经神往的地方，可见这里的大地也变得不坚实了，高加索也非理想之地，这里也无法阻止文明的侵袭，以及由此引发的大地颤动。内地不行，外地高加索也不行，退亦忧，进亦忧，还是回到历史中去吧，也许过去的土地是坚实的，这便有了《战争与和平》的诞生。

那么《战争与和平》之后的《安娜·卡列尼娜》将会怎样呢？作品中托尔斯泰能控制住大地的颤动吗？

第二章

大地崇拜情结的减弱和崇拜危机的深化

如果说在《战争与和平》中托尔斯泰对大地的崇拜情结还占主导地位，对崇拜中所存着的危机还处在偶然性的话，那么到了《安娜·卡列尼娜》则明显看出托尔斯泰对大地的信心已经动摇，信仰危机也到了非常严重的地步，作品中女主人公安娜的自杀和男主人公农业改革的失败，似乎更加说明了这一点。

第一节　安娜和弗龙斯基的爱情基础

一

《安娜·卡列尼娜》讲述了两对男女主人公的爱情故事，一对是发生在彼得堡和莫斯科两个大都市之间的男女爱情，女主人公叫安娜·卡列尼娜，男主人公叫弗龙斯基；一对发生在莫斯科和乡村农庄之间的爱情故事，男主人公叫列文，女主人公叫基蒂，这本来是两个爱情故事，并且表面上看这两个故事之间的关系似乎也不太大，若按照欧洲作家的习惯，仅仅安娜和弗龙斯基这一对男女爱情就可以演绎出一部俄国式的《简·爱》或《包法利夫人》，而无需再把列文和基蒂这对情人拉扯上。反之，托尔斯泰如果舍弃安娜和弗龙斯基，仅仅把列文和基蒂这一对发生在莫斯科与乡村之间的爱情故事，加以构思布局，也能独立成篇，可是作者非要把二者结合在一起，大有冒着二者在结构上会出现相割裂的危险，但事实上非但没有出现这种局面，反倒使人读后有一种珠联璧合、浑然天成之感。为什么会出现这么好的效果呢？我们对此所做的解释很多，譬如从主题上讲，安娜的爱情故事这条线索是探讨爱情、婚姻等问题的；

列文的爱情故事作为另一条线索是在探索农事改革、宗教信仰等问题的，二者共同完成了对俄罗斯贵族出路的探讨，再加上人物之间的彼此联系，相互渗透，出现浑然一体的局面是必然的。还有借用托尔斯泰自己所说的，其作品结构借鉴了建筑上的“拱形结构”，即《安娜·卡列尼娜》的结构是恢宏的建筑造型，恰似“凯旋门”，一边是安娜与弗龙斯基，一边是列文与基蒂，而把两个拱柱结合起来的拱顶则是奥布朗斯基一家。应该说这些解释似乎都有道理，但认真思考起来，还是难尽人意，准确来讲作品结构严谨而完整的效果仍然得益于作者的大地崇拜情结，这看起来似乎有些牵强，但实际上作品则包含着内在的联系。虽然作品的标题为“安娜·卡列尼娜”，但“列文”占去的篇幅足够有三分之一强，并且列文先于安娜出现，在安娜死后列文的故事仍然在继续着。不仅如此，安娜的故事发生在大都市，而列文的故事则发生在乡村，列文对大地的崇拜及其危机在间接地“影响”着安娜的爱情和命运。安娜的故事虽然发生在城市里，但安娜的根基却与大地紧密相连。如果不讲述列文的故事，安娜的故事就很难说得清楚，就像我们不了解土壤的性质就很难判断植物的性质一样。但是如果不讲述安娜，并把她放在“女 1 号”的位置来讲，我们就不会更为深刻地揭示出作者对大地既崇拜又质疑的矛盾心态，可以说《安娜·卡列尼娜》的出现仍是继《战争与和平》之后托尔斯泰对大地矛盾心情的延续，即崇拜在减弱，危机在强化，而爱情故事的挫折经历，以及安娜悲剧的产生，则恰恰是作者对大地崇拜情结发生危机的结果。托尔斯泰是一位乡村作家，是一位充满了浓重的农民意识的作家，他只有站在大地上才能看待世界，解释世界，因为西欧科技的发达，早就斩断了人与自然的联系，同时也就中止了对作为人的全面主体性的开拓，而托尔斯泰恰恰得力于此，因此，两条线索的联系是内在的，甚至是模糊的、说不清的。对于此，托尔斯泰曾做过这样的解释。

> 他曾反驳那些认为《安娜·卡列尼娜》不过是一部谈情说爱的沙龙文艺的人们道：“如果近视的研究家认为，我只是想描写我喜欢的东西，如果奥布朗斯基怎样吃饭，卡列尼娜有怎样的肩膀，那他就错了。我所写的一切，几乎一切之中，引导我力求对那些在相互联系中表现出来的种种想法加以概括……这种联系不是思想上的（我认为），而是由于其他什么

> 东西，但想要用语言直接说明造成这种联系的基础是无论如何办不到的，只能用间接的方式，即通过语言描写形象、行动与事态。”托尔斯泰这段话概括地表明了他一贯的创作原则，即在写作时所注意的从不是什么孤立事件，而是内部互相联系着的种种现象（或思想），以及造成这种联系的根源。①

还有托尔斯泰在回复谢·亚·拉钦斯基关于对《安娜·卡列尼娜》中两个主题毫无联系的信中谈道：

> 您对《安娜·卡列尼娜》一书的见解，我觉得并不正确。相反，我对我书中的结构极为得意——浑然天成，不露痕迹。这一方面，我下的功夫最多。结构联系不是建立在情节上，也不在人物的相互关系上，这是一种内在的联系。……您看联系找的不是地方，要么就是我们对联系有不同的理解。我所指的联系，正是在我看来至关重要的东西，这在书里是存在的，您再看一看就会找到。②

这种用语言都无法直接说出的一再反复强调的作品“内部互相联系着的种种现象（或思想）”或“内在的联系”，便是作者对大地崇拜的情结。这种情结的存在使得安娜富有旺盛的生命力，并追求爱情，列文才会对土地有着难舍难弃的复杂感情。同时信仰的危机造成安娜在得到爱情后反倒自杀，而列文对土地改革失败和失望反倒皈依上帝，安娜和列文的结局都似乎是作者大地崇拜情结发生危机的表现，而这期间的“联系”才是该作品真正内在的“结构”。

对于这一点也许托尔斯泰同时代的另一个大作家陀思妥耶夫斯基看出来了，陀思妥耶夫斯基在日记中写道：“在我看来，这部作品包含了可以为我们欧洲作出回答的事实的规模——我们可以向欧洲指出的那长期寻求的事实。作为一件艺术品，《安娜·卡列尼娜》完美无缺，现代欧洲各国文学中没有类似的作品可以与之比拟；其次，就其思想而言，这已经是我们的、我们自己的、

---

① 上海译文出版社编：《托尔斯泰研究论文集》，上海：上海译文出版社，1983年，第354页。

② ［俄］列夫·托尔斯泰：《列夫·托尔斯泰文集》第16卷，周圣、单继达等译，北京：人民文学出版社，2000年，第158页。

亲切的东西，亦即在欧洲世界面前显现出我们的特质的东西。如果我们具有如此思维力量和表现力量的文学作品，那么，欧洲为什么拒绝承认我们的独立性，我们自己的文学呢？这是一个自然而然地产生的问题。”① 看来连陀思妥耶夫斯基也看出了《安娜·卡列尼娜》在结构上和依靠大地开拓主体性的独特特性，而这一点正是属于俄罗斯民族的民族特性。

因此，纵观《安娜·卡列尼娜》全篇我们不能不说，如果该作中没有列文的故事，安娜的故事就很难说清楚；同样没有安娜的追求及其悲剧结局，也就没法理解列文的苦恼。这种“城市”与“乡村”兼顾的结构，不正反映出作者的矛盾心态吗？

二

按照人物突出的程度，还是先来谈谈安娜吧。

安娜和弗龙斯基虽然生活在大都市，他们之间的结合也和大地崇拜有关，是大地崇拜的间接体现。对大地崇拜也即对生命力的崇拜，生生不息的自然生命力是大地最为本质的属性。而安娜、弗龙斯基他们之间之所以能够发生爱情，恰恰在于他们都有着健康的身体、充沛的精力和旺盛的生命力。大自然的最终目的是繁衍，而生命的强盛是保障，这是托尔斯泰对爱情最为朴素的理解，也是自然崇拜的观念所致。不过对于生命力的赞美就是对人的主体精神的高扬，从而暗合了资产阶级意识形态，这就是为什么很多人会把安娜的爱情追求看作是受了资产阶级思想影响这一时髦解释，其实作为托尔斯泰本人是绝不会想到这一点的，他对资产阶级价值观是深恶痛绝的，他只知道大地的力量就是生命力，一个人只有具有生命力、成为健康的人，才能造就出品性上的真善美禀赋，这一点有点像古希腊人的自然观，看似最为简单的最为朴素的道理，却构成了作者的价值观和创作观。艺术不是哲学，它并不追求思想上的深刻；艺术也不是历史，它并不关心事实本身；艺术也不是科学，亦不追求真实，艺术只服从审美，服从于美的规律。

让我们来看看作者是怎样持有这种观点塑造人物的。先看安娜形象塑造的

① ［俄］德米特里·梅列日科夫斯基：《托尔斯泰与陀思妥耶夫斯基》，杨德友译，北京：华夏出版社，2009 年，第 2 页。

特点，在车站和弗龙斯基相遇，在弗龙斯基眼中，安娜充满了勃勃的生机。

> 凭着社交界中人的眼力，瞥了一瞥这位夫人的风姿，弗龙斯基就辨别出她是属于上流社会的。他道了一声歉，就走进了车厢去，但是感到他非得再看一眼不可；这并不是因为她非常美丽，也不是因为她的整个姿态上所显露出来的优美文雅的风度，而是因为在她走过他身边时，她那迷人的表情带有几分特别的柔情蜜意。当他回过头来看的时候，她也掉过头来了。她那双在浓密的睫毛下面显得阴暗了的、闪耀着的灰色眼睛亲切而注意地盯着他的脸，好像在辨认他一样，随后又立刻转向走过的人群，好像在寻找什么人似的。在那短促的一瞥中，弗龙斯基已经注意到有一股压抑着的生气流露在她的脸上，在她那亮晶晶的眼睛和把她的朱唇弯曲了的隐隐约约的微笑之间掠过，仿佛有一种过剩的生命力洋溢在她整个的身心，违反她的意志，时而在她的眼睛的闪光里，时而在她的微笑中显现出来。她故意地竭力隐藏住她眼睛里的光辉，但它却违反她的意志在隐约可辨的微笑里闪烁着。[①]

这里所说的“过剩的生命力”，也就是旺盛的生命力，这即是安娜之所以具有诚实、真诚品质的“物质”基础，也是其之所以不安于现状，要追求“个性解放”的原因，基蒂眼中的安娜就进一步证实了这一点，安娜的漂亮首先在于生命力的旺盛。在基蒂眼中，“安娜不像社交界的贵妇人，也不像有了八岁孩子的母亲。如果不是眼神里有一种使基蒂惊异而又倾倒的、非常严肃、有时甚至非常忧愁的神情，凭着她的举动的灵活，精神的饱满，以及她脸上那种时而在她的微笑里，时而在她的眼眸里流露出来的蓬勃的生气，她看上去很像一个二十来岁的女郎。基蒂感觉到安娜十分单纯而毫无隐瞒，但她心中却存在着另一个复杂的、富有诗意的更崇高的境界，那境界是基蒂所望尘莫及的”[②]。作为少妇的安娜仍然青春勃发，特别是“诗意”的境界，也即自由的

---

① ［俄］列夫·托尔斯泰:《列夫·托尔斯泰文集》第9卷，周扬译，北京：人民文学出版社，2000年，第80－81页。

② ［俄］列夫·托尔斯泰:《列夫·托尔斯泰文集》第9卷，周扬译，北京：人民文学出版社，2000年，第94页。

境界，自由意志的张扬，这恰恰是生命力得以张扬的境界。当初基蒂邀请安娜参加她的订婚舞会时嘱咐安娜要穿淡紫色服装，以适合她的年龄和身份（也可能暗含着避免“斗妍”的小心眼——论者注），但是安娜却有自己的打算。基蒂发现，“安娜并不是穿的淡紫色衣服，如基蒂希望的，而是穿着黑色的、敞胸的天鹅绒衣裳，她那看上去好像老象牙雕成的胸部和肩膊，和那长着细嫩小手的圆圆的肩膀全露在外面。衣裳上镶着威尼斯的花边。……基蒂每天看见安娜；她爱慕她，而且常想象她穿淡紫色衣服的模样，但是现在看她穿着黑色衣裳，她才感觉到她从前并没有看出她的全部魅力。她现在完全用一种完全新的，使她感到意外的眼光看她。现在她才了解到安娜可以不穿淡紫色衣服，她的魅力就在于她的人总是盖过服装，她的衣服在她身上决不会引人注目。她那镶着华丽花边的黑色衣服在她身上并不醒目；这不过是一个框架罢了，令人注目的是她本人——单纯、自然、优美、同时又快活又有生气”①。同时基蒂也看到了安娜的另一面，“某种超自然的力量把基蒂的眼光引到安娜的脸上。她那穿着朴素的黑色衣裳是迷人的，她那戴着手镯的圆圆的手臂是迷人的，她那挂着一串珍珠的结实的脖项是迷人的，她的松乱的鬈发是迷人的，但是在她的迷人之中有些可怕和残酷的东西。……是的，她身上有些异样的、恶魔般的、迷人的地方”②。这种“可怕和残酷的东西”，以及“异样的、恶魔般的、迷人的地方”，则恰恰是安娜性格的另一面，这便是“恶”的一面，应该说基蒂的眼光是很有见地的，这正是安娜之所以区别于一般女性之个性所在。生命力的旺盛与张扬存在着两重性：一方面显示出了生命要发展要自由从而趋向善的特性，另一方面因为这种生命力的张扬必然要突破世间的道德规范。因此，生命力面对这些世俗道德而言，则呈现出恶的一面，还有，生命力的张扬也伴随着欲望的张扬，生命是美好的，而欲望则带有动物的性质，因而在呈现善的一面的同时，也呈现出恶的一面。生命力的蓬蓬勃勃体现着托尔斯泰的大地崇拜精神，而欲望恶，则表现出其对世俗道德加以超越所带来的快感，另一方面也带来对大地诗意本身解构所带来的忧虑。托尔斯泰身上复杂的矛盾在安娜身上体

---

① ［俄］列夫·托尔斯泰：《列夫·托尔斯泰文集》第9卷，周扬译，北京：人民文学出版社，2000年，第103－104页。

② ［俄］列夫·托尔斯泰：《列夫·托尔斯泰文集》第9卷，周扬译，北京：人民文学出版社，2000年，第109页。

现为丰富的个性，而这个个性却形成了安娜独特的人格魅力，吸引着弗龙斯基离开基蒂。应该说基蒂也是很美的，在列文的眼中基蒂是那么美。“他想到她的时候，他心里可以生动地描绘出她的全幅姿影，特别是她那么轻巧地安放在他那端正的少女的肩上，脸上充满了孩子样的明朗和善良神情的、小小的一头金发的头的魅力。她的孩子气的表情，加上她身材的纤美，构成了她的特别魅力，那魅力他完全领会到了；但是一向使她意外惊倒的，是她那双眼睛温柔、静穆和诚实的眼神，特别是她的微笑，总是把列文带进仙境中，使他流连其中眷恋难舍，情深意切，就像他记得在童年一些日子里所感觉的一样。”① 不可否认这里有恋爱中人的诗意想象。基蒂到底有多美呢，我们可以在弗龙斯基准备向她求婚的舞会上，看作者刻画的基蒂形象。

> 这是基蒂最幸福的日子。她的衣裳没有一处不合身，她的花边披肩没有一点下垂，她的玫瑰花结也没有被揉皱或扯掉；她的淡红色高跟鞋并不夹脚，而只使她愉快。金色的假髻密密层层地覆在她的小小的头上，宛如是她自己的头发一样。她的长手套上的三颗纽扣统统地扣上了，一个都没有松开，那长手套裹住了她的手，却没有改变轮廓。她的圆形领饰的黑天鹅绒带特别柔软地缠绕着她的颈项。那天鹅绒带是美丽的；在家里，对镜照着她的脖颈的时候，基蒂感觉到那天鹅绒简直是栩栩如生的。在这舞厅里，当基蒂又在镜子里看到它的时候，她微笑起来了。她的赤裸的肩膊和手臂给予了基蒂一种冷澈的大理石的感觉，一种她特别喜欢的感觉。她的眼睛闪耀着，她的玫瑰色的嘴唇因为意识到她自己的妩媚而不禁微笑了。当她还没有跨进舞厅，走进那群满身是网纱、丝带、花边和花朵，等待别人来请求伴舞的妇人——基蒂从来不属于那群人——的时候，就有人来请求和她跳华尔兹舞，而且是一个最好的舞伴，跳舞界的泰斗，有名的舞蹈指导，标致魁梧的已婚男子，叶戈鲁什卡·科尔孙斯基。②

---

① ［俄］列夫·托尔斯泰：《列夫·托尔斯泰文集》第9卷，周扬译，北京：人民文学出版社，2000年，第38页。

② ［俄］列夫·托尔斯泰：《列夫·托尔斯泰文集》第9卷，周扬译，北京：人民文学出版社，2000年，第102页。

这里充分表现了基蒂的美和求婚前的喜悦心情，以及虚荣心即将得到满足时的兴奋。应该说基蒂也是很美的，美到无可挑剔，并且基蒂身为姑娘，年龄身份均占优势，为什么弗龙斯基会与之解除“婚约”而投向安娜呢？因为基蒂的美是大自然赋予她那个年龄阶段所具有的美，基蒂不过是当时都市中的一个时髦标致的女孩而已，她身上所洋溢出来的生命力显然不如安娜，同时也更缺乏安娜的“诗意的美”。安娜的美是富有个性的，是超尘脱俗的，基蒂追求爱情实则是追求婚姻，而安娜追求爱情则是追求自由。基蒂的背后只有青春、时髦和符合时宜的婚姻标准；而安娜背后有的是大地情怀，是生命力的张扬。安娜的美充满了野性，它是现代的、有力的，而基蒂的美则是古典的，它是和谐的，但也是纤弱的、缺乏个性的。安娜原本是一个来自乡村贵族的不谙世故的单纯女孩，经姑妈安排，嫁给了年龄上长她十八岁的大官僚卡列宁。不幸的婚姻使得自然情感被压抑了八年，但并没有消失，反倒愈压愈烈，只要机会到来，随时都可以爆发，而今终于遇到了时机，遇到了突破口，这就是年轻的军官弗龙斯基。

另外还要看到安娜发生恋爱的地方是莫斯科，尽管在彼得堡过了八年无爱的婚姻生活。莫斯科真的和彼得堡不一样啊，彼得堡是一个欧洲式的大都市，它早已和大地斩断了联系，失去了诗意和激情，人们管彼得堡人为生活在俄国的欧洲人。而莫斯科则始终被看作是纯粹俄罗斯的，是属于东方的，是俄国的一个大庄园而已，它也就更靠近大地。当安娜只身来到这个古老的温情脉脉的城市时，她就再也难以抑制住长期被压抑的情感了。

三

弗龙斯基之所以独具慧眼地发现了安娜的美，说明弗龙斯基也不是很简单的人物，因为弗龙斯基将为此付出难以想象的代价，还要残忍地伤害一个年轻姑娘的心。那么弗龙斯基是怎样的人呢？作者通过列文的眼睛向我们展示出来。“弗龙斯基是一个身体强壮的黑发男子，不十分高，生着一副和蔼、漂亮而又异常沉静和果决的面孔。他的整个容貌和风姿，从他剪短的黑发和新剃的下颚一直到他宽舒的、崭新的军服，都是又朴素又雅致的。”[1] 这里的“身体

---

① ［俄］列夫·托尔斯泰：《列夫·托尔斯泰文集》第9卷，周扬译，北京：人民文学出版社，2000年，第66页。

健壮”也表明了弗龙斯基生命力的旺盛，这就是为什么他会一下子就爱上安娜，并不顾一切地追求他的原因。不管我们怎么说，弗龙斯基对安娜是热情的、诚恳的、忠诚的，因为旺盛的生命力也使得弗龙斯基产生了主动追求真善美的冲动，看来没有生命就没有真善美，就没有爱，这就是托尔斯泰的逻辑，也是其创作的特点所在。当然弗龙斯基的生命力与安娜相比，还是弱小一些，这也就是为什么弗龙斯基仅仅是作为安娜的“陪衬”角色而出现的原因了。

与生命力旺盛的安娜和弗龙斯基相比，卡列宁的生命力则是衰朽的、枯萎的。卡列宁身材瘦小、枯干、谢顶，说话尖声细气，长着两个扇风耳朵，习惯于把手指扳得咔咔响，难怪安娜一见到卡列宁做出这样习惯性的动作时，就会产生生理上的厌恶。卡列宁这样衰弱的身体，是反自然的，依照托尔斯泰的逻辑，就只能产生假恶丑的生命体，事实上卡列宁也是非常虚伪的和缺乏感情的，不管怎么样，在自然的审判台上卡列宁已经站在被告席上了，因为他和安娜的婚姻是违背自然的，也即违反人性的，请看安娜是怎样对卡列宁所进行“控诉”的。“他们说他是一个宗教信仰非常虔诚、道德高尚、正直、聪明的人；但是他们没有看见我所看到的东西。他们不知道八年来他怎样摧残了我的生命，摧残了我身体内的一切生命力——他甚至一次都没有想过我是一个需要爱情的、活的女人。他们不知道他怎样动不动就伤害我，而自己却洋洋得意。我不是尽力，竭尽全力去寻找生活的意义吗？我不是努力爱他，当我实在不能爱我丈夫的时候就努力去爱我的儿子吗？但是时候到了，我知道我不能再自欺欺人了，我是活人，罪不在我，上帝生就我这么个人，我要爱情，我要生活。而他现在怎样呢？要是他杀死了我，要是他杀死了他的话，一切我都会忍受，一切我都会饶恕的：但是不，他……”① “他不是人，而是一架机器，当他生气的时候简直是一架凶狠的机器。”② 在这样的状况下，安娜的追求就有了合乎道德的动机，当然这里的道德是“天地之大德曰生”的大道德，而并非世俗的道德，安娜身上之所以会出现“被压抑的情感”“诗性的”“残酷的”等精神面貌，在这种婚姻环境中，就能得到合理的解释。

---

① [俄]列夫·托尔斯泰：《列夫·托尔斯泰文集》第9卷，周扬译，北京：人民文学出版社，2000年，第381－383页。

② [俄]列夫·托尔斯泰：《列夫·托尔斯泰文集》第9卷，周扬译，北京：人民文学出版社，2000年，第249页。

第二节　安娜与弗龙斯基的感情危机

对生命力的赞美固然是张扬主体性和实现个性解放的有效手段（当然作者不一定能上升到如此的理性高度），但是这种对生命力的张扬也存在着不可回避的弊端。张扬生命固然存在着追求自由的精神维度（诗性的自然），但也不可否认生命本身就包含着自然欲望，也是人作为生命存在最为根本的。欲望属于物质性的东西，欲望释放的背后便存在着虚无维度，这就是为什么我们看到安娜和弗龙斯基的约会更多是一种欲望的满足，而缺乏像《简·爱》中简与罗切斯特之间那样的精神交流。事实证明最后俩人同居后竟都陷入空虚寂寞的境地，为了排除寂寞弗龙斯基不得不再次进入起先为了爱情而被他所鄙视的社交界，安娜则只能紧紧抓住弗龙斯基，因为社交界已经对她关上了大门，她无法排遣寂寞，弗龙斯基成了她唯一的稻草，在这样的状况下安娜悲剧的发生就不可避免了。尽管托尔斯泰责怪二者或虚荣心作祟，或沦为情欲的奴隶而没有达到更高的追求，试想生命力本身不也是欲望吗？生命的存在状态不就是欲望的不断张扬吗？这种悖论恰恰是托尔斯泰自身理论的缺陷所造成的，是大地崇拜本身的结果。还有，生命力张扬的实质不过是自然生命的繁衍，而生命繁衍的形式就是注重家庭的组合，而安娜和弗龙斯基的爱情恰恰是反家庭的。安娜在和弗龙斯基相爱的最初那一刻就拒绝嫁给弗龙斯基，因为安娜生命力的张扬不是物质的、繁衍的，而是诗性的、自由的。从表面上看安娜之所以不能嫁给弗龙斯基是因为她太爱孩子，以及丈夫卡列宁的阻挠，实际上安娜对于再婚的后果是早已有所察觉的，尽管弗龙斯基非常执意结婚。弗龙斯基的生命力不及安娜而使他难以察觉其埋在内心更深处的忧虑，他回归社交界满足功利心的再起，也说明弗龙斯基爱情追求的精神境界要低于安娜。不要说结婚，仅仅同居就已经验证安娜所预想的一切，那么进亦忧，退亦忧，安娜的未来选择就只能是自杀了。

当安娜与弗龙斯基相爱时其生命力达到了极点，极点也即终点，此时的托尔斯泰就已经为安娜的自杀结局做了“准备”，让他们到欧洲去旅游，从而让他们“沾染”上欧洲文明的缺陷——极端个人主义（这便制造了一个杀人借口），于是生命力的张扬就变成了欲望的放纵，安娜就由娜塔莎变成了海伦。

当然尤为关键的是，在作者看来此时的安娜和弗龙斯基都脱离了大地，脱离了“地气”，成了无源之水、无根之木，尽管他们回国后一直住在弗龙斯基的农村庄园，但这里的庄园并不对耕种稼穑感兴趣，也和大地无关。弗龙斯基的庄园带有英国味道，已经不是俄罗斯的了。作品中作者极力描写安娜和弗龙斯基同居的庄园之豪华，因为弗龙斯基农庄并不注重农业的收种，而是注重粮食加工，注重饲养马匹，修建乡村医院等，这样的庄园不是农业经营，而更像是一个现代企业。这与列文所经营的以种粮食为主的庄园已不可同日而语，尽管列文经营得有些惨淡，甚至濒临破产，但在托尔斯泰看来列文却没有失去土地，大地崇拜情结虽存危机，但精神之源仍在；尽管弗龙斯基的庄园效益很好，但是作者却认为弗龙斯基的行为已经远离了大地，他们虽身体依然强壮，但因离开大地而导致精神之源的枯竭，最终强壮的身体渐渐变成了欲望的身体。

实事求是地来讲，安娜住在弗龙斯基家衣食无忧，弗龙斯基对安娜感情忠诚，他们还有自己的小女孩（爱情的结晶），即使不能结婚而这样一直同居下去也是无所谓的。安娜的优越处境，曾经让来拜访的多莉羡慕不已。“达里娅·亚历山德罗夫娜看见那辆她从未见识过的雅致的马车，那一匹匹出色的骏马和环绕着她的那一群优雅而华丽的人，弄得眼花缭乱了。然而最使她感到惊讶不置的还是在她所熟悉而钟爱的安娜身上所发生的变化。换上另外一个女人，一个眼光不那么敏锐、以前不认识安娜、特别是一个没有起过达里娅·亚历山德罗夫娜在路上起过的那种念头的女人，在安娜身上是看不出什么异样的地方的。但是现在多莉被那种仅仅在恋爱期间女人身上才有的，现在她在安娜脸上所看出的那种瞬息即逝的美貌所打动了。她脸上的一切：她脸颊和下颚上的鲜明的酒靥，她嘴唇的曲线，她面孔上依稀荡漾的笑意，她眼里的光辉，她的动作的优雅与灵活，她的声音的圆润，甚至她用来回答韦斯洛夫斯基的那种半恼半笑的姿态——他请求许他骑她的马，好教它跑时用右脚起步——这一切都特别使人神魂颠倒；好像她自己也知道这一点，而且为此感到高兴。”① 婚姻只是外表上光鲜，多莉的羡慕并不了解此时安娜内心的烦恼，也由此看出多莉的平庸。

---

① ［俄］列夫·托尔斯泰：《列夫·托尔斯泰文集》第10卷，周扬译，北京：人民文学出版社，2000年，第793页。

尽管在他人眼里安娜生活条件如此优越，可是在作者观念的支配下她的性情却变得越来越难以理喻了，经常发着无名的火，吃着无名的醋，真的有点患上歇斯底里症了。长期的感情折磨使得弗龙斯基更多地把安娜这种爱当成了负担和累赘。安娜为莫名的焦虑所控制，空虚、孤独，甚至负罪感在折磨着她，这大概与失去大地之源有关。我们看一下自杀之前的安娜的思绪。"'我的爱情越来越热烈，越来越自私，而他的却越来越减退，这就是使我们分离的原因。'她继续想下去。'而这是无法补救的。在我，一切都以他为中心，我要求他越来越完完全全地献身于我。但是他却越来越想疏远我。我们没有结合以前，倒真是很接近的，但是现在我们却不可挽回地疏远起来；这是无法改变的。……如果，他不爱我，却由于责任感而对我曲意温存，但却没有我所渴望的情感，这比怨恨还要坏千百倍呢！这简直是地狱！事实就是如此。他早就不爱我了。爱情一旦结束，仇恨就开始了。'"① 为什么要求对方献身于自己呢？这不是极端自私吗？何况献身到什么程度？这是连安娜自己也难以说清的。生命是健康的、向上的，欲望是物质的、消极的，失去大地联系的安娜变得偏执与自私，如何回归大地呢？当然自杀是悲剧的，可这确实是安娜最好的选择，当安娜血染大地之时不恰恰是一种为大地献祭的行为吗？这种行为作为个体是悲惨的，但作为奔流不息的生命来说，这却是安娜最后的诗性表达。"不自由，毋宁死。"因此，安娜的价值也仅仅是生命力的短暂释放，这种悲剧性的释放便带有了尼采色彩。

第三节　列文和基蒂的情感经历

一

与安娜的婚姻相比，列文的婚姻是坎坷的，但最终是幸福的，因为他们依恋大地，依偎在宗法制生活的怀抱里。

忠厚、老实、健壮的列文极其艰难地经营着自己的土地。此时的大地已经不再是《战争与和平》中尼古拉手下的大地，那时的托尔斯泰还对大地抱有

---

① ［俄］列夫·托尔斯泰:《列夫·托尔斯泰文集》第9卷,周扬译,北京:人民文学出版社,2000年,第990页。

幻想，再就是那时农奴还没有解放，贵族地主可以无偿地占有农奴的劳动力，而如今不行了，农民获得了解放，成了自由民，劳动的成本大大增加了，列文也像许多不善经营的地主一样，农业在日益凋敝。列文也曾经做过改革，想采取租赁制，与农民共同分利，可是农民根本不信任他，列文因此也过得很郁闷。大地不再提供丰富的物质，也必然变得不再可靠了，那么应该信靠什么呢？列文也在经济困窘而焦虑的同时，伴随有精神上的焦虑。列文对土地的感情太深了，以至于使他不能像弗龙斯基那样迅速转变经营方式，弗龙斯基身上所具有的理智和力量不能不说有作为资产者的成分，与列文相比，弗龙斯基更像是一个现代人，只是对安娜感情执着的这一点，似乎还保有古典的成分。列文也不能像奥布朗斯基（他妻子的姐夫——“两乔”——论者注）那样，完全放弃贵族的道德和责任，完全资产阶级化。奥布朗斯基为列文所瞧不起，和家庭女教师私通，随意地贱卖土地、森林、湖泊（对土地毫无情感），作为贵族败家子的形象为列文所愤慨。但奥布朗斯基却善于投机钻营，最终成了某个铁路公司的董事，年收入上万卢布，显然比列文混得要好。这时真到了世事无常、昨是今非、人心不古的时代，这便是列文所感受到的“一切都翻了一个身，一切都刚刚开始”。

当然令列文更为烦恼的还有婚姻。列文看上了基蒂，可是基蒂却犹豫不决，几次示爱都碰到了软钉子。基蒂在婚姻上瞻前顾后，她想选择列文，列文非常可靠，可是列文外貌过于土气，更何况婚后还要搬到乡村去住，这是一般刚刚步入社交界的年轻女孩子所不太愿意的。她想选择弗龙斯基，弗龙斯基长得风流倜傥，又有着远大前程，可是人不是很可靠。在艰难的选择中最终虚荣心占了上风，确定嫁给弗龙斯基。基蒂的选择令列文非常难受，可是更让他感到难受的是基蒂被弗龙斯基抛弃，以及随之而来的基蒂患病移居乡间，之后度假国外，从而退出社交界，这是令列文更为痛苦的，仿佛丢丑的不是基蒂而是自己。这里可以看出列文的真爱和善良，若不是这样，在一般的人看来这可是解恨看热闹的最佳时机。列文不是这样，而是在基蒂病情稍微有所康复就再次表达了自己的爱慕，可见列文真的具有一颗金子般的心了，这是长期生活在农村大地上的人所具有的美好品质。

弗龙斯基的情变和安娜的夺情使基蒂受到极大的精神打击，她病倒了，也显然不能在社交界立足了，只有到国外去疗养治病，以恢复身体和精力。基蒂也和《战争与和平》中的娜塔莎一样，在情感受到极大挫折而精神极度痛苦的情况下玛丽亚公爵小姐把她引向宗教，而如今在基蒂极为痛苦的情况下一个叫瓦莲卡的女孩把她引向宗教，并获得了暂时的心灵抚慰。“她在由于这种结识而展现在她面前的一个完全新的世界中和她的过去毫无共同之处的、崇高的、美好的世界中——从那世界的高处她可以冷静地回顾往事——找到了这种安慰。它向她显示出了基蒂一直沉湎的不能生活之外，还有一种精神生活。这种生活是由宗教显示出来的，但却是这样一种宗教，它和基蒂从小所知道的宗教，在祈祷仪式上，在可以会见朋友的寡妇院里的通宵礼拜上，以及在同牧师背诵斯拉夫语的教义上所表现出来的宗教，是毫无共同之处的。这是一种崇高的、神秘的和高尚的思想感情相联系的宗教，人不仅按照吩咐相信它，而且也能够热爱它。”① 虽然基蒂受到安慰，但这个宗教已经不是《战争与和平》中的玛丽亚公爵小姐的基督教，而是基督教的一个流派“虔敬派”，说白了就是一种近乎邪教的宗教派别。这种教派让人通过一种崇高的利人的生活而忘掉自我，从而获得一种虚假的精神安慰。这在之后被基蒂的父亲谢尔巴茨基公爵所识破。谢尔巴茨基公爵是一位朴实而善良的贵族，他热爱俄国，讨厌欧洲，喜欢列文，可是拗不过妻子女儿，终致悲剧的发生。在父亲谢尔巴茨基公爵的影响下，基蒂终于明白了人活在世上要过一种诚实的生活，要服从自己的内心需要，不要过虚伪的人云亦云的生活。基蒂恋爱失败才发现，她真正爱的人还是列文。这样她的内心很快得到恢复，并决定马上回国。而只知道一味奉献的瓦莲卡则在基蒂眼中由原来的羡慕，变为如今的一种嘲讽了，其实这可以从作者对她的肖像描写中可以看出，托尔斯泰也并不喜欢这样的女人。书中写道：“这位瓦莲卡小姐，倒未必是度过了青春，但是她好像没有青春的人一样：她可以看成十九岁，也可以看成三十岁。假使对她的容貌细加品评的话，她与其说是不美，毋宁说是美丽的，虽然她脸上带着病容。如果她不是太瘦，她的头配着她的中等身材显得太大的话，她一定是好看的；但是她对于男子大概是没有吸引力的。她好比一朵美丽的花，虽然花瓣还没有凋谢，却已过了盛开期，不再发出芬芳了。而且，她不能吸引男人的另一个原因就是因为她缺乏洋溢在

---

① ［俄］列夫·托尔斯泰：《列夫·托尔斯泰文集》第9卷，周扬译，北京：人民文学出版社，2000年，第291－292页。

基蒂身上的东西——压抑住的生命火焰，和意识到自己富于魅力的感觉。”① 作者对这个女人的极度讽刺让人想起《战争与和平》中尼古拉的情人索尼娅来，她也因为出于奉献的品质而把尼古拉让给了玛丽亚公爵小姐，被娜塔莎讽刺为只开花不结果的谎花。在托尔斯泰看来，这些女人由于她们身上缺乏旺盛的生命力，只知道一味奉献，不知道尊重自己的价值和个人需要，这样做看起来是道德的，但由于违背了生命本身发展与繁育目的，这种道德实际上是不道德。当基蒂对瓦莲卡感到厌恶之时，正是基蒂真正觉悟之际，才会接受列文的再次求爱，转向乡村大地。

婚后基蒂跟随列文来到乡村生活，在与丈夫经过几次小小的矛盾过后，便适应了乡村单调的田园生活。当基蒂生下一个男孩儿，她也真的意识到应该按照妇女应尽的义务去生活了。与安娜和卡列宁、奥布朗斯基和多莉等人的婚姻相比，列文和基蒂的婚姻是幸运的，也是幸福的。

二

有意思的是，作者让代表生活在都市而生命力张扬的安娜，与作为乡村生命力张扬的列文在《安娜·卡列尼娜》中的第七部第九至十一节相会合了，此时的安娜和列文都处在精神危机之中，只不过安娜处在总危机总爆发的前夜，而列文则处在总危机化解的前夕。

列文初次见到安娜的景象是很有意思的，显示了作者的匠心独运，因为毕竟是两条爱情线索的当事人在这里要交会了，这不但是两种文明的碰撞，而且也是作品在结构上能够紧密结合的对接，同时也有助于对人物性格的进一步揭示。

列文在见到安娜之前，首先见到挂在客厅里的安娜画像。

> 安装在墙壁上的另外一盏反光灯照亮了一幅女人的全身大画像，引得列文不由自主地注目起来。这是安娜的画像，是在意大利时米哈伊罗夫画的。当斯捷潘·阿尔卡季奇走到方格细工的屏风后面，正在谈话的男人的声音静下来的时候，列文定睛凝视着那幅画像，它在灿烂的光辉下好像要

---

① ［俄］列夫·托尔斯泰:《列夫·托尔斯泰文集》第 9 卷，周扬译，北京：人民文学出版社，2000 年，第 281 页。

从画框中跃跃欲出，他怎样也舍不得离开。他甚至忘记他在哪里，也没有听见在谈论些什么，只是目不转睛地凝视着这幅美妙得惊人的画像。这不是画像，而是一个活生生的妩媚动人的女人，她长着乌黑鬈发，袒肩露臂，长着柔软汗毛的嘴角上含着沉思得出了神的似笑非笑的笑意，用一双使他心荡神怡的眼睛得意而温柔地凝视着他。她不是活的，仅仅是由于她比活的女人更美。①

为什么作家让列文见到安娜本人之前先见到画像呢？很多人大多从写作技巧来分析，实际上这里大有深意，画中的安娜不是现在的安娜，而是过去的安娜，是安娜生命力张扬至顶峰，也是最具有诗意的画像，可是如今的安娜如何呢？尽管列文为安娜的美所倾倒，赞叹安娜的诚实和可爱，但又不可否认这种可爱里有一种残酷的可怕的味道，这样安娜的美也就超出了列文所能接受的承受力，因为这种美里已经存有欲望和诱惑力在内了，对于一个脚踏大地的淳朴老实的列文来说，也许还是画框里的安娜更可爱些。而安娜又是如何看待这次重大的会面呢？

送走了客人们以后，安娜并没有坐下来，却开始在房间里踱来踱去。虽然整整一晚上她都在无意识地（就像她近来对待所有的年轻人的做法一样）施展出全部魅力来唤醒列文对自己的爱，虽然她知道她在一个晚上就做到了能使一个体面的有妇之夫倾心的地步，虽然她非常喜欢他（尽管由男人的观点看来，弗龙斯基和列文有着显著的不同，而她，作为一个女人，却在他们身上看出使得基蒂爱上了他们两个的那种共同的特点），但是他一走出那间屋子，她就不再想他了。一个思想，只有一个思想，以各种各样的形式苦苦地纠缠着她。如果我对别的人们，对这个热爱他妻子的已婚男子具有这么大的魅力，为什么他对我这样冷淡呢？②

① ［俄］列夫·托尔斯泰：《列夫·托尔斯泰文集》第9卷，周扬译，北京：人民文学出版社，2000年，第902页。

② ［俄］列夫·托尔斯泰：《列夫·托尔斯泰文集》第9卷，周扬译，北京：人民文学出版社，2000年，第912页。

看来安娜已经把生命力那种诗性的东西变成了欲望的东西了，对姿色的关注代替了对自由的关注，对情欲的需要代替了爱情的需要，代替了生命的释放，安娜真的离大地越来越远了。罗曼·罗兰也认为安娜已经陷入欲望的漩涡难以自拔了。

> 《安娜·卡列尼娜》里的爱情具有激烈的、肉感的、专横的性质。笼罩全书的命运不再像《战争与和平》那样，是某种严峻刚直的“黑天”神，即帝国的命运，而是爱情的疯狂，是“完整的维纳斯”。在舞会的绝妙场景中，当安娜和渥伦斯基不知不觉相爱时，正是这爱神给予富有思想的、穿着黑丝衣裙的安娜无邪的美，以一种“恶魔般的迷人的魅力”。当渥伦斯基表白了自己的爱情时，正是这种爱神使安娜的脸孔闪烁红光——“但不是欢乐的红光，而是使人想起黑夜中的大火的可怕的红光”。也正是爱神使这个正直的有理智的女子、使这个有吸引力的年轻母亲的血管中流动着一种肉欲的活力，而且爱情就盘踞在她的心头，直到把这颗心毁掉才离去。凡是接近安娜的人，无不感受到隐藏在她身上的恶魔的吸引力，并产生恐惧。基蒂第一个惊惶地发现了魔鬼。当渥伦斯基去看安娜时，他的快乐也夹杂着一种神秘的恐怖。列文在她面前失去了自己的全部意志力。安娜自己也明白，她已不能自主。随着故事的进展，无法抑制的情欲逐步蛀蚀着这个高傲女子的整个精神大厦。她身上优秀的东西，她勇敢的心灵瓦解了，毁灭了：她已经没有力量去对抗上流社会的虚荣心；她的生活除取悦她的情人再没有别的目标；她惴惴不安，自觉羞耻，不让自己怀孕；嫉妒折磨着她；征服了她的肉欲使她在举止上、声音、眼神中处处弄虚作假；她堕落到要使任何男人都为之着迷的女人之列；她竟至于服用吗啡来麻醉自己，直到最后，吞噬着她的无法忍受的苦恼，以及因自己的精神堕落而产生的痛苦使她投身于火车轮下。[①]

记得钱钟书说过一句近似玩笑的话，说中年人发生爱情，就像老房子着了火，没救了。看来是有道理的，因为人到中年，情感被压抑很长时间了，突然

---

① 陈燊编选:《欧美作家评列夫·托尔斯泰》,北京:中国社会科学出版社,1983 年,第 57 – 58 页。

爆发难以收拾。安娜虽然未到中年，但是长期缺乏情爱的生活，抑制着她那旺盛的生命力，如果上升到意识形态来解释就是封建礼教的压抑，同时为人真诚的品格也在抑制着她，这种双重抑制被突破后爆发的烈火也会把自己烧死。这令人想起之前雨果创作的《巴黎圣母院》（1831），其中副主教克洛德，他身为牧师，本来也是个善人，但是爱情变成情欲大火，烧毁了别人，也烧毁了自己，情欲把天使变成了魔鬼。还有稍早点的福楼拜的《包法利夫人》（1857），其中主人公包法利夫人，她也走了一条爱情向欲望转化的路子，最后陷入了债务（取悦男人的花费）难以自拔，服毒自杀。但是安娜还不是克洛德，她有魔鬼的魅力但她还并不是魔鬼，也没有去害人犯罪。安娜也不是包法利夫人，她虽然纵情但没有滥情，安娜展示魅力的目的是因为她在检验自己的魅力，在想办法吸引住弗龙斯基。从这一点来讲，安娜又是忠诚的，而包法利夫人做不到这一点，开始时可能还有这种想法，后来就只剩下情欲的满足了，因此在这一点上论者并不完全同意罗曼·罗兰的观点，当然是仅仅在这一点上。同时安娜也可以不自杀，没有人逼迫她，事情也远没有发展到不可收拾的地步。实际上安娜处在一种进退维谷的地步，她的大地赋予她的诚实品性使她没有成为海伦，她的强烈个性没有使她成为对自己行为悔过的娜塔莎，或者成为安于乡村生活的基蒂，她也不可能再回到卡列宁身边成为杜丽式的苟活于无爱婚姻中的女人，而是选择了自杀。

托尔斯泰曾经说过：安娜就是我。这一点看来托尔斯泰说的是真话，安娜内心的矛盾已经不是作为一般妇女所具有的矛盾，而是作者世界观的矛盾。托尔斯泰从大地崇拜转向对道德的推崇，这看似解决了很多问题，解决了作者的安身立命问题，同时也解决了列文皈依上帝的问题，以及对安娜的惩罚，但从托尔斯泰内心来讲，温暖的宗法制生活并不能完全解决问题，个体觉醒后的空虚感、孤独感，是再也无法回避的问题，因此，安娜在衣食无忧、情人忠诚、社会舆论对其无奈的情况下选择了自杀，那么这个自杀便具有了形而上的意义，让人想起了尼采的酒神精神，要不怎么安娜的死要远比包法利夫人壮烈得多呢？

关于尼采的酒神精神，著名学者陈炎论述道："那死去的一切，都只是意志的表象，而这表象的背后的意志，却是永不枯竭的生命源泉。这源泉的汩汩而涌，涛涛作声，并形成生命之大河，滚滚奔腾……作为表象和意志的统一体，我们每个活着的生命，都不仅是这将要干枯的水，而且也永远是沸腾的泉。惟其如此，我们才能在变幻中，获得新鲜的活力；在死亡之中，感受到生命的永恒……这就是对酒神精神的赞美，这就是尼采对生命意志的肯定！”① 写作《安娜·卡列尼娜》时的托尔斯泰，这时已经接触到了尼采的著作，尽管他仍肯定叔本华，但尼采对他的影响是肯定的，安娜结局的如此处理，也同时符合了大地崇拜精神意旨。

历史上选择自杀的人可以说是数不胜数，但是真正被赋予现代意义的自杀却是从莎士比亚笔下的哈姆雷特开始的。尽管哈姆雷特事实上没有自杀，但是他却是欧洲近代具有自杀意识的第一人，也可以说哈姆雷特是第一个现代人，因为之前的或者其他很多人的自杀，多是因为世俗的原因，要么出于疾病、物资匮乏、精神病、恐惧生活、人言可畏、犯罪，要么为国为家或某种观念献身等，但是真正的自杀却是没有原因的，而仅仅因为感到世界的荒诞和无聊，当然世界最大的荒诞便是没有意义。哈姆雷特最大的抱怨不是仇敌过于强大，复仇太难，而是苦闷于活着这个最根本的问题失去了意义。如果生活是为了复仇，那么哈姆雷特就变成了雷欧提斯，如果复仇是为了匡扶正义，拯救国家，他就会成为像他父亲那样的人，如果是这样的话他也就会变得不那么忧郁难决了，因为有一个比复仇更大的问题摆在他面前，这便是“生还是死？这是个问题”。当这个终极关怀问题，当这个人生最大的问题尚未解决也不可能解决之前，一切的一切，包括复仇本身在内，都失去了意义，失去了意义也就失去了动力，事实证明哈姆雷特也是在被迫的情况下复仇的。那么显然安娜就成了一个女哈姆雷特，她和弗龙斯基同居时的苦恼和忧虑让人费解，她不喜欢自己的女儿而去爱别人的孩子，更让人莫名其妙，其实此时的安娜在精神上已经出现了危机，此时的托尔斯泰让安娜自杀的安排显然要比让列文找到上帝的安排要真诚得多。

安娜最后壮烈地卧轨，血沃大地，从精神意义上来说是最后一次匍匐大地的机会，是作者以惩罚的名义成全了她。

三

列文和基蒂的爱情与作者的大地崇拜有关，这似乎是很容易理解的，因为

① 陈炎：《反理性思潮的反思》，济南：山东大学出版社，1994 年，第 106 页。

列文就是乡村文明的代表，正像奥布朗斯基所说的，列文“有诚实忠厚的性格和黄金一般的心”①。列文外貌上有些土气，穿着上也不时兴，性格上有些木讷，农事上勤勤恳恳，任劳任怨，而所有这些都比不上他的一个大优点，这就是列文是可靠的，他的体格那么健壮、肩膀那么宽阔，就像大地一样坚实可靠。在莫斯科列文向基蒂求爱被拒绝，自尊心受到伤害，很痛苦，当他回到庄园时，土地抚慰了他，使他摆脱了耻辱感。

> 这其间，春天到来了，明媚而又温和，不像春天素常那样拖延时日和变幻莫测，是一个草木、动物和人类皆大欢喜的少有的春天。这明媚的春天更鼓舞了列文，加强了他抛弃过去的一切，坚定而独立地安顿他独身生活的决心。虽然他回到乡下时所抱的许多计划都没有实行，但是他的最重要的决心——力求纯洁的决心——他已遵守了。他没有感到每次失败之后照例使他苦恼的那种羞耻之念，他能够正视所有的人。②

是啊，春天到了，一切都在复苏，列文的心情也好起来，《战争与和平》中的安德烈不也是在春天里去罗斯托夫庄园的路上，遇到正在复苏的老橡树而重新唤起生活希望并发生了爱情的吗？依偎在大地怀抱中的列文其精神是那么容易满足。列文从心底里喜欢乡村生活，喜欢农民，“他不能把农民当作什么特殊的人物来爱憎，因为他不只是和农民在一起生活，和他们有密切的利害关系，同时也因为他把自己看成农民中的一分子，没有看出自己有什么与众不同的优缺点，因此不能把自己和他们对照起来看”③。列文也非常热爱劳动，在劳动中他的心情格外好，精神也格外充实。那我们看一下列文是如何参与割草劳动的。“割完一排，又割一排。有长排和短排，草也有好有坏。列文完全失去了时间观念，此刻天色是早是晚完全不知道了。他的工作开始发生了一种使他非常高兴的变化。在劳动中竟有这样的时刻，他有时忘记了他在做什么，一

---

① [俄]列夫·托尔斯泰:《列夫·托尔斯泰文集》第9卷，周扬译，北京：人民文学出版社，2000年，第79页。

② [俄]列夫·托尔斯泰:《列夫·托尔斯泰文集》第9卷，周扬译，北京：人民文学出版社，2000年，第200－201页。

③ [俄]列夫·托尔斯泰:《列夫·托尔斯泰文集》第9卷，周扬译，北京：人民文学出版社，2000年，第314页。

切他都觉得轻松自如了，在这样的时候，他那一排就割得差不多和季特的一样整齐出色了。”① “列文割得越久，他就越是频繁地感觉到那种忘我状态的瞬间，好像不是他的手在挥动镰刀，而是镰刀自动在刈割，变成充满生命和自我意识的肉体，而且，好像施了魔法一样，不用想工作，工作竟自会有条不紊地圆满完成。这是最幸福的瞬间。”② 这样的劳动场面简直就是一种乡间舞蹈了。也正因为这样喜欢乡村土地，列文在性格上也像土地一样，健康、淳朴、善良，才能把基蒂最终吸引到身边，并使基蒂也爱上了乡村，进一步更好地理解丈夫，做好妻子。那么基蒂是怎样理解丈夫的呢？“她爱他在乡下的那种沉着、亲切和殷勤好客的态度。在城里他总像是坐立不安和有所戒备一样，仿佛唯恐什么人会欺侮他，尤其是她。在那里，在他的庄园上，清楚地知道自己处在最合适的位置上，他从来没有急着到什么地方去，而且从来也没有空闲过。在这里，在城里，他总是急急忙忙，好像害怕错过什么似的，但却无所事事。她替他很难过。在别人看来，她知道，他并不像一个可怜的人物；恰恰相反，当基蒂留意他在交际场中——就像有时一个人极力用局外人的眼光去看自己所爱的人，以便察看他给别人的印象——的时候，她甚至带着嫉妒的恐惧心理看出来，他非但不是个可怜的人物，而且由于他的良好教养，他对妇女的那种有点古板而羞涩的文雅态度，他的魁伟有力的身姿，还有，像她认为的，他那特别富于表情的面孔，他反倒是一个非常动人的人。但她不是从表面，而是从内心里去观察他，因此她看出来，在城里他不是本来的模样了；他的心情她也说不清了。有时她心里暗暗责备他不会过城里的生活；有时她又承认要他在这里把生活安排得称心如意的确是困难的。”③ 显然基蒂是理解丈夫列文的，列文离开了大地，也就离开了精神之源，变得手足无措。其实此时的列文更像是作者自己，在城市交际场合紧张尴尬的托尔斯泰和在乡村里生活得如鱼得水的托尔斯泰，简直判若两人。当列文和基蒂越来越相互理解的时候，安娜和弗龙斯基却越来越隔膜了，离爱情悲剧的发生也已经不远了。

---

① ［俄］列夫·托尔斯泰：《列夫·托尔斯泰文集》第9卷，周扬译，北京：人民文学出版社，2000年，第330页。

② ［俄］列夫·托尔斯泰：《列夫·托尔斯泰文集》第9卷，周扬译，北京：人民文学出版社，2000年，第332页。

③ ［俄］列夫·托尔斯泰：《列夫·托尔斯泰文集》第9卷，周扬译，北京：人民文学出版社，2000年，第869－870页。

不过列文看似幸福满足的生活却仍潜伏着危机，对于列文来说这主要来自三个方面：一是婚后庄园的经济生活并没有得到真正改善，经济正走向衰落，大地越来越陌生，田园化的乡村生活正变得贫困化，列文对此难以理解，在情感上难以接受。二是婚后的生活虽然得到了满足，娶到了心爱的人基蒂，但是婚后的基蒂或者说生了孩子的基蒂已经没有了往日的激情和理想，而是变得越来越务实和庸俗，并由此导致了生活的空虚和无聊。三是大地崇拜情感的消减和宗法制情怀的没落使自己失去了信仰寄托。因为崇拜大地及其生命力张扬所显示的生命繁衍，以及表现在文化上宗法制的共同体生活，都是以忽视个体为代价的，这也是古典文化的共同特征。个体生命只有在种族里才有意义，个人价值只有在家族里才有价值。可是时代在发展，人的主体意识和个体意识在觉醒，每个人都会存在终极关怀问题，因此，列文信仰危机的出现是必然的。再加上《安娜·卡列尼娜》中详尽地介绍了列文的哥哥德米特里患肺结核病而死亡的痛苦经历，使他不得不重新审视他的信仰问题。

四

列文在对大地崇拜的困惑中想起了上帝，就像《战争与和平》中的安德烈和皮埃尔一样。列文在困境中忽然听到一个农民谈论上帝，他十分激动。“一听到那个农民说普拉东为他的灵魂正直地、按照上帝的意旨活着，一些模糊的、但是意义重大的思想就涌上他的心头，好像从封锁着它们的地方挣脱出来一样，全都朝着一个目标冲去，在他的脑海里回旋着，以它们的光彩弄得他头昏目眩。”① 那么，弄得列文“头昏目眩”的是什么呢？

> 列文沿着大路迈开大步走着，他所留意的与其说是他的思想（他还不能清理出个头绪），毋宁说是那种他以前从来没有体验过的心情。那个农民所说的话在他的心里起了像电花一样的作用，把那些不住地萦绕在他的心头的、散漫的、无力的、个别的思想突然改变了和融合成一个整体。这些思想，甚至在他谈论出租土地的时候，就不知不觉地盘据在他的心头

① ［俄］列夫·托尔斯泰：《列夫·托尔斯泰文集》第9卷，周扬译，北京：人民文学出版社，2000年，第1032页。

> 了。他觉得自己的心灵中有某种新的东西，他愉快地探索着这种新的东西，但是却还不知道它是什么。“活着不是为了自己的需要，而是为了上帝！为了什么上帝呢？还有比他所说的话更无意义的吗？他说一个人不应该为了自己的需要活着，那就是说，一个人不应该为了我们所理解的、我们所迷恋的、我们所渴望的东西活着，而是为了某种不可思议的东西，为了谁也不了解，谁也无法下定义的上帝活着。这又是什么呢？我不明白费奥多尔这些荒谬无稽的话吗？明白了的话，我怀疑它们的真实性吗？我认为它们是愚蠢的、含糊的、不确切的吗？不，我了解得完全跟他了解的一样，比我了解人生中的任何事情都透彻，都清楚哩！这一点我一生都没有怀疑过，而且也不可能怀疑。非但我一个人，所有的人，全世界都充分理解这个。人难免对别的东西发生怀疑，但却没有人怀疑过这个，而且大家总是同意这个的。”①

在这里，列文已经开始脱离对大地的崇拜，转向对上帝的崇拜，上帝真的能够弥补列文的精神空虚吗？列文心目中的上帝是怎样的呢？应该说仍还是模糊的，只是到了后来的《复活》才清晰起来。列文并没有在对上帝的信仰上停留多久，很快便转向了道德。可是对安娜悲剧结局的惋惜仍然萦怀于我们的内心深处，安娜的壮烈行为在破坏着我们对上帝的向往，大地是可亲可爱的，上帝是抽象的、遥远的。

不过，当托尔斯泰把列文置于《安娜·卡列尼娜》结尾处“压轴”时，已经表明作者加快了对大地崇拜转向对道德崇拜的步伐。

看来，理智是不听从情感的。

① ［俄］列夫·托尔斯泰：《列夫·托尔斯泰文集》第9卷，周扬译，北京：人民文学出版社，2000年，第1032－1033页。

第三章

大地崇拜情结的进一步弱化和信仰危机的进一步加重

继《安娜·卡列尼娜》之后，有好长时间托尔斯泰没有写出大部头的长篇小说，紊乱的心情、矛盾的思想，当然主要是信仰的危机，很难不影响到他坚守大地的创作观，很难再建立起在这种矛盾思想基础上的宏大叙事，于是，破碎的思想便产生出“破碎”的作品——一系列中、短篇小说。在这些作品中，比较著名的有《伊万·伊利奇之死》《克莱采奏鸣曲》和《舞会之后》等。通过这三部作品，我们看到托尔斯泰对大地崇拜情结的进一步弱化，信仰危机的进一步加重。但尽管如此，作者对大地的情怀，仍细若游丝般地存在。

第一节　《伊万·伊利奇之死》的创作表现

一

大地的颤动造成了托尔斯泰情感的危机和思想的波动，如果说在《战争与和平》中托尔斯泰还在极力表现对大地的崇拜，虽然有质疑但只是初露端倪，那么到了《安娜·卡列尼娜》则就出现了对大地崇拜情感的严重危机，并开始考虑选用新信仰，即以回归基督教的名义，宣扬宗法道德，而到了《伊万·伊利奇之死》（1886）作者的选择还是值得称道的，他们仍然秉承着作者对大地的崇拜，只是这种崇拜的程度不似先前那么强烈了。

《伊万·伊利奇之死》的出现是作者继《安娜·卡列尼娜》之后精神危机进一步加重的表现，因为个人的生死问题已经突显出来，成了不容回避的问题。对大地的崇拜是对生命力的崇拜，个体的灭亡并不影响作为生命种族意义上的繁衍，对宗法制文化的崇尚使得个体的死亡并不影响族群的发展，因为还有家族的存在，这样的信仰固然给个体带来安全和温暖，但是这种不考虑个体存在的安全和温暖是虚假的，是对个体生命的回避。这种感情皮埃尔体验过，安德烈体验过，尼古拉体验过，列文体验过，甚至安娜也体验过，只不过皮埃尔把直面人生的危机转向了上帝，安德烈转向了爱，尼古拉则退回到古典宗法生活中去，列文表面上转向上帝实则转向道德，而安娜则巾帼不让须眉，转向了自杀，采取了轰轰烈烈的死。从这种意义上说安娜采取的行为是最具有形而上意义的，因为她不愿意选择苟活于家庭中，像杜丽那样继续维持着那虚假的婚姻和像基蒂那样继续维持着平庸的婚姻（当然是在安娜眼中如是）。在《伊万·伊利奇之死》中，托尔斯泰决定不回避死亡，把死亡这个问题彻底地摆出来，重新思考死亡问题，并由此重新思考信仰问题。

在《伊万·伊利奇之死》中，托尔斯泰描述了主人公伊万身患绝症后对死亡的恐惧。伊万·伊利奇是高等法院的法官，他从学校毕业后，仕途基本顺遂。伊万为人谨慎谦恭，在职务上、思想上、家庭生活中，都不会逾越分寸，保持着外在形式上的体面。不过他的生活经历，是最普通、最平常，却也是最糟糕的。他的家庭生活并不幸福，与家人的关系并不亲密，工作与桥牌游戏是他生活的重心。伊万在饱尝了一段官场失意和随之而来的同事、家人的冷淡之后，终于得到了所慕求的职务，获得了失意后的极大幸福。但也恰恰在这个时候，他却得了绝症，并一步步走向死亡，这期间家人开始疏远他，同事开始觊觎他的职位，可是没有人关心他这个叫伊万的人。只有健壮的仆人格拉西姆耐心地伺候他。他忽然感到人生的无意义。伊万恐惧死亡，听了医生的话，他觉得大街上的一切都很凄凉。

> 等格拉西姆走到隔壁房间里去了，他便再也忍耐不住，像个孩子似的哭了起来。他哭的是自己的孤苦无告、自己的可怕的孤独、人们的残酷、上帝的残酷，以及上帝的不存在。“你做这一切是为了什么？你干吗要把我带到人世间来呢？你为什么，为什么要这么可怕地折磨我呢？……”①

---

① ［俄］列夫·托尔斯泰：《列夫·托尔斯泰文集》第4卷，臧仲伦、刘辽逸译，北京：人民文学出版社，2000年，第105页。

当他在早上看见佣人，然后是妻子，然后是女儿，然后是医生的时候，他们的一举一动、一言一行都证实了他在夜间所发现的那个可怕的真理。他在他们身上看到了他自己，看到了他过去赖以生存的一切，他清楚地看到这一切统统错了，这一切乃是一个掩盖了生与死的可怕的大骗局。①

伊万这种突然面临深渊的处境让人想起《安娜·卡列尼娜》中的卡列宁，当他突然得知他妻子有外遇时的一种如临深渊的震动。“阿列克谢·亚历山德罗维奇正面对现实，面对着他的妻子有爱上另一个男子的可能，这在他看来是非常荒谬和不可思议的，因为这就是生活本身。阿列克谢·亚历山德罗维奇一生都在和生活的反映发生关系的官场中过日子，做工作。而每一次他与现实发生冲突的时候，他就逃避现实。现在他体验到这样一种心情，仿佛一个人泰然自若地走过深渊上的桥梁的时候，突然发觉桥断了，下面是无底深渊。那深渊就是现实本身，而桥梁就是阿列克谢·亚历山德罗维奇所过的那种脱离现实的生活。他的妻子有爱上别人的可能，这问题第一次浮上了他的心头，他不禁毛骨悚然了。”② 只有这时的卡列宁，这时的伊万，刹那间脱离生活正常轨道，让他们从麻木的具有催眠作用的日常生活中觉醒过来，重新审视生命，审视自己的存在。不过卡列宁由于生命力的衰弱，他参透不了这种审视，只能靠欺骗和惯性生活下去。而对于伊万，虽然他对于生命做出了一些思考，但也仅仅停留在表面，即把个体死亡仅仅理解为死者的面子问题，这样就把死亡问题给庸俗化了。在伊万看来，既然他所过的生活欺骗了他，那么什么样的生活才是真正的生活呢？伊万想象不出，他所做的只能是对所有“骗子们”感到厌恶。其实这里存在着一个非常深刻的存在主义哲学问题，维特根斯坦曾经就托尔斯泰的这部中篇小说论述过存在主义哲学。存在主义是当时刚刚兴起的一种非理性主义哲学思潮，它对康德、黑格尔的理性主义哲学起到反拨和颠覆作用。作为艺术家的托尔斯泰已经感受到了这一点，但可惜的是并未真正深入下去，勘探下去，而是借助自然的力量，对死亡这一哲学问题刚刚一触及，便转换成道

---

① ［俄］列夫·托尔斯泰：《列夫·托尔斯泰文集》第4卷，臧仲伦、刘辽逸译，北京：人民文学出版社，2000年，第111－112页。

② ［俄］列夫·托尔斯泰：《列夫·托尔斯泰文集》第9卷，周扬译，北京：人民文学出版社，2000年，第188－189页。

德问题，而加以批判，即死亡的意义，变成了对待死亡的态度。

虽然伊万感到此时周围人的可厌，但还有一个人可以信赖，这就是一个叫格拉西姆的农民青年，他从来不嫌弃伊万。“从此以后，伊万·伊利奇有时就叫格拉西姆来，叫他用肩膀扛着他的腿，并且很喜欢跟他说话。格拉西姆轻快、乐意、淳朴而且善良地做着这事，这种善良使伊万·伊利奇深为感动。所有其他人身上的健康、精力充沛和精神焕发，常常使伊万·伊利奇觉得反感，只有格拉西姆的精力充沛和精神焕发不但不使伊万·伊利奇感到难受，反而使他得到安慰。”[①] 这样挨了一段时间，“整整三天，在这三天中，对他来说是不存在时间的，一种无形的不可抗拒的力量正在把他塞进一个漆黑的口袋，他就在那黑咕隆咚的口袋里挣扎着。他苦苦地挣扎着，就像一个死囚明知道他已经不能生还，可还在刽子手的手下苦苦挣扎一样。尽管他在拼命挣扎，可是每分钟都感到他离那使他胆战心惊的事越来越近了。他感到使他痛苦的则是那个洞他钻不进去。妨碍他钻进去的是，他认定他的一生是光明正大的。对自己一生的这种自我开脱拽住了他，不让他前进，这就更使他痛苦不堪。蓦地，有一股什么力量当胸，对准肋下推了一下，他的呼吸更困难了，他终于跃进了洞穴……”[②] 伊万终于解脱了恐惧、厌恶、担忧、不名誉（死似乎是可耻的事情），死去了。一具尸体陈列在桌子上，无奈地供什么人观看。在作品中，作者借助伊万的同事彼得·伊万诺维奇的眼睛，去展现“死”。“死者像死人一样躺着，显得特别重，他的僵硬的四肢全无生气地陷进灵柩的垫子里，永远佝偻的脑袋被放置在枕头上，蜡黄的前额突出着，两鬓塌陷，脑门微秃，鼻子突出，鼻子仿佛是被硬装在上嘴唇上似的。自从彼得·伊万诺维奇上次看见他以来，他变了许多，变得更瘦了，但是像所有的死人那样，他的面部表情似乎在说：凡是该做的事他都做了，而且做得很对。此外，在这个表情中还有一种对活人的责难和告诫。这种告诫在彼得·伊万诺维奇看来是不合时宜的，或者，起码是与他无关的。”[③] 托尔斯泰这样冷静客观地陈述死亡，陈述中透露出鄙

① ［俄］列夫·托尔斯泰：《列夫·托尔斯泰文集》第4卷，臧仲伦、刘辽逸译，北京：人民文学出版社，2000年，第94页。

② ［俄］列夫·托尔斯泰：《列夫·托尔斯泰文集》第4卷，臧仲伦、刘辽逸译，北京：人民文学出版社，2000年，第113－114页。

③ ［俄］列夫·托尔斯泰：《列夫·托尔斯泰文集》第4卷，臧仲伦、刘辽逸译，北京：人民文学出版社，2000年，第51页。

夷不屑的情感，也许作者嫌伊万在死亡到来时太婆婆妈妈了，太自怨自艾了。可是话又说回来，惧死是人的本能，更是现代人自我意识出现的标志，因为个体意识觉醒所面临的第一个问题便是如何面临死亡问题，不是连作者自己都惧怕死在家中而于八十多岁高龄还外出颠簸吗？

个体面临死亡这是现代人所要面对的不容回避的问题，孤独、恐惧和焦虑成为现代人的最基本的心理特征。对于死亡，刚刚步入中年的托尔斯泰自己就有过亲身体验，1869 年，托尔斯泰为了购买田产、马匹等事宜，前往平扎省，半道在一家名叫“阿尔扎马斯”的宾馆下榻，夜里忽然梦到了自己死亡，万分恐惧。对此，托尔斯泰在后来在一篇没有写完的小说《狂人日记》中写道：“我曾试想，是什么东西占据了我的心灵：是买到的东西，还是妻子。没有什么值得快活的，这一切都是虚无。怕死盖住了一切。……刚一躺下，突然由于惊骇又坐了起来。苦恼，就像呕吐前常有的苦恼一样，不过只是精神上的苦恼。不得了，真可怕。看来，死是可怕的。如果你想起生，那么快要死是可怕的。不知怎么，生和死融为一体。不知是什么把我的心要撕得粉碎，可又不能撕碎。”[①] 死亡的突然而至，使这个因刚刚出版了巨作《战争与和平》而正处在事业巅峰的人，一下子跌入情感的低谷。就是像荷马、但丁那样出名又有什么用，人生总得一死。托尔斯泰之所以做这样可怕的梦可能有三点原因：一是到了 60 年代后期，他和妻子索菲亚的矛盾在加剧，家庭教养和价值观的差异已经使他们产生了分歧，夫妻吵架成了经常的事，托尔斯泰为此非常苦恼，这就使晚年的托尔斯泰经常离家出走。二是在“阿尔扎马斯的恐惧”事件之前，即 1868 年秋至 1869 年夏，托尔斯泰读了叔本华的哲学书籍，看到了理性的虚幻，对人生产生了悲观的情绪，人生就是欲望得不到满足的痛苦和满足之后的空虚。三是时代发生了巨变，资本主义在俄国迅猛发展，很多平民商人崛起，许多贵族破产，托尔斯泰对这种经济现象不能理解，而把它看作是前途莫测的命运。所有这些因素把托尔斯泰从宗法的“共同体”生活中抛了出来，个人陷入恐惧之中，对于托尔斯泰当时的心境，作家茨威格是这样描述的。

① 转引自吴泽霖：《托尔斯泰与中国古典文化思想》，北京：北京师范大学出版社，2000 年，第 49 页。

托尔斯泰在各种事物的背后看到了虚无，在他的内心里有某种东西被撕碎了，有个通向内部的裂缝张开了，这是一条黑色裂缝。他的眼睛流露出震惊，被迫呆呆地看着一片空虚，看着在自己温暖的、血脉流畅的生活背后的其他陌生、冷酷和无法理解的事物，看着在短暂存在的背后的永恒虚无。凡是对这种无法命名的深渊看过一眼的人都再也不能把目光转开，黑暗如同狂涛奔腾，流进他的感官，熄灭他的生命的光泽和颜色。[①]

此时的大地也变得颤动不止了，大地崇拜把死亡推向壮烈，推向献祭，可是这一切仍然是可怕的；宗教把死亡推向爱，推向天堂，但这一切仍然是虚幻的（因为托尔斯泰的宗教观仍然是实用的而非精神的），更何况作者很快就把宗教转向道德，而道德是世俗的行动规范，而非灵魂的终极归宿。在这种心情下，作者开始触及死亡题材的小说是必然的，因为他要来一次真正面对生命、面对生活的创作。

二

《伊万·伊利奇之死》中的伊万实际上就是《安娜·卡列尼娜》中卡列宁形象的继续，只是官位没有他大些和家庭表面上没有什么变故，其他都很相似。伊万也是出身寒微，靠个人奋斗逐渐爬到了社会上层，也和其他官僚一样有着一样的毛病和习惯，也遭遇过仕途的挫折，不过最后终于取得了成功，有了自己宽敞的房子、还算和谐的家庭，以及较为显赫的政治地位。可是正当伊万为这一切心安理得甚至踌躇满志时，一件意想不到的事情发生了，在他日渐发达时，却患上了不治之症，生活一下子把他抛出了正常轨道，他的妻子开始变得冷漠，儿女也开始疏远他，同事也在用异样的眼光来看他，他自己也开始重新审视自己的生活，开始关心“我”这个人。也就是在这时，他才认识到他以往的生活都是虚假的，像雪地中的雪人一样，尽管美丽可爱，但太阳一出就难看了。家庭、地位、名声等都挽救不了个体的死，面对死亡他才知道以往的生活都是虚假的，非本真的生活，因此死亡让人感到可怕和可厌。在这种情况下，在人生注定悲剧面前，作为真正具有现代意识的人所选择的：要么像叔

① ［奥］茨威格：《托尔斯泰传》，桂林：漓江出版社，1998 年，第 8 页。

本华一样甘于寂寞，走向禁欲主义；要么像尼采纵情大化、畅饮悲剧之美酒；要么像陀思妥耶夫斯基那样在痛苦中体验上帝的存在；要么像萨特、加缪直面接受现实的荒诞等等，不一而足。而所有这一切，托尔斯泰都做不到，他既没有此意识，也没有此胆量，一场虚幻的梦就让他胆战心惊，恐惧无比，说到底托尔斯泰还是牵挂着大地，对大地的崇拜情结依然尚存。他还是想回到宗法制生活中去，那里虽说消弭了个性，但却带来安全与温暖，其表现在作品中就是对城市的研究、对大自然的赞美以及对乡村生活的憧憬。

伊万灰暗猥琐的人生实际上是与他长期生活在大都市彼得堡相关的，在托尔斯泰看来，彼得堡是与大地彻底隔绝的城市，在这样的城里生活，长期脱离自然，脱离大地，必然缺乏精神源泉，也就必然造成人精神境界的狭隘，表现在肉体上也就必然是瘦弱的、病态的或变态的，昔日的卡列宁们正是如此，如今的伊万们又是如此。因此伊万身患绝症也与此有关，并且死到临头所关注的仍然是他人的看法、别人眼中的自己，仍然是虚荣心在作祟，而非生命本身。与伊万极端瘦弱的身体相对照的是，作者所塑造的伊万的仆人格拉西姆却是个脸色红润、身体健壮、淳朴善良的青年农民，这个在大地上在阳光下成长起来的小伙子，身心健康，精力充沛，他从不嫌弃伊万发出的怪味，搂抱着他那越来越瘦的病体，照顾伺候他的一切，毫无怨言，这也和那些怪里怪气的做妻子儿女的行为形成鲜明对比。作品中是这样描写格拉西姆的。

格拉西姆是一个穿着整洁、面色红润、吃了城里的饭菜以后发起胖来的年轻庄稼汉。他永远乐呵呵的，性格开朗。起初，看到这个永远干干净净地穿着俄国式服装的佣人干这种令人作呕的事，伊万感到不好意思。有一次，他从便盆上站起来，没有力气把裤子提起来，便跌坐在软椅上，他恐惧地望着自己那裸露的、瘦骨嶙峋的、软弱无力的大腿。这时格拉西姆迈着轻快有力的步伐走了进来，他穿着一双厚皮靴，随身带来一股皮鞋发出的好闻的泊油味和一种沁人心脾的冬天的户外气息。他围着一条干净的抹布围裙，里面穿着一件干净的花布衬衫，挽着袖子，露出他那年轻有力的胳膊，他没有抬起头望伊万，径直走到便盆跟前。……于是他就用那灵巧、有力的双手做完了自己惯常做的事，接着便轻手轻脚地走了出去。五分钟后，他又同样轻手轻脚地走了回来。[1]

作者不厌其烦地描写这位农民仆人，是大有深意的，这个年轻人不但是健康的，而且也是善良的，同时他的内心也是充实的，因为他来自乡村，来自大地。在这里可以看出格拉西姆作为一个农民恰恰是大地的象征与联系，伊万亲近格拉西姆实则是亲近大地。这里可以看出作者对大地依然崇拜的影子，伊万所有的悲剧，以及他周围人冷漠和市侩气都源于彼得堡，以及生活在其间的人们，他们失去了大地的根基，成了无源之水，这正应了死水必腐的道理。

大地崇拜情感和乡村古典情怀的道德化虽然解决了作者对死亡的恐惧，虽然解决了艺术上所需要的写作参照，但是这样写显然把伊万死亡的形而上意义大大降低了，死亡变成一件私人的偶然事件。伊万对死亡的恐惧和对生活经历的反省仅仅停留在道德层面，即伊万对于死亡到来所恐惧的不是失去生命，而是失去尊严，失去体面，死亡仍然是一件世俗的事情，这是托尔斯泰创作过程中所意识不到的，这部中篇远没有后来契诃夫受此影响而写成的《没意思的故事》思想价值和艺术价值高。同时托尔斯泰对宗法道德的理性选择抑制了托尔斯泰对大地的情感，从而也就影响了作者艺术灵感的再次喷发，因此，正是由于托尔斯泰对于伊万的死亡态度还处在伦理层面，该作所取得的成功不再是显示了大地崇拜的诗性高扬，而是成功展现重病病人死前的细腻的心理描写，因此这是一部茨威格式的心理小说，而非诗性小说。很多学者试图用海德格尔的存在主义哲学来分析该作，显然是无意中深化了托尔斯泰的思想。

第二节　《克莱采奏鸣曲》中的创作表现

据说托尔斯泰当初在构思安娜形象的时候，是把她作为荡妇的否定性形象设计的，可是在创作的过程中作者对大地的崇拜，对生命力的赞美，使他觉得安娜有追求婚姻自由的权利，因此我们看到安娜是美丽的、光彩照人的，她的追求是得到读者赞许的，而她的悲剧结局是令人扼腕叹息的。可以说也正是托

---

① ［俄］列夫·托尔斯泰：《列夫·托尔斯泰文集》第4卷，臧仲伦、刘辽逸译，北京：人民文学出版社，2000年，第92－93页。

尔斯泰改变初衷的人物定位，才成就了这样一部经典名著，如果按照原来的构想设计，可以想见这部作品有可能是失败之作，最起码不会成为经典。可见审美主义常常是和道德主义相矛盾的，并且有时审美主义包含着更大的道德，当艺术家托尔斯泰战胜了政论家伦理家托尔斯泰时，常常是这样的。

尽管如此，可是我们也不能不看到笼罩在安娜头上的阴影，追求自由的安娜在作品的后半部逐渐变成沉湎于情欲的安娜，个性鲜明的聪明智慧的安娜，也逐渐变成任性、偏执、猜忌心非常重的安娜，因此，安娜的悲剧选择与托尔斯泰的道德惩罚不无关系。作品扉页上《圣经》中的“伸冤在我，我必报应”题辞，就是最好的提示。不过所有这一切作者还都把握着分寸，尽管此时的大地已经颤动，信仰危机已经存在，但托尔斯泰仍抱着希望，因此，《安娜·卡列尼娜》虽然是个悲剧，但书中所表现出来的基调还是比较明朗的、单纯的。

可是到了80年代中后期，作者的思想变得越来越沉重、悲观、阴郁了，对大地逐渐失去信心使得《伊万·伊利奇之死》笼罩着死亡气息，尽管农民仆人格拉西姆还带来大自然的一丝亮色，但却无法阻止托尔斯泰对大地逐渐绝望下去的心情，之后中篇小说《克莱采奏鸣曲》的出现，就充分说明了这一点，从作品扉页上两段《圣经》中的话可以看出某些玄机。

> 只是我告诉你们，凡看见妇女就动淫念的，这人心里已经跟她犯奸淫了。(《马太福音》第五章第二十八节)
>
> 门徒对耶稣说，人和妻子既是这样，倒不如不娶。耶稣说，这话不是人都能领受的，唯独赐给谁，谁才能领受。因为有生来是阉人，也有被人阉的，并有为天国的缘故自阉的。这话谁能领受，就可以领受。(《马太福音》第19章第十、十一、十二节)

第一段很明显是把情欲完全看成是一种邪恶的东西。情欲作为人身上大自然的一部分，如今已没有了诗性，也没有了爱情，而只是一种被贬斥的东西，属于道德谴责的对象。后一段则是谈到为了遏制情欲而所采取的“阉”的问题，可见道德主义走向极端就是禁欲主义。情欲是生命最为核心的内容，没有了情欲一切都谈不上，显然托尔斯泰把人与自然完全对立化了，人似乎只剩下社会性。没有自然性和动物性的人，也就失去了生命存在的物质基础，人也就变成空壳了。

《克莱采奏鸣曲》写于1887－1889年，1891年出版。从作品的题目可以看出托尔斯泰对浪漫主义的否定态度，似乎贝多芬这样的名曲，最能激发人的激情和创造力的作品，在作者看来竟成了诲淫诲盗的靡靡之音了。

作品的大体内容是这样的：在一列正在行进中的火车上，几位旅客正在争论一个大家都非常感兴趣的话题，这就是婚姻需要不需要爱情，当然坚持婚姻需要爱情的人还是占了多数。不过这其中的一位神色忧郁的名叫波兹德内谢夫的旅客，表达了婚姻并不需要爱情的观点，认为婚姻的基础是肉欲，肉欲之外无爱情，为了爱情的婚姻不过是一场骗局，大家都为他的这番怪论感到好奇。之后波兹德内谢夫开始以自己的亲身经历，来论证爱情婚姻的悲剧性。波兹德内谢夫出身于富有的地主家庭，曾上过大学，并且从16岁起就过着寻花问柳的淫乱生活。在30岁的年纪上结了婚，迎娶了一位贵族小姐，很快就后悔了，觉得自己落入了女人的圈套。“我当未婚夫的时间并不长。现在，每当我想起我当未婚夫的那段时期，就不能不感到害臊！多么可憎可厌啊！要知道，爱情的真谛在于精神，而不在于肉欲。好吧，如果爱情是精神上的，是一种精神上的交往，那么这种精神上的交往就应当表现在言语、谈话和交谈之中。可是我们却完全不是这么回事。每当我们单独相处的时候，谈话真是困难极了，这简直像是西绪福斯的劳役。挖空心思在想说什么，可是把话说出来，又得相对无言，搜索枯肠，简直无话可说。关于我们未来的生活，关于我们的安排、计划，可以说的一切都已经说完了，那么还说什么呢？要知道，如果我们俩是动物，那我们就会知道，我们根本无须说话；可眼下却正好相反，必须说话，而又无话可说，因为我们感兴趣的东西，并不是用言语可以解决的。”① 夫妻之间不和睦，时常吵架，彼此怨恨。“我俩第一次争吵留下的印象是可怕的。我把这称之为争吵，其实这不是争吵，这乃是实际上存在于我俩之间的那个深渊的一次大暴露。……这不过是由于肉欲的暂时中止而暴露出来的，存在于我俩之间的真实关系罢了。”② 不过彼此肉欲的需要使我们暂时还分不开。“我们是

---

① ［俄］列夫·托尔斯泰：《列夫·托尔斯泰文集》第4卷，臧仲伦、刘辽逸译，北京：人民文学出版社，2000年，第145页。

② ［俄］列夫·托尔斯泰：《列夫·托尔斯泰文集》第4卷，臧仲伦、刘辽逸译，北京：人民文学出版社，2000年，第151－152页。

拴在一根锁链上的两个彼此仇视的囚犯，我们互相毒化仇视对方的生活，而又极力对此视而不见。那时我还不知道，百分之九十九的家庭都像我一样过着精神上极端痛苦的生活，而且也不可能是另外一种样子。”① 后来妻子陆续给他生下了五个孩子。妻子实行避孕后重新寻求私人生活。波兹德内谢夫以为妻子要去引诱别的男子。看来时机终于来临了，妻子开始学弹奏钢琴，请来了音乐家特鲁哈切夫斯基。波兹德内谢夫非常嫉妒妻子的行为，但为了显示大度，他故意让他们生活在一起。在一次公差外出时，波兹德内谢夫的猜疑心越来越重，甚至到了寝食不安的地步，便连夜赶回家去“捉奸”。一进门波兹德内谢夫便发现妻子和音乐家正坐在一起，他便以为自己的猜疑得到证实，就一怒之下把妻子杀死。本想认罪伏法，结果法庭认为他是维护名誉，因而将他无罪释放。现在他虽然对自己的行为有所忏悔，但仍觉得妻子有罪，直到看到一个活生生的生命成了一具冷冰冰的尸体时，才认识到他不该杀死一个和他有平等生命的人，并且其过错仅仅在自己的猜测中。

读罢该作，我为其一直被看作名篇经典表示怀疑，这样的爱情悲剧故事显然和《安娜·卡列尼娜》在艺术性上相差甚远，简直不可以道里计。在《安娜·卡列尼娜》中作者对爱情虽然是悲剧性的，但肯定爱情、主张婚姻自由一直是《安娜·卡列尼娜》的主旋律，是正能量。托尔斯泰站在大地立场，充分赞美和高扬人的生命力，而从那之后到如今，作者竟把爱情这种富有精神性的东西完全等同于动物性的情欲。据传记作者汪家明在《灵魂苦旅：列夫·托尔斯泰》中记载的：“许多人在看了小说后写信给托尔斯泰，问他这个故事的意义是什么。为此，他又煞费苦心地写了一篇《后记》，从理论上再一次阐述小说中表达出的思想，所以这两篇成了对照篇。其实，托尔斯泰想表达的思想很简单，很明确：应当禁欲，性欲是社会灾难的原因之一。把发泄肉欲当作一种享受，甚至歌颂为诗歌的东西，这一观点是完全荒谬的。按托尔斯泰的分析，很显然，人类之所以有性欲本能，完全是传宗接代的需要，是人类在生物界的竞争中产生的必然要求，所以，性欲只有在为了生育的目的时才是正当的，反之，凡是与生育目的无关的任何性交都是不道德的、可怕的。所以，

① ［俄］列夫·托尔斯泰：《列夫·托尔斯泰文集》第4卷，臧仲伦、刘辽逸译，北京：人民文学出版社，2000年，第169页。

他坚决反对任何形式的节育措施。”① 这一近乎荒谬的理论的论者很难想象是曾写出过美丽女性娜塔莎和安娜的大作家，这是作者从大地崇拜退出后大踏步地走向了道德的结果。可见价值观的转变对作家创作观和审美观的影响有多么巨大，因此，《克莱采奏鸣曲》不但艺术水平是在下降的，而且其表现出来的思想观念也是有问题的。该作的出版也的确招致了“暴风雨般的一片愤怒”，研究家斯捷普尼亚克认为：“托尔斯泰仍然跨出一步，使他的无数的友人和崇拜者在开始的时候大为震惊。我指的是《克莱采奏鸣曲》。把它看成文艺作品是毫无意义的。这是对话体的布道，因此，也应该从这个角度去领会它。我没有时间，而且我承认，我也不想去探讨它那数不胜数的缺点和寥寥无几的艺术美。我愿把它作为道德论著来谈论。”② 我想这个“仍跨出一步”就是作者由大地崇拜立场向道德立场转变了，并且这个转变在艺术创作上带来了失败。

该作取名为《克莱采奏鸣曲》也表现出作者的观念变化。《克莱采奏鸣曲》是贝多芬著名的浪漫主义音乐，是对人情感的充分肯定，是对人的主体性的高扬。贝多芬的音乐就像当时德国哲学上出现了康德、黑格尔的主体性哲学，文学上出现了歌德的感伤主义作品《少年维特之烦恼》和赞美浮士德精神的《浮士德》一样，都是赞美人性解放的，都是对封建社会压抑人性加以控诉的，而如今托尔斯泰选择该曲命名，显然是从反对情欲泛滥的角度来看待的。可见，正是由于作者离开了大地转向了道德，才使得这部作品在艺术上也陷于平庸。该作没有塑造出个性鲜明的人物，女主人公甚至连名字也没有，人物内心没有内在冲突，全篇看下来如同是在讲述一个道德劝喻故事，这就大大降低了作品的艺术性。

那么接下来的也是“非常著名”的《舞会之后》又会是怎样的呢？

第三节 《舞会之后》中的创作表现

托尔斯泰在对人的自然情欲进行批判之后，又把批判的矛头指向了社会环境，开始批判贵族阶层。在这之前，在作者看来，贵族社会还存在着精华，如

---

① 汪家明:《灵魂苦旅:列夫 · 托尔斯泰》,西安:太白文艺出版社,1998 年,第 135 页。

② 倪蕊琴编选:《俄国作家评论家论列夫 · 托尔斯泰》,北京:中国社会科学出版社,1982 年,第 169 页。

皮埃尔、安德烈、尼古拉、列文等，这些乡村出身的贵族或者是受乡村影响的贵族都是作者关注的对象，他们是贵族阶级的精华，是俄国发展的未来，但由于作者对土地失去了兴趣，也必然对宗法制生活失去了兴趣，而贵族恰恰是宗法文明的代表，那么如今所有的贵族似乎都变成腐化堕落的了。1803 年完成的中篇小说《舞会之后》，似乎说明了这一点。

该作塑造了一个叫伊万的年轻贵族，他向大家讲述了一件改变他人生观的事，这件事发生在四十年代的俄国。那时作为大学生的伊万热恋着一个贵族小姐瓦莲卡。瓦莲卡年龄仅有十八岁，她长得非常美："简直能叫人入迷：修长、苗条、优雅、端庄——正是端庄。她总是把身子挺得笔直，仿佛非这样不可似的，同时又微微仰起她的头，这配上她的娇媚的容貌和修长的身材——虽然她并不丰满，甚至可以说是清瘦——就是她显出一种威仪万千的气概，要不是她的嘴边、她的迷人的明亮的眼睛里，以及她那可爱的年轻的全身有那一抹亲切的、永远愉快的微笑，人家便不敢接近她了。"① 在一次贵族长家举办的舞会上，伊万与瓦莲卡尽情享受着跳舞的快乐，并寻机表达倾慕之情。舞会上瓦莲卡的父亲彼得上校仪表堂堂，作品中写道："瓦莲卡的父亲是一个气宇不凡的老人，长得端庄、魁梧，神采奕奕。他脸色红润，留着两撇雪白的、尼古拉一世式的尖端鬈曲的唇髭和同样雪白的、跟唇髭连成一片的络腮胡子，两鬓的头发向前梳着，他那明亮的眼睛里和嘴唇上，也像他女儿一样露出亲切快乐的微笑。他生就一副堂堂的仪表，宽阔的胸脯照军人的派头挺着，胸前挂了不多的几枚勋章，此外他还有一副健壮的肩膀和两条匀称的双腿。他是一位具有尼古拉一世风采的宿将型的军事长官。"② 瓦莲卡有这样富有教养和气质高雅的父亲，这更增加了伊万对瓦莲卡的爱了。

当天晚上，伊万被爱情的幸福搅扰得彻夜未眠，一清早就出来散步，可也正是这个时候，不堪入目的一幕发生了，眼前彼得上校正在指挥士兵对逃兵施行酷刑，这就是军队惯用的令人恐惧的"夹鞭刑"。所谓"夹鞭刑"是俄国军队中对违抗军令或顶撞军官的士兵所施行的一种残酷刑罚。具体来说"夹鞭

① [俄]列夫·托尔斯泰:《列夫·托尔斯泰文集》第 4 卷,臧仲伦、刘辽逸译,北京:人民文学出版社,2000 年,第 381 页。

② [俄]列夫·托尔斯泰:《列夫·托尔斯泰文集》第 4 卷,臧仲伦、刘辽逸译,北京:人民文学出版社,2000 年,第 385 页。

刑”往往由二百左右的人来负责执行。在执行之前，执行军官发给每一个士兵一根棍子，执行鞭刑。宣读完判词后，让受刑者赤裸着上身，穿过二百人面对站立所形成的“走廊”。受刑者嘴里咬着一个铅块，以免因为疼痛把舌头咬掉，几个军官在队列外边与受刑者并行，并监督行刑者。如果期间哪个士兵鞭打得不够卖力，他自己也要受到夹鞭刑。鞭子会把受刑者的后背打得皮开肉绽，受刑者的皮肤会粘在棍子上被撕下，非常惨烈。此时，受刑场上战鼓齐擂，受刑者的哀嚎声被掩盖住，以免引起行刑者的恐惧。多数人在执行完夹鞭刑后就一命呜呼了，侥幸活下来的也会落得终生残废。

伊万早晨看到的就是这种行刑的场景。他看到：

> 受刑人每挨一棍子，就好像吃了一惊似的，把他的痛苦得皱了起来的脸转向棍子落下的一边，露出一口雪白的牙齿，重复着同样的两句话。直到他离我很近的时候，我才听清这两句话。他不是说话而是呜咽道：“弟兄们，发发慈悲吧。弟兄们，发发慈悲吧。”但是弟兄们不发慈悲，当着一行人走到我紧跟前时，我看见站在我对面的士兵坚决地向前跨了一步，呼呼地挥动着棍子，使劲朝鞑靼人背上劈啪一声打下去。鞑靼人往前扑去，可是军士们拽住了他，接着同样的一棍子又从另一边落在他的身上，又是这边一下，那边一下。上校在旁边走着，一会儿瞧瞧自己脚下，一会儿瞧瞧受刑人，他吸进一口气，鼓起腮帮，然后撅着嘴唇，慢慢地吐出来。看着一行人经过我站立的地方的时候，我向夹在两行士兵中间的受刑人的背脊扫了一眼。这是一个斑斑驳驳的、湿淋淋的、紫红色的、奇形怪状的东西，我简直不相信这是人的躯体。[①]

逃兵被打得血肉模糊，叫声凄惨，可彼得上校仍无动于衷，面无表情。上校除了监督行刑外，还向一个打人不得力的士兵扇耳光。看到此，伊万“感到一种近似恶心的、几乎生理上的痛苦，我好几次停下脚步，觉得马上就要把这幅景象在我内心引起得痛苦呕吐出来了。我不记得是怎样到家和躺下的。可

---

① ［俄］列夫·托尔斯泰：《列夫·托尔斯泰文集》第4卷，臧仲伦、刘辽逸译，北京：人民文学出版社，2000年，第389－390页。

是我刚刚入睡，就又听见和看到那一切，我索性一骨碌爬起来”①。伊万为这件事受到极大的刺激，看到高雅背后的虚伪，文明背后的野蛮，从此在思想观念上产生了激变，影响了其未来生活的重新选择，即与虚伪的上流社会告别。至于那位美女瓦莲卡，肯定也在告别之列了。

因为昨天晚上舞会上的上校还是一个文雅的军官，并且过着一种人人羡慕的文明生活，而仅仅过了一夜，就变成了残暴者。这位残暴者似乎打起人来也不失风度，直到冷酷地把人打成“一个斑斑驳驳的、湿淋淋的、紫红色的、奇形怪状的东西”，可见其是多么残酷了。

论者在想，面对这样的野蛮事件的发生，每个人都会表示愤怒，但是愤怒并不是艺术。首先我们看上校的两重生活是在两重环境里发生的，即舞会与兵营里。人在不同的环境里应该有不同的表现，上校的行为很难说是一种虚伪，我们只能说他是一个缺乏人性或头脑僵化的军官。其次，就算上校是虚伪的，很难说他的女儿瓦莲卡也是虚伪的，由此而单方面终止恋爱，这是否合适？是否有可能对女性的情感造成伤害？这都是未知数。因此，作品为了达到对贵族阶级的否定，似乎在写作上已经变得没有多少耐心了。

《舞会之后》这部作品不长，接近短篇，更准确讲应该是特写。可是以小见大，已经可以看出这是托尔斯泰在信仰危机中转向道德的又一证明。托尔斯泰远离大地的代价是他作品艺术水准的下降，该作品的人物都很单薄，主人公的转变看似有道理，实则有很大的盲目性、武断性，托尔斯泰在借助作品传达一种观念，至于艺术性问题，他已经顾不上了。

总之，从以上《伊万·伊利奇之死》《克莱采奏鸣曲》和《舞会之后》三部作品我们可以看出，作者由对大地的信仰转向对道德的信仰，分别通过心理的道德化、爱情的道德化和社会问题解决的道德化，达到最终实现道德信仰的目的。除了《伊万·伊利奇之死》存在着较为深刻的心理描写和自然主义的研究（身体强壮的青年农民），因而该作品艺术水平较高之外，《克莱采奏鸣曲》和《舞会之后》由于作者放弃了大地情怀，其艺术性并不像有些学者估计得那样高。

---

① ［俄］列夫·托尔斯泰：《列夫·托尔斯泰文集》第4卷，臧仲伦、刘辽逸译，北京：人民文学出版社，2000年，第390页。

也许托尔斯泰已经估计到了信仰转变所带来艺术性危机的问题，因而到了九十年代，便决定再一次地花费大力气，运用十年的时间，创作出一部有别于《战争与和平》和《安娜·卡列尼娜》的新经典巨作（此时托尔斯泰已经开始对这两部作品不满了，大有觉今是而昨非之感，并开始在有些地方否定它们了），这便是《复活》的诞生。

第四章

大地崇拜情结的消解和危机的总爆发

也许是为了重铸昔日的辉煌，也许是试图扭转近年创作的几部中短篇小说所引起的不良反应，因此，托尔斯泰决定再写一部大部头的作品，来证明自己的思想表达和艺术选择的正确性，于是托尔斯泰用了十年的艰辛劳动，创作出了长篇小说《复活》（1889－1899），但是托尔斯泰真的能够达到他所希望的目的吗？

不过很明显的是，《战争与和平》中的尼古拉由于出色的农业管理而扭亏为赢，《安娜·卡列尼娜》中的列文则对农业经营出现了入不敷出、疲于应付的局面，那么到了《复活》则农业陷入了毫无掩饰的近乎破产的境地。《复活》的主人公聂赫留朵夫已经对土地绝望了，昔日热爱的土地如今给人带来的只是可怕的赤贫，为了“推卸”责任，他不得不把土地低价租给农民，或无偿地分给农民，自己则离开土地，离开具体的农业事物，专门从事一种精神上的拯救工作。不管离开土地的理由是多么冠冕堂皇，但作者借助主人公表达他对大地的不再崇拜情状，则是事实。主人公聂赫留朵夫离开大地，也即作者托尔斯泰离开大地，这将导致四种结果：一是大地由生命张扬之源和审美表达之源，转向了道德批评之源，即土地的贫瘠、乡村的凋敝和农民的贫穷等成了对“文明的上流社会”所进行质询与批判的依据。二是在审美评判转向道德评判的情况下，对人物性格的塑造也存在着道德化和对情节设置的功利化倾向。三是信仰的危机与转移。由于作者世界观、价值观的转变，托尔斯泰进一步把基督教的信仰进行了道德化和实用化的处理，形成了“托尔斯泰主义”，即形成有自己特色的“道德宗教”或“宗教道德”。四是作者不但通过聂赫留朵夫的行为把同情心转向社会底层的劳动者（如工人、劳役犯中品质较高的革命者等），而且也开始注意到了他们美好的个人品质和显示未来开拓生活力量的希冀。

第一节　道德主义开始上升到主导地位

一

标志着托尔斯泰真正从对大地崇拜走向对道德推崇的是其晚年创作的长篇小说《复活》，这是作者写的最后一部长篇巨作。与《战争与和平》和《安娜·卡列尼娜》两部长篇均是在其故乡庄园纳斯亚娜·波良纳所创作的相比，《复活》的创作与完成是在莫斯科的别墅，是离开了故乡大地而创作的，这似乎也有某种象征意味，作者曾经这样表达过对雅斯纳亚·波良纳的深切情感："没有雅斯纳亚·波良纳，我很难想象俄罗斯，也很难想象我和它的关系。没有雅斯纳亚·波良纳，我也许能对我的祖国赖以形成的那些共同规律看得更为清楚，但是我不可能对它爱得这般深切。"① 如今作者要离开这片神奇的庄园和神奇的土地了，要到大都市莫斯科去创作，这似乎已透露出感到乡村不再可爱的信息。从托尔斯泰创作十年才完成的经历来看，该书的创作异常艰难，作品几易其稿，看来离开了大地的托尔斯泰似乎已经失去了文学创作的激情与灵感，道德家的托尔斯泰正在战胜艺术家的托尔斯泰，对道德的信仰正在代替对大地的崇拜。以论者之见，该作的艺术性并不是特别高，最起码要远逊色于前两部长篇。那么作者是如何创作《复活》的呢？所描写的内容又是怎样的呢？

作者首先在《复活》的扉页上抄录了《圣经》中的四句话：

《马太福音》第十八章第二十一节至第二十二节："那时彼得进前来，对耶稣说：主啊，我弟兄得罪我，我当饶恕他几次呢？到七次可以么？耶稣说：我对你说，不是到七次，乃是到七十个七次。"

《马太福音》第七章第三节："为什么看见你弟兄眼中有刺，却不想自己眼中有梁木呢？"

① 转引自陈建华：《人生真谛的不倦探索者：列夫·托尔斯泰传》，重庆：重庆出版社，2007年，第195页。

《约翰福音》第八章第七节："……你们中间谁是没有罪的，谁就可以先拿石头打她。"

《路加福音》第六章第四十节："学生不能高过先生，凡学成了的不过和先生一样。"①

这四句《圣经》中的话实际上表述了四种道德信条：第一句要求做人要有宽恕之心；第二句要求为人应注重反省；第三句讲每个人都是有罪的，不要只责备别人；第四句要求为人要谦恭，耶稣永远是我们的先生。看来托尔斯泰眼中的《圣经》，特别是其中的《福音书》部分，已经类似于孔子的《论语》了，其价值就是用语录的方式，给人们设计出许多的道德标准。

二

我们不可否认，作者在《复活》开头部分就描绘了春天的自然风景，好像还眷顾着自然，凭靠着大地。其自然景象是这样描写的。

尽管好几十万人聚居在一小块地方，竭力把土地糟蹋得面目全非，尽管他们肆意把石头砸进地里，不让花草树木生长，尽管他们除尽刚出土的小草，把煤炭和石油烧得烟雾腾腾，尽管他们滥伐树木，驱逐鸟兽，在城市里，春天毕竟还是春天。阳光和煦，青草又到处生长，不仅在林荫道上，而且在石板缝里。凡是青草没有锄尽的地方，都一片翠绿，生意盎然。桦树、杨树和稠李纷纷抽出芬芳的黏稠嫩叶，菩提树上鼓起一个个胀裂的新芽。寒鸦、麻雀和鸽子感到春天已经来临，都在欢乐地筑巢。就连苍蝇都被阳光照暖，夜墙脚下嘤嘤嗡嗡地骚动。花草树木也好，鸟雀昆虫也好，儿童也好，全都欢欢喜喜，生气蓬勃。唯独人，唯独成年人，却一直在自欺欺人，折磨自己，也折磨别人。他们认为神圣而重要的，不是这春色迷人的早晨，不是上帝为造福众生所创造的人间的美，那种使万物趋向和平、协调、互爱的美；他们认为神圣而重要的，是他们自己发明的统

① ［俄］列夫·托尔斯泰：《复活》，草婴译，上海：上海文艺出版社，2004年，第3页。

治别人的种种手段。①

通过对大自然赞赏性的描写，我们得出这么两点结论：一是大自然是富有生命力的，尽管现代工业社会在压制和摧残自然，但是春天里的自然仍然充满了生机，由此展开了对城市文明和工业文明的批判，它们是造成人性堕落、土地荒芜的罪魁祸首之一。二是春天的大自然受到众人包括孩子们的欢迎，可是成年人却不喜欢大自然，而且还要毁坏它，当然这里的成年人主要是指从事公职的官僚们，特别是司法部门的官僚们，他们每天都干着摧残自然的事情，官僚阶层、司法制度、官方教会等，都是压制人性，摧残人性，使人性走向堕落的罪魁祸首。由此看来，作者在《复活》中对大自然的描绘，已经很少有大地崇拜的迹象了，而更多的是作为批判社会的武器，发挥着道德功能，这是作者由大地崇拜转向道德信仰的明显特征。就作者在创作中"推崇道德"本身并没有可指责的，但是走向"唯道德"或"道德主义"，就离禁欲主义很近了，而与审美主义则渐行渐远。

自然逐渐被道德化了，人的肉体也不再被赞美。在以往的作品中，在托尔斯泰笔下，无论是皮埃尔的庞大、列文的宽肩、安娜的丰腴等，他们的身体或者肉体都是被赞美的，男的健壮，女的丰腴，成了托尔斯泰塑造人物的特点，因为美好的体型、充满旺盛生命力的身体，蕴藏着美好的品质，而身体枯瘦，苍白衰弱，则是病态的，由此带来的灵魂也是不健康的，但是如今男女主人公的身体（body）也被道德化了，我们看一看作者是如何描写玛丝洛娃和聂赫留朵夫的。

按照顺序，玛丝洛娃先登场，她作为一个被关押的嫌犯出现在读者面前，尽管作者仍然流连于人物的身体描写，但给人的感觉却有了变化。

过了两分钟光景，一个个儿不高、胸部丰满的年轻女人，身穿白衣白裙，外面套着一件灰色囚袍，大踏步走出牢房，敏捷地转过身子，在看守长旁边站住。这个女人脚穿麻布袜，外套囚犯穿的棉鞋，头上扎着一块白头巾，显然有意让几绺乌黑的鬈发从头巾里露出来。她的脸色异常苍白，

① ［俄］列夫·托尔斯泰：《复活》，草婴译，上海：上海文艺出版社，2004年，第3－6页。

仿佛储存在地窖里的土豆的新芽。那是长期坐牢的人的通病。她那双短而阔的手和从囚袍宽大领口里露出来的丰满脖子，也是那样苍白。她那双眼睛，在苍白无光的脸庞衬托下，显得格外乌黑发亮，虽然有点浮肿，但十分灵活。其中一只眼睛稍微有点斜视。她挺直身子站着，丰满的胸部高高地隆起。她来到走廊里，微微仰起头，盯住看守长的眼睛，显出一副唯命是从的样子。……玛丝洛娃也微微一笑，向牢门上装有铁栅的小窗洞转过脸去。①

此时玛丝洛娃有一种病态的身体，我们不可否认这里有监狱的关押造成的，但更多的应该是玛丝洛娃身上有一个不健康的灵魂所造成的，特别是"丰满的胸部高高地隆起"，这已经不是一种丰腴了，而是一种欲望了，与生命力无关，在这里肉体生命被道德所遮蔽了。

再看看作者笔下的聂赫留朵夫的身体描写，也发生了这种转变。

他想起昨晚的事，叹了一口气，丢掉手里的烟蒂，想从银烟盒里再取出一支烟，可是忽然改变主意，从床上挂下两条光溜溜的白腿，用脚找到拖鞋。他拿起一件绸晨衣往胖胖的肩膀上一披，迈着沉重的步子，急速走到卧室旁的盥洗室里。盥洗室里充满甘香酒剂、花露水、发蜡和香水的香味。他在那里用特等牙粉刷他那口补过多处的牙齿，用香喷喷的漱口药水漱口。然后上上下下擦洗身子，再用几块不同的毛巾擦干。他拿香皂洗手，用刷子仔细刷净长指甲，在巨大的大理石洗脸盆里洗了脸和肥胖的脖子，然后走到卧室旁的第三间屋里，那里已为他准备好了淋浴。他用凉水冲洗丰满白净、肌肉累累的身子，拿软毛巾擦干，穿上熨得笔挺的洁净衬衫和擦得像镜子一样光亮的皮鞋，坐到梳妆台前，用两把刷子梳理他那鬈曲的黑胡子和头顶前面已变得稀疏的鬈发。

托尔斯泰仍然专注于描写肉体，可是这是怎样的肉体啊！"两条光溜溜的白腿""胖胖的肩膀""丰满白净、肌肉累累的身子""头顶前面已变得稀疏的

① ［俄］列夫·托尔斯泰：《复活》，草婴译，上海：上海文艺出版社，2004年，第7页。

鬈发”等字眼，让人看到这是一个病态无力和未老先衰的身体，这里固然有表现人物长期过着酒色财气甚至放荡无忌生活的原因，但更多的是作者对肉体已经不感兴趣了，如果仔细翻看一下玛丝洛娃和聂赫留朵夫恋爱时期的描写，也很少涉及肉体，再也没有像《安娜·卡列尼娜》中对安娜和弗龙斯基身体之美的精彩描写了，特别是对安娜，作者对其肖像描写竟有四五次之多，无论弗龙斯基、基蒂、列文、杜丽等，他们看到安娜，首先发现的便是身体，以及身体所彰显出来的旺盛的生命力。

那么在玛丝洛娃堕落之前的少女时代其形象是如何的呢？在聂赫留朵夫的回忆中是这样的。

> 如今他每次会想到卡秋莎，这个夜晚的情景总是盖过了他看见她的其余各种情景。那个头发乌黑光滑的小脑袋，那件束住她处女的苗条身材和不高胸部的有皱褶的雪白连衣裙，那个泛起红晕的脸蛋，那双由于未眠而略带斜睨的乌黑发亮的眼睛，再有她全身焕发出来的特点：那纯洁无瑕的少女的爱……①

这样的少女之美就以“纯洁无瑕”的名义被道德过滤了，读者已看不到玛丝洛娃那来自底层的受繁文缛节羁绊的原始生命力了。为什么娜塔莎可以“婚变”，为什么安娜可以“堕落”，而到了玛丝洛娃非得纯洁无瑕不可，并且一旦堕落就得被人苦苦拯救呢？托尔斯泰离开了大地，也就离开了对生命力的膜拜，也就必然把道德置于无以复加的高度。事实也是如此，要不本书的扉页要以《福音书》上四句道德箴言作为“题辞”呢？

三

那么《复活》的内容又是怎样的呢？它讲述了一个贵族青年先犯罪后忏悔的故事。贵族青年聂赫留朵夫在其姑母的庄园里度假时，爱上了姑母家年轻美丽的养女卡秋莎·玛丝洛娃。玛丝洛娃虽然受到了一定的贵族教育，但是由于生母是一名农奴，父亲是流浪的吉普赛人，所以她过着半养女半女仆的生

① ［俄］列夫·托尔斯泰：《复活》，草婴译，上海：上海文艺出版社，2004 年，第 82 页。

活。聂赫留朵夫在一次奔赴前线的晚上，在暴风雨之夜，诱奸了玛丝洛娃，那天恰恰是复活节的第二天，这是人性与神性堕落的标志。由于玛丝洛娃怀孕和聂赫留朵夫杳无音信，这个天真的姑娘被主人当作放荡的女人赶出庄园，从此陷入绝境。她在屡遭折磨和凌辱后，沦落风尘，过上了卖笑的生活。这种耻辱的生活过到第七个年头时，由于一件莫名的凶杀案，玛丝洛娃被诬告为谋财害命，锒铛入狱。在一次例行的法庭审判会上，作为陪审员之一的聂赫留朵夫忽然发现受审的嫌犯竟然是十年前被他奸污过的玛丝洛娃。没想到由于自己一时的放纵竟导致一个人犯罪，聂赫留朵夫感到格外震惊。当认识到自己正是造成玛丝洛娃苦难的罪魁祸首时，聂赫留朵夫感到无地自容，决心赎罪，去“挽救”玛丝洛娃，同时也是“挽救”自己。他请求与之结婚，但遭到拒绝。为了给玛丝洛娃申诉翻案，他去了京城彼得堡，四处奔走，求助于贵族以及各级官僚，没有取得成功，但聂赫留朵夫在这期间看到了司法的腐败和官僚的冷漠。玛丝洛娃被判流放西伯利亚数年，他决定陪伴她去流放地。为了做好善后工作，聂赫留朵夫又到了乡村庄园，看到了农村经济日益凋敝，到处是饥饿的农民。所有上述经历，都使得聂赫留朵夫不得不重新看待自己所处的那个阶级，并决定与之决裂，放弃贵族地位，做一个普通的平民。聂赫留朵夫的真诚感化了玛丝洛娃，她逐渐地抛弃了恶习，精神上获得了新生，宽恕了聂赫留朵夫，并重新爱上了他。但是玛丝洛娃不愿意因为自己的身份影响聂赫留朵夫未来的前程，她选择了与政治犯西蒙松结婚。聂赫留朵夫也在《福音书》中寻找到了人生教义，决定遵从并传播上帝的福音，深刻地反省，不断地赎罪，最终在精神上得到复活。

不管怎么说，光看这个故事就让论者想起两点：第一点觉得《复活》不过是半部的《安娜·卡列尼娜》再继续，只是主人公里已没有了安娜，而只有列文。如今的列文已经变成聂赫留朵夫，他也就不再苦苦挣扎于如何进行农事改革了，而是直接把土地无偿地分给农民，这实际上是变相地抛弃了土地，因为拥有土地不再是拥有力量的源泉，而是一种罪感（也可以看作是农事改革失败的托词），这样托尔斯泰由昔日对大地的诗化，走向了如今的道德化，由此也就告别大地，至此信仰危机已经不存在。不过这里的道德是《圣经》中的福音教导。第二点让人感到这是一个比《克莱采奏鸣曲》更为详尽的道德劝喻故事，是一部教育小说，作者试图通过该小说来讲述一种“新宗教”——一种道德体系。托尔斯泰曾在1901年5月11日的日记中写道：“我在探寻世上的恶的原因这方面思考得越来越深入。起初我认为世上有恶是因为有恶人存在，后来认为是恶劣的社会制度造成的，再往后认为是支持这恶劣制度的暴力造成的，再往后觉得是暴力的受害者（军队）参与施行暴力的结果，再往后我想是因为这些人没有宗教思想，最后我确信，一切应归于宗教教育。因此，为了纠正恶，必须做的不是换人，不是改变制度，不是阻止暴力，不是劝人别参与施行暴力，甚至也不是批驳宗教，陈述真正的宗教，而只是用真正的宗教去教育孩子们。”[①] 这里所说的“真正的宗教”就是“托尔斯泰主义”，其内容为：道德上自我完善，勿以暴力抗恶，“宽恕”，“爱”。其实“托尔斯泰主义”的内容并没有什么新鲜的东西，只不过是以基督教的福音书为基础，吸收了佛陀的忍让思想、老子的无为思想、卢梭的民粹主义思想等所形成的道德体系，它是宗法道德为适应时代发展而出现的新面目，因此可以称之为“道德宗教”或“宗教道德”。

托尔斯泰之所以要创立“新宗教”，是因为他看到了东正教仪式的迷信和宣教内容的虚伪，这在作品中从他对教会为罪犯们所进行的祷告活动中可以看出。

> 在场的人，从司祭、典狱长到玛丝洛娃，谁都没有想到，司祭声嘶力竭地反复叨念和用种种古怪字眼颂扬的耶稣本人，恰好禁止这里所做的一切事情。他不仅禁止这种毫无意义的饶舌和以师尊自居的司祭使用面包和酒所作的亵渎法术，而且斩钉截铁地禁止一些人把另一些人称为师尊，禁止在教堂里祷告，并嘱咐各人单独祷告。他甚至禁止人们修建教堂，说要毁坏教堂，还说人们不应该在教堂里祈祷，而应该在心里和真理中祈祷。主要是他不但禁止对人进行审判、监禁、折磨、侮辱和惩罚，像这里所做的那样，而且禁止对人使用任何暴力，并说他是来释放一切囚犯，使他们获得自由的。……他相信的并非面包会变成身体，说许多空话会有益于灵魂，或者他真的吃了上帝身上的一块肉。这类事是不足信的，他相信的只

---

① ［俄］列夫·托尔斯泰：《列夫·托尔斯泰文集》第17卷，陈馥、郑揆等译，北京：人民文学出版社，2000年，第255－256页。

是非有这样的信仰不可。①

这里托尔斯泰对官方教会进行了强烈的批判，并指出官方教会所宣扬的内容是虚伪的，是违背基督精神的，他们这样做不过是维护沙皇等官僚阶级的利益。也许正是由于托尔斯泰的批判过于犀利，他在1901年被开除教籍。

应该说托尔斯泰对官方教会的批判带有一定的合理性，因为东正教一直在沙皇的专制控制之下，缺乏独立的品格，并常常沦为沙皇专制的辩护者和拥护者，宗教思想保守，宗教观念滞后，因此，应该加以宗教改革也是很自然的事情，托尔斯泰提出上帝就是爱，上帝在每个人心中，具有一定的改革性和为时代发展需要的宗教世俗化主张，但是作者取消教会、教堂，把圣餐仪式、圣母处女怀孕等视作迷信的做法，就有点忽视了宗教本身的特性。还有把基督教仅仅看作是爱，看作是善行和宽容，把庞大的圣经体系仅仅简约为《福音书》中的几条，这种把宗教信仰完全道德化、世俗化的做法，并不十分恰当。这不但忽视了东正教在俄国历史上长期的精神作用，而且把宗教信仰简单地等同于道德教化，这就混淆了两者各自在神圣的世界和世俗的世界发挥着不同功能的做法。

尽管如此，我们还是看一看托尔斯泰借助主人公聂赫留朵夫，是怎样在《复活》的结尾处对此充分地表达的。

聂赫留朵夫希望在这同一本福音书里找到能证实这种思想的文字，就把它从头读起。他读着一向使他感动的《登山训众》，今天才第一次看出这段训诫并非抽象的美好思想，提出的大部分要求也并不过分和难以实现，而是些简单明了切实可行的戒律。一旦实行这些戒律（而这是完全办得到的），人类社会就能确立崭新的秩序，到那时不仅使聂赫留朵夫极其愤慨的种种暴行都会自然消灭，而且人类至高无上的幸福——在地上建立天国——也能实现。

那些戒律总共有五条。

第一条戒律（《马太福音》第五章第二十一节到第二十六节）就是人

① ［俄］列夫·托尔斯泰：《复活》，草婴译，上海：上海文艺出版社，2004年，第190－191页。

不仅不可杀人，而且不可对弟兄动怒，不可轻视别人，骂人家是“拉加”。倘若同人家发生争吵，就应该在向上帝奉献礼物以前，也就是祷告以前同他和好。

第二条戒律（《马太福音》第五章第二十七节到第三十二节）就是人不仅不可奸淫，而且不可贪恋女色。一旦同一个妇女结成夫妇，就要对她永不变心。

第三条……①

从这天晚上起，聂赫留朵夫开始了一种崭新的生活，不仅因为他进入了一个新的生活环境，还因为从这时起他所遭遇的一切，对他来说都具有一种跟以前截然不同的意义。至于他生活中的这个新阶段将怎样结束，将来自会明白。②

从这里我们可以看出，托尔斯泰由作家变成了传教者和道德理想主义者，接下来也就会成为一个禁欲主义者，至于文学的艺术性问题、审美问题，不再是他所思考的重点了。

第二节　托尔斯泰的新宗教思想及其局限性

托尔斯泰的这一思想转变也影响到了他的创作观，并形成了自己的人性观。托尔斯泰把丰富多彩和复杂多样的人性仅仅归为两类：精神的人和兽性的人。精神的人是正常的健康的人，是人应该具有的常态；而兽性的人是人性暂时的失落，需要得到及时的拯救。这一点在《复活》中就有明确而详尽的论述。

聂赫留朵夫也像所有的人那样，身上同时存在着两个人。一个是精神的人，他所追求的是那种对人对己统一的幸福；一个是兽性的人，他一味追求个人幸福，并且为了个人幸福不惜牺牲全人类的幸福。在目前这个时

① ［俄］列夫·托尔斯泰:《复活》,草婴译,上海:上海文艺出版社,2004年,第590－592页。
② ［俄］列夫·托尔斯泰:《复活》,草婴译,上海:上海文艺出版社,2004年,第592页。

> 期，彼得堡生活和部队生活唤起的利己主义在他身上恶性发作，兽性的人在他身上占了上风，把精神的人完全压倒了。不过，他看见了卡秋莎，旧情复发，精神的人又抬头了，并且重新支配着他的行动。在复活节前的这两天里，聂赫留朵夫身上一刻不停地展开着连他自己都不清楚的内心斗争。①
>
> 每一个人都具有各种人性的胚胎，有时表现这一种人性，有时表现那一种人性。他常常变得面目全非，但其实还是他本人。有些人身上的变化特别厉害。聂赫留朵夫就是这一类人。这种变化，有的出于生理原因，有的出于精神原因。聂赫留朵夫现在就处在这样的变化之中。②

可是这种建立在对人性简单分类的复杂性又能复杂到哪里去呢？人性是一片广阔的海洋，在这片海洋里既有风平浪静又有惊涛巨浪，还有深水处的暗流涌动，这正如雨果所说的，比海洋宽广的是天空，比天空还要宽广的是人的内心世界。人性是多元的，不会仅仅局限于一元；人性是动态的，不会只是停留在一处；人性是多维的，不会仅仅限于道德一维，即使在道德一维上的善恶两极之间，还有一个广阔的地带。可见托尔斯泰抛弃了诗性的大地情结，其想象力和思维能力均受到极大的局限，就是对待“恶”的态度上，也失去了昔日的宽容精神和辨证态度。

可以说从《复活》开始，托尔斯泰一改过去对人性复杂性的认识，对人的心理变化多端的描写，对历史宿命的叹息，而变成一个过分夸大伦理理性作用的人，特别是对道德人格问题、天然良知的存在问题，深信不疑。此时的托尔斯泰告别了叔本华，拒绝了尼采，向卢梭急速冲去。他把人性简单地分为“神性的人”和“兽性的人”，同时又肯定前者，否定后者。为了说明前者最终能够战胜后者，他设定了两个人物，一对青年男女：贵族聂赫留朵夫和平民玛丝洛娃，前者首先堕落，后者也随之堕落；而后者的不幸又唤起了前者的良知，最后经过贵族聂赫留朵夫对平民玛丝洛娃的帮助，两个人的精神重新得到了升华，不但恢复了良知，而且恢复了神性，皈依了上帝。看到此，不免会让

---

① ［俄］列夫·托尔斯泰：《复活》，草婴译，上海：上海文艺出版社，2004年，第69－70页。

② ［俄］列夫·托尔斯泰：《复活》，草婴译，上海：上海文艺出版社，2004年，第254－255页。

人产生诸多疑问：首先，人的堕落只是在一刹那间，而人性的复归却如此艰难，与人的易受诱惑相比，理性实际上不更加脆弱吗？其次，人的动物性就一定得被否定吗？难道它不是人本质的一部分吗？恩格斯说：“人来源于动物界这一事实已经决定人永远不能摆脱兽性，所以问题只能在于摆脱的多些或少些，在于兽性或人性程度上的差异。”① 可见只要人存在，人的所谓“兽性”也必然存在，因为人毕竟是大自然的一部分，没有了自然性，人也就不复存在了。人类的文明史固然是对自然的驯化史，但同时不也正是自然的解放史和自然欲望的满足史吗？欲望的满足不也是应当的和正当的吗？不也是人性解放的一部分吗？“自然的人化”和“人的自然化”，这不正是一对辩证关系吗？因此，要正视人身上的“兽性”存在，即也要正视人类自身上的“恶”，光看到人身上“恶”的消极方面，也是比较片面的。第三，人的堕落或人身上的恶并非全部来自客观社会，正如陀思妥耶夫斯基在评价《安娜·卡列尼娜》时所说的：“恶隐藏在人性深处，比我们那些社会主义医师们所想象的要深得多；没有一种社会状态能够消除恶；人的思想永远原封不动，反常和罪恶都是从那里出来的；末了，人的心灵的规律，人们还远远不知道，科学还远远不能设想，非常捉摸不定，神秘莫测，因而还没有也不可能有治疗它的医生或做出最后裁决的法官，只有他，那说过‘伸冤在我，我必报应’的上帝。”② 因此，那些一味地谴责社会，把责任全部推给社会的做法，是把人当成蚂蚁一样，人成为屈从于环境的奴隶。第四，人的精神性并非是简单的道德性和社会性，而是人的主体性和个体性。主体性使人区别于动物，个体性使人区别于群体，只有人的主体性和个体性得到充分发展了，人的精神才能得到真正的丰富。第五，至于什么是“恶”的或“堕落”的生活，这仍是个有待商榷的问题，因为每个人的人生观和价值观不同，生活的方式也会千差万别，只要一个人的行为不妨碍别人，不触犯法律（宪法），他为什么一定要过别人为其安排的生活呢？正是通过上述分析，托尔斯泰把《复活》中的人性理性化、道德化的做法，必然造成人物性格的简单化。虽然《复活》中的人物似乎存在着性格变化，但略加分析就可看出其不过是一种道德人格的变化，即人物由不善逐渐转

① 《马克思恩格斯选集》第3卷，北京：人民出版社，1972年，第140页。

② 陈燊编选：《欧美作家论列夫·托尔斯泰》，北京：中国社会科学出版社，1983年，第214页。

变为善，再由小善转变为大善。对人物道德水平的揭示非但不利于人物性格的表现，由于用人的道德行为代替一切，还会掩饰人物复杂的心理世界和性格变化，使人物性格走向类型化。人物性格的简单化、类型化必然会影响到作品的艺术性，这令论者想到陈炎在谈到人的性情复杂性和作品艺术性高低的关系时有这样的论述："需要说明的是，这种关系是复杂的，其感情的内容也是多种多样的；有悲的，有喜的，也有悲喜交加的；有爱的，有恨的，也有爱恨交织的；有美的，有丑的，也有美丑并举的；有阳刚的，有阴柔的，也有刚柔并济的。从共时的角度讲，一部作品艺术价值的高低，在很大程度上取决于其能够引发人们情感的复杂程度；从历时的角度上看，人类越往后发展，其艺术作品所包含的情感便越复杂。"① 当然，感情表现越复杂的作品则无疑是优秀作品，情感已经被理性化和简单化的《复活》，自然达不到这一点。

第三节　《复活》历来受学界重视的原因

既然《复活》的创作在艺术上并不如之前的《战争与和平》和《安娜·卡列尼娜》，那么为什么我国历来的教科书大多把《复活》看作托尔斯泰的代表作呢？看作批判现实主义的高峰而重点讲解呢？分析原因，有这么几点：

首先，从托尔斯泰的全部创作来看，贯穿始终的精神探索似乎在《复活》中有了结果：提出了自己较为完整的思想体系——"托尔斯泰主义"。其次，托尔斯泰在政治立场上发生了彻底转变，决定放弃贵族立场，把自己变成农民，以切身行动，实现贵族的平民化。第三，也是非常重要的一点，那便是政治原因，上述看似冠冕堂皇的理由却掩盖不住历来国内研究家对作品充分肯定的意识形态动机，这主要表现在三个方面：（1）革命导师列宁对托尔斯泰创作艺术的评价，对《复活》地位的突显，形成了较大的影响。尽管列宁在评论托尔斯泰的创作时没有直接点名《复活》，但是从列宁的研究话语中可以看出，《复活》的思想价值最大，其对资本主义制度的否定程度尤为深刻和彻底，不但超过了作家自己已往的作品，而且也超过了同时代俄国以及欧洲其他批判现实主义作家，这当然符合革命导师旨在推翻资本主义社会，建立社会主

① 陈炎：《艺术与技术》，北京：人民出版社，2012年，第9页。

义社会的政治动机。因此，列宁才会大加赞赏托尔斯泰的作品，说它“至少反映出革命的某些本质方面”，“俄国工人阶级研究列夫·托尔斯泰的艺术作品，会更清楚地认识自己的敌人……”① 由此来看，列宁是从政治角度来肯定托尔斯泰的。但是政治毕竟是政治，不是文学。政治是某个阶级或集团利益的诉求，是一种功用的善，不能代表真，更不能代表美，这样的评价很难说是对作品艺术性的肯定。尽管现在俄国的社会环境已经发生了巨大变化，但是意识形态的惯性作用还在支配着某些研究家的思维。（2）与《复活》中塑造了一个平民女性玛丝洛娃作为主人公有关，这似乎反映了作者的民主思想。19 世纪的贵族作家中，很少有把平民当成主人公来描写的，即使从托尔斯泰的小说创作来看，《复活》也是唯一把平民女性作为主人公来写的。在 20 世纪宣扬平民革命、“劳工神圣”的时代，《复活》的人物设置便具有了特殊的时代意义。托尔斯泰的《复活》展现了平民的生活经历、思想成长、情感变化等，这确实体现了在 20 世纪新时代到来时文学创作主题的新变化，部分地满足了新意识形态对文学创作的新需求。（3）为无产阶级文学创作提供了可资借鉴的创作经验。卢那察尔斯基在《托尔斯泰与我们时代》一文中谈道：“今天任何一个作家，无论老的还是新的，都不像托尔斯泰那么被人们广泛阅读；任何一个作家，都没有对我国年轻的无产阶级文学发生那么大的影响。我国很多最大的文学家，恰恰是给我们献出了最珍贵的作品的那些文学家，都公开承认他们是向托尔斯泰学习的。因此，我们不能简单地把托尔斯泰看做是过去的人。”② 卢卡奇在《托尔斯泰与现实主义的发展》一文中，把托尔斯泰创作的意义看作是欧洲 1848 年之后，由传统现实主义向“新的现实主义”的转变，从而解决了欧洲现实主义所面临的危机问题。③ 从托尔斯泰的创作为前苏联乃至世界社会主义文学提供借鉴的角度来看，《复活》的重要性也是不言而喻的。在《复活》的后半部，作者常常让他的聂赫留朵夫离开玛丝洛娃，而对一些劳役犯中的革命者或劳作的工人发生兴趣，似乎在寻找平民化的方向，因

---

① 纪怀民等编著:《马克思主义文艺论著选讲》,北京:中国人民大学出版社,1982 年,第 353 – 382 页。

② 倪蕊琴编选:《俄国作家批评家论列夫·托尔斯泰》,北京:中国社会科学出版社,1982 年,第 314 – 315 页。

③ 陈燊编选:《欧美作家论列夫·托尔斯泰》,北京:中国社会科学出版社,1983 年,第 541 – 635 页。

为平民也存在着身份和职业的差别问题。对于那些革命者，托尔斯泰并不赞成他们的暴力行为，也非常厌恶其中一些品质低下的爱出风头者，但对于如西蒙松等那样品质高尚并富于牺牲精神的政治犯，却表示了肯定，也许他们在行为上符合了作者的宗教思想。同时作者还对工人群体发生了兴趣，在与之交谈中表示了钦佩，并把他们视作“新人”。如聂赫留朵夫在三等车厢中就遇到一些工人，和他们攀谈起来，并忽然发出如下的感慨：“‘是啊，这可是一个截然不同的世界，一个崭新的世界！’聂赫留朵夫瞧着这些筋骨强壮而又干瘦如柴的四肢、粗糙的土布衣服，以及黧黑、疲劳而亲切的脸庞，心里想。同时他觉得周围这些人，过着真正的劳动生活，他们有严肃的兴趣、欢乐和痛苦，他们才是彻头彻尾的新人。”① 特别是作者还描写了受革命影响的名叫马尔凯的工人，他因为领导工人罢工砸烂工厂、打死厂长，而遭流放西伯利亚，在流放中他就表现出独特的品质和个性。“他像一切从小劳动惯的人那样，肌肉发达，不论干什么体力活都能胜任愉快，得心应手。他十分珍惜时间，在监狱里和旅站上始终努力学习。他现在正钻研马克思的著作《资本论》第一卷，小心地把这本书藏在袋子里，当作无价之宝。”② 作者所描写的这个人物，尽管着墨不多，但已令笔者想起后来高尔基《母亲》（1908）中工人出身的革命者巴维尔，这可是前苏联时期无产阶级的典型。因此，如果把作品中有关基督教的内容置换成新意识形态的内容，把作品中的人物全部置换成平民形象或革命者形象，以及作品在主题上所宣扬的革命献身精神、充满罪感的民粹主义情结，对未来大同社会的追求等置换成对某种乌托邦的向往，有谁敢说《复活》不是一部提前诞生的“社会主义现实主义”小说呢？

由此看来，托尔斯泰的《复活》和后来苏联文学的兴起之间，的确存在着亲缘关系。斯蒂芬·茨威格对此有过精辟的论述：“尽管如此，在19世纪没有任何一个俄国革命者像这位反对革命的伯爵那样给列宁和托洛茨基扫平了道路，托尔斯泰是第一个公然反抗沙皇的人，他受到至圣宗教院的迫害，被开除了教籍，他对任何现存的权威都加以猛烈地抨击，却把社会调和作为一种新的更为美好的世界秩序的前提条件。他的著作虽然被禁止，但是手抄本却广泛流

---

① ［俄］列夫·托尔斯泰：《复活》，草婴译，上海：上海文艺出版社，2004年，第481页。

② ［俄］列夫·托尔斯泰：《复活》，草婴译，上海：上海文艺出版社，2004年，第532页。

传，在一段时间内，他提出的废除私有制的思想已经成为一宗公共财富，而当时在社会革命家中最激烈者也还只满足于自由主义的改良和改革。没有一部书，也没有一个像托尔斯泰的激进主义思想那样对俄国的激进行为做出如此大的贡献，没有一个人像托尔斯泰那样去鼓励他的同胞不怕做任何无法无天之事。尽管他内心要竭力反对，应当在红场上为他树立一座纪念碑。像卢梭是法国大革命之父一样；托尔斯泰是俄国革命、世界革命的‘先行者’，是真正的先祖（这全然违反他的意愿，可能与另一个最大的个人主义者卢梭一样）。”[①]《西方的没落》的作者斯宾格勒说得更为直接：“托尔斯泰的基督教是一种误解，他的基督，指的就是马克思。”[②] 因此，正是上述诸方面的因素，使得我们历来对《复活》的关注远远超过了对托尔斯泰其他作品的关注。这样，考虑到《复活》的文学与非文学因素，我们终于弄明白为什么历来研究者会把《复活》当成托尔斯泰创作中最伟大的现实主义代表作来看待了。

第四节 《复活》在思想性和艺术性上的不足

《复活》的艺术性不高，这在当年就招致了一些国内外作家、研究家的责难，契诃夫就认为《复活》“最没趣味的是写到聂赫留朵夫跟卡秋莎的关系的那些地方，最有趣味的是那些公爵、将军、姨妈、农民、犯人、狱中看守”，并且托尔斯泰“写着写着，后来一下子把一切都归结到《福音书》的文字上去，这未免太宗教气了。用《福音书》上的文字解决一切问题，就跟把犯人分成五种一样的专横”[③]。巴赫金认为托尔斯泰的“艺术专制”观念影响到他的小说创作。巴赫金重点分析了托尔斯泰晚年的代表作《复活》，他根据社会思想小说的体裁特征，认为《复活》的布局结构与托尔斯泰前期的小说相比，显得异常简单。[④] 罗曼·罗兰认为《复活》中“缺乏客观真实性的唯一人物却是涅赫朵留夫，这是因为托尔斯泰把自己的思想寄托在他身上。……在第三部

---

① 陈燊编选:《欧美作家论列夫·托尔斯泰》,北京:中国社会科学出版社,1983 年,第 470 页。

② [德]奥斯瓦尔德·斯宾格勒:《西方的没落》,齐世荣等译,北京:商务印书馆,2001 年,第 341 页。

③ 倪蕊琴编选:《俄国作家批评家论列夫·托尔斯泰》,北京:中国社会科学出版社,1982 年,第 245 页。

④ 宋德发、张铁夫:《巴赫金的列夫·托尔斯泰》,载《广东社会科学》2005 年第 1 期。

分严格现实主义的观察中，硬凑上不必要的宣传《福音书》的结论，这是作者个人信仰的表现，并不是从所观察的生活中合乎逻辑地得出的。托尔斯泰把他的宗教观点硬加到他的现实主义描绘中已不是头一遭；但在以前的作品里，这两种因素是较为圆满地融合在一起的”①。英国作家威尔斯也认为《复活》中的人物不好：“必须承认，当审判刚一结束，我就对玛丝洛娃和聂赫留朵夫失去了任何兴趣。我不再相信这两个人是真的，是现实的。……聂赫留朵夫愈来愈像是一个没有肉体的幽灵，他到西伯利亚去作那艰苦的跋涉，并在那里遇到那个古怪的英国人，这人的工作就是访问监狱和散发福音书。由于完全离开生活事实和真实的感情，聂赫留朵夫和托尔斯泰本人似乎合而为一，终于变成一个手持新约全书的没有形体的影子。”② 等等，不一而足。招致这么多研究者批评的状况，在托尔斯泰已往的作品是没有过的。

由此看来，《复活》已不再是纯粹意义上的文学作品，而是一部带有劝谕性的小说，可见离开大地转向道德的保守性，必然带来艺术上的损害，即道德主义战胜了审美主义，也就是我们常说的思想家的托尔斯泰，战胜了艺术家的托尔斯泰，最终落得个思想与艺术的两败俱伤。

比较推崇托尔斯泰创作的俄国作家柯罗连科认为：“政论家、道德家、思想家的托尔斯泰，对于艺术家托尔斯泰来说，往往不是十分有成效的。其实，如果他的艺术家的地位没有提高到全世界文明的高度，世人未必会那么留心地倾听这个思想家的话。况且，思想家托尔斯泰是全部包含在艺术家托尔斯泰之中的。这里存在着他的一切重大的优点和同样重大的缺点。”③ 普列汉诺夫对于托尔斯泰提出了较为犀利的批评：“俄罗斯伟大的作家只是作为艺术家才是伟大的，绝不是作为一个教派信徒。他的教义并不证明他的伟大，而是证明他的软弱，也就是证明他的社会观点的极端狭隘。我们越是爱戴和尊敬这位伟大的艺术家，就越要为他的教义的迷雾感到悲痛。”④ 著名作家茨威格谈得更为透彻：“托尔斯泰愈是沉醉于他的‘道德专制主义’，那么他离开自己天才的

---

① 陈燊编选:《欧美作家论列夫·托尔斯泰》,北京:中国社会科学出版社,1983 年,第 64 – 65 页。

② 陈燊编选:《欧美作家论列夫·托尔斯泰》,北京:中国社会科学出版社,1983 年,第 180 – 181 页。

③ [奥]茨威格:《托尔斯泰传》,申文林译,桂林:漓江出版社,1998 年,第 119 页。

④ 倪蕊琴编选:《俄国作家批评家论列夫·托尔斯泰》,北京:中国社会科学出版社,1982 年,第 250 页。

原始成分也就感觉的真实性便愈远，他作为艺术家便愈加不稳定：他像安泰一样，他的一切力量都来自大地。如果托尔斯泰用他那庄严的、钻石般锐利的目光注视感性的事物，那么，他直到最后的耄耋之年始终是有创造性的。如果他摸进了云雾般的东西中，摸进形而上学的东西里，那么，他的分量便惊人地降低了。……托尔斯泰在用无动于衷和不可收买的目光表现感性世界的时候，总是最伟大的艺术家。一旦他变成了悲天悯人的人，想要用他的作品来进行帮助、改良和教育的时候，他的艺术便失去了感人的力量，他的命运也把他变成了比他所有的人物更加令人震惊的人物。”① 茨威格的眼光非常敏锐，他看到托尔斯泰在《复活》中已经远离了大地，失去了艺术感觉，也就失去了对客观世界的深刻体验，再难达到《战争与和平》《安娜·卡列尼娜》等两部长篇小说的艺术高度。著名俄国文学史家德·斯·米尔斯基就此论道：“……因为《复活》显然远逊于《战争与和平》和《安娜·卡列尼娜》。它亦远逊于《主人和匠人》《哈吉·穆拉特》。《复活》尽管篇幅不小，却并非托尔斯泰用力最甚，关注最多之作品。说来奇怪，这部作品系为赚钱而作，如若不是托尔斯泰欲为‘反仪式派’筹措资金，它或许不会在托尔斯泰生前面世。……《复活》应被视为他最不成功的作品之一。”②

托尔斯泰晚年这种表现引起很多人的批判和非议，许多人为托尔斯泰创作观的转变深感忧虑，这里最为感人的还要算是屠格涅夫。屠格涅夫这位托尔斯泰大半生的文坛宿敌，在生命临将终结之季，想到的不是自己，而是俄罗斯文学，想到的是托尔斯泰这位有极大艺术潜质的文学大家，正在从事一些非文学的事情，即使从事文学创作，其目的也不在文学本身上，为此他痛心不已。于是，在 1883 年 6 月末的一天，屠格涅夫摒弃前嫌，强忍病痛，在病榻上书就了一封短信（他已经写不长了），向托尔斯泰发出了凄婉的吁求，要求他回到文学的事业上来。

亲切而敬爱的列夫·尼古拉耶维奇：

我很久没有给你写信了，因为我过去和现在——直说吧——都处在生

① ［奥］茨威格：《托尔斯泰传》，申文林译，桂林：漓江出版社，1998 年，第 47 – 48 页。

② ［俄］德·斯·米尔斯基：《俄国文学史》（下），刘文飞译，北京：人民出版社，2013 年，第 19 – 20 页。

死边缘。我不可能康复了，所以也就用不着去想它了。我现在给您写信，是要告诉您，能成为您的同时代人，我感到多么高兴；是要向您表达我真诚的最后的请求：我的朋友，请回到文学事业上来吧！因为您的才能是上天赋予的。啊，要是我能想到，我的请求真正对您起到作用的话，我该多么幸福呀!! ……我的朋友，俄国大地上的伟大作家，请听我的请求吧！……

屠格涅夫①

此信发出两个月之后，屠格涅夫便病逝了。这封短信不但显示出屠格涅夫为了文学不计个人恩怨的高尚品格，而且也揭示出托尔斯泰过于重视思想而轻视文学的严重程度，这种程度已经到了令人担忧的地步，托尔斯泰应该反思自己的创作观，重新回到大地上来。不过从《复活》的创作来看，托尔斯泰并没有十分重视屠格涅夫的吁求，或者说他已经看不懂吁求的内容了，充当人类导师所产生的崇高虚幻感，使他不再那么重视文学，同时也不重视滋养文学的大地了。

当然，这也不能全怪托尔斯泰，因为时代的发展、城市的崛起、农村的凋敝，使他不可能再崇拜大地，尽管大地崇拜彰显着生命力，暗合着要求张扬主体的现代资本主义精神，但托尔斯泰并没有意识到这一层。虽然他可能从政治角度意识到了处在社会底层的劳动者的时代就要到来，工人阶级将成为“新人”，但他并不真正了解这个阶级，既不了解像玛丝洛娃这样生活在底层的平民女性，又不了解那些作为苦役犯的民意党人，更不了解工人阶级，因此，他写起这些人来并不得心应手，实际上他笔下除玛丝洛娃形象稍微丰富一点之外，革命者和工人形象都是苍白无力的，其作为艺术形象是失败的。他最熟悉的人物应该是聂赫留朵夫，但出于忏悔和平民化的目的，聂赫留朵夫人物形象的发展空间一直是受到限制的，他和玛丝洛娃的堕落都和生存的社会环境有关，而相信人的天性是纯洁的、无辜的，这实际上是启蒙时期制造的关于人的理性神话，回避了个人精神所应负的责任，也远离了对人物内心世界的刻画，从而也损害了这一形象，使聂赫留朵夫这一形象远不如皮埃尔、安德烈、列文

---

① ［俄］屠格涅夫：《屠格涅夫全集》第 12 卷，张金长等译，石家庄：河北教育出版社，1994 年，第 634 - 635 页。

等形象丰富和成功。在这一点上陀思妥耶夫斯基就走得很成功，他笔下的堕落者都不推卸责任，反观自身，直面人生，甚至在人格分裂中产生惊心动魄的艺术效果。论者有时会产生一种臆想，是不是托尔斯泰写《复活》还有另外的目的，便是和他一向所瞧不上的陀思妥耶夫斯基“叫板”，即针对其代表作《罪与罚》而写。因为到了十九世纪八十年代初，陀思妥耶夫斯基在知识分子甚至是一般市民中的威望已经“威胁”到了他，同时在他眼里陀思妥耶夫斯基的作品都是病态的、阴暗的，他想借此来“以正视听”？

实际上伴随着资本主义到来而张扬主体精神的是尼采所代表的带有表现主义色彩的唯意志主义，它虽然具有大地崇拜对生命力张扬的特质，但它完全摆脱了神秘色彩和宗法观念的现代哲学，后来高尔基笔下的“流浪汉”题材小说的成功显然与其受尼采影响有关。托尔斯泰也接触过尼采，但是他基本上是否定尼采的。与尼采张扬生命、张扬意志相对立，托尔斯泰张扬道德。托尔斯泰本想通过《复活》来证明道德的伟大，制造一种崇高效果，结果却损害了艺术，实际上连张扬道德的目的也没有达到，这是作者最为苦恼的地方，大概也是后来出走的原因之一。

苦恼使托尔斯泰的思想走向复杂和不稳定，这便是托尔斯泰在把道德推向极端的情况下，又写出和道德没有多少关系的《哈吉·穆拉特》的原因。

第五章

《哈吉·穆拉特》：大地崇拜意识的微弱复返

大概是由于《复活》创作得过分艰难，以及由此招致不满的声音过多，托尔斯泰这头文坛上的狮子（托尔斯泰名叫“列夫”，即俄语“狮子”的意思），似乎有些醒悟，有所反思，开始重新把目光转向大地，再一次写出了震动文坛的《哈吉·穆拉特》（1902）。很有意思的是，这部中篇小说和《复活》中极力宣扬的《福音书》没有了多少联系，也没有按照人们的想象去塑造一个虔诚的基督教圣徒，而是塑造出了一个生活在高加索地区的伊斯兰教英雄哈吉·穆拉特。

第一节　英雄悲壮地回归大地

尽管在《复活》里托尔斯泰借助主人公表现出信誓旦旦的道德信仰，但就他本人来讲其内心还是存有一丝不安的，所想的和所说的有时并非一回事儿，而所说的和所做的又往往存在着差别，毕竟“吾未见好德如好色者也”，欲望出于本能，道德出于义务，相比来讲本能要强大得多。尽管托尔斯泰离开了大地，完成了他的道德体系建构，但他内心深处仍然怀念往昔大地崇拜时期的自由与舒放，诗性的、欢畅的心境还是令人心驰神往的，这就是为什么在《复活》之后，会再次出现诗意盎然的《哈吉·穆拉特》。就此，托马斯·曼在一篇论歌德与托尔斯泰的短文里论述道：“我们在托尔斯泰身上注意到了同样旺盛的野性精神；这些精神在他身上一直持续到老年，此时他缺乏歌德晚年所具有的尊贵、威严和风度。这不会让人吃惊，因为我们毫不怀疑，歌德的生活比这位斯拉夫贵族更热忱、勤奋和典范；他的文化活动也远比托尔斯泰极无意义的精神说教更有真诚的自律、严谨和克制，因为后者的精神说教成了固执于荒唐情节的编造。正如高尔基所描述的：‘托尔斯泰的贵族式魅力属于高贵的野性。他从未努力去达到文明人所具有的尊严。’”① 这里所说的“高贵的野性”实指托尔斯泰身上的大地崇拜情结所表现出来的自由洒脱气质，这种气质即使“说教成了荒唐情节的编造时”，也未从他身上完全消失，这就是为什么年近八十岁高龄的托尔斯泰还给我们奉献了《哈吉·穆拉特》，这一被哲学家维特根斯坦称为“他有权利创作”的作品。

不过当下的大地显然已经颤动不止了，已经难以脚踏实地了，在这之前他的主人公聂赫留朵夫已经把它“抛弃”（无偿送人）了，他要重新寻找一块更为“纯洁”和“朴实”的大地，这就是他再次回到在《哥萨克》中曾经神往过的高加索，在那里他寻找到了真正具有大地性格的人，这便是一个伊斯兰教英雄——哈吉·穆拉特，并加以塑造。

那么《哈吉·穆拉特》写了怎样的内容呢？他所塑造的哈吉·穆拉特形象又是怎样的呢？该书开始于《复活》创作期间的 1896 年，到《复活》完成后的 1902 年发表，因为其中涉及一些敏感的政治内容，发表时有所删节。该作写了东北高加索的车臣人在沙米尔领导下起义反抗沙俄统治时期，其中一个叫哈吉·穆拉特的，原本是沙米尔手下的大将，作战勇敢，富有智谋，为人仗义，深得人们的喜爱。作者借一个俄国军官波尔托拉茨基的眼睛，为读者展现了哈吉·穆拉特的风采。“为首的那个人仪表威严，骑着一匹白鬃骏马，穿一身白色的束腰无领袍，皮帽子周围缠着头巾，带着镶金的武器。这人就是哈吉·穆拉特。他到波尔托拉茨基面前，用鞑靼语对他说了几句话。波尔托拉茨基扬起眉头，摊开双手，表示他不懂得，并且微笑了一下。哈吉·穆拉特也报以微笑，这个孩子般善良的微笑使波尔托拉茨基吃了一惊。波尔托拉茨基无论如何没料到这个可怕的山民是这个样子。他以为他一定是一个阴郁的、冷酷的、陌生的人，然而在他面前的却是一个最为普通的人，他那微笑是那么善良，好像他不是陌生人，而是一个久已相识的朋友。在他身上只有一样是特别的：那就是那双距离宽宽的眼睛，那双眼睛在注视别人眼睛的时候，是那么聚

① 转引自［美］哈罗德·布鲁姆：《西方正典》，江宁康译，南京：译林出版社，2005 年，第 269 页。

精会神，目光锋利而且安详。”① 这个“孩子般善良”的哈吉·穆拉特就注定了他的可爱，注定了他是英雄而非枭雄。但正是这样优秀的人，却遭到了沙米尔的嫉恨（大概功高盖主吧）。沙米尔不但扣押了他的妻子和孩子，而且还要诱捕他本人。时间到了1851年底，哈吉·穆拉特只得向俄军投降，想借助俄军的力量向沙米尔复仇，并取而代之，归顺俄国，让人民摆脱战乱景象，实现当地的和平生活。

俄军要塞司令小沃龙佐夫很高兴哈吉·穆拉特来投，立即函告地区左翼长官和他的父亲老沃龙佐夫。不过没想到的是，小沃龙佐夫的上司梅勒，因嫌恶其越级请功而嫉恨恼怒，把哈吉·穆拉特亲自移交给左翼长官。哈吉·穆拉特请求俄军用俘虏换回被沙米尔扣押的家属，以解除其后顾之忧。高加索总督老沃龙佐夫向陆军大臣切尔内绍夫呈报了这一情况，并请他转呈沙皇，说是要利用哈吉·穆拉特与沙米尔之间的矛盾获取利益。根据沙皇圣旨，俄军再度开始伐林搜粮，向沙米尔步步紧逼，而各级将领谁也不愿意帮助哈吉·穆拉特解救家属，一再拖延。哈吉·穆拉特担心夜长梦多，在绝望之余，决定亲自返回沙米尔的控制区，靠单独的势力营救家人。但因在逃离沙俄军营时被警戒部队发现，哈吉·穆拉特于激战中被杀。由于俄国的官僚作风、沙皇的傲慢自负和过于相信武功，俄军失去了一次控制沙米尔叛乱的绝好机会，更主要的是一位富有才干的英雄哈吉·穆拉特，就这样被白白地断送了性命，甚为悲壮。

为了塑造好哈吉·穆拉特这位英雄，作品中一上来作者就对大地的丰厚和植物牛蒡花的生命力之顽强，作了详尽的描述。

> 犁过的田地是地主的，非常广大，道路两旁和前面斜坡上，除了黑色的、犁得均匀的、还没有耙过的休耕地之外，什么都看不到。犁得很好，整个田地里连一棵小植物、一棵小草也没有——只是一片黑色的土地。“人是一种多么善于破坏的残酷的动物啊，为了维护自己的生命，他毁灭了多少种动物、植物。”我一面想，一面不由自主地在这片沉寂的黑土田地里寻找活的东西。在我前面道路的右边，发现一颗灌木。当我走近了的

① ［俄］列夫·托尔斯泰:《列夫·托尔斯泰文集》第4卷，臧仲伦、刘辽逸译，北京：人民文学出版社，2000年，第421－422页。

时候，我认出这颗灌木仍然是“鞑靼花”，跟我徒然把它的花折下并且扔掉的那个一样。

这颗“鞑靼花”有三个枝杈。其中一枝已经断掉了，残肢像砍断的胳膊突出着，另外两枝每枝都有一朵花。这两朵花原是红的，现在却变黑了。一枝是断的，断枝头上有一朵粘了污泥的花耷拉着；另一枝也涂抹了黑泥，但仍然向上挺着。看样子，整棵灌木曾被车碾压过，过后才站了起来，因此它歪着身子站着，但总算站住了。就好像从它身上撕下一块肉，取了五脏，砍掉一只胳膊，挖掉一只眼睛，但它仍然站了起来，对那消灭了它周围弟兄们的人，决不低头。[①]

在这样的黑土地上生长着的牛蒡花其生命力是这样顽强和坚韧不拔，正如此地的车臣英雄哈吉·穆拉特。具有顽强生命力的哈吉·穆拉特是非常自信的。“哈吉·穆拉特一向相信自己的幸运。他心里一有什么打算，预先就坚定信心必能成功，事实上也是常常成功的。在他整个暴风雨般的战争生活期间，都是这样的，很少有例外。所以他相信这次也和上次一样。他想象着怎样带领沃龙佐夫交给他的军队去攻打沙米尔，活捉了他，向他报仇，沙皇又怎样赏赐他，他不仅又可以统治阿瓦利亚，而且要统治他所征服的全部车臣尼亚。他这样想着，不知不觉地睡着了。”[②] 可是这一次这位英雄的自信却出了问题，当然这不在于他，而在于腐败的官僚，特别是专制者的颟顸而贻误了时机，这使得哈吉·穆拉特只能采取单独的冒险，最终战死。托尔斯泰不惜笔墨，描写了这位正直、仗义的英雄被杀死的壮烈场面。

又有一颗子弹打中哈吉·穆拉特的左肋。他躺在壕沟里，又从棉袄里撕下一块棉花把伤口塞上。肋部的伤是致命的，他感觉他在死去。各种回忆和形象在他的想象中一个跟一个非常迅速地变幻着。……所有这些回忆飞快地在他的想象中跑过，但没有唤起他任何的感情：无论是怜悯，无论

---

① ［俄］列夫·托尔斯泰：《列夫·托尔斯泰文集》第4卷，臧仲伦、刘辽逸译，北京：人民文学出版社，2000年，第393－394页。

② ［俄］列夫·托尔斯泰：《列夫·托尔斯泰文集》第4卷，臧仲伦、刘辽逸译，北京：人民文学出版社，2000年，第416页。

是仇恨，无论是任何的愿望都没有唤起。对于他，所有这一切比起正在开始和已经开始的事情，是非常渺小和微不足道的。这时，他强有力的身体仍然继续做那已经开始的事情。他集中了最后的力量从障碍物后面站起来，用手枪射击一个跑向前来的敌人，打中了他。那个人倒了。然后他完全爬出壕沟，手持短剑，沉重地拐着脚，冲着敌人一直走去。响了几声射击，他晃了晃，就倒下了。几个民团尖声欢呼着向倒下去的身体扑过去，但是，那个以为死了的身体忽然动弹起来。开始是那血淋淋的、没带皮帽的、剃光的头抬起来，然后是上身抬起来，最后他抓住一棵树，整个人都站起来。他是那么可怕，向前跑步的人都停住了脚。但他忽然战栗了一下，一踉跄离开了那棵树，整个身子像一棵被砍倒的牛蒡花，脸冲地倒了下去，不再动了。

他不动，但还有感觉。当第一个跑到他面前的加吉－阿加用一把大型短剑砍他的头的时候，他似乎觉得有人用锤子打他的头，但他不明白这是谁和为什么这样做。这是附在他身体上的最后的意识。以后他再没有一点知觉了，敌人还在踩和剁那已经同他没有一点关系的东西。加吉－阿加用一只脚踩住尸体的背，两刀便把头砍下来，他怕弄脏鞋子，小心地把头踢开。鲜红的血从颈动脉涌出，黑色的血从头颅冒出，流到草地上。

……就是这个死，使我想起那棵在犁过的田地里被车轧的牛蒡花。[①]

哈吉·穆拉特凛然的死让我们想起安娜的悲壮，他们都是为自由而死，是诗性的，相比之下伊万的死则是鄙俗的。哈吉·穆拉特的死具有尼采诗性哲学的壮烈，具有回归大地的情怀。哈吉·穆拉特那善良、单纯、敦厚的性格，正是大地所赋予的品性，在他身上仍然体现着作者的大地崇拜情结，这也使得该作具有史诗的品格。同时也可以看出在作者内心深处，仍然蕴藏有对大地的崇拜情结。

这是大地崇拜情结的微弱复返。

---

① ［俄］列夫·托尔斯泰：《列夫·托尔斯泰文集》第4卷，臧仲伦、刘辽逸译，北京：人民文学出版社，2000年，第530－531页。

第二节 道德批评思维依然残存

但是我们也不得不注意到，作者在通过对哈吉·穆拉特的描写来展现昔日对大地的崇拜情结时，还有另一个目的，这就是对沙皇时期的官僚社会进行无情的批判，这一点似乎继承了作者在《舞会之后》和《复活》等作品中对官僚社会的批判传统。哈吉·穆拉特虽然出身于社会底层和异族异教，但他却具有美好的品质：善良、勇敢、机智、侠肝义胆、热爱民众。而与之相比，俄国的上流社会，特别是官僚社会，则表现得阴险、奸猾、冷漠、虚伪、愚昧。这些远离大地而生活在都市中过着所谓文明生活的贵族，他们与朴素而真诚的哈吉·穆拉特，与充满旺盛生命活力的哈吉·穆拉特，形成了鲜明的对比。

在该作中托尔斯泰毫无畏惧地把笔锋直接指向了官僚阶层的代表人物沙皇尼古拉一世，对他进行了辛辣的嘲讽。

尼古拉一世是俄国历史上最臭名昭著的沙皇，被称为“普鲁士警察”。尼古拉一世是踩着“十二月党人”的鲜血登上沙皇宝座的。“十二党人”是活跃在19世纪初的富有变革精神的俄国先进贵族群体，他们在1825年12月，趁亚历山大一世去世之际，在彼得堡的冬宫前施行兵谏，要求沙皇继任者进行政治改良，实行宪政。可以说这是俄国所进行的第一次资产阶级性质的改良运动，但遭到了刚刚就任的尼古拉一世的残酷镇压，大批贵族被枪杀和流放，其中作为兵谏发起者的五个贵族被绞死，这类似于近百年后发生在我国的“戊戌变法”中被砍头的“戊戌六君子”。这次事件使俄国错过一次变革发展的大好时机，以至于后来的俄国无论在政治体制上还是在经济体制上有近二百年的时间，一直落后于欧洲（直到现在还在啜饮着这历史的苦果）。不仅如此，尼古拉一世好像生来就擅长反动，他采取警察治国，军事镇压，崇拜权力和绞索，想信武功杀伐。在他的任期内大学减少招生，哲学系被取消，各种进步期刊遭取缔，钳制思想，消灭异端，把许多著名知识分子关进监狱或流放西伯利亚，像果戈理、别林斯基、屠格涅夫、赫尔岑、车尔尼雪夫斯基、陀思妥耶夫斯基等都受过他的迫害，连托尔斯泰的庄园也经常遭到警察的无端搜查。尼古拉一世对内如此，对外也是一样，专门和国际上落后势力结盟，如建立欧洲同盟对各种进步现象加以干涉和镇压，充当欧洲警察。尼古拉一世统治时期，被看作是俄国政治上最黑暗的时期，因此，当崇尚军功的尼古拉一世在1855年与土耳其在克里米亚所进行的战争惨遭失败后，一向骄傲自负的他，无地自容，服毒自杀。消息传出，整个彼得堡一片欢呼，大家奔走相告，一介武夫的死竟成了百姓的喜庆节日，可见这位暴君是多么不得人心。

那么在《哈吉·穆拉特》中，可以想象，在托尔斯泰笔下的尼古拉一世会是怎样的一个人。

> 尼古拉穿着一件没有肩章，只有小肩章的黑礼服，他把鼓鼓的肚皮箍得紧紧的庞大身躯往后仰着坐在桌子旁边，用他那发直的、无生气的目光瞅着进来的人。从梳得光滑的、巧妙地连接那遮着秃顶的假发的两鬓之间，露出高大扁平的额头，长长的大白脸今天显得特别冰冷和呆滞。他那对常常是昏沉的、现在看来比平时更加昏沉的眼睛，在往上翘的胡髭底下紧闭的嘴唇，被高领子顶着的、新剃过的、上面一对整整齐齐的灌肠似的颊须的肥胖腮帮，以及那给领子挤着的下巴颏——这一切都给他的面孔增添了一种不满甚至愤怒的表情。心情不好的原因是由于疲倦，疲倦的原因是因为他昨晚参加了假面舞会……①

这样一个丑陋、自负、愚昧、专横、虚荣、色情、淫乱的尼古拉一世出现了，这位上流官僚社会的代表，他根本不会体会车臣人的感受，也不会认真考虑哈吉·穆拉特投降的价值和意义，而是仍然顽固地相信武力，不顾士兵的伤亡和车臣人的灾难，一味地下令进攻。沙皇如此，手下的军官也是如此，最终在拖延中牺牲了一个真正的英雄，也贻误了战机，最终劳民伤财，事倍功半。

作者对以沙皇为代表的俄国上流官僚社会集团的批判是尖锐的、深刻的，但这种批判却仍然是道德式的，这从对尼古拉一世的漫画化描写可以看出。大地崇拜情结所带来的审美创作与自然主义道德化所带来的功利创作，矛盾交织，说明《哈吉·穆拉特》不过是作者作为一种大地崇拜意识的微弱复返，一直到作者去世，他再也没有创作出艺术水准超过该作的作品来，更不要说达到早期创作的水平了。

---

① ［俄］列夫·托尔斯泰：《列夫·托尔斯泰文集》第4卷，臧仲伦、刘辽逸译，北京：人民文学出版社，2000年，第470－471页。

第六章

大地崇拜情结及其危机对作品结构形式的影响

对大地崇拜情结的坚守、质疑和向道德信仰的转向过程，不仅是对作者的思想发展过程，也对作品结构产生着深刻的影响，最终大地崇拜和道德信仰之间的矛盾冲突，可以简括为创作中自然主义和道德主义之间的矛盾冲突，并且这种冲突随着时间的向前推移，有一个此消彼长的过程。当然这里的“自然主义”是大地崇拜意义上的“诗性的自然主义”，而道德主义则是伦理主义。具体来说托尔斯泰的创作思想由早期的自然主义占主导地位，到后来的自然主义与道德主义两者并重，再到后来的道德主义占绝对优势。作家这种创作思想的嬗变影响着其对长篇小说结构形式的选择，这便是在自然主义观念占主导地位时，出现了多线索结构的《战争与和平》；在自然主义和道德主义两者并重时，出现了双线索结构的《安娜·卡列尼娜》；当道德主义发展到占绝对地位时，出现了单线索结构的《复活》。文本结构由复杂趋于简单的同时，人物性格也存在着一个由复杂到简单的变化过程。

第一节　托尔斯泰创作思想的嬗变过程

列夫·托尔斯泰从大地崇拜逐渐向道德主义转移，其表现在创作思想上尽管复杂多样、矛盾重重，但如果仔细考察便会发现，其创作思想中最基本的矛盾则是自然主义和道德主义之间的对立与冲突，其他的矛盾冲突都附着于这一矛盾冲突基础之上。这里的“自然主义”不是19世纪建立在实证主义和实验理论上的自然主义，即左拉式的自然主义，而是提倡要以自然为本，肯定人的自然欲望，张扬生命意志，强调人的主动性、能动性和创造性，是人本主义的诗性的“自然主义”，这种自然主义更接近卢梭、尼采、狄尔泰等对自然生命的肯定与张扬。托尔斯泰相信包括人类社会和自然界的整个宇宙都是自然的、向善的，也即“自然至善”，这便是“天道”。在托尔斯泰看来，世间的万事万物只有充分发挥自然本性，发挥自己的创造性，整个宇宙才会走向和谐，走向至善，用《易经》里的话说就是“天行健，君子当自强不息”，最终实现“人道”与“天道”（自然至善）的合一。可见在托尔斯泰眼里，自然主义既是符合“天道”的，又是实现“人道”的最佳途径之一，既然这样，自然主义也就构成了托尔斯泰大半生的创作思想。

托尔斯泰的这一思想虽然在其众多作品中都有所体现，但在《战争与和平》中体现得最为明显：“每个人都有两种生活：一种是私人生活，这种生活的意义越抽象，它就越自由；另一种生活是天然的群体生活，在这里每个人必然遵守给他规定的各种法则。人自觉地为自己而生活，但却作为不自觉的工具，以达到历史的、全人类的目的。”① 在这里作者一方面承认了人有自由的权利，但是也承认了自然法则的客观性，这似乎构成了难以弥合的矛盾，但作者又指出这种自由与自然的对立并不是不能化解的，因为在作者看来，自由和自然在本质上应该是相统一的：自由是自然的体现；自然是自由的目的。正是由于这一点，托尔斯泰在他的前期作品中，还是大力张扬自然主义的。但是，自然主义在成了反对封建专制与官方教会等有力的启蒙武器时，也不可避免地暴露出些许弊端，其具体表现在：一、自然主义虽然有解放人之自然本性的作用，但是自然本性中更多是人的自然欲望，也正是因为这一点，卢梭在张扬自然主义的同时，又把“自然”分成纯洁的自然和欲望的自然两种，这种把自然的善恶化实际上是自然的道德化，进而走向了道德理想主义和禁欲主义，因为卢梭不这样做又确实无法解释自然中所存在的“不善”问题；而尼采则走向了另一条与卢梭相反的道路，他否定把自然道德化，认为凡是自然的就是好的，并且人的欲望越是强烈，它表明人的生命力就越强，从生物学的意义上来讲就越是道德的。尼采的这种自然主义虽然张扬了人性，但却必然会走向置道德于不顾的价值虚无主义。二、自然主义更多地强调人的肉体欲望的合理性，

---

① ［俄］托尔斯泰:《列夫·托尔斯泰文集》第7卷，刘辽逸译，北京：人民文学出版社，2004年，第808－809页。

这无形中却忽视了人不同于动物的主体性，忽视了人的超自然特性，有把人等同于动物之嫌。三、自然主义在忽视人的主体性的同时，也忽视了人的个体差异性。自然生物之间只有类的差异性，而没有个体的差异性，而对个体差异性的忽视，恰恰是自然主义这一理论本身所无法解决的，从某种意义上说，个体人格，个性主义，才是人真正存在的根本。正是由于自然主义存在着如是弊端，因此，托尔斯泰才对卢梭式的自然主义进行了适当的改造。在托尔斯泰看来，自然主义理论中的“自然”不是静态的，而是一个动态的发展过程，即托尔斯泰不像卢梭那样简单地认为自然是善的，并且把这种善理想化、静止化，而是认为自然也是一个不断趋向至善的过程，在这个过程中就必然存在着不善、善或接近至善的问题，这就为现实的自然人性中存在着恶的现象，提供了理论依据，这虽然是托尔斯泰比卢梭高明的地方，但也为道德主义的介入留下了借口，因为善与不善本身的区分就是一种道德判断。显然托尔斯泰并不了解后来的尼采为什么把自然主义推向极端。尼采的自然主义不但反对封建主义，也反对基督教的道德主义，同时还反对启蒙思想，特别是其中的理性主义和真理在多数的民主原则，这样，尼采就成了彻底张扬生命意志的个人主义，通过“超人”的“强力意志”，通过把人生悲剧的诗意化来解决个体在现实中的出路问题。尼采所寻求的是一种冒险之路、绝望之路，也是托尔斯泰望而却步之路。托尔斯泰所谓的“自然至善”存在着一个内在的矛盾，一方面作为“天道”的“自然至善”是一个君临宇寰，统驭一切的“暴君”，为了实现“天道”，人世间的一切诸如战争、瘟疫，甚至死亡等似乎都是必要的，这既表明了“自然至善”对现实中存在的不善所进行的不断扬弃，又表明了人类为了实现“自然至善”，作为个体的人所付出的代价甚至牺牲都是值得的。另一方面受过启蒙思想影响的托尔斯泰又认为“自然至善”又必须建立在以个体为善的基础上，这是因为首先个体是自然至善实现的目的，很难想象一个不关乎个人的“自然至善”还有什么意义。其次，个体的人是自然实现至善的基础，人既是大自然的产物，又是万物的“灵长”、宇宙的“精华”，实际上自然的“至善”也即人的“至善”，只有人人都善，才能最终实现自然的真正“至善”。总之，为了表达上述矛盾思想，托尔斯泰必然要选择一个适合这一思想的文本结构形式。

作为人类的大智者托尔斯泰似乎已经意识到了自然主义这柄武器的缺陷，

但他还是不能沿着卢梭向右走，那样将是朝向克尔凯郭尔、叔本华、尼采、弗洛伊德、海德格尔、萨特等人之路，而是向“左”转了，这便是道德理想主义，进而是禁欲主义，以此来为“自然主义”杀菌消毒。于是便出现了托尔斯泰类似于康德相似的矛盾行为：把道德从前门送出去，又把道德从后门请进来。

与卢梭简单直率地用道德主义替代自然主义相比，托尔斯泰对“道德主义”的运用显然更费心思，更小心翼翼。首先，托尔斯泰认为在最佳的意义上，自然主义和道德主义应该是相统一的，当自然趋向“至善”的时候，这时的“至善”不就是最大的道德吗？“天道”永远正确，这是托尔斯泰所理解道德的第一重含义，也是道德的理想境地。其次，托尔斯泰同时也认识到，当自然没有达到“至善”，或在“至善”实现之前，自然和道德的关系显然是存在着分歧与冲突的。也许在单纯的自然界还好说一些，而到了人类社会情况就变得相当复杂了。人类社会的主体是人，而人是主动的，有意志自由的，那么一个人如何做才能符合“自然至善”这一至高法则呢？按照怎样的道德行事才可以实现“至善”呢？这本是一个“如何”问题，托尔斯泰却把它变成“应该”问题，也即把认识问题变成了道德问题，这是托尔斯泰赋予“道德”的第二重涵义。第三，托尔斯泰所想象的“天道”（自然至善）和“人道”的合一是一种理想，而这种理想也是不可能实现的。首先，“天”有天的道，“人”有人的道，二者各有各的规律和特点，很难统一，也不可能统一；其次，人的生命的有限性和宇宙的无限性便造成了人认识“天道”的不可能；再次，人是理性的，也是非理性的，因此人也就完全处在一种不确定状态，既然认识一个非理性的个体人都存在着如此巨大的困难，那么对于一个由非理性的人组成的人类社会的认识该是多么困难啊。因此，“天道”和“人道”合一，也即“天人合一”，只能是古代生产力不发达时期的一种幻想，其结果往往是以“人道”代替“天道”，最终导致唯意志论的结局。第四，人有自由的权利，这种权利的实现在托尔斯泰看来也是符合自然人性的，符合“自然至善”目的的，但是人有了自由的权利却不一定具备行使自由的能力，除非人具有了体悟洞察“自然至善”发展的总内涵，可这又是不可能的。这样的体悟能力只有上帝具备，因为上帝是全知全能的，是万事万物的设计者和创造者，对于自己的“作品”，上帝当然了如指掌。至于人，则不可能具有这种能力，说“人是万能的”不过是启蒙思想家们把人神化的一种虚妄。托尔斯泰却能清楚地认识到这一点，看到了人的自由权利和运用自由能力之间的不对称性，于是，他笔下的人物不免给人一种难以承受自由之重的感觉，从而深化了对人自身的认识。当然，托尔斯泰不但认为人们行使自由的能力存在着不同，对自然主义的张扬也不同，同时，对“自然至善”这一“天道”进行体悟所具备的禀赋也存在着巨大的差异，这种差异就导致了每个人的悲喜剧结局也不同。有些人的体悟能力是先天性的，有些人则是后天努力的，但不管怎样，都在为达到“自然至善”这一目的上存在着盲目性，都在不同程度上付出着代价。为了避免付出这种代价，托尔斯泰一直在探寻通向“天道”的最便捷途径，并最终找到。托尔斯泰之所以能够找到，与其说是他具有这种能力，不如说是由于他那近乎自负的自信，也许在作者看来，对于自然的认识除了上帝之外，就唯有他能认识了。至于其他芸芸众生，如果是悟性高的、生命力强的、常接近大自然的人等，还可能有所感悟，有可能“心有灵犀一点通”或“心有戚戚焉”；对于那些感受迟钝的、生命力弱的，远离大自然而长期生活在都市中的人们，只会沦为物质欲望的奴隶，在名利的欲海中，难以自拔。在这里我们还应看到，托尔斯泰并没有把人性简单地推向理性化、道德化的古典思路，而是充分认识到了人性的缺陷和不足，这是托尔斯泰比一般启蒙者的高明之处。但是，最终托尔斯泰还是对自然主义与道德主义之间的长期紧张失去了耐心，为了使芸芸众生少走弯路，少付出代价，便在基督教《福音书》的基础上，综合了各种宗教文化或古典文化，形成了他自己的思想——托尔斯泰主义，从而为人类解脱精神困境，做了“一劳永逸”的工作。在托尔斯泰看来，人们再也不用为体悟自然何以“至善”的神秘性煞费苦心，也不用为自己因行为盲目而付出代价感到忧心忡忡、提心吊胆，只要你遵从了“托尔斯泰主义”的思想指导，就可以少走弯路，就可以很自然很便捷地实现人和自然的和谐统一。由此可见，托尔斯泰绕了一个大圈儿，最终还是用道德主义取代了自然主义。当然，在这里应该特别指出的是，这个“绕了一个大圈”的过程，也正是上述四重道德内涵历时性的展开过程，也正是托尔斯泰在逐渐设法解决自然主义所存缺陷的过程，尽管其解决的方法存在着一定的简单化，但这个解决过程恰恰正是自然主义和道德主义对立冲突的转化过程，是作家把这种冲突与困惑转化成语言艺术，并取得巨大成就的过程。当然更应该值得注意的是，在自然主义和道德主义彼长此消的过程中，影响了托尔斯泰对创作文本结构形式的选择。

第二节 《战争与和平》的多线索结构

这种对创作文本结构形式的选择比较明显地表现在他的三部长篇小说《战争与和平》《安娜·卡列尼娜》和《复活》中，托尔斯泰不但使这三部作品在结构形式上依次呈现出多线索结构、双线索结构、单线索结构，而且在人物性格塑造上也存在着由复杂到简单的过程，这个过程使人物性格依次呈现出“莎士比亚化”、典型化、类型化等特征。

针对托尔斯泰早期的创作思想，我们往往把托尔斯泰的第一部长篇小说《战争与和平》看作是“青春型”的，在气魄上是汪洋恣肆的。想想还处在新婚燕尔中的托尔斯泰，正处在自然欲望和自由意志的虚幻统一之中，因此，当托尔斯泰反思1812年俄国反抗法国入侵的这场卫国战争时，自然主义价值观使他很容易超越当时流行的战争观念，诸如爱国主义、民族主义、国家主义、专制主义、自由主义、光宗耀祖、文明进步、先进落后、军事天才与军事失误等观念来解释战争。托尔斯泰从自然主义角度出发，对战争给予了全新的解释：战争的发生是自然本身要实现至善所必然出现的一种现象，是对现实中的“不自然”现象的一种克服。因此，尽管战争本身是残酷的，它像一个巨大的猛兽，吞噬着无数鲜活的生命，但是它的积极意义也是比较明显的。首先，既然战争的出现存在着必要性和必然性，那么战争本身就像一个有生命的东西一样，它的发生、发展，它的毁坏与它的结束，都是自足的、神秘的，人们无法设计它，更无法控制它。于是，所谓的军事指挥天才，不过是自然为实现至善目的而临时借用的工具罢了。这样的思维方式就改变了上述观念对战争所做的简单化解释。其次，战争还起着一个让人反思与反省，促使人们重新审视人生意义和现存价值的作用。正是从这一角度出发，托尔斯泰塑造了六类不同的人物，通过他们对战争的态度以及在战争过程中的感受与体验、思考与选择，来展示神秘的自然借战争之手在他们身上所产生的变化。这六类人物的代表就是：皮埃尔、安德烈、尼古拉、娜塔莎、海伦、玛丽亚等，作者把这六位贵族青年的人生体验与人生选择，完全抛到了战争这个试金石面前，促使他们对自己的处境重新思考和定位，其结果是有的升华，有的沉沦；有的反省，有的痴迷；有的寻找到了幸福，有的饱尝了痛苦；有的勇敢反得以存活，有的苟且反丢掉性命。六位贵族青年经历了六种不同的人生道路，再加上彼此之间的联系，就形成了作品多线索的网状结构。

皮埃尔是一个私生子，他长得高高大大、莽莽撞撞的，那还没有完全开化和世俗化的心灵，使得他只能依照大自然赋予他的感觉行事。他的突然富有和鲁莽结婚，他的加入共济会，他的与人决斗，他只身刺杀拿破仑的冒险行为，他爱上娜塔莎并与之成家生子，甚至他从一个农民卡拉塔耶夫那里偶然受到启示而皈依了上帝的行为，都是自然而然的。皮埃尔是作者最为宠爱的主人公，他在现实生活中得到的幸福最多，其原因是他比别人具有更强的生命力和感觉力，率性而为，不羁章法，使他比一般人更能够体悟到什么是“自然至善”，更能感觉到“天道”对他的“感召”。与皮埃尔不同，安德烈出生在簪缨之家，身份高贵，家教良好，性格刚直，注重荣誉。在安德烈看来，人生的意义在于报效国家，因此战争到来之日，正是为国效力和光宗耀祖之时。正是由于安德烈的荣誉至上，托尔斯泰才让他在饱受失恋的屈辱之后，又在伤痛的折磨下死去。尼古拉所成长的罗斯托夫家族是乡村贵族，是最接近大自然的，因而是最淳朴善良的家族。作为长子的尼古拉不但作战勇敢，屡建军功，多次升迁，而且他还娶了博尔孔斯基家族财产的唯一女继承人玛丽亚，使家庭窘迫状况得到了极大的缓解。但他对国家的维护，对沙皇的崇拜，这些都影响到了作者对他的喜好。在托尔斯泰看来，国家主义仍然是一种世俗的价值观念，这种观念限制了尼古拉对形而上的如“自然至善”的体悟。正是由于这一点，托尔斯泰对罗斯托夫家族的爱是打了折扣的，如他让罗斯托夫家族中的次子彼得在战争临近结束时牺牲；同时，让尼古拉娶了一个不谙风情的丑女人玛丽亚公爵小姐为妻，这也算是作者对他的稍稍惩罚吧。应该说娜塔莎是托尔斯泰心目中最理想的女性，她美丽、善良、单纯、富有青春活力。这个在外省乡村中长大的贵族少女，置身于富丽堂皇的京都舞会上，如出水芙蓉，那纯洁的美，引起了整个社交界的震动。但是，就是这样一个单纯的美人儿，本来和安德烈相爱是非常匹配的一对，但虚荣和情欲俘获了她那单纯的心，最终走向了背叛爱情、毁掉家族荣誉的地步。在这里托尔斯泰显然已和卢梭那种自然本善的观点产生了分歧，虽然娜塔莎最后觉醒了，与皮埃尔结合后变成一个稳健持重的贤妻良母，但是她的这一曲折发展过程使托尔斯泰认识到，人单凭自己的努力是很难体悟到“自然至善”的。那么，一个完全按照基督教行事的人是否比常人更容易走向自然至善呢？对此托尔斯泰仍然持否定态度。作品中尼古拉的初恋情人索尼娅就是一个典型例子。索尼娅为了使罗斯托夫娶到一个有陪嫁的公爵小姐，自己主动让出位置，熄灭爱情。在托尔斯泰看来，牺牲、忍让是靠压抑人的自然欲望为前提的，是违反自然人性的，是不符合自然主义的，这种表面上看似道德的行为，实际上是不道德的。至于作品中其他追随感官享乐的人物，由于完全放弃了对“天道”的自觉思考与追求，也必然没有什么好结果，如库拉金家族中的海伦，因生活放荡而过早地香消玉殒，而她那风流的哥哥阿纳托利，这个曾经勾引过娜塔莎的采花魔王，在战争中负伤后被锯掉了一条腿，即使这样也未挽救生命。作者通过这种“惩罚”试图向读者表明，真正的自然主义是和“自然至善”的宇宙目的相联系的，而非欲望主义。

正是通过上述分析，我们看到作者是如何使每一个人体悟到“自然至善”的，作者总是以战争为契机，展开了全方位的探索。尽管作者对什么是“自然至善”似乎并不怎么清楚，但是在处理人物的行为上始终坚持自然主义原则是无疑的。因此，作者在构思全书结构时，也必然是多线索的开放性结构。就《战争与和平》来讲，其人物性格也都处在不断地探索、变化和发展中，并且这种发展存在着许多不确定因素，也充满了复杂性。这种性格的复杂性类似于莎士比亚笔下的人物性格，充满了对原始生命欲望的表达和对人性多元化的选择，因此，笔者认为《战争与和平》中的人物是“莎士比亚化”（恩格斯语）的。正是上述开放的结构和“莎士比亚化”的人物塑造，才使得整部作品呈现出纵横捭阖的恢宏气象。

第三节　《安娜·卡列尼娜》的双线索结构和《复活》的单线索结构

到了19世纪70年代，随着对家庭生活的深入体验和对时代深刻变化的观察，托尔斯泰的思想也发生了变化。人怎样做才能符合“自然至善”呢？才能实现自然规律和自由意志的真正合一呢？才能体会到“天道”的真正含义呢？难道超越了自然欲望、家族荣誉、民族国家、官方教会等等，就可以了吗？那么主人公们将如何做才能减少或避免付出代价呢？这时的托尔斯泰开始意识到道德主义的重要性和必要性，也许用道德主义来指导自然主义，在人们实现“自然至善”这一“天道”的过程中，会少走弯路。那么，具体是什么样的道德主义呢？何况用道德来解决认识问题，是否存在着逻辑悖谬之嫌呢？这些问题困扰着托尔斯泰，使他对“解决方案”难以形成清晰的思路，不过托尔斯泰已经隐隐感觉到了在《战争与和平》中的皮埃尔和娜塔莎身上，似乎能探讨出结果来。这样，在众多开放式的探索中，作者逐渐把目光集中在上述两个人身上，当他们出现在《安娜·卡列尼娜》中时，就已经变成了列文和安娜了，尽管表面看上去已“面目全非”。

安娜依旧单纯、真诚、美丽，更为重要的是充满了青春活力。弗龙斯基对安娜一见钟情，甚至连忠厚老实的列文也感到安娜身上有一股巨大的魅力在吸引着他。自认为长得很美的基蒂和安娜在一起时，也感到了安娜的“崇高”和“望尘莫及”。可见安娜不但是一个人间天使，而且也是托尔斯泰所精心打造的自然主义典型。安娜对卡列宁的控诉也在于维护生命力上，安娜说卡列宁“不是人，而是一架机器，当他生气的时候简直是一架凶狠的机器”①。“……我是活人，罪不在我，上帝生就我这么个人，我要爱情，我要生活。”② 安娜对于自然生命的维护是非常正当的。

但是安娜尽管美如天使，但这个天使毕竟是人间的，安娜的自然生命力虽然使她光彩照人，但她也不得不服从自然法则，而自然法则在安娜身上起着两点作用：一是大自然赋予安娜旺盛的生命力，这种旺盛的生命力使安娜会自觉地追求真善美而远离假恶丑，这是托尔斯泰赋予自然本身的道德意义。另一方面作为女人的安娜又必须接受繁衍后代的自然义务。在作品中安娜确实一直牵挂着自己的孩子谢廖沙和情人弗龙斯基。但是安娜却得不到孩子，最不爱孩子和最没有资格管孩子的卡列宁，却最有权力垄断孩子，并且整个社会舆论都支持他，在作者看来，这是一个多么荒谬多么违逆自然的社会啊！至于弗龙斯基，安娜也常常觉得抓不住他，尽管安娜尽最大努力用姿色来吸引他，但安娜

---

① ［俄］托尔斯泰：《列夫·托尔斯泰文集》第 9 卷，周扬译，北京：人民文学出版社，2000 年，第 249 页。

② ［俄］托尔斯泰：《列夫·托尔斯泰文集》第 9 卷，周扬译，北京：人民文学出版社，2000 年，第 382 页。

的这种美在弗龙斯基心里所引起的不是先前的可爱，而是可怕。如果说情欲使弗龙斯基离不开安娜，那么理智又使他疏远安娜。除了大自然的“繁衍”要求外，自然本身的非价值性也让安娜在获得爱情满足之后，必然陷入一种精神上的极度空虚。特别是当上流社会拒绝安娜进入社交界时，她内心的这种空虚就异常加剧了。其实，即使安娜真的能够进入上流社会，她的空虚也将难以摆脱，因为其空虚是彻骨的，只有靠不断的繁衍才能解决，但这又是不可能的，临生产所患的产褥热虽然没有要安娜的命，但却剥夺了她再生孩子的能力。在这里我们可以看出，安娜的空虚也是托尔斯泰的空虚，托尔斯泰在自然主义和道德主义之间的犹豫不决也必然影响到安娜的命运，正是从这个意义上说，“安娜就是托尔斯泰自己”这句话是有道理的。因此，作者的自然主义理论一方面拯救了安娜，同时这一理论的局限性也害了安娜。可见自然主义这匹宝马尽管有风驰电掣之快，但也有把人摔得粉身碎骨之虞，到这时托尔斯泰才想到给马戴嚼子的重要性，这个“嚼子”便是道德主义。在《战争与和平》中，作者就已经对他笔下的人物因偏离“自然至善”而进行了惩罚，但是托尔斯泰在这里的惩罚还处在朦胧阶段，还没有明确指出这就是道德主义，因此，自然主义还占据着主要地位。而在《安娜·卡列尼娜》中，作者对自然主义的全部思考，就集中到了安娜身上，通过安娜的悲剧来展示自然主义所存在的优势和不足。与我们通常认为托尔斯泰对安娜的态度是前后矛盾的不同，笔者认为托尔斯泰对安娜的态度始终是一致的，自然主义理论所出现的不足与作者对安娜的否定是完全不同的两回事儿。安娜的光彩照人超过了作者所塑造的所有妇女形象，并且安娜最后的选择既是其思想的无奈，也是其人物命运发展在逻辑上的必然结果。安娜一旦走出家庭，她的结局也就只有自杀。可以说自杀既是安娜摆脱生活的一种方式，又是托尔斯泰通过此举对于自然主义的一种维护。也只有到这时，托尔斯泰才意识到解决人如何做才能使这种自然主义符合“自然至善”的理想，而“如何做”却是一种道德问题。显然，这种解决途径在安娜身上已明显不可能，只能从另一个男性人物，即列文身上，这就是为什么在安娜死后小说故事并没有中止，而是仍然在列文身上继续发展的原因了。

列文是位乡村地主，生活在自然的怀抱中，就像《战争与和平》中的罗斯托夫家族的人一样，具有大自然的秉性：纯朴、善良、豪爽、仗义，自称“野蛮人”，因此也就很容易体悟到并按照“自然至善”行事。因此，托尔斯泰在写安娜的同时，却始终没有忘记对列文思想变化过程加以细致的描写。与安娜所遭遇到的诸多不幸相比，列文却完全避免了。他在爱情上是成功的，他娶了他心目中的漂亮姑娘基蒂，尽管有些曲折。与安娜的家庭越来越走向破裂相比，列文的家庭却度过了危机。尽管托尔斯泰一再“照顾”列文，但列文并没有感到幸福，甚至产生过轻生的念头，但列文是不能自杀的，因为在他身上还肩负着作者探寻人生意义的重任，最后也终于寻找到了。像皮埃尔一样，列文在苦闷中接受了一个叫普拉东的农民规劝，忽然茅塞顿开，找到了人生的意义：人应该为上帝活着。这样的处理不但解决了“自然至善”理论由神秘向现实转化的问题，也解决了自然主义理论自身所存在的局限性问题，在这里道德主义的价值被逐渐突显出来了。尽管“道德”这柄武器已经锈迹斑斑、陈旧不堪，但是托尔斯泰却要对它精心打磨，并使它熠熠生辉。这样在《安娜·卡列尼娜》中道德主义已与自然主义处在并重的位置了。

从《安娜·卡列尼娜》可以看出，托尔斯泰为了张扬自然主义，为了探求如何能体悟到“自然至善”，实现“人道”与“天道”的统一，在结构上曾经由《战争与和平》中的“全面出击”，逐渐转变为“两面夹击”，列文和安娜分别成为世间男女如何做才能体悟到“自然至善”的正反两个例子了，因此，该作品采用两条线索来创作，也就成为必然。由于这时作者对于如何遵从“天道”内心还充满着矛盾，他笔下的主人公安娜、列文、弗龙斯基等形象也都是性格相当复杂的，特别是安娜形象塑造得相当丰满、成功，而列文身上那种作者的主观痕迹则要稍明显一些。

但是，事隔十多年之后的90年代，托尔斯泰又创作了《复活》。在《复活》中，托尔斯泰遵从自然主义还是道德主义的犹豫态度被打破了，道德主义终于站到了绝对位置。托尔斯泰一改过去对人的复杂性的认识，对人的心理变化无端的描写，对历史宿命论的叹息，而变成一个过分夸大道德理性作用的人，特别是对道德人格、天然良知的存在，深信不疑。托尔斯泰把人性简单地分为“神性的人”和“兽性的人”，然后又肯定前者，否定后者，为了说明前者最终能够战胜后者，他设定了两个人物，一对青年男女：贵族聂赫留朵夫和平民玛丝洛娃，前者首先堕落，然后诱奸了后者，并导致后者也随之堕落；而后者的不幸又唤起了前者的良知，最后经过贵族聂赫留朵夫对平民女性玛丝洛娃的帮助，两人的精神重新得到复活，不但恢复了良知，而且恢复了神性，皈依了上帝。正是通过上述分析，托尔斯泰这种把《复活》中的人物理性化和道德化的做法，也就必然造成作品的单线索结构——讲述了一对青年男女的忏悔过程。虽然《复活》中的人物似乎存在着性格变化，实际上是一种道德人格的变化，人物由不善逐渐转变为善，再由小善转变为大善。对人物道德水平的揭示非但不利于人物性格的表现，反倒由于用人的道德行为代替一切，还会掩饰人物复杂的心理世界和性格变化，使人物性格走向类型化。这样托尔斯泰就把复杂的人类行为，简单地看作是灵魂与肉体、自然与社会、天使和魔鬼等矛盾的二元统一体问题了。真正人的行为便成了灵魂克服肉体、社会超越自然、天使战胜魔鬼的过程。当自然主义被贬低成动物欲望而加以否定时，当走向"自然至善"的途径便是道德主义时，托尔斯泰便由高扬人的价值，转向贬抑人的价值；由鼓吹人的个性解放，转向否定人的个性价值。其实所有这一切都是托尔斯泰放弃了大地崇拜，放弃了自然主义追求，放弃了个性解放的进一步深化而退回到道德主义（"新宗教"或"托尔斯泰主义"）的结果。《复活》之后的托尔斯泰再也没有创作出长篇小说来，以后的小说除了《哈吉·穆拉特》之外，大都不过是作者这一思维方式的延续，甚至出现了一些带有寓言性质的准小说。由此看来，作者这种深刻的思想变化不但影响了其长篇小说的结构形式，而且也影响到了人物性格的塑造（出现了类型化性格），甚至影响到了作者的创作生命。

总之，托尔斯泰也和他同时代的现实主义作家一样，用文学作品构建起一个个宏大叙事，以期用来寻找解决社会危机的途径，但是由于作者对大地崇拜发生危机，并逐渐向道德（"托尔斯泰主义"）转向，其创作思想也必然发生变化，因此该叙事结构也就必然随之变化。作品结构也从多线索到双线索再到单线索，人物性格也逐渐由复杂变得简单了。当然，其创作思想性和艺术性都存在着下降的趋向，特别是《复活》的创作，最能显示这一点。

第七章

大地崇拜情结及其危机与现实主义创作方法的“拓展”

托尔斯泰早期对大地崇拜所带来的诗性创作，到后来由于信仰危机而带来的矛盾性创作，再到最后对道德的推崇所带来的功利性创作，其整个创作观的变化过程，不但影响着作品的创作思想，而且还影响着作者对创作方法的选择。即托尔斯泰一生的现实主义创作风格不是单一的，而是多样的。具体来讲托尔斯泰的现实主义向着三个方向拓展，这便是“自然主义的现实主义”“心理主义的现实主义”“古典主义的现实主义”。这些创作方法渗透在作家的全部创作中，只不过在有些作品里表现得比较明显些，而在另一些作品中表现得比较隐晦些罢了。纵观托尔斯泰的全部创作就会发现，“自然主义的现实主义”在《战争与和平》和《哈吉·穆拉特》中表现得较典型些；“心理主义的现实主义”在《安娜·卡列尼娜》和《伊万·伊利奇之死》中表现得较明显些；“古典主义的现实主义”在《复活》和《克莱采奏鸣曲》中表现得较突出些。

第一节　“自然主义的现实主义”

托尔斯泰的现实主义创作除了向人物的社会性开掘外，还偏向于对人的自然性的张扬，从描写人的社会性，到描写人的自然性，这似乎构成以现实主义为主要文艺思潮的、西方近现代文学的一个普遍趋向。当狄更斯、巴尔扎克把人的社会性描写推向极端，并把其看作是人的唯一本质性格时，法国作家福楼拜、左拉则开辟了自然主义的路子。在自然主义作家看来，人性既不是理性的，也不是非理性的；既非恶的，也非善的，因为人作为大自然的一部分还受着自然法则的制约。这看起来好像是对人的贬损，实际上是对人真正的尊重和正视，是启蒙以来对人性神化的反拨，因为它把人的欲望、本能、潜意识等以往被忽视的东西，看作人性最为正常的一部分。因此，自然主义文学思潮的出现，是对现实主义文学思潮的反拨和超越。但是这种受实证主义哲学影响的文学思潮，在强调人的自然性上，又走上了另一个极端，即把人看作是纯科学研究的对象，它关注人的遗传性，关注人在特殊境遇下所表现出来的生物本能，把文学创作等同于科学上的临床实验，完全忽视人不同于动物的主体性。人来源于自然，但又不同于自然，人身上除了本能、欲望、潜意识外，还有理智、情感、想象、审美等非自然或超自然的东西，这种自然主义完全把人动物化，把生命自然化的做法，显然是一种机械的唯物观。受几千年文化熏陶的人是具有主体意识和个体意识的人，是具有巨大的能动性和创造性的人，因此，也正是出于这种对反人本主义文学现象的反拨，在文坛上崛起了另一种自然主义，这种自然主义不是建立在科学主义之上，而是建立在人文主义之上。如果把前种自然主义名之为“科学的”自然主义，那么后一种则称之为“人文的”自然主义。在“人文的”自然主义者看来，人是大自然的“杰作”与“灵长”，人的使命不是消极地适应自然，而是积极创造自然，是参天化地，是“天行健，君子以自强不息”，是真正的“天人合一”。整个宇宙世界不只是冷冰冰的新陈代谢，而是充满生命活力的创造，这种“天道”也是“人道”。这方面代表人物在文学上是卢梭，在美学上是狄尔泰，在哲学上则是尼采。托尔斯泰的创作思想是沿着卢梭的路子走的，把返回自然和张扬生命统一起来，把人的生命力的旺盛程度和达到至善的程度统一起来，借助对大地的崇拜，把人文的自然主义，推向诗性的自然主义，进一步在创作上把一般的现实主义，拓展成为“自然主义的现实主义”。

托尔斯泰诗性自然主义思想在早期是占主导地位的。作为一个受自然神论思想影响的托尔斯泰，对大地的崇拜，使他相信人的自然欲望、自然情感、自然权利能够得到充分实现，并认为这不仅是完全合理的，而且也是完全必要的。因为这一切完全符合自然法则，完全符合宇宙发展的规律。宇宙中的万物只有尽自己的个性发展，才能最终实现宇宙的至善。因此，托尔斯泰就是要在他的创作中表达出他的这一诗性自然主义思想，就是要考察一下现实生活中是什么事情阻碍着每一个个体难以实现个性自由，进而影响到自然至善的实现。从这里我们可以看出，托尔斯泰的启蒙视野远比西方的一般启蒙者要高得多。

正是由于这一点，我们往往把托尔斯泰的第一部长篇小说《战争与和平》，看作是“青春型”的作品，在风格上是汪洋恣肆的和纵横捭阖的。因此，当托尔斯泰反思1812年俄国对法国的这场卫国战争时，诗性自然主义价值观使他很容易超越当时流行的战争观念，他从诗性自然主义角度出发，对战争提出了全新的解释：战争的发生是自然要实现至善所必然要出现的现象，是对现实中的“不自然”现象的一种克服。因此，尽管战争本身是残酷的，但它的积极意义也是存在的。首先，战争本身似乎按照自然至善的需要毁灭了该毁灭的，成全了该成全的；其次，战争还起着一个让人反省自我，促使人们重新审视人生意义和现存价值，促发个体意识觉醒的作用。正是从这一角度出发，托尔斯泰塑造了六类不同的人物，通过他们在战争中的态度，以及在战争过程中的感受与体验、思考与选择，来展示神秘的自然借战争之手在他们身上所发生的变化。七十年代的《安娜·卡列尼娜》更是一部张扬自然生命的作品。安娜不但是一个人间天使，而且也是托尔斯泰所精心打造的诗性自然主义理想典型。安娜对卡列宁控诉的理由，则在于维护生命力上，安娜说卡列宁“他们不知道八年来他怎样摧残了我的生命，摧残了我身体内的一切生命力——他甚至一次都没有想过我是一个需要爱情的活的女人。……我是活人，罪不在我，上帝生就我这么个人，我要爱情，我要生活”①。对于自然生命的维护，是非常正当的，年轻的基蒂对安娜的赞美也是认为安娜身上有一种诗性美。

代表“自然主义的现实主义”的作品还有作者晚年创作的《哈吉·穆拉特》。该作品刻画了一位信仰伊斯兰教的车臣英雄哈吉·穆拉特，他为人诚实，智勇双全，爱国护家，作风朴实，深得车臣民众的爱戴。虽身为车臣叛军副将，但是他的才智与名望之高却引起了上司沙米尔的嫉恨，并屡遭迫害，哈吉·穆拉特遂投诚于准备平定叛军的俄国军营，却无法得到俄国人的信任，最终当他想私下潜入高加索山区救出家人时，却遭到俄国军队的无情杀戮。哈吉·穆拉特在即将到来的死亡面前，沉着冷静，视死如归，在他身上折射出古代英雄的那种高贵感和崇高美。哈吉·穆拉特就像路旁田边那株牛蒡花，即便被车轮碾过，被犁耙过，即便有点歪斜，却仍向上挺立着不肯屈服，被称为“鞑靼人”的牛蒡花（这也是作者创作的灵感所在）。但是哈吉·穆拉特的结

① ［俄］托尔斯泰：《列夫·托尔斯泰文集》第9卷，周扬译，北京：人民文学出版社，2000年，第382页。

局又是悲壮的，他所面对的对手无论是凶残卑鄙的沙米尔，还是生活腐败、草菅人命的俄国军官，都是他不屑为伍的，但现实又是残酷无情的，他是作为一个失败者、被消灭者而结束的。

哈吉·穆拉特的品德与才能是出类拔萃的，但他的英雄行为又是不合时宜的，他生活在一个物质欲望左右着人们的时代，生活在这样一个精神倭化的世俗时代，他的悲剧是注定了的。但是哈吉·穆拉特身上却体现着大自然的力量，他的质朴、他的睿智、他的无比丰富的内心世界和情感世界，这些都体现着自然为善的力量所在。他面对危险和死亡到来时的从容，以及生命意志的强盛，通过哈吉·穆拉特临死前的细致描写得到充分体现。哈吉·穆拉特在死亡面前临危不惧的场面，禁不住让论者联想到了古希腊的英雄，联想到荷马笔下战死疆场的特洛亚王子赫克托尔。在这里，作者让大自然或整个宇宙借助哈吉·穆拉特的悲剧，来体现诸如无私、正义、纯洁、朴实、仁慈、崇高等正面价值，对现实人类社会中所存在的诸如偏狭、残忍、邪恶、卑鄙、委琐、势利等反自然的现象，加以批判。读了哈吉·穆拉特的传奇经历和悲剧结局，不能不使人受到一次精神上的洗礼。

由此看来，《哈吉·穆拉特》已经超出了一般意义上的现实主义美学范畴，显示了托尔斯泰对现实主义的新探索，这便是“自然主义的现实主义”。

第二节　“心理主义的现实主义”

之所以说托尔斯泰的现实主义是一种“心理主义的现实主义”，是因为托尔斯泰在人物的心理刻画上比起同时代其他现实主义作家来讲，形成了新的突破。19 世纪现实主义文学对人物心理的关注是文学创作上的一大贡献。古典主义是不关注人的心灵活动的，因为他们认为人的本质是理性，而非情感，更非心灵；浪漫主义虽然强调人的情感，甚至有些浪漫主义作家像雨果等人也发现了人的心理活动存在客观事实，但他对人的心理现象仍存有神秘感和恐惧感，以致于刚刚迈进心理世界的大门，还未来得及仔细欣赏里面的奇珍异宝，就退步了。真正正视心理描写的是现实主义作家司汤达，他在《红与黑》这部作品中，在对人物性格的刻画上，始终伴随着心理描写。托尔斯泰的心理描写可以说受司汤达影响较大，但同时又对其形成了两点超越，这具体表现在：首先，司汤达的心理描写是按照情节和人物性格发展的需要设置的，心理活动只是下一个活动的起因，因而人的心理被理性化和逻辑化了，缺乏个性化心理描写，而托尔斯泰则描写人物心理变化的全过程，描写人物心理细微的变化，被称为人物心理描写的微积分。其次，司汤达的心理描写还处在人物的意识层面，即人物的道德层面、宗教层面或政治层面，而托尔斯泰则转向了人物的潜意识，触及人类的灵魂最深处。难怪有的研究者认为托尔斯泰的创作达到了意识流小说的高度，著名学者陈燊就专门写过托尔斯泰与意识流小说的论文。[①] 在研究托尔斯泰的心理描写艺术方面，同时代的作家、美学家车尔尼雪夫斯基总结得好。

> 托尔斯泰伯爵所最最注意的是一些情感和思想怎样发展成别的情感和思想；他饶有兴趣地观察着，有某种环境或印象直接产生的一种情感怎样依从于记忆的影响和想象所产生的联想能力而转变为另一些情感，它又重新回到以前的出发点，而且一再循着连串的回忆而游移而变化；而由最初的感触所产生的想法又怎样引起别的一些想法，而且越来越流连忘返，以至把幻想同真实的感觉、把关于未来的冥想同关于现实的反省融合一起。心理分析可以采取不同的方向；有的是人最感兴趣的是性格的勾勒；另一个则是社会关系和日常生活对性格的影响；第三个诗人是情感和行动的联系；第四个诗人则是激情的分析；而托尔斯泰伯爵最感兴趣的是心理过程本身，它的形式，它的规律，用特定的术语来说，就是心灵的辩证法。[②]

车尔尼雪夫斯基对托尔斯泰的心理描写特征分析得最为精到，以至于“心灵辩证法”的概念直到现在仍为人们所乐道。其实托尔斯泰一开始走上文坛，他就特别关注人的精神世界，他的《童年》作为初涉之作便为当时的文坛所瞩目，其根本原因在于作者创作观念发生了变革，托尔斯泰要把世界本身是怎样的，转变为世界在人的心目中是怎样的，从物质到精神，从唯物到唯心，从客观到主观，托尔斯泰发起了一场“哥白尼式的革命”。托尔斯泰在后来的《战争与和平》创作中，更加注重人物的精神探索，如皮埃尔对死亡的

---

① 陈燊:《列夫·托尔斯泰和意识流》,载《外国文学评论》1987 年第 4 期。

② 倪蕊琴编选:《俄国作家论列夫·托尔斯泰》,北京:中国社会科学出版社,1982 年,第 255 页。

超脱、安德烈对荣誉观念的改变、娜塔莎对婚约的突兀情变等，都是通过大量的人物心理描写来实现的。在《安娜·卡列尼娜》中更是如此，安娜形象得以确立完全是建立在心理描写上，特别是对安娜潜意识心理的挖掘，使我们始终觉得安娜的悲剧，有着超出一般社会意义的更为深刻的原因。安娜自杀前的心理描写，最为精道。安娜坐在马车上，行驶在通往火车站的路上，在她眼前出现了蒙太奇式的亦真亦幻的景象。

> “我一点不认识这些街道。这里像一座座的山，全是房子，房子……房子里全是人，人……多少人啊，数不清，而且他们彼此都是仇视的。哦，让我想想，为了幸福我希望些什么呢？哦，假定我离了婚，阿列克谢·亚历山德罗维奇把谢廖沙给了我，我和弗龙斯基结了婚！”回忆起阿列克谢·亚历山德罗维奇，好像他就在她面前一样，她立刻异常生动地摹想着他和他的温和的、毫无生气的、迟钝的眼睛，他的白净的手上的青筋，他的声调，他扳手指的声音，也回想起一度存在于他们之间的那种也称为爱情的感情，她厌恶得战栗起来。“哦，假定我离了婚，成了弗龙斯基的妻子。结果又怎么样呢？难道基蒂就不再像今天那样看我了吗？不。难道谢廖沙就不再追问和奇怪我怎么会有两个丈夫了吗？在我和弗龙斯基之间又会出现什么新的感情呢？不要说幸福，就是摆脱痛苦，难道有可能吗？不！不！”她现在毫不犹豫地回答了自己。……她厌恶地回想起她所谓的那种爱情。她现在用来观察自己的和所有别人的生活的那种清晰眼光，使她感到高兴。“对于我、彼得、车夫费多尔、那个商人和住在那些广告号召人们去的伏尔加河畔的所有的人，都是一样的，随时随地都是一样的。”她想着，那时她已驶近了下城车站的矮小的房屋，脚夫们从那里跑出来迎接她。①

笔者之所以引用上文不厌其长，是因为这段描写正是一个绝望者安娜内心的真实写照，反反复复思来想去，各种念头纷呈而至，在这里作者把对街景的描写和心理的联想掺和在一起，物我不分，主客相融，这正体现了安娜在死亡

---

① ［俄］列夫·托尔斯泰：《列夫·托尔斯泰文集》第10卷，周扬、谢素台等译，北京：人民文学出版社，2000年，第987－990页。

到来前的紧张和焦虑，其心理活动的描写达到了准意识流的程度。

尽管托尔斯泰对“心灵辩证法”的运用使他的创作不断取得成功，但只有到了《伊万·伊利奇之死》才可以被称之为是一部真正意义上的“心理主义的现实主义”之作。在该作中，托尔斯泰想通过对心理描写的深入来拓展现实主义创作的想法才得以真正实现。该作中作者描写一个名叫伊万·伊利奇的官员，他本来过着一种仕途顺遂、家庭平和的幸福生活，但是突然到来的绝症却把他抛出了日常的生活轨道，使他不得不重新审视一向被自己所忽视的真实生活，才发现自己的生活非但不幸福，而且是完全虚伪的和令人生厌的。但这可不是一般意义上的忏悔小说，而是作者对个体死亡时其精神世界的探索，而这一现代主题又使得托尔斯泰不得不把心理描写——这一现代表达方式之一——推向极端。该作在心理描写上比起以往的创作，形成三个方面的突破：一是对于濒临死亡者的心理描写之多，达到了几近本体的地步。托尔斯泰以往创作中的心理描写大都是为了刻画人物、推动情节，但是在《伊万·伊利奇之死》中是通过主人公伊万患病惧死的心理来结构全篇的，即从患病痛苦，追忆童年的快乐；从对妻子的不满回首新婚初期的满足；从现在的生活恐惧联想到宦海的沉浮挫折，这样的时空“纵横交错”，正是得益于现代主义文学所遵循的“心理时间”，从而也初步具有了现代主义小说的结构特点。二是心理描写之深达到了空前的程度，触及了人的潜意识层面。当伊万得了绝症之后，他才从冗杂的日常生活中摆脱出来，开始思考生活本身。他这才发现他的妻子之所以关心他，是担心他的死亡有可能减少家庭收入。他的女儿之所以关心他，是想早一点卸去这个家庭累赘。他的同事之所以关心他，是关心他死后空下来的位置，而没有一个人真正关心他这个叫伊万的本人。他终于看清了或者看透了人生，由于孤独，他对死亡的到来更加感到恐惧。因此，他面对医生，面对别人的议论，以及病情的加重，他仍然相信死亡与他无关。“在内心深处，伊万·伊利奇知道他快要死了，但是他对这种想法不仅不习惯，而且简直不明白，怎么也弄不明白这一点。……我也要死，这是绝不可能的。这简直太可怕了。”① 这些潜意识描写，大大突破了以往心理描写的局限

① ［俄］托尔斯泰：《列夫·托尔斯泰文集》第4卷，臧仲伦、刘辽逸等译，北京：人民文学出版社，2000年，第88页。

性，更富于表现力。三是这种创作手法即心理描写的改变，也深化了作品的主题，使《伊万·伊利奇之死》呈现出了孤独、悲观等现代观念。传统社会人们的观念是理性的、崇高的、乐观的，死亡似乎也只是一件客观的与个体无关的事情。而建立在个体本位的现代社会，个人价值突显，因此，死亡之事就成了与他人无关的纯粹属己的事情，个体生命的寂灭意味着整个世界的寂灭，死亡必然到来的恐惧，也必然造成人生的孤独感和悲剧感。托尔斯泰在作品中通过对心理描写的深化所透露出的正是这一点。因此，伊万才会感到孤独和对人生的悲观。“近来，他一直处在孤独之中，他孤独的脸朝着沙发背躺着。身居人口稠密的城市之中，熟人无数，家属众多，可是他却感到一种在任何地方，无论在海底还是地下，都不可能有的深深的孤独中，只靠回忆往事过日子。”① “如果我不在了，那么还有什么呢？什么也没有了。”② 而孤独意识和悲观意识正是一种现代意识。正是由于《伊万·伊利奇之死》拓展了现实主义在心理描写方面所做的努力，使该作成了托尔斯泰创作的中篇小说中为数不多的精品之一。

但遗憾的是，由于作者现实主义创作观念上的束缚，使得《伊万·伊利奇之死》这部作品对现实主义的拓展还是有限的，作者仍然停留在现实主义美学观念的此岸而望现代主义的彼岸兴叹。这主要表现在托尔斯泰还停留在对官僚生活异化人性的批判上，并由此带来对都市生活的否定和对乡村生活的肯定上。这里不是说这种批判本身不应该，只是说这种批判还带有简单化的色彩，文明异化是一个非常复杂的问题，何况乡村就一定胜过都市吗？同时在心理描写上仍然受作者的理性主义哲学观影响，作者仅仅认为官僚生活不健康，而没有看到个体生命在最终意义上的悲剧性和宿命性，从而使得心理描写没有达到应有的深度和广度。不管怎么说，托尔斯泰的创作实践丰富了现实主义在心理描写方面的经验。

---

① ［俄］托尔斯泰：《列夫·托尔斯泰文集》第4卷，臧仲伦、刘辽逸等译，北京：人民文学出版社，2000年，第108页。

② ［俄］托尔斯泰：《列夫·托尔斯泰文集》第4卷，臧仲伦、刘辽逸等译，北京：人民文学出版社，2000年，第86页。

第三节　“古典主义的现实主义”

托尔斯泰在把现实主义向自然主义和心理主义两个方向拓展的同时，也向古典主义方面拓展（由于古典主义是一种过往的创作方法，这里似乎把“拓展”改为“回溯”更为合适），即所谓的“古典主义的现实主义”。托尔斯泰之所以借助古典主义开拓现实主义，是与他的生活方式和生活经历有关的。

首先，托尔斯泰对大地的崇拜，也就意味着对宗法制文化的崇拜，而宗法制文化对现代工业文化来讲，则是前现代的、古典的。其次，从托尔斯泰的生活方式看，托尔斯泰长期过着宗法制的农村生活，这种生活方式使得托尔斯泰从感情上天然倾向于古典主义艺术思维，因为古典主义本身就是封建时代的产物。再次，从托尔斯泰的身世经历看，尽管19世纪60年代初的托尔斯泰还处在创作《战争与和平》的辛劳与快乐之中，作者长期的内在精神危机似乎暂时被掩盖，但是，随着夫妻生活新鲜感的丧失和日常生活俗事的缠身，托尔斯泰的精神危机又开始了。对妻子的不满甚至影响到了他对女人的看法，很多贵族的破产和平民身份的商人阶层崛起，也使他对社会变化感到不可理解，特别后来发生的“阿尔扎马斯的恐惧”，彻底把作者从日常的生活轨道中抛了出来，其精神危机达到了总爆发的程度。托尔斯泰的这一心理现象被后来的俄国存在主义哲学家列夫·舍斯托夫称之为：被抛出了“共同体世界”，落入了“个人世界”，也即感性的个体取代了宗法群体而直面死亡的威胁。面对理性的破碎，被“共同体世界”所逐出的托尔斯泰，并没有走向叔本华对欲望加以遏止的消极叹息，而是走向了古典的宗法群体温暖的怀抱。面对古典理性的优美与壮美，个体是感性的、渺小的、丑陋的、软弱的，但这样的个体却是真实的。从某种意义上来说，孤独的个体也是最为有力量的个体，因为他把世上一切苦难，全都扛了起来，敢于承担一切。托尔斯泰知道理性是虚幻的，群体是抽象的，但是面对个体将要承担的全部责任，特别是个体面对死亡的黑暗深渊，他感到了巨大的胆怯，因为他所接受的文化教养和人身经历使他还不具备独挡死亡的勇气。优越的家庭环境，高贵的社会地位，顺利的成长经历，轻易的事业成功，以及爱情生活的顺遂，使他总能够在生活中左右逢源。同时，长期生活在虚幻的天人合一的宗法制生活中，托尔斯泰无论如何也体验不到叔本华的悲观、尼采的孤独，以及卡夫卡的绝望等这些对作者来说较为异样的感受，从某种意义上说托尔斯泰还不具备现代意识，他只能选择再次回到宗法的“共同体”社会，以个体的消弭来解决个体的痛苦问题，以取消问题的方式来解决对问题的回答，因此，托尔斯泰在创作上走向古典主义便成为必然，《复活》正是这样一部代表性的作品。

古典主义繁荣于17世纪的法国，从本质上讲古典主义是与传统的小农经济状况相匹配的一种美学观念，因为在这样的社会里，由于生产力不发达，人对自然的认识还处在主观臆测和功利需要状态，因此，科技理性不发达而伦理理性却过于发育，成为这时期社会的一个主要特点。由于伦理理性不是建立在科学理性的基础之上，因而这样的伦理理性既忽视客观实际，又忽视个人需要，这是群体作为类的社会实践代替了个体实践所必然导致的现象。可见极端理性主义或伪理性主义成为古典主义思潮的哲学基础或思想支撑，表现在文学创作上就是宣扬封建义务、突出道德的社会作用、注重文学的宣教功能以及类型化地塑造人物等。不过古典主义在封建社会的流行又具有某种合理性，因为它基本上反映了那个时代人们的审美观念和审美趣味，但当这种思潮延续到了19世纪时，其所体现出来的美学观念，就相对滞后了。

其实托尔斯泰在创作中一直保持着古典主义创作倾向，并且越到后期越严重。即使一向被视作英雄史诗般的《战争与和平》，也表现出不少的古典主义艺术特征。具体表现在作者具有明显的善恶是非的价值判断，在托尔斯泰看来，凡是乡村的、宗法的、俄罗斯的就是善的；凡是都市的、文明的、法国的就是恶的。表现在作品中作者对俄国将领库图佐夫和贵族皮埃尔的偏爱，对宗法制乡村生活的美化，对代表都市生活的库拉金家族成员的厌恶，对法国女人的苛求与刻薄，对拿破仑的极力丑化，对民主改革派的不信任，所有这些都表现出了作者极端理性主义观念。在这种观念支配下，尽管托尔斯泰塑造了一大批生动丰富的人物形象，但也不可避免地塑造出了像海伦、拿破仑等类型化的人物，再加上作者经常违背现实主义的客观态度，常常站出来以局外人的身份发表看法，这些都在一定程度上损害了《战争与和平》的艺术性。到了《安娜·卡列尼娜》，作者的古典主义观念又进一步加强，“伸冤在我，我必报应”的扉页题辞，为全书定下了道德基调。如果说在该书的前半部对安娜的形象塑造还持守着现实主义创作方法的话，那么在作品的后半部托尔斯泰则对安娜做出了明确的道德判决，聪明、单纯、热情的安娜一下子变成了偏执、自私、忧郁、性情乖戾的庸常妇女。这就难怪学界流行有“两个安娜”的说法。除此之外，对卡列宁的一味讽刺，对商人的丑化和漫画化，对列文莫名苦恼主观臆想等，所有这一切，都是因为古典主义创作思维在作祟，而影响了作者对人性的挖掘深度。

最能表现托尔斯泰古典主义美学思想的是《复活》，因为它所宣扬的仍然是极端理性主义。之所以如此说，是根据以下几点：

首先，《复活》所宣扬的“托尔斯泰主义”是一种极端的政治乌托邦。我们看到托尔斯泰彻底地否定资本主义制度，便认为作家是进步的，其实托尔斯泰所否定的不是任何具体的政治制度，而是否定所有的政治制度，最终建立一个只靠道德信条来维持的神权体制，是一种宗法制的无政府主义社会。虽然看上去《复活》中的人物似乎存在着性格变化，实际上是一种道德人格变化。由于用人的道德行为代替一切性格刻画，还会掩饰人物复杂的心理世界和性格变化，使人物性格走向类型化。其实古典主义作品中，重视道德人格的塑造，忽视人物的内心世界，恰恰是古典主义美学所追求的。在19世纪人本主义哲学非常发达的时代，托尔斯泰仍在坚守道德理性，显然就变得不合时宜了，这不但影响了作品的思想性，也使作品在美学上呈现出了倒退趋向。由此来看，托尔斯泰在现实主义向古典主义的退守上，并不利于艺术的发展。

还应看到的是托尔斯泰把现实主义向古典主义方向进行拓展不是一件偶然的事件，而是应该看到这是一种“新”的美学动向，是一种适应新形势的“新古典主义”。古典主义文学思潮的生命力是不容小觑的，只要气候适合，它还会在新的条件下，会以新的面目出现。之所以这样说首先是因为古典主义反映了贵族阶级的审美趣味，只要这个阶级存在，古典主义文学就有存在下去的土壤。

其次，启蒙理性和古典理性的内容虽然不同，但都是对理性的张扬和对情感的压抑，因此，用启蒙理性反对古典理性，只是内容上有所变动，本质上理性抑制感性的现象并没有得到改变。

第三，一种文学思潮所表现的内容很容易过时，但文学思潮的形式往往要经过相当长的时间，因为文学形式具有承继性和相对独立性。因此，只要社会土壤适合它生存，它还将变换成一种新的面目出现。

19世纪与以往世纪的最大不同在于它是科学技术飞速发展的世纪，也是科学理性膨胀的世纪，科学的万能和科学所造成的乐观主义，使科学成为新的宗教。面对理性的过分膨胀，人们一直在对其进行着人本主义的解毒，在19世纪西方兴起的生命哲学和非理性主义哲学思潮，便是对理性主义的一种批判和矫正。“西方社会进入现代社会以后，主体学说成为现代性的核心原则，文化主导、科学理性、工具理性成为一种强大的暴力力量，对其他文化构成排斥压抑之势，尼采、弗洛伊德等非理性主义学说的出现就是对这种统摄一切的理性至上论的挑战……”[①] 但是也应看到，除了上述从维护人的个性尊严出发，对现代理性主义加以批判的方法外，还有另外一种更为“左”的方法，即认为现代性社会对理性的重视程度不是太过了，而是还不够，人的理性能力还远没有得到真正发挥，还应该进一步张扬理性，表现在实践上，由于理性的虚妄，认为社会发展的终极规律已经被发现，这样复杂多样和变动不居的人类社会被简化成一项宏大工程，而人们可以按照自己的理性参与这项工程，就像每个齿轮都在适应大机器运转的需要一样，并想当然地认为这样做就可以避免诸如经济危机、贫富两极分化、失业等社会问题，从而使社会得到健康发展，实现人人幸福的理想愿望。当然，这里所推崇夸大的理性已经不再是科学理性，而是以“科学”的名义所宣扬的一种主体（理性化了的）崇拜，以神化理性的名义把人神化，认为人具有天然良知或人性本善即伦理理性，以此来作为解决社会矛盾的支撑点，并在此支撑点上建立新的乌托邦，相信由知识理性武装起来的人们，会自觉地把握自我的伦理意志。应该说这种观念看上去似有道理，也振奋人心，但细究起来便发现该理论不过是人类对理性过分崇拜而导致的谵妄。首先，理性并不是人类的唯一本质，人除了理性之外还有非理性、超理性等，理性不过是人的一种能力，这正如陀思妥耶夫斯基在《地下室手记》中借“地下室人”之口所说的：“理性的确是个好东西，这是无可争议的，但是理性不过是理性罢了，它只能满足人的理性思维能力，可是愿望却是整个生命的表现，即人的整个生命的表现，包括理性与抓耳挠腮。……理性仅仅知道它已经知道的东西，可是人的天性却在整个地起作用，天性中所有的一切，有

---

① 刘传霞:《中国当代文学身体政治研究》,北京:中国社会科学出版社,2014年,第167页。

意识和无意识，哪怕它在胡作非为，但它毕竟活着。”① 可见生命高于一切，它是人之所以作为人，和人之所以存在的更为根本的东西。其次，人们在夸大理性作用的同时，往往更多突出的是实践理性，强调并美化人的先验良知，深信存在着“纯洁的道德”。其实在人身上并不存在先天的或抽象的良知，良知也是后天的社会历史环境所形成的，同时没有经过知识理性批判与检验的良知也是靠不住的，过分夸大良知的纯洁性和道德性，必然会带来道德理想主义，进一步则是禁欲主义。第三，既然相信每个人都具有自足的道德理性，并能自觉地调节自我行为，那么在制度安排上也就必然会建立一种反资本主义的激进制度，这种制度要么是宗法制度，要么是极权制度，要么是空想社会主义制度。由于这些制度必须依靠某个在道德上被神化的人来做监督和仲裁，因此，这种社会制度其性质往往是政教合一的神权政治，也是极权政治。第四，既然只承认人的理性而不承认理性之外的人性，那么这种制度对内必然是经常性地镇压社会上存在的各种非道德现象（至于什么是非道德现象只能由专制者或极权者任意解释了），作为社会主体的人会长期受到道德法庭的监督和审判，这必然导致对人性极大的压抑；对外则是无休止的战争，以消灭所谓的非人道非道德现象，最终幻想着解放全人类。第五，为了成功进行这一所谓造福人类的宏大工程，统治者会重新把“国家主义”“民族主义”“工粹主义”“民粹主义”等加以神化，作为“新社会”的意识形态，来调动整个社会的力量，这样，自18世纪启蒙以来成长起来的个性自由，便重新被“国家”“民族”“工粹”“民粹”以及“社会”等至上的新伦理理性所吞没。因此，这种新的理性主义我们又称之为“极端理性主义”。“极端理性主义”是现代社会理性膨胀的一个变种，它貌似是对现代性弊端的纠正，实则是对现代性弊端的进一步放大，其最终是反现代性的（或否定现代性的）。如果说，古典主义在现代性社会中仍然主张封建伦理理性是向右走的古典主义，那么，以张扬反资本主义而提倡的极端理性主义则被称之为向“左”走的古典主义，这是一种新古典主义，实则是伪古典主义。

托尔斯泰的古典主义取向就带有新古典主义特点。作者在《战争与和平》中最爱引用《圣经》上的一句话就是“没有上帝的允许，连一根头发都掉不

① ［俄］陀思妥耶夫斯基：《双重人格·地下室手记》，藏仲伦译，南京：译林出版社，2004年，第202页。

下来”，一切都在“理性”的掌握之中，这里“理性”代替了“上帝”。托尔斯泰过分相信和夸大人的实践理性，相信道德万能，他所创立的“托尔斯泰主义”学说就是未来建立乌托邦社会的“行动指南”，托尔斯泰本人就成了“新宗教”的最大“教主”，而《复活》则成了宣扬托尔斯泰主义的“福音书”。正是由于这一点，你就会看到为什么托尔斯泰在前苏联时期远比陀思妥耶夫斯基更受人重视，更被“新时代的人们”所推崇，因为托尔斯泰把现实主义向古典主义拓展（回溯）而形成的“新古典主义”，适应了前苏联新型国家所极力宣扬以“国家主义”为特征的新古典主义的伦理需要和美学需要，而国家主义所需要的恰恰是极端理性主义，而对家族和国家的颂扬是历来古典主义的主旨之一。

由上述分析可以看出，托尔斯泰在大地崇拜情结及其信仰危机的整个创作过程中，其现实主义出现了三种探索局面。“自然主义的现实主义”和“心理主义的现实主义”的探索，真正开拓了19世纪现实主义的美学疆界，赋予现实主义以新的生命活力，从这个意义上说托尔斯泰是俄国现实主义文学的代表，并把传统的现实主义推向了高峰。托尔斯泰把现实主义向古典主义方向拓展，却有溢出现实主义转向“新古典主义”之嫌，它虽然在艺术上不利于现实主义的进一步发展，但它的出现无论如何却是一种“新动向”，并对后世文学起着较大的消极影响，这是以往我们所估计不到的。

第八章

大地崇拜情结及其危机与审丑意识的发生

“审丑”这一美学观念的出现是近代步入现代社会发展时的产物，它是与传统社会的“崇高”“优美”甚至“滑稽”等美学范畴相对应的。[①] 因为现代社会伴随着人的主体意识和个体意识的觉醒，人们开始关注自我价值、肯定自我需要，与传统社会由于个体还没有完全从“家族”“国家”“民族”等整体性的概念中摆脱出来，因而使人显得“崇高”相比，现代社会所提倡的“个人”需要便带有“丑”的性质，因为“个人”需要也即“私人”需要，不带有普遍性，与传统社会的审美观念相比，既不崇高也不神圣，甚至还带有反对崇高和亵渎神圣的味道。但现代审丑意识的出现，却是人们美学观念的巨大进步，它使人在人格上更加独立，在精神上更加自由，因此，只是到了现代，“人们逐渐从对生活的有限的认识进入到了对生命的有限认识，丑才开始露出了自己的‘庐山真面目’，才不再是陪衬，不再是最不美的美，而成为一种独立的、本体的存在，成为审美活动的一种类型”[②]。“丑在传统美学中只是一种否定的力量，而到了20世纪现代主义的美学中，则丑与荒诞代替了崇高与滑稽，成为非理性的审美理想的标志。”[③] 陈炎把“丑”叫作“丑陋”，他认为：“‘丑陋’在人类情感体验中的量的积累，只有到了后现代社会才发生了质的变化，从而获得独立的地位。因为只有到了后现代社会，人们才有足够的勇气，开始正视主观与客观、目的性和规律性之间不可调和的矛盾与冲突。”[④]

---

① 周来祥：《再论美是和谐》，桂林：广西师范大学出版社，1996年。

② 蒋孔阳：《美学新论》，北京：人民文学出版社，1993年，第380页。

③ [英]李斯托威尔：《近代美学史评述》，蒋孔阳译，上海：上海译文出版社，1980年，第233页。

④ 陈炎：《艺术与技术》，北京：人民出版社，2012年，第26页。

虽然陈把“丑”作为“丑陋”放到后现代社会，但就丑是“不可调和的矛盾与冲突”来讲，也是具有现代性意义的，因为后现代的矛盾是难以调和的，也无须调和。总的来看，“丑”是作为美的对立面而出现和存在的，它不再隶属于美，而是和美共同构成感性学范畴。[①] 由于审美是主体和客体还处于一种紧张关系，主体必须借助于理性才能把握住客体，因此审美便呈现出秩序、明晰、和谐等理性特征，它的本质是要导向善和美；而审丑则是由于主体对客体的绝对把握，任主体对客体做压倒性的膨胀，即尽最大可能满足欲望的要求，因此其美学特征体现为不和谐、秩序混乱、昏暗不明，并带有神秘色彩等非理性特征，它的本质是要导向恶和丑。

应该特别说明的是，从广义上说这里的丑仍然是美，是对美的研究范围的扩大，是对那些之前还被排斥在美的范畴之外事物的确认；甚至应该倒过来说美这种理想是不存在的，因为美毕竟是一种抽象的理想，它总要落实到具体的事物上，因此毕加索才会说：我从来不知道什么是美，那大概是一个最莫名其妙的东西吧?[②] 20 世纪具有审丑性质的文学大量出现，表现了人的非理性本质，展现了人与社会的荒诞关系，但是由于这里的丑表明了人对自身以及社会认识的深化，同时也表明了人类抵抗自然能力的增强，这种具有审丑价值的文学也标志着人类发展的成熟。

列夫·托尔斯泰是崇拜大地的，但是大地的颤动，即对大地崇拜信仰危机的发生，把他抛出了和谐美好的古典“共同体”社会，个体面临着脚下断桥临渊般的恐惧体验，使他感受到了人生的凶险、时事的偶然、命运的难测，以及由此而来的精神空虚、孤独、焦虑和死亡的威胁，所有这些现代情感使托尔斯泰透过美丽人生的虚幻，看到非理性世界的丑陋。这个非理性世界既包括个体感性欲望的满足，也包括外在世界的荒诞无序。也许非理性在前现代社会是被压抑的，或遭故意贬斥的。但在现代社会由于生产力极度发达，物质极大丰富，这就为欲望的部分满足带来了合理性；科技的发展，物质的难以测定，使人看到世界不是凝固不变的，而是瞬息万变的，难以把握的，正因为这样，此时人性之丑和世界之丑，便具有了审丑的意义。前篇曾经谈到过“《战争与和

---

① 栾栋：《感性学发微——美学与丑学的合题》，上海：商务印书馆，1999 年。

② 转引自刘东：《西方的丑学》，北京：北京大学出版社，2007 年，第 204 页。

平》的非理性”问题，其实那已经摸到了审丑的前大门，只是还没有登堂入室，现在则有必要通过托尔斯泰的创作，通过托尔斯泰的信仰危机，来谈谈其审丑意识。

如果纵览托尔斯泰的全部创作，就会发现他创作中的审丑意识主要包括三个方面。

第一节　“自然至善”实现过程中的反主体性

托尔斯泰对大地的崇拜，带来了对自然的崇拜，这就使他相信自然是至善的，并且是一个逐渐实现的过程，这是自然的一个最基本的法则。自然法则虽然最终把世界导向至善，但在自然实现至善的“途中”，自然法则则主宰一切，横行无忌，像一个专制暴君一样，顺之则昌，逆之则亡。用《圣经》上的话来说就是“伸冤在我，我必报应”。因此人作为个体是渺小的，在自然趋向至善的过程中，暴露出了自然残酷、丑恶的一面。托尔斯泰曾在《战争与和平》中表述过类似的观点，只不过他用“历史”之称谓，代替了“自然”之称谓。在论述战争爆发的原因时，托尔斯泰写道：“每个人都有两种生活，它的兴趣越抽象，就越自由；一种是天然的群体生活，人在其中就必须遵循给他预定的各种法则。”并且，“他们每一个行动，他们觉得仿佛都是他们独断专行似的，其实从历史的意义来看，都不是随心所欲的，而是与整个历史过程相关联，而且是很久以前就决定了的”①。因此，在托尔斯泰笔下所发生的战争、瘟疫等天灾人祸，以及作为个人的流血牺牲甚至家破人亡，都似乎存在着合理性。托尔斯泰的这种审丑意识，早在他的《五月的塞瓦斯托波尔》中就有所表露，当别人还在为俄罗斯士兵表现出的爱国热情极尽赞美时，他却看到了战争的残酷性，看到了个体生命被毁灭的非人道现实。作品中描写了一个十岁的小男孩，“一停战，他就从壁垒后面走出来，一直在谷地里走来走去，怀着茫然的好奇心瞧瞧法国人，瞧瞧横在地上的尸体，同时采着盖满这个不祥谷地的蓝色野花。他捧着一大束鲜花走回家去，掩住鼻子，不愿闻到随风飘扬的

① ［俄］列夫·托尔斯泰：《战争与和平》，刘辽逸译，北京：人民文学出版社，2000年，第808－809页。

臭气。他在一堆尸体旁边站住，久久地瞧着一具离他最近的可怕的无头尸体。他一动不动地站了好一阵，然后走得更近一点，用脚碰碰死尸僵硬的手臂。那手臂微微动了动。他又碰了碰，碰得更使劲一点。那手臂抖了抖，又落到原来的地方。孩子忽然大叫一声，把脸埋在花束里，没命地向要塞跑去"[1]。这种残酷的场面在托尔斯泰后来的创作中，时常会看到。在《战争与和平》中，俄法两军在波罗底诺战场上相互残杀所形成死尸遍野的惨相，让人震惊。"几万名死人，以各种姿势，穿着各种服装，躺在属于达维多夫老爷家和皇室农奴的田地里和草地上，数百年来，波罗底诺、戈尔基、舍瓦尔金诺和谢苗诺夫斯克耶的村民就在这里收庄稼和放牲口。……整个战场，原先是那么欢快而美丽，刺刀在晨曦中闪光，烟雾弥漫，现在却笼罩着潮湿的烟尘，发散着难闻的硝酸和血腥气味。乌云上来了，开始落雨点了，雨点落在被打死的人身上，落在疲乏的人身上，落在迷惘的人身上。雨点仿佛在说：'行啦，行啦，人们。住手吧……清醒清醒吧。你们在干什么呀？'"[2] 还有战地医院里锯腿断臂的惨叫声，以及莫斯科使千万人流离失所的熊熊大火，还有拿破仑撤退时几千人淹死在河里的景象，作者把这些惨相似乎都毫无同情心地表现出来。这种对战争的残酷场面抱以审丑的态度，唤起人们对年轻的鲜活的个体生命的关注，也表现出人类直面残酷现实的能力在增强。不仅如此，连率领几十万人的统帅也不再像史书上描写得那样运筹帷幄、决胜千里，或叱咤风云、豪气冲天。恰恰相反，库图佐夫老态龙钟，随遇而安，由于精力不济，时常在军事会议上打瞌睡。而拿破仑则充满着病态的蛮横和傲气，行为卑琐，脾气暴躁，性情乖戾。作者之所以"丑化"他们是因为所谓统帅、英雄等，首先是人而非神，他们和常人一样有"丑"的地方，因为"他们畏惧，虚荣，欢乐，愤慨，议论，认为他们知道他们所做的事，知道他们那样做都是为着自己，其实他们都是不自觉的历史工具，他们进行着他们自己不明白而我们却了然的工作。所以实际的活动家不可改变的命运就是这样，而且他们的官做得越大，自由就越少"[3]。拿破仑的被打败、被流放和库图佐夫在战争结束时即悄然死去，都说明他们是作为历史工具被历史所抛弃。托尔斯泰的非英雄化描写，真正撕下了历史主义

---

① ［俄］列夫·托尔斯泰：《一个地主的早晨》，草婴译，上海：上海译文出版社，1985 年，第 156 页。
② ［俄］列夫·托尔斯泰：《战争与和平》，刘辽逸译，北京：人民文学出版社，1989 年，第 1084 页。
③ ［俄］列夫·托尔斯泰：《战争与和平》，刘辽逸译，北京：人民文学出版社，1989 年，第 907 页。

和英雄主义的美丽面纱。作为他笔下的另一些主人公，像美艳的海伦和她那风流倜傥的哥哥阿纳托利，虽然他们还都年轻，但他们的行为违逆了自然至善的需要，而不得不过早地退出历史舞台。甚至连作者十分欣赏的安德烈也由于过度地迷恋功名，不得不被安排在战争结束的前夕死去，尽管作者已让他逃避过一次死亡。当然表现最为突出的还是《安娜·卡列尼娜》中的安娜，这个曾让作者在相当长的时间内较为肯定的人物，却因为离家私奔而遭到作者的严酷惩罚，让她惨死于火车轮子下。当安娜将要被死亡所吞噬的刹那，她不禁惊恐地喊道："上帝呀，饶恕我的一切吧！"① 这句让人难以释怀的话，表露出托尔斯泰为了实现"至善"所表现出来的"残忍"。其实从这里不难看出，自然"至善"和实现"至善"过程中可能出现不善的矛盾，是异常突出的。

作者之所以如此看重自然的至善，实际上是基督教拯救意识和来世观念的一种变体，"至善"就是天堂，"过程"就是地狱，人在过程中就如同在地狱中一样，受到惩罚是应该的，因为人身上还有恶，还有"原罪"，必须对这些有"罪"之人加以惩罚，才能使他们在将来上天堂。因此，从本质上讲，托尔斯泰对人身上恶的描写，对人间不幸的漠视，对人的主体性的否定，是从宗教的角度出发的。托尔斯泰对现实（过程）的否定，对恶（过程）的无动于衷，是从其潜在的宗教意识出发的，从而使其审丑意识带有极大的宗教特性。这正是为什么"至善"在其实践过程中要否定人的主体性的原因。

第二节　个体实践自由的非理性和神秘性

托尔斯泰崇拜大地时就肯定人、赞美人，而他对大地的信仰产生危机时就否定人，这种看似矛盾的现象实际上并不矛盾，因为前者是赞美自然所创造的人的生命和人性的美好；后者否定人是否定具有主体性的人，也即启蒙以来的理性的人，而信仰危机所带来的恐惧与震惊也是对理性人的瓦解，于是具有自由意志的人，不再是理性的人，而是变成了非理性的、神秘难测的人。正是因为如此，托尔斯泰认识到至善虽是一种"规律"，"顺之昌，逆之亡"，但自然至善的最终实现是要落实到每个具体的个人身上，因为一方面"至善"的目

---

① ［俄］列夫·托尔斯泰：《安娜·卡列尼娜》，力冈译，杭州：浙江文艺出版社，1972年，第837页。

的是为了使每个人都善；另一方面，只有每个人的自由意志得到充分的发挥，才能使"至善"最终实现。托尔斯泰认为："……因为一旦没有了意志自由，也就没有了人。因此，一个人的行动完全服从必然性的法则，没有丝毫的意志自由，这种观念正如一个人完全自由行动的观念一样，是不可能的。"[①] 中世纪正是对人的自由意志的剥夺，才造成人、神的灾难。因此托尔斯泰便给他笔下的人以充分的自由，但这又不是西方式的理性自由，即理性的觉醒和觉醒后的抗争。因为理性只是人的特性之一，他并不代表人的全部，托尔斯泰特别看重自由的非理性特性，由于人对自由选择的不确定性，这就使人在实践自由时充满了神秘色彩，在这里托尔斯泰已经接近于存在主义哲学了，同时也显示出了托尔斯泰最为深刻的人道主义思想。正因为托尔斯泰呈现的是人的非理性，他笔下的人物往往因感到生活意义的飘忽不定，而有一种莫名的忧伤、无奈和彷徨情绪，如《战争与和平》中的皮埃尔，他虽是一个非常富有的青年贵族，但他却生活得非常懦弱和被动，他虽然从内心里厌恶生性放荡的海伦，但他还是稀里糊涂地和她结了婚；他不信奉任何东西，但他却莫名其妙地加入了共济会；他不愿意决斗，但还是开枪把多洛霍夫打伤；皮埃尔"随波逐流"，任性而为，可以说从他身上表现出典型的非理性特征。安德烈虽出身于名门贵族，并具有建功立业、光宗耀祖的抱负，但当他第一次在战场上负重伤差点死去时，面对宁静的天空，他开始把名利视作浮云，但伤痊愈后，他却又上战场，直至牺牲。而纯洁的少女娜塔莎，这个来自乡村的贵族少女几乎是大自然的杰作，是真善美的化身，与那些过着繁文缛节、虚伪矫饰生活的都市贵族妇女相比，娜塔莎不亚于人间天使。但就是这样一个近似"天使"的人，这样一个连作者也喜爱的人，却禁不住异性（花花公子阿纳托利·库拉金）的诱惑，竟然要背叛自己的未婚夫而私奔，飞蛾投火般地要过一种堕落生活，竟不顾由此而导致的个人和家族的身败名裂。娜塔莎的哥哥尼古拉，性情善良淳朴，是罗斯托夫家未来的希望，就这么一个优秀的乡村贵族小伙，竟然和多洛霍夫赌起博来，任起性来，一下子输掉四万多卢布，使这个濒临破产的家庭雪上加霜。安娜本不想自杀，她到车站去接弗龙斯基，面对轰然开来的列车，"她忽然想起她和沃伦斯基相逢的那天被火车轧死的那个人，于是她明白了她应该怎

① ［俄］列夫·托尔斯泰：《战争与和平》，刘辽逸译，北京：人民文学出版社，1989年，第1588页。

么办"[1]。这一切似乎都充满偶然。就像为我们所鄙视的卡列宁也并非我们想象得那么坏，那么老奸巨猾。卡列宁原先盼望安娜快点死以结束绯闻的理性想法，在面对着病重的安娜时，他突然改变了。"阿列克谢·亚历山德罗维奇的情绪的混乱越来越增长，现在竟达到了这样的地步，他已不再和它斗争了。他突然感觉到他所认为的情绪混乱反而是一种幸福的精神状态，那忽然给予了一种他从来未曾体验过的新的幸福。他没有想他一生想要恪守的、教他爱和饶恕敌人的基督教教义；但是一种爱和饶恕敌人的欢喜心情充溢了他的心。他跪下把头伏在她的臂弯里（隔着上衣，她的胳膊像火一样烫人），像小孩一样呜咽起来。"[2] 卡列宁这个被安娜斥为"官僚机器"的人，也有温情的一面。还有卡列宁在决定是否要和安娜离婚这件事上，并没有显示出他的"阴险"，他对此事举棋不定，以至于他不得不求助于用扑克牌占卜来决定，谁也想不到这小小的扑克牌竟决定了安娜未来的命运。看来卡列宁也有不理性的时候。列文比起安娜来说，他得到了爱情，并且组建了一个貌似幸福美满的家庭，但他却时常感到空虚，他不得不把枪和绳索藏起来，以免自杀。由以上可以看出，托尔斯泰虽然把意志的自由给了个人，表现了托尔斯泰极大的"民主"精神，但作为个体的人在实践自由时是那么艰难，因为没有人知道人到底怎样做才能符合自然至善的要求。因此，人的自由是盲目的、非理性的，并带有难以预测的神秘色彩。自由并不像歌德笔下的浮士德，总能够从欲望走向理性，从谬误走向真理，从黑暗走向光明，从恶走向善，而是有可能走向反面，由真善美走向假恶丑，安娜的悲剧就是一个典型的例子，可见理性在关乎人的自由方面显得多么软弱、多么靠不住，因此人性不但是善的，也有可能是恶的；人性不但是美的，也有可能是丑的，例如托尔斯泰在塑造安德烈的妹妹玛丽亚公爵小姐上，最能显示出这一点。玛丽亚公爵本是个虔诚的基督教徒，但是当她父亲病重时，她竟然盼着他早点死，并由此在内心展开理性与情感的矛盾冲突。"这是魔鬼的诱惑，玛丽亚公爵小姐是知道的。她知道唯一对付它的武器是祈祷，于是她试着祷告。她摆出祈祷的姿势，望着圣像，念祷词，但是她祈祷不下去。……她无法祈祷，也哭不出来，因为俗世的思虑包围着她。"[3] 这就是人

---

① [俄]列夫·托尔斯泰:《安娜·卡列尼娜》,力冈译,杭州:浙江文艺出版社,1972年,第836页。

② [俄]列夫·托尔斯泰:《安娜·卡列尼娜》,力冈译,杭州:浙江文艺出版社,1972年,第838页。

③ [俄]列夫·托尔斯泰:《战争与和平》,刘辽逸译,北京:人民文学出版社,1989年,第948页。

对自由的追求和渴望压倒了伦理道德，甚至是宗教。自由带来人的生命力的释放与张扬，但也显示了人内心最深处的阴暗面，显示了其内心的丑。

由此可见，自由既是托尔斯泰给他笔下人物的权利，又是其考察人性的试金石，托尔斯泰这种对人的自由潜意识的、非理性的开掘，体现了作者的审丑意识。当然，也正是这种审丑意识，使托尔斯泰在揭示人性的深度方面，超过了他同时代的现实主义作家，从而使其塑造的人物独具魅力。

第三节　主体对自然客体的难以超越性

崇拜大地和信仰动摇的托尔斯泰自然就会表现出既相信自然的必然力量，又相信人的自由意志，这实际上是作者潜在的矛盾的自然观在起作用。托尔斯泰一方面认为自然是善的，并把自然染上理想色彩和人文色彩，这具体表现在至善的最终实现和对人性本善的认识上；另一方面又认为自然是一种欲望，是一种恶，因为它要尽最大可能地把人拉回到动物状态、物质状态。实际上作为一个现代人的托尔斯泰，他的个人意识和主体意识正在觉醒，因为他开始把自然作为对象来看待。当他企图驾驭自然之时，他才感觉到自然的桀骜不驯，感到自然作为异己力量的强大。对自然为恶的认识，正是托尔斯泰审丑意识的表现。相信自然为善的观点是纯粹东方人的自然观，因为东方人生产力落后，主体意识不发达，人和自然还处在主客不分、物我不辨的和谐状态，也即所谓的"天人合一"阶段，因而主客体之间冲突不大，甚至主体还没有完全从对客体（自然）的依赖中摆脱出来，当然会把自然的本质当成善的来看待。这里实际上是对自然至善观念的怀疑，自然最终要走向至善，但在实现的过程中有可能不善，甚至还有可能作恶，可见托尔斯泰是多么矛盾呵！但是19世纪的俄罗斯不再是一个东方意义上的大国，在资本主义经济的冲击下，这个带有东方色彩的大帝国，正在向现代西方工业国家转变。社会巨变促使个人意识的觉醒，特别是这个时期，西方宣扬非理性主义哲学对俄国知识分子影响较大，可以说托尔斯泰这个时期接受了叔本华的非理性主义哲学的影响，更加促使了托尔斯泰审丑意识的增长。据英国托尔斯泰研究者罗莎蒙德·巴特利特在《托尔斯泰大传——一个俄国人的一生》中写道："1869年夏天，通过阅读叔本华这位以发表对世界各种悲观看法而著称的思想家的著作，托尔斯泰又开始从哲学高度认真探究生与死的问题。……叔本华关于人类的努力徒劳无益的观点，引起了托尔斯泰的强烈共鸣。他对这些观点表现出一种异乎寻常的热情，甚至还搞到一张叔本华的画像挂在书房的墙上。”[①] 叔本华不但认为自然界甚至包括人类社会在内，其本质都不过是欲望，而欲望则是丑的东西。到了现代社会，人们才发现自然欲望的力量是如此强大，人们不但不能够超越它，而且主体还要为自然客体所吞没，还要面临死亡。正像叔本华所说的：“每一口气都在击退时要侵入的死亡，在每一秒钟我们就是用这种方式和死亡进行着斗争；而在较长的间歇之间则以一日三餐、入睡、取暖等等为斗争方式。到了最后必然还是死亡战胜，因为我们的诞生就已把我们注定在死亡的掌心中了，死亡不过是在吞噬自己的捕获物之前，（如猫戏鼠）逗弄它玩耍一会儿罢了。”[②] 同时经过几千年的人类实践证明，人不过是自然的一部分，人类征服自然不但变得愈来愈艰难（看似容易），而且幻想用软弱的理性来驾驭自然，就如同螳臂挡车一样，更何况非理性主义哲学家们早已撤销了理性的合法地位，因为非理性也是人的本质，至少也是人本质的一部分。托尔斯泰正是看到了自然力量的强大，才在他的作品中，展示出自然之恶。这种自然之恶主要表现在对个体实践自由的阻碍上。

《战争与和平》中的海伦有一种高雅的古典美，连作者也赞叹道：“海伦真是太漂亮了，她身上不仅毫无卖弄风情的意味，而且相反，仿佛她为自己无可置疑的、其魅力之大足以征服一切的美貌，感到不好意思。仿佛她宁愿减少自己的魅力，可就是办不到。”[③] 海伦的美丽是异常的，由此你不能不看到造物主对这个女人的偏爱，真有点集“三千宠爱于一身”的味道。但就是这么一个高雅的女人，生性却十分放荡，甚至到了乱伦的地步（和父亲、哥哥等关系暧昧）。如此漂亮的女人，却是如此放荡，这的确是件让人费解的事。其实这并不难理解，在托尔斯泰看来，大自然在海伦身上所展示的并非善的自然，而是恶的自然，因为善的自然并非自然本身，而是被主观化了、被道德化了的自然，或自然本身表现出对人有益的一面，在这里自然仅意味着淳朴、和

① ［英］罗莎蒙德·巴特利特：《托尔斯泰大传——一个俄国人的一生》，朱建迅译，北京：现代出版社，2014 年，第 190－191 页。

② 转引自陈炎：《反理性思潮的反思》，济南：山东大学出版社，1984 年，第 78 页。

③ ［俄］列夫·托尔斯泰：《战争与和平》，刘辽逸译，北京：人民文学出版社，1989 年，第 14 页。

谐、宁静和善良。由此可以看出作者十分矛盾的观点，即一方面承认自然恶有着极其强盛的生命力，另一方面又不得不在道德上对其加以否定。因此，尽管人是自由的，并且这种自由能够促使人自觉不自觉地向至善发展，但人在实践自由的过程中却往往受到欲望的诱惑，甚至因此而堕落。因而托尔斯泰笔下的人物，不管是不是作者所喜爱的，都有一种被欲望所困扰的感觉。举止优雅的海伦是一个被欲望控制的尤物，在她身上没有丝毫的高尚情感，她的生存只在于情欲和虚荣心的满足，她优雅的举止、万方的仪态，是她长期“操练”的结果，是习惯使然，就像鱼习惯于在水里游一样，海伦已习惯于在虚伪的空气里游。看似淳朴的娜塔莎，受虚荣心和情欲的支配要抛弃一切，要嫁给已婚的花花公子阿纳托利。可见欲望的力量之大，假如娜塔莎长期生活在大都市，很难说她不会变成第二个海伦。而安娜则由前期对自己权利的追求与维护，到后来走向对情欲权力的维护。因此，列文在初见安娜时便被其美貌所慑服。在这里安娜也正在逐渐地变成包法利夫人。情欲不能满足和满足后的空虚，使安娜变得焦虑、孤独，嫉妒心也强到变态的程度。安娜疑心重重，寝食难安，她甚至每天不得不靠吸食吗啡来保障睡眠。昔日曾陷入狂热之恋的弗龙斯基，到了这个时候甚至都不愿意再见她了，他恐惧她了。其实安娜早已经忘记她之所以吸引弗龙斯基是因为她的个性，正如基蒂所感到的：“……安娜十分纯真，什么也不掩饰，不过也觉得她另有一个崇高的、她基蒂无法理解的复杂的、诗意的精神境界。”① 这种“诗意的精神境界”就是安娜由对个性追求所产生的，也是她把弗龙斯基从基蒂身边吸引走的原因。当如今的安娜把自己的魅力仅仅限于外表时，她自己已把爱情和情欲等同起来，她的悲剧也就注定了。安娜的悲剧虽外因较大，但主要是她自己精神的堕落，导致她丧失了与环境进行斗争的勇气，可见情欲的力量之大。

以上是三位女性，实际上托尔斯泰笔下的男性也在欲望的支配下上演着各自的悲剧。皮埃尔是一个意志薄弱的人，他顺从欲望的驱使，过着一种随遇而安、随波逐流的生活，像一个温顺而又鲁莽的庞大动物，只是几度濒临死亡的境地，才使他开始考虑人生的意义。安德烈受荣誉感和野心的驱使，竟两度上战场，直到临死时才悟出生活的真谛。而卡列宁一生热衷于功名利禄，并耗尽

① [俄]列夫·托尔斯泰:《安娜·卡列尼娜》,力冈译,杭州:浙江文艺出版社,1972年,第89页。

了他身上的最后一点精神因素，他看不到安娜的美，更不理解安娜的行为及其意义，因为这些都超出了他的经验之外。对于一个像动物一样活着的人来说，经验之外（超验）的东西是很少考虑的，他的痛苦就是现实所发生的一切，难以用经验来解释，卡列宁的下一步就是《伊万·伊利奇之死》中的伊万。伊万对死亡感到非常恐惧，因为他既没有从宗教的意义上把死看成是另一个世界的召唤，也没有从自然的角度把死亡看成是一种必然归宿，而是把死看成是一件俗事，仍然认为他过早地离开这个功利世界所带来的巨大损失，特别是他的尊严，他的死会引来同事的鄙视、政敌的解恨，而死似乎和他的个体生命无关。这正如卡列宁一样，他的妻子和别人私通与对他的情感伤害无关，而是和产生不利的舆论影响有关。弗龙斯基基本是一个优秀的贵族青年，具有果敢的性格，他之所以能够发现安娜的美，应该说此人的素质也是很高的。但他也是个功名心较强的人，虽然他一直忠于安娜的情感，但也仅仅说明弗龙斯基是个诚实的人（同时他也是一个很有经济头脑和较为理智的人，这也是作者在作品中一再暗示的），因为随着功名心的上升，爱情必然沦落。这里并不是说爱情和事业水火不容，在现代社会里，个人爱情的成功和事业的成功，都是个人价值实现的一种标志。而传统社会个人的事业其实是一种家族事业，为了家族的利益会逐渐丧失个人的东西，作为爱情这种极具个人化的情感，必然会受到家族的侵害，说到底，爱情是近代市民（资产阶级）社会的产物。可以说假如安娜不自杀，弗龙斯基和安娜结婚，那么他们的未来只有两种结局，要么是《克莱采奏鸣曲》中男女主人公相互残杀的结局，要么就是列文和基蒂的结局。当列文看到结婚前漂亮而又浪漫的基蒂，结婚后却变成了只知道操持家务、喂养孩子的“老母鸡”时，列文感到特别失望，甚至一度想自杀。而作者在《复活》中所反映的不过是自然力量是如此强大，以至于人竟这么容易堕落，而征服自然、超越自然又是如此艰难。因此，作者充分展现了自然本身的否定性力量的巨大、蛮横、非理性，这种力量是一种恶，也是一种丑。当作者把这种否定力量在作品里加以表现时，才真正显示了托尔斯泰的审丑意识。如果说自然欲望在巴尔扎克笔下还处于被批判和遭谴责的地位时，那么，托尔斯泰已经在悄悄地默认它，甚至欣赏它了。

综上所述可以看出，托尔斯泰对大地的崇拜及其信仰危机使他的创作中出现了审丑意识（当然这种表现是非自觉的），由于审丑意识是一种现代意识，而具有现代意识的创作观必然促使托尔斯泰在创作的美学思想上，形成一种新突破和新超越。但同时也应看到，托尔斯泰由于种种原因，并没有彻底超越传统审美观，一直在感性与理性、自然与社会、主体与客体、个体与集体、善与恶的二元冲突之中苦苦挣扎，最终也没能走出传统的囿限，崇高的美学风格仍然占着主要的地位，这种矛盾性使托尔斯泰在他的前期作品中得到了充分展现。特别是当晚年的托尔斯泰开始彻底摆脱这种矛盾境地，摆脱这种危机，去执着于一种非大地的崇拜和信仰时，其创作的审丑意识就明显地减弱了，其艺术水平也就下降了。

第九章

大地崇拜情结及其危机与创作中的死亡意识

托尔斯泰对死亡有一种本能的恐惧，这一方面与他幼年时对母亲死的印象有关，尽管当时年龄尚小，但留下的印象还是较为深刻的。先来看看作者有关死亡的童年经验吧。

托尔斯泰在他最初发表的短篇小说《童年》中，记载了“我”曾看到母亲尸体所引发的骇人情状。“我站到椅子上想看看她的脸；但是在那里我又看见那浅黄色的、透明的东西。我不能相信这就是她的脸。我更加聚精会神地凝视着它，渐渐认出了她那可爱的、熟悉的面貌。当我肯定这就是她的时候，我恐怖得颤抖了；但是，为什么那双闭着的眼睛是那么深陷？为什么这么苍白可怕，一边脸颊的透明皮肤上还有个黑斑呢？她整个的面部表情为什么那么严肃、那么冷冰冰的？为什么嘴唇那么苍白，嘴形那么美好、那么肃穆，露出那么一种非人间所有的宁静，使我凝视着它，就毛骨悚然呢？……”① 接着令人恐怖的一刹那出现了：“在最后去向死者告别的人中有一个农妇，她怀中抱着一个五岁模样的漂亮女孩，天知道她为什么把这个女孩抱来。这时，我无意中把湿手帕掉在地上，正要去拾；但是我刚弯下腰去，一声充满恐怖的可怕的惨叫使我大吃一惊，即使我活到一百岁，也忘不了这个喊声；我一想起来全身就不寒而栗。我抬起头，只见那个农妇站在棺材旁的一张凳子上，吃力地抱住那个女孩，女孩挥动着小手，吃惊的小脸向后仰着，瞪着眼睛凝视着死人的脸，用一种怕人、狂乱的声音哭号起来。我哇的一声哭出来，我想，我的声音比使

---

① [俄]列夫·托尔斯泰:《列夫·托尔斯泰文集》第1卷,谢素台译,北京:人民文学出版社,2000年,第102－103页。

我大吃一惊的那个声音还要可怕，于是，我就跑出屋去了。”[①] 虽然这是一部文学作品，难免存在着虚构和夸张，但却融进了作者的亲身经历，我想对于这样的场景，作者终身都不会忘记的。死亡为什么让人恐怖呢？

陆扬在他的《死亡美学》中谈道：“死亡之令人畏惧迷惑，还有一个重要原因，那就是死亡的不可经验性。人类对死亡的全部知识，都建立在对他人死亡的现象感知上。这都是皮相的东西。由于死者不可能再生，我们甚至永远无法得到死亡的间接经验，不能指望哪一位死者复苏过来，现身说法讲一讲他的死亡过程。一切所谓的濒死或者死亡经历的复述，复述人经历的并不是真正的死亡，而充其量是在最大值上接近死亡。这一点我们谁都明白。正是这一不可经验性，给死亡笼罩上一层神秘的氛围。这氛围有时能给人带来希望和安慰，但更多的是恐惧。”[②] 死亡的确是一件很可怕的事情，托尔斯泰童年的经历影响到他的一生，这正如梅列日科夫斯基所言：“在《童年》的主角叙述中，他是以如此令人惊心动魄的、几乎是不顾一切的、令人厌恶的真实来描述死亡之恐怖的；这种恐怖扎根于他身上，为他一个人所独有，在他意识刚刚闪现光亮时便在他心中苏醒，而且自那以后从来没有舍弃过。”[③] 可见其影响之大。

不过对待死亡也并不是人人都惧怕它，还是在这同一部作品中，“我”也经历了另一种死亡，这便是母亲的随身女管家娜达丽雅·萨维什娜，她面对死亡，沉着冷静，视死如归，此时的死亡显得并不那么可怕。

娜达丽雅是母亲小时的奶妈，母亲出嫁时把她从娘家带过来。娜达丽雅为人淳朴善良，忠诚可靠，并且非常疼爱母亲。她听到母亲的不幸，内心十分伤心，以至于两年后也随之伤心死去。临死前娜达丽雅表现得非常冷静和沉着，把该做的事情都做了，好像是在准备一次遥远的旅行。“娜达丽雅·萨维什娜被病魔缠了两个月，她以真正基督徒的忍耐精神忍受着痛苦，既不抱怨，也不诉苦，仅仅按照她的习惯，不住地呼唤上帝。在临死前一个钟头，她怀着平静的喜悦心情作了忏悔，领了圣餐，举行了临终涂油礼。……她毫无悔恨地离开

---

① ［俄］列夫·托尔斯泰：《列夫·托尔斯泰文集》第1卷，谢素台译，北京：人民文学出版社，2000年，第106页。

② 陆扬：《死亡美学》，北京：北京大学出版社，2006年，第13页。

③ ［俄］德米特里·梅列日科夫斯基：《托尔斯泰与陀思妥耶夫斯基》，杨德友译，沈阳：辽宁教育出版社，2000年，第66页。

了人间，她不怕死，把死当作一种天惠。人们常常这么说，但是实际上这么想的却是多么少啊！娜达丽雅·萨维什娜能够不怕死，是因为她是怀着坚定不移的信念，完成了福音书上的训诫死去的。她一生都怀着纯洁、无私的爱和自我牺牲的精神。”[①] 这种对待死亡的态度，也给作者留下深刻的印象。

一个是恐惧死亡，因为惧死是所有动物的本能，更何况人是有意识的高级动物。进入现代社会以后，个体意识的觉醒，更使人意识到死亡的危机；一个是面对死亡的从容沉着，娜达丽雅并没有多少知识和思想，她之所以能战胜死亡，是因为她笃信上帝，以及“无私的爱和自我牺牲精神”。作者由童年经历直到成年，“惧怕”与“沉着”，这两种对待死亡的意识都潜在地起着作用。托尔斯泰的世界观和创作观就是对大地的崇拜情结及其危机，并通过他的创作体现出来。对大地的崇拜使托尔斯泰感到精神充实和信心满满，因为此时的大地是坚实的，自然是一个自足的和谐整体，“自然至善”在圆满运行，因此，在这种情况下的托尔斯泰是乐观的、积极向上的。即使对待战争、瘟疫，甚至死亡，就不怎么恐惧了，因为连死亡也是“自然至善”的一部分。可是当大地颤动、信仰危机，作为个体的人被从和谐的宗法共同体中抛出来时，被从宇宙那“自然至善”的运行中分离出来时，个体的死亡就成为一种私人事件，死亡也就成了非常恐惧的事情。论者更愿意把娜达丽雅对死亡的安之若素看作是作者对大地的崇拜情结的体现，因为大地崇拜与宗法情怀是互为表里的，而宗法情怀是讲究“无私的爱和自我牺牲精神”的；对母亲死亡的恐惧及其难以忘怀论者更愿意把它看作是对大地崇拜的危机，大地颤动了，宗法社会面临解体，作家的精神即将失去依托，死亡也就变得恐怖了。作者这两种对待死亡的态度和情感都与作者对大地的崇拜与危机相关联。

那么作者的死亡意识在他《童年》之后的创作中是怎样历时性地展开的呢？先来看一下《战争与和平》，因为大家通常会认为，作为一部以描写战争为题材的长篇巨著，出现更多的死亡事件是再正常不过的事情了。但是描写死亡和表达死亡意识还不是一回事儿。死亡意识包含有对待死亡的态度以及一系列人生观和价值观。那么在该著作中作者对待死亡的态度是怎么样的呢？显然

① ［俄］列夫·托尔斯泰：《列夫·托尔斯泰文集》第1卷，谢素台译，北京：人民文学出版社，2000年，第114页。

对大地的崇拜掩盖了早期作品中那种来自动物本能的死亡恐惧，而崇拜危机的出现，则带来了死亡的恐怖。

第一节 《战争与和平》中的死亡意识

本书开头部分已经论述到了《战争与和平》是作者大地崇拜情结得以充分体现的作品，虽然存在着对大地的信仰危机，但这种危机还是初步的、次要的，仅仅算是偶尔的动摇。此时作者正处在人生最为辉煌、精力最为充沛的时期，因此，整部作品的风格基调是昂扬向上的，是蔑视死亡的，因为对大地的崇拜使作者把整个宇宙视作“自然至善”的完整过程，所有人间不幸都是自然发展的“需要”。在这种观念下的战争残酷，或唤起人的民族意识和个人意识的觉醒，或催发人的爱情萌发和哲学思考，抑或促使人对历史的反思、对社会改良的关注和对宗教变革的热情等，但不少是作者笔下的人物面对死亡的恐惧，以及如何面对死亡的思考。在作者看来，不幸的经历使人成熟，死亡的遭遇使人深思，在这种情况下，死亡非但不是一件恐怖的事情（当然一刹那间可能是），而且还意味着人性的升华，对大地崇拜的敬畏，以及对“自然至善”内在奥秘的体悟，即任何事情的发生看似是偶然的，实际上被现象背后的那只“看不见的手”——必然——所支配。无论战争的胜负、家族的兴衰、时世的变迁，还是爱情的发生和“婚变”等这些看似偶然的东西，其背后都被冥冥中的“自然法则”所支配，并且这种支配还要服从一个最终的目的，这就是要实现世界或宇宙的至善。实现至善的这个目的是客观的，是不以人的意志为转移的，因此，人世间的一切变化都要服从这一目的，顺之则昌，逆之则亡。托尔斯泰在《战争与和平》中反复申明的是，不管是帝王将相，还是凡夫俗子，都不自觉地充当着历史实现自身目的的工具。“他们畏惧，虚荣，欢乐，愤慨，议论，认为他们知道他们所做的事，知道他们那样做都是为着自己，其实他们都是不自觉的历史工具……”[①] 在这种情况下连死亡也成了“工具”，既然是工具，是不得已而为之，那还有什么可怕的呢？这样，战争所带来的灾难和不幸也就不怎么值得谴责了。

---

① ［俄］列夫·托尔斯泰:《战争与和平》,刘辽逸译,北京:人民文学出版社,1989 年,第 907 页。

在托尔斯泰的所有作品中，《战争与和平》中的死亡事件最多，因为打仗总是要死人的。该作品中死亡的人依照先后顺序有：安德烈的妻子丽莎难产而死，老公爵博尔孔斯基公爵忧虑战争失利而死，安德烈和花花公子阿纳托利先后负伤而死，海伦因放荡患病而死，普拉东·卡拉塔耶夫被俘遭枪杀而死，彼得·罗斯托夫在战争即将结束之时中流弹而死，等等，还有成千上万的叫不上姓名来的俄国士兵和法国士兵的死，以及数不清的老百姓无辜遭难的死，这么多的死，充溢着作品，可是这么多的死，应该引发起读者比较大的恐惧，以及对战争的愤怒，但所有这一切都被作者的大地崇拜情结给诗意化、浪漫化了，都被“自然至善”的需要给遮蔽了，给掩饰了。丽莎的死在作者看来是被老博尔孔斯基家里那种反自然的清规戒律给害死的，老博尔孔斯基公爵则死于偏隘的爱国主义热情，安德烈的死则是因为个人野心和复仇之心都太重，阿纳托利和海伦的死都是放荡遭惩罚所致，普拉东的死是作为一种视死如归的态度并用来影响皮埃尔世界观而出现的，彼得的死也是因为简单的爱国主义的狂热，等等。看来战争在托尔斯泰笔下成了裁判官，它按照自己的需要来判决每个人的死。因为在托尔斯泰看来，战争的发生与进行不是能用简单的爱国主义、光宗耀祖、伸张正义、宣扬自由，输出革命、民族解放等名义来裁定，战争是服从一种更高的目的，是大地的需要，是“自然至善”的需要。托尔斯泰这种观念是超前的，似乎是一种接近于“现象学”的战争观，这种战争观在超越了一般世俗的狭隘战争观念的同时，也是对人精神的进一步升华。安德烈在死亡面前开始用宽恕和爱来代替复仇，皮埃尔经历死亡的历险之后皈依了上帝，玛丽亚公爵小姐和娜塔莎在身负重伤的安德烈身边其精神都得到了提升，关系也和好了。看来在托尔斯泰笔下战争不仅仅是灾祸，还有着巨大的精神启迪作用。

但是不管怎么说，战争仍是一种人杀人的灾难，它虽然使人反思，也可能使人精神升华，但更多的是引发人们对死亡的恐惧，对失去亲人战友的痛苦与复仇，以及由此所释放出的人的兽性、人的残酷性，因此，战争的残酷所带给人们的肉体的、精神的伤害是很难被大地崇拜及其“自然至善”的借口所遮蔽的，在这个世界上除了个体生存的生命需要之外，没有高出于此的别的需要，康德说：“人是目的。”不能用历史的宏大叙事来代替个体的私人叙事，更何况任何忽视个人需要的宏大叙事，很难说它具有多少真理。历史正确是建立在个人正确基础上的，没有个人，哪来的历史？没有个人的完善，哪来自然的完善？难怪托尔斯泰笔下的人物安德烈、皮埃尔、娜塔莎、玛丽亚公爵小姐都曾经造过大地崇拜的反，抗拒过“自然至善”的专横，尽管只是作为偶尔的短暂现象出现。《战争与和平》的动人之处恰恰在于，在上帝之手的漏光中，在宏大叙事的缝隙中，在历史的偶然中，在托尔斯泰的“疏忽”中，所发出有关个人苦难的沉重叹息，这种叹息突破了纸质的束缚，穿越了时光隧道，感动着当今的读者。托尔斯泰在遮蔽了死亡的恐惧之时，也遮蔽了个体生命那悖弱的身躯，掩饰了感性个体的无奈，可是托尔斯泰又是一个活生生的肯定感性生命的作家，他作品中出现的不太多的“偶然”和“非理性”，又不时地表达着个体的感受和诉求，这一点本论前部分“《战争与和平》的非理性”中做了较为详尽的论述。也许“偶然”“非理性”正是个体得以生存的空间，尽管这个空间很狭窄。还是让我们详细说说安德烈吧，因为在上述死去的诸多鲜活的生命中，作者对安德烈着墨最多，所抱的希望也最大。

安德烈是《战争与和平》中唯一“死”过两次的人。第一次参加奥斯特里茨战役，身负重伤，差点死掉，突然光临的死神把安德烈追求功名的狂热击得粉碎，就像天空那么深邃高远，那么虚无缥缈，烟消云散。侥幸回到庄园的安德烈变得心灰意冷，退回到了没有理想只有保命的动物状态；第二次参加波罗底诺会战，是为复仇而战，他要向他的情敌复仇（得知阿纳托利已服役），向所有入侵者复仇（他的童山庄园遭到法国人劫掠），可是他的复仇还没怎么展开，自己就被炮弹炸倒，血从肚子里往外流。安德烈这一次负伤就没那么幸运了，作者要让安德烈为他的一再任性，一再刚愎自用付出代价，因为这样的任性不是崇拜大地，不是崇拜大自然，而是崇拜自己，过于相信自己的聪明才智。在作品的开头，作者就突显了安德烈的骄傲和自负，世人皆醉唯我独醒，世人皆浊唯我独清，他看不起舞场的任何人，不顾及妻子的任何感受，他只对皮埃尔感兴趣，因为皮埃尔性格随和，以及当时正处在落魄境地。可是如此骄傲的人，在死神面前也感觉到了恐惧，死亡就是一道关不住的“门”。

他做了一个梦，梦见他躺在现在躺着的屋子里，但是没有受伤，身体是健康的。许多各式各样的人——渺小的，漠不关心的，出现在安德烈公爵面前。……渐渐地，不知不觉地，所有这些人都一个个地消失了，取代这一切的，是关于那道门的问题。他站起来向门走去，把它闩起来，而且锁上。能不能把门锁起来关系着一切。他急忙向前走去，但是他仍然疯狂地使上全身力气。一种不堪忍受的恐惧折磨着他。这种恐惧是死的恐惧：他站在门外。正当他无力地、笨拙地向门爬去的时候，那个令人毛骨悚然的东西在门外使劲地推，它要破门而入了。那个非人的东西——死——要破门而入了，得把门堵住。他抓住门，使出最后的力气，虽然上锁已经来不及了，总得堵住它；但是他气力小而且笨，那个毛骨悚然的东西把门推开了，但门又关上了。它又从外面推。最后的、超自然的努力也无济于事，于是，两扇门无声地打开了。它进来了，它就是死。于是安德烈公爵死了。[①]

人有人的意志，自然有自然的意志，作为自然属性的生命已经不再听从人的意志，尽管安德烈向来以意志坚强著称。安德烈这一从未经验的死亡事实让他产生了恐惧，死亡已按照自己的意志运转了。同时在安德烈死亡的刹那，作者把阴阳之隔比喻成一扇门，死神要破门而入了，可是安德烈毫无办法，他所有的努力都是伴随着巨大的恐惧展开的。

安德烈是作品中最潇洒、最有抱负、最精明强干的人物，但也是最倒霉的人，从祖上就是如此。他的家族虽然生活在乡村，但却是因为父亲遭受政治贬谪才来此地，他们以簪缨之家的高贵看不起平民，看不起世代居住在乡村的罗斯托夫家族，由于罗斯托夫家族是大地崇拜的代表，安德烈也就成了没有大地根基的凌空蹈虚的人物，他的人生目的就是追求功名或为了简单的复仇，这些简单的世俗行为就注定了他命运的悲剧性。安德烈临终前在娜塔莎的爱抚下，才开始觉悟，才意识到大地的力量，想到了宽恕与爱。安德烈生生死死不断遭受曲折的一生，既是作者对死亡的探究，又是作者对死亡的遮蔽。

还有安德烈的好朋友皮埃尔。皮埃尔私生子出身，没有意志力，也没有理想，长得也不潇洒，甚至有点木讷和丑陋。应该说皮埃尔是作为安德烈形象的

① ［俄］列夫·托尔斯泰：《战争与和平》，刘辽逸译，北京：人民文学出版社，1989 年，第 1293 – 1294 页。

对立面而出现的，也可能两个人性格存在着巨大的互补性，才使他们成为无话不谈的好朋友。

虽然皮埃尔得到了善终，并没有死，但他却经历了死亡，萌发过强烈的死亡意识。留在莫斯科的皮埃尔被当作纵火犯遭法国士兵逮捕，走向死刑台，将执行枪决。他排在第六名，他亲眼看到了前五名被枪杀的过程，受到了巨大的震动。“在行刑的时候他所感受的可怕的时刻，那些往日他觉得重要的思想，永远从他的想象和回忆中消失了。在他的思想中再也没有俄国，没有战争，没有政治，没有拿破仑。他清清楚楚地觉得，所有这一切都与他无关，他没有那份才能，因而不能判断这一切。……现在他觉得，他企图谋杀拿破仑，他推算那神秘的数字和《启示录》上的那头兽，都是莫名其妙的，甚至是可笑的。对妻子的怨恨和害怕辱没自己姓氏的担心，他现在不但觉得无足挂齿，而且觉得滑稽。这个女人爱在哪儿过就在哪儿过好啦，关他什么事？他们知道或者不知道他们的俘虏的名字是别祖豪夫伯爵，对一个人，特别是对他，又有什么关系呢？”① 像安德烈一样，皮埃尔因死亡的恐惧也导致他流露出悲观厌世情绪，很有意思的是，之前皮埃尔曾劝导过安德烈。不过就像安德烈遇到了娜塔莎的爱情从而在死亡面前得到顿悟一样，皮埃尔也遇到了一个精神上的引路人，这便是一个虔信上帝的基督徒，一个其貌不扬的农民卡拉塔耶夫。同为俘虏的皮埃尔，从他身上接受了上帝。皮埃尔深刻地认识：“他不能有目的，因为他现在有了信仰——不是信仰某种规章制度，或者某种言论，或者某种思想，而是信仰活生生的、经常可以感觉到的上帝。”② 这样看来，皮埃尔与安德烈殊途同归了。

总的看来，在《战争与和平》中作者虽然展示了死亡的可怕，但这种可怕却仅仅是一刹那间，因为作者对大地的崇拜，及其对“自然至善”的执着，掩饰了死亡的真面目，这是作者在该部作品中所表现出来的死亡意识。那么到了《安娜·卡列尼娜》中作者还会这样吗？对待死亡还会这样侧目而视吗？答案当然是否定的。

---

① ［俄］列夫·托尔斯泰：《战争与和平》，刘辽逸译，北京：人民文学出版社，1989 年，第 1328 页。

② ［俄］列夫·托尔斯泰：《战争与和平》，刘辽逸译，北京：人民文学出版社，1989 年，第 1447 页。

第二节 《安娜·卡列尼娜》中的死亡意识

《安娜·卡列尼娜》是一部家庭小说，人生活在和平时期里，天空应该是晴朗的，人们应该是欢快的，即使有不快也是暂时的，最起码没有战争时期常常濒临的死亡之忧。但是就在这样表面祥和的生活里，死亡一刻也没有停下脚步，如影随形地跟随着每一个人，这不，安娜·卡列尼娜到了莫斯科，刚刚走出火车站，就有一个铁路工人被火车轧死了。青天白日下死人，且惨不忍睹，当然令人恐惧了。

安娜从彼得堡来到莫斯科给她哥哥奥布隆斯基平息家庭风波，这个风波是她哥哥和家庭女教师——一个法国女人私通引起的。结婚八年来安娜第一次离开家，离开儿子谢廖沙。这位本来去平息他人家庭不和的美艳少妇，自己却招揽上风波，并引发自家的危机。你看，安娜刚一下车就遇见一位风流倜傥的年轻军官弗龙斯基，她眼里所流露出的流连顾盼的神情，一下子便被弗龙斯基捕捉到了。

> 在那短促的一瞥中，弗龙斯基已经注意到有一股压抑着的生气流露在她的脸上，在她那亮晶晶的眼睛和把她的朱唇弯曲了的隐隐约约的微笑之间掠过，仿佛有一种过剩的生命力洋溢在她整个的身心，违反她的意志，时而在她的眼睛的闪光里，时而在她的微笑中显现出来。她故意地竭力隐藏住她眼睛里的光辉，但它却违反她的意志在隐约可辨的微笑里闪烁着。①

论者之所以再一次引用这一段描写，是因为该段典型地表现出安娜那精力充沛的身躯由于长久遭受压抑所显现出来的旺盛生命力，正是作者大地崇拜的生生不息之现象在安娜身上的体现。事实证明安娜在品质上是诚实的、善良的，她身上洋溢着一种与众不同的“诗意美”。可是尽管如此，死神还是跟踪而来，“一个护路工，不知道是喝醉了酒呢，还是因为严寒的缘故，连耳朵都

① ［俄］列夫·托尔斯泰:《列夫·托尔斯泰文集》第9卷，周扬译，北京：人民文学出版社，2000年，第80－81页。

包住了呢，没有听见火车倒退过来的声音，被车压碎了”[①]。当这样的坏消息传到安娜耳朵里，她便顺口说出：“这是不祥之兆。”[②] 事实证明安娜在追求爱情的道路上最终走上了与护路工同样的结局——死于火车轮下。可是安娜并没有醉酒，天气也不怎么冷呀。

这是安娜第一次的死亡意识，奥布隆斯基“看到她的嘴唇在颤抖，她极力忍住眼泪”[③]。但不久后第二次的死亡意识出现了，这就是安娜生产时患上了死亡率非常高的产褥热。此时的安娜，终于感受到了死亡的可怕。“我不怕他，我怕死。阿列克谢，到这里来吧。我要赶快，因为我没有时间了，我活不了多久了；马上就要发烧，我又会糊涂了。现在我明白，什么都明白，什么都看得见！”[④] 并且开始忏悔。“我还是跟原先一样……但是在我心中有另一个女人，我害怕她。她爱上了那个男子，我想要憎恶你，却又忘不掉原来的她。那个女人不是我。现在的我是真正的我，是整个的我。我现在快要死了，我知道我会死掉……”[⑤] 精力这么充沛、个性这么强的安娜，也不得不向死亡屈服，因为无论是大地崇拜，还是“自然至善”，一旦碰到个人生存问题，便遇到了麻烦，但按照安德烈、皮埃尔的路子，安娜也只能求助于她平时很少关心的上帝了。“平时不烧香，事到抱佛脚。”只有忏悔罪过，把希望寄托于未来的天堂了，也许只有如此，才能抑制住对死亡的恐惧。

但也不能不看到，时代在发展，社会在进步，安娜所处的时代已经不是安德烈、皮埃尔的时代，安娜在死亡来临时对上帝的忏悔并不虔诚，她对于上帝的祈祷不过是一种突然遭遇死亡后的慌不择路。当安娜的病一好转，她就与她的情人弗龙斯基“私奔”欧洲了。从此也可以看出作者对大地的崇拜情结已经发生了动摇，同时这种动摇也仅仅是动摇，并没有完全转向对上帝的信仰，

---

① ［俄］列夫·托尔斯泰：《列夫·托尔斯泰文集》第9卷，周扬译，北京：人民文学出版社，2000年，第85页。

② ［俄］列夫·托尔斯泰：《列夫·托尔斯泰文集》第9卷，周扬译，北京：人民文学出版社，2000年，第86页。

③ ［俄］列夫·托尔斯泰：《列夫·托尔斯泰文集》第9卷，周扬译，北京：人民文学出版社，2000年，第86页。

④ ［俄］列夫·托尔斯泰：《列夫·托尔斯泰文集》第9卷，周扬译，北京：人民文学出版社，2000年，第537页。

⑤ ［俄］列夫·托尔斯泰：《列夫·托尔斯泰文集》第9卷，周扬译，北京：人民文学出版社，2000年，第537页。

这种转移要到很久之后的《复活》才完成，安娜身上还在继续体现着大地崇拜的末日辉煌——投向火车轮子。与先前安娜对死亡的恐惧相比，这次安娜选择的是用自己那美丽的精力充沛的身躯，去拥抱死亡，去祭献大地。这时的安娜已经在精神上超越了安德烈、超越了皮埃尔，因为安娜在维护自己的个性，维护自己的自由，而非像人们所说的惩罚。托尔斯泰一再强调安娜的结局并非刻意，而是艺术发展的必然，论者相信这一点，相信托尔斯泰的死亡观是变化的，复杂的。其实托尔斯泰后来所写的《哈吉·穆拉特》的死也属于安娜的死法，只不过这种死在哈吉·穆拉特身上被延长了，放大了，由此显得更为宏丽，更为悲壮。读者可以再翻看一下前面有关哈吉·穆拉特临死前壮烈场面的描写摘引。

可是我们应该看到，《安娜·卡列尼娜》还描写了另一个人的死亡和对死的思考，这便是列文的哥哥尼古拉的死，以及列文本人对死亡的体验。在列文身上，作者对其死亡意识的关注度远远超过了安娜。因为尼古拉的死既是作者对死亡本身的重新考虑，也是促使列文精神变化的一个因素。两种死，安娜的死是作者仍然表现出对大地的崇拜直至献祭；尼古拉的死是促使作者对大地崇拜危机发生，因为像安娜那种死法尽管悲壮，但不是每个人都能做到的，个体生命的消亡还是令人恐惧的，是大地崇拜难以解决的，更多的人对待死亡还是会像列文一样加以深入思考，最终精神皈依上帝（当然更多的人是因为本能恐惧而需要上帝）。

论者更认为列文是《战争与和平》中尼古拉·罗斯托夫和皮埃尔两者形象合二为一的继续，因为在列文身上，既有尼古拉热爱土地、勤于耕种的特性，又有皮埃尔长期进行精神探索的特质。只是土地到了列文这里已经入不敷出，濒临破产了，土地只是情感上还在留恋。列文对上帝的信仰也时常动摇，甚至在教堂里举行婚礼时也心不在焉，与皮埃尔纯粹的精神思索相比，列文更多地把精神思考和社会改良结合起来，只是改革的失败、经济上的捉襟见肘才使列文考虑为什么活着这一终极关怀问题，当然触发对这一问题思考的关键则是哥哥尼古拉的死。尼古拉长期有病，患有肺结核，再加上生活不检点、不节制，才导致生命最终走向了终点，列文目睹了尼古拉临终的过程。这便是尼古拉因为恐惧死亡而充满了焦虑和怨恨，不断地发着牢骚，以至于所有在场的人包括列文在内，都盼望着他快点死。

"他完了。"牧师说着，想要走开去。但是突然死人那仿佛粘在一起的髭须微微颤动了一下，在寂静中可以清晰地听到从他的胸膛深处发出的尖锐而清楚的声音："还没有……快啦。"一分钟以后，脸色开朗了，在髭须下面露出一丝微笑，聚集在周围的妇人们开始小心地装殓尸体。他哥哥的样子和死的接近，使那种在他哥哥来看望他的那个秋天傍晚曾经袭击过他的，由于死的不可思议、死的接近和不可避免而引起的恐怖心情又在列文心中复活了。这种心情现在甚至比以前更强烈了；他感到比以前更不能理解死的意义了，而死的不可避免在他眼前也显得比以前更可怕了……①

在这里我们可以看出作者展示的死亡观，一是尼古拉的凡俗的死亡观，被恐惧所笼罩。托尔斯泰生活中也亲身经历了哥哥尼古拉的死，当时托尔斯泰自己也患上了肺结核，幸亏用酸马奶及时治疗，终于摆脱了死亡的阴影，但由此留下的恐惧，终生难以泯灭。列文守候哥哥临终前的场景，实际上是托尔斯泰生活经历的再现。显然尼古拉对待死亡的怨天尤人态度，是作者极不赞成的。二是列文的死亡观。对待死亡虽然列文也很恐惧，甚至感到死亡更难以理解了，也因此更可怕了，但他像安德烈一样，开始用爱来化解这种恐惧了。后来列文在基蒂生产时又想到了这一死亡场景。"他只知道和感觉到现在发生的，和一年前在省城的旅馆里在他哥哥尼古拉临死的病床前所发生的情况很相似。不同的只是那是丧事而这是喜事。但是那件丧事和这件喜事一样，都越出了生活常轨……'上帝，饶恕我们，救救我们吧！'他接连不断地暗自念叨，尽管他长期完全疏远了宗教，然而他正像童年和少年时代那样单纯而虔诚地向上帝呼吁。"② 最终，列文在信仰上皈依了上帝，从而超越了对死亡的恐惧，因为死将会带来另一种复活。

通过分析安娜的死和列文经历的死，我们看到托尔斯泰在大地崇拜及其危机的矛盾中，对死亡做出了"首鼠两端"的选择，这便是安娜献身大地的轰

---

① ［俄］列夫·托尔斯泰：《列夫·托尔斯泰文集》第10卷，周扬、谢素台译，北京：人民文学出版社，2000年，第653－654页。

② ［俄］列夫·托尔斯泰：《列夫·托尔斯泰文集》第10卷，周扬、谢素台译，北京：人民文学出版社，2000年，第924页。

轰烈烈的死，和列文所期望的灵魂皈依上帝的安安静静的死，这是托尔斯泰在《安娜·卡列尼娜》中所表现出来的两种死亡意识。但是轰轰烈烈的死是常人难以做到的，是非常态的；而因恐惧转向一向并不怎么信仰的上帝也是艰难的，因此，打开所有对死亡本身的掩饰，还死亡以本来面目，这是托尔斯泰在《伊万·伊利奇之死》中想极力做到的，因为托尔斯泰对大地崇拜已陷入深深的危机。

第三节　《伊万·伊利奇之死》中的死亡意识

从《安娜·卡列尼娜》中所存在的对死亡意识的"分歧"可以看出，作者内心是矛盾的，无论是崇拜大地的轰轰烈烈的死，还是皈依上帝的安安静静的死，都不能掩盖个体生命的消失这一严酷的事实。因为没有了个体谁去崇拜大地？没有了个体，天堂的存在就成了虚设，因此，面对这一切，托尔斯泰不得不写出一部专门研究和考察死亡的作品，这便是《伊万·伊利奇之死》。

在写该作以前，托尔斯泰就写过关于"死"的"专著"，这便是短篇小说《三死》。这里之所以称其为"专著"，是因为它既是托尔斯泰专门谈论死亡问题的作品，又是没有多少文艺性的近似"政论"的哲理小说。《三死》中写了贵妇人玛丽亚患肺病，死在了去意大利治病的路上，她对死亡的恐惧使她牢骚满腹，怨天尤人，尽管临终受洗成了基督徒，但并不虔诚，心有旁骛，仍关心的是如何摆脱死亡。玛丽亚的死令人感到可怜而又可厌；一个马车夫赫韦多尔的死，他死得非常安静，不妨碍任何人，非但如此，而且在死前还把自己的靴子送给了一个需要的年轻人谢列加；还有一棵白桦树的死，它死得质朴自然，它的躯干做了马车夫坟上的十字架，死得其所。由此可见贵妇人对待死的态度是应该受到批评的，马车夫对待死的从容态度是值得肯定的，白桦树的死后奉献是值得赞美的。作者之所以得出这样的结论显然是和他的大地崇拜思想有关的，植物本身就是自然，它们不计得失，默默奉献着自己，养育着生活在土地上和自然怀抱中的人们，因而，大自然是最值得赞美的。马车夫也是值得肯定的，能够坦然面对死亡，默默死去，无怨无悔，真的做到了来于尘土，归于尘土。贵妇人长期脱离大自然，身体上变得衰落，性格上变得乖戾，品质上变得自私，因而在死亡到来之时感到特别恐惧是必然的。

作者所表达的这三种死亡观看起来很有道理，学界也有不少持赞成和支持态度，但实际分析起来作者的这种死亡观是值得商榷的。首先白桦树之死并不值得赞赏，因为白桦树是植物，它没有意识，无所谓奉献（奉献是一种主观愿望），也就谈不上对待死亡的态度，人是有意识的，有自由意志的，不可能像植物那样去死，抹平了人和植物的区别，也就取消了人的主体性。而马车夫对待死亡的从容也并不值得羡慕，因为该老人长期从事社会底层的劳动，受教育不多，其主体意识和个体意识都不发达，对个体价值关注也不够，因此他对待死亡有些漠然和无奈，是可以理解的，因为他还意识不到个体价值失去的意义。论者反倒认为一向为大家所否定的贵妇人对死亡的恐惧，反倒是真实可信的，尽管她的行为有些惹人厌恶。惧死是人的本能，因此，贵妇人在接受洗礼时还在幻想着民间偏方来治病，是很可以理解的。当然不可否认，贵妇人的惧死也并没有达到哲学家的高度，也没有达到虔诚基督徒的视死如归的地步，同时她的个人品质还存在着问题，但是作为一个生命，恐惧死亡，积极救治，渴望延长寿命，这是无可非议的。也许此时的托尔斯泰写《三死》的时候年龄还不到三十岁，正是血气方刚、意气风发的年纪，处在这样年龄阶段的人别说恐惧死亡，甚至很少想到死亡。不过从大地崇拜角度和哲理角度来赞美白桦树之死也还算说得过去。

托尔斯泰在《三死》中对死亡的思考哲理深度远比不上后来的《战争与和平》，更赶不上《安娜·卡列尼娜》，这就是为什么作者会在三十年后又重新想起了这位贵妇人对死亡的恐惧，写出了《伊万·伊利奇之死》，而其中的贵妇人变成伊万，女人变成了男人，作者要重新考察昔日贵妇人对待死亡的态度，也许当时处理得过于仓促了。这也可以看出作者对贵妇人的死亡态度表现出部分的接受与认可。因为生活的阅历告诉已步入老年的作者，惧死是人的本能，个体的消失意味着世界的不再，是任何美丽的借口都不能掩饰的，死亡才是人生中最难回避的，并且是最终要兑现的事情。如果在《安娜·卡列尼娜》中作者通过安娜的死还表现出对大地崇拜的浪漫诗意情怀，通过尼古拉的死来启迪着列文皈依基督教，那么在《伊万·伊利奇之死》中，作者则抛弃了一切，直接地勇敢地面对死亡问题了。

伊万也像卡列宁一样在彼得堡当着一个不小的官，过着别人羡慕自己也得意的生活，也和官场的其他官僚一样有时玩玩纸牌，打打官腔，拍拍马屁，吹吹牛，撒撒谎，事后还自以为得计，并且把这一切看作是生活的全部而不紧不慢进行着，可是突然有一天他们却被抛出了生活轨道：卡列宁是因为妻子安娜偷情，而伊万则是突患绝症。在卡列宁看来，妻子永远都不会有外遇，婚姻是尽上帝的义务，出轨的生活是不可想象的（其实卡列宁并不信上帝，但他认为别人信上帝，自己也应该信上帝；他没有情感，但他想象着别人也没有情感，因此偷情行为是难以理解的，没情何以偷?）。在伊万看来，生活正在按部就班，好生生的人怎么会死呢，即使存在着死也是很遥远的事情。虽然人是要死的，伊万是人就得死，这是三段论，可是要死的定律不应该包括这个叫“伊万·伊利奇”的“伊万”，因此，当伊万得知自己得病后，顿时感到死的恐惧，生活也突然大大地改变了。从诊所回家的路上，伊万“觉得大街上的一切，其含义都是情况不妙。伊万·伊利奇觉得大街上都是凄凉的。街上的出租马车是凄凉的，房子是凄凉的，行人、店铺也是凄凉的”[①]。世界突然一下子改变了，不再美好了（其实世界还是那个世界，只是自己变了），而是陷入愤恨、孤独和痛苦。“‘如果我不在了，那么还有什么呢? 什么也没有了。那么当我不在的时候，我在哪儿呢? 难道是死吗? 不，我不想死。’……他睁开两眼凝视着黑暗，自言自语道。‘反正是死。是的，死。可是他们谁也不知道，说也不愿意知道，谁也不可怜我。他们在玩。他们对一切都置之漠然，可他们同样要死的。这帮傻瓜们。我先死，他们后死；他们也一模一样。可是他们却洋洋得意。这些畜生!’怨恨、愤怒，控制着他。他感到十分痛苦，心头有说不出的难过。总不会所有的人都命中注定非受这种可怕的恐怖不可吧。”[②]虽然别人也要死，但是首先的其中的死也包括自己，个体的死意味着世界的关闭。伊万感到委屈，感到为什么死选择了他，为什么没有人关心他（其实他也未曾关心过别人）。“伊万·伊利奇感到最痛苦的是，没有一个人像他所希望的那样来可怜他：有时候，在经过长久的痛苦之后，他真希望能有人像可怜一个孩子那样来可怜可怜他。他真希望人们能像爱抚和安抚孩子们那样来爱抚

① ［俄］列夫·托尔斯泰：《列夫·托尔斯泰文集》第4卷，臧仲伦、刘辽逸等译，北京：人民文学出版社，2000年，第77页。

② ［俄］列夫·托尔斯泰：《列夫·托尔斯泰文集》第4卷，臧仲伦、刘辽逸等译，北京：人民文学出版社，2000年，第86页。

他，吻他，为他而哭泣。”[①] 别说可怜，就是家人也开始厌恶他了，而同事早就幸灾乐祸了，盼着伊万早点腾出位置。死是可怕的，死之前世界已陷入冰凉，让伊万感到彻骨寒冷。死把伊万从一个庸俗的世界抛出来，让他重新看待人生，就这一点来讲，就已经超出了《三死》中的那位怨妇，而具有了形而上的意义。

伊万经过漫长的痛苦、苦恼、怨恨和自怨自艾，最后终于死去了，论者愿意再把前面曾经引用过的关于伊万死去的样子，再引用一遍，因为这段文字写得精致细腻，读后让人不寒而栗。“死者像死人一样躺着，显得特别重，他的僵硬的四肢全无生气地陷进灵柩的垫子里，永远佝偻的脑袋被放置在枕头上，蜡黄的前额突出着，两鬓塌陷，脑门微秃，鼻子突出，鼻子仿佛是被硬装在上嘴唇上似的。自从彼得·伊万诺维奇上次看见他以来，他变了许多，变得更瘦了，但是像所有的死人那样，他的面部表情似乎在说：凡是该做的事他都做了，而且做得很对。”[②] 我想这段描写很容易让我联想起作者在《童年》中对母亲死去状况的描写，同样地骇人。童年的死亡印象毕竟太深了，陆扬认为：“人对死的恐惧几乎与生俱来。从幼儿开始懂事之日起，死亡虽然是那么遥远，那么缥缈，然而死的阴影已经极其冷峻地穿透了幼儿的梦境和潜意识。幼时我们目睹的死亡场面难道不是深深贮留在我们的记忆之中，与我们毕生相伴吗？人死了以后还有知觉吗？当他的躯体被熊熊烈火焚烧时，那惨烈可怖的景象，能使幼儿无动于衷吗？这些深深的疑虑不仅曾经使我们幼小的心灵战栗，在暮年芸芸众生中，恐怕也是相当普遍地骚扰着我们遇见短促的生命。”[③] 不过已经具有独立思想的托尔斯泰不会再是简单地重复童年时的本能恐惧，而是要透过死亡的外在印象，写出更多内在的发人深省的东西，可以说托尔斯泰在这里对死亡的描绘达到了“死亡现象学”的哲学高度，此时作者的大地崇拜情结和“自然至善”观念都退后了，“死”被赤裸裸地表现出来了，所以有评论者从存在主义哲学角度或者用海德格尔有关“本真的生活”和“非本真的

---

① [俄]列夫·托尔斯泰:《列夫·托尔斯泰文集》第4卷,臧仲伦、刘辽逸等译,北京:人民文学出版社,2000年,第96页。

② [俄]列夫·托尔斯泰:《列夫·托尔斯泰文集》第4卷,臧仲伦、刘辽逸等译,北京:人民文学出版社,2000年,第51页。

③ 陆扬:《死亡美学》,北京:北京大学出版社,2006年,第13-14页。

生活”等理论来分析这部作品，应该说是有一定道理的。

但是完全按存在主义哲学分析还是欠妥当的，因为死亡所引发的恐惧还是难以承受的，尽管托尔斯泰已经最大限度地加以表现了，但看得出作者还是想去遮蔽它，尽管遮蔽得幅度很小。这种遮蔽还得从大地崇拜角度谈起，一是伊万和卡列宁一样，都生活在彼得堡，而彼得堡是西方文明的产物，是脱离大地的。脱离大地必然导致精神空虚，生活庸俗，也就必然惧怕死亡；同时脱离大地的人，其身体也是病弱的，病弱的身体必然带来病态的精神（当然这些都是托尔斯泰的“逻辑”），这一点和健康的作为仆人的青年农民格拉西姆形象形成鲜明对比。后者不但身体是健壮的，而且心灵也特别美好，特别阳光，他从来不嫌弃伊万，尽心尽力地伺候他。可见托尔斯泰在最大限度地展示死亡时，也没有完全忘了大地崇拜，尽管对大地的崇拜已经发生了严重危机。不过还应该看到，《伊万·伊利奇之死》以心理刻画见长，而非以哲学深度见长，作者残存的古典的大地情怀，使得该作仅仅达到现代主义小说的边缘而未深入，这也是稍微让人感到遗憾的地方。就像陆扬在《死亡美学》中所说的：“……在文明昌盛、科学发达的现代社会，死亡益发以它赤裸裸的本相横陈在每一个人面前。一切永恒的许诺既已成了无济于事的安慰，死亡思考中的个体性便占据了突出位置。死亡的不可经验性、不可替代性使死亡永远意味着‘我的死亡’。当然它也意味着对有限人生的积极筹划。”① 可惜的是，托尔斯泰并没有达到现代死亡意识的高度。不仅如此，以后作者对待死亡的态度却大踏步地后退了，其标志就是1895年发表的中篇小说《主人与雇工》，当托尔斯泰的笔触再次接触死亡时，对死亡则进一步地遮蔽了，不过这一次不是转向大地崇拜，而是转向了对道德的推崇。

《主人与雇工》也写的是死亡事件。这个事件很简单，作为主人的布列胡诺夫和雇工尼基塔外出遭遇到罕见的暴风雪，在快要冻死的情况下，作为主人的布列胡诺夫扑倒在尼基塔身上，用自己的体温挽救了尼基塔的生命，而自己却被活活冻死。作品比较详尽地描写了布列胡诺夫救人的整个过程。“他要起来，可是起不来；要动一动手，动不了；动一动腿——也不行。他要转过头去——连这都做不到。他觉得奇怪，然而一点也不因此难过。他明白，这是死

① 陆扬:《死亡美学》,北京:北京大学出版社,2006年,第13－14页。

亡。他想起，尼基塔躺在他下面，已经暖和过来，还活着。于是他觉得他就是尼基塔，而尼基塔就是他。他觉得他的生命不在自己的身体里，而在尼基塔的身体里面。他紧张起听觉，听见尼基塔的呼吸，甚至听见尼基塔轻微的鼾声。‘尼基塔活着，这就是说，我也活着’，他转眼地对自己说。”① 在这个过程中，在死亡面前，布列胡诺夫那自我牺牲的精神，战胜了死亡的恐惧，即他扑在尼基塔身上，用自己残存的体温救活了他，而冻死了自己。托尔斯泰这种解决死亡恐惧的做法，在其后来的《论生命》中进一步加以说明："要知道对死亡的恐惧只是由于害怕生命的幸福从他的肉体死亡中消失才发生的。如果人能够把自己的幸福置放到他人的幸福中，就是说爱他人胜过爱自己，那么死亡就不再是生命和幸福的终结，像只为了自己而活着的人所觉得那样。"② 但是用道德问题能解决死亡问题吗?

应该说这个故事是非常感人的，作为一个动人的道德故事可以到处宣扬，但这不是通讯报道，也非寓言故事，而是小说，昆德拉说小说是对生活的"勘探"和"发现"，作者却在遮蔽生活，特别是作为生活中重要现象的"死亡"问题，作者在这里显然用道德把它遮蔽了。"死"是如何的，变成了对待死的态度应是如何的。这样对死亡的简单陈述甚至连《三死》也不如了，就连作者最终离家出走并客死异乡的行为，说明作者自己也不会相信这样的答案。

总起来看，托尔斯泰由于遭遇大地崇拜危机，个体被从古典文化"共同体"中抛出，个人的存在突然如临深渊，这使得托尔斯泰特别关注死亡，他的创作中存在着大量的死亡意识，同时对死亡的大量探索、考察与揭示，引起读者的震惊，达到了死亡美学的效果。但由于作者对大地崇拜及其危机后的转移，其作品中的死亡意识也发生了一个遮蔽，揭示，再遮蔽，再揭示的反复过程。这个过程暴露出作者死亡观的深刻与偏狭相交织。

---

① [俄]列夫·托尔斯泰:《列夫·托尔斯泰文集》第4卷,臧仲伦、刘辽逸等译,北京:人民文学出版社,2000年,第321页。

② [俄]列夫·托尔斯泰:《天国在你们心中·论生命》,李正荣译,上海:上海三联书店,1997年,第190页。

第十章

托尔斯泰与陀思妥耶夫斯基在大地崇拜上的“相近性”

一

19世纪60年代在俄国文学上是最为繁荣的时代，可以说在文学的天空上出现了星汉灿烂的局面，以至于多少年后的人们回忆起这一盛况时，还为之激动不已，还感到由衷的自豪。因为在这个时代里出现了一大批世界级的文学大家，像屠格涅夫、赫尔岑、车尔尼雪夫斯基、冈察洛夫、奥斯特洛夫斯基、列夫·托尔斯泰、陀思妥耶夫斯基等，并且这些正步入辉煌的作家们，创作出了令世人震惊的作品。高尔基把19世纪俄国文学称之为世界文学的“青藏高原”，那么19世纪60年代则要算是喜马拉雅山了，托尔斯泰和陀思妥耶夫斯基则就是喜马拉雅山上的珠穆朗玛峰了。因此，在托尔斯泰与诸多俄国作家的关系中，论者单独拿出陀思妥耶夫斯基来与托尔斯泰相比较，比较他们在大地崇拜方面的相近性，这对于我们进一步认识托尔斯泰的创作思想，是十分必要和有意义的。

托尔斯泰与陀思妥耶夫斯基是处于同时代的作家，虽然陀思妥耶夫斯基比托尔斯泰年长七岁（陀思妥耶夫斯基出生于1821年，托尔斯泰出生于1828年），但他们创作最旺盛的时期都是60－80年代。这期间托尔斯泰创作出了《战争与和平》《安娜·卡列尼娜》等巨著，而陀思妥耶夫斯基则创作出了《地下室手记》《罪与罚》《白痴》《群魔》《卡拉马佐夫兄弟》等名作。可以说这两个大作家用自己的艺术天才，不仅在19世纪俄罗斯文学中，而且在世界文学中，树立起了令人仰慕的艺术高峰。如果用我国的名山做个比喻的话，托尔斯泰像是东岳泰山，巍峨挺拔，连绵逶迤，气势磅礴，如令人尊敬的长者；陀思妥耶夫斯基则如西岳华山，险峻峥嵘，高耸奇绝，波诡云渺，似让人惊愕的游侠。

谈到托尔斯泰与陀思妥耶夫斯基在创作上的相同性，很多人感到诧异，因为两位作家创作风格存在着如云泥冰火一样的巨大差异，那么两位大作家相同点在什么地方呢？当然相同点不少，这里主要谈谈他们对大地的崇拜情结上的相同点、相近点。

二

托尔斯泰与陀思妥耶夫斯基两位作家对大地都怀有崇拜情结，这一点是本部分所要谈的重点。之所以这样说，首先是因为他们都有在乡村成长的经历。托尔斯泰一生很少离开庄园雅斯纳雅·波良纳，成年后也是一方面创作，另一方面与农民一起耕作劳务。托尔斯泰平时喜欢打猎、耕地、劈柴、挑水，甚至缝补衣服、做鞋子，样样在行。陀思妥耶夫斯基的童年也是在乡村度过的，他曾经讲述过一件亲身经历的事情。在他大概九岁的时候，有一次在田地里玩耍，忽然好像遭遇到了狼，内心十分恐惧，就急忙求救于一个正在地里干活的老农民。老农民把他紧紧搂在怀里，让他不要害怕，并告诉他一切危险都会过去。老农民的善良和沉稳，大大地安慰了陀思妥耶夫斯基那颗惶恐的心，成年后陀思妥耶夫斯基虽迁居城市，但对此事仍然难以忘怀，并慨叹道："……也许只有上帝才从天上看见俄罗斯有一些农奴的心里，这样粗鲁的、野蛮无知的人的心里，也能饱含有如此深厚的文明人的感情，如此体贴入微的近乎女性的柔情，那时他却并不期待也不猜测能否获得自由。"①《穷人》是陀思妥耶夫斯基的成名作，在这部作品中主人公杰符什金虽来到彼得堡谋生，但心仍在乡村，他曾向意中人瓦连卡慨叹道："要我习惯新生活是多么困难啊！我们搬到彼得堡的时候正是秋天。我们离开村庄的那一天，天气是多么晴和、温暖、明朗；农村的活儿都干完了；一大垛一大垛的庄稼堆在打谷场上，唧唧喳喳的鸟儿成群地聚拢来；一切都是那么明亮欢畅。可是在这儿，我们一到城里就遇到下雨，秋天的潮湿阴冷、坏天气、泥浆和一群新的陌生人，他们都是不好客

① ［俄］陀思妥耶夫斯基：《陀思妥耶夫斯基散文选》，刘季星等译，天津：百花文艺出版社，2005年，第77页。

的、心怀不满的、好生气的人。”① 作者关于杰符什金对乡村生活缅怀的情感描写，读后让人为之动容。其实这也是当时有过“彼漂”（和“北漂”相比，“彼得堡漂”的简称）经历的陀思妥耶夫斯基所感同身受的。因为生计所迫，陀思妥耶夫斯基也如杰符什金一样，不得不到城市谋生，由此导致的内心痛苦和人格分裂，也就顾不上了。

1846 年陀思妥耶夫斯基因发表《穷人》而一举成名，从此跻身于名作家之列。但命运好像跟他开了个玩笑，把他举得很高却是为了把他摔得更惨，1849 年年仅二十八岁的陀思妥耶夫斯基便因参加彼得拉舍夫斯基政治小组，被判处死刑，后流放于西伯利亚，服苦役四年。监狱的生活使他有机会接近生活在底层的人们，了解这些人的真实生活。他们虽是罪犯，但是他们身上仍然不乏美好的品质。所有这些都奠定了陀思妥耶夫斯基的民粹主义思想，后来逐渐形成了较为系统的根基主义思想体系，倾向于斯拉夫主义，其中的“土地”被看作是民族的根基之一，这些从陀思妥耶夫斯基出狱后写的长篇小说《死屋手记》中可以看出。也如托尔斯泰一样，陀思妥耶夫斯基对土地及其生活在土地上的农民，颇有好感，认为大地是健康的，富有生命力的，而城市则是病态的、畸形的，到处阴暗肮脏，缺乏阳光，是容易引起人犯罪的。

说起来很有意思的是，两位作家在长相上也都像农民，这从一些著名传记里有关他们的肖像描写中可以看出。奥地利作家茨威格笔下的托尔斯泰是这样的。托尔斯泰“只有他青年时代的肖像，他那没有胡子的肖像，才能让我们看到他的真正形象。看过他的肖像以后，人们都吃惊，因为这位贵族英才的面孔轮廓是粗线条的，简直无异于一个农民的面孔”②。而陀思妥耶夫斯基的长相也像农民，为了增强说服力，还是来看同一作家茨威格对陀思妥耶夫斯基的肖像描写。“初看，他的长相像个农民。下陷的脸颊呈泥土色，看上去有点脏。满脸皱纹，那是常年痛苦的犁沟。”③ 由此看来，无论是托尔斯泰还是陀思妥耶夫斯基，都不是风度翩翩、举止文雅的贵族青年，而是地地道道的农民，事实上他们也都不善于或者怯于社交场合，更拙于和漂亮的小姐们来往，华丽旋转的舞会，觥筹交错的宴席，远不如偏远乡村的劳作和城市阴暗小屋的

① ［俄］陀思妥耶夫斯基：《中短篇小说选》，曹中德译，北京：人民文学出版社，1982 年，第 20 页。
② ［奥］茨威格：《托尔斯泰传》，申文林译，杭州：浙江文艺出版社，2009 年，第 12－13 页。
③ ［奥］茨威格：《六大师》，黄明嘉译，桂林：漓江出版社，1998 年，第 72 页。

面壁苦思，更让他们感到舒适。

当然不管经历如何和外表怎样，他们内心的敏感、社会的担当，以及对终极关怀的执着探寻，又的确说明他们是知识分子，因为作为一般农民，尽管长期生活在乡村，劳作于大地之上，他们可能留恋家乡，怀念土地，但其情感还处在一种朴素阶段，还上升不到反思和崇拜的地步，更不会形成自己的世界观和价值观，并把它加以表达出来。而托尔斯泰和陀思妥耶夫斯基则能做到这一点，用大地崇拜的视角，来构建他们的艺术世界。有关于托尔斯泰的大地崇拜情况在上述行文中叙述较多，因此以下主要论述陀思妥耶夫斯基的大地崇拜情结。

三

在《安娜·卡列尼娜》中，托尔斯泰所塑造的安娜充溢着旺盛的生命力，其性格也是真诚的，富有诗意的，这些都是作者大地崇拜情结在安娜身上的体现。最后安娜卧轨自杀也表现出她的“不自由，毋宁死”的酒神精神，可以说是壮怀激烈的，安娜的这种行为似可以看作是对大地的献祭。其实在这之前的1868年，陀思妥耶夫斯基就已经塑造出了类似安娜那样光彩照人，但结局同样悲惨的女性形象，这便是《白痴》中的娜斯塔霞。娜斯塔霞是美丽的，她在梅什金公爵的眼中有一种异样的美。“这张在美貌和别的地方都不同寻常的脸，现在使他更为惊讶。这张脸上仿佛含有无限的骄傲和轻蔑，几乎是仇恨，同时还有一种轻信的无比天真的神态。看到这张脸的当儿，这两种截然相反的特点甚至似乎引起了一种恻隐之心。这种令人目眩的美简直使人受不了，一张苍白的脸，几乎是凹陷的双颊和一双炯炯有神的眼睛，都是那么美；奇特的美！”① 同样长得美的追求婚姻自主的这位娜斯塔霞，也具有旺盛的生命力，也受到长期的压制，有一种“奇特的美”，这正如安娜身上有一种“残酷的美”一样，都是强烈的个性长期遭受压抑的结果，是个性欲冲破压抑而得以爆发的“前夜”。娜斯塔霞也在追求爱情自由，只不过压制她的不是像安娜那时的封建家庭及其礼教，而是当今的商业拜金主义，但其效果却是一样的。同时她那“无比天真的神态”又体现了大地淳朴的一面。只是脱离乡村的都市

① ［俄］陀思妥耶夫斯基：《白痴》，南江译，北京：人民文学出版社，1996年，第95页。

生活日久，把她变成一个具有病态美和近乎心理变态的女人。

纳斯塔霞的身世是比较坎坷的，她是一位出身没落贵族家庭的大小姐，从小生活在乡下，虽然贫穷，但纯洁、善良、注重情感和节操。长成少女时，被偶然到乡下打理债务的商人托茨基看中，便作为养女收在身旁，并加以良好的教育。娜斯塔霞长到十六岁时便被托茨基占有，并成为他的情妇，后又被托茨基带到彼得堡，成了交际花。托茨基是个利欲熏心的卑鄙之徒，他为了能娶到名门闺媛，即叶潘尼将军家三个女儿中的一个，便以75000卢布作为陪嫁把纳斯塔霞“嫁”出去，这实际上就是“拍卖”，而来“招标”的就有没落贵族子弟加尼亚和富商之子罗戈任，前者为了金钱，后者为了美色。纳斯塔霞当然知道自己的悲惨处境，但她没有逆来顺受，而是以卑鄙反抗卑鄙，以无耻反抗无耻，来报复和戏弄所有来参加这次“竞拍”的追求者。纳斯塔霞通过探访加尼亚的家，借此污辱了他的父母，出尽了加尼亚的洋相，以泄怨恨。她把罗戈任给她的十万卢布抛到火炉里，让加尼亚用嘴叼出来，以此来表明她对金钱的鄙视。同时她也因为强烈的自尊心而拒绝了梅什金公爵的求爱，出乎所有人预料地要嫁给罗戈任，这正如阿格拉娅对她的评价：“您并不能爱他，是因为您太高傲……不，不是由于高傲，我说错了，而是由于您虚荣心太强……甚至也不是这样：您自私到了——疯狂的程度，您写给我的信就能证明这一点。”① 可是罗戈任的粗俗和满身的铜臭，又和她从小受过良好教养的贵族小姐在身份与趣味上不相容，真爱的驱动又使她再度来到梅什金公爵身边。于是纳斯塔霞忍受着自尊心和虚荣心相矛盾的痛苦折磨，往返于罗戈任和梅什金公爵之间，终因激怒了罗戈任而遭其杀害。其实这种结果也正是纳斯塔霞所追求的，她曾经说过自己嫁给罗戈任“不是他杀死我，就是我杀死他”，因为病态的自尊心已经使她把人格看得比生命还要重要。可见娜斯塔霞的死比后来安娜的死，还要壮烈，还能体现那来自乡村的淳朴和纯洁——以死来证明自己的高洁。

这样的女性还有《卡拉马佐夫兄弟》中的格鲁申卡。格鲁申卡也像《白痴》中的纳斯塔霞一样，来自贫困的乡村，后来到了莫斯科，被一个富商萨姆索诺夫包养，成为交际花。这期间格鲁申卡亦出落得异常美丽。萨姆索诺夫老了，想抛弃她，因此格鲁申卡被很多男子追求着，像娜斯塔霞一样一直难以

① ［俄］陀思妥耶夫斯基：《白痴》，南江译，北京：人民文学出版社，1996年，第696－697页。

确定要嫁给谁。那么在阿辽沙的眼中格鲁申卡是怎样的呢？“她的确好看，甚至很好看——俄罗斯式的美，使许多人为之倾倒的美。这个女人身材相当高，但却比卡捷琳娜·伊凡诺芙娜矮些（卡捷琳娜完全是个高个子）。她的肌肉丰满，行动轻柔，几乎无声无息，仿佛温柔到一种特别甜蜜的程度，也像她的声音一样。……但尽管如此她的躯体却是强健丰满的。围巾下隐约可见那宽阔丰满的肩头，高耸而还十分年轻的乳房。这躯体也许预示着将会重现维纳斯女神的风姿，虽然毫无疑问现在看来就已经有些比例过大之嫌——这是一眼可以看出的。”①

陀思妥耶夫斯基之所以如此不惜笔墨地描写格鲁申卡的肖像，是想突出这位女人与纳斯塔霞虽同为风尘女子，但却有不一样的美。格鲁申卡在外形上更加风骚和性感。不过这个像维纳斯一样美的尤物身上还具有“孩子般天真喜悦的神情”，这正是大地情感的体现，因为大地正是丰满的、丰腴的、朴素单纯的。这一特性也就为格鲁申卡后来对罪行忏悔，生命获得新生，奠定了“物质”基础。

四

除了上述心怀单纯善良的女性外，陀思妥耶夫斯基还塑造了一些男性形象，尽管他们犯了罪，但内心仍然不失大地所赋予的淳朴和善良，如《罪与罚》中的拉斯科尼科夫。拉斯科尼科夫出身于一个没落的乡村贵族家庭，虽然从偏远的故乡来到都城彼得堡读大学，但大地赋予他的淳朴和善良仍然存在，并成为他后来人性复活的根基。拉斯科尼科夫在大学里攻读的是法律专业，他想以此建立起自己的事业，扭转家庭的不幸。他那善良的母亲、妹妹，更是以他为骄傲，把他看作是拯救家族的希望。可是拉斯科尼科夫并没有上学，由于贫困他不得不辍学，并蜗居在一个像棺材一样的出租屋里，每天无所事事，虚度时日。某天当女仆问起他在干什么时，他竟回答在思想，令女仆感到很好笑，似乎“思想”成了一种职业。城市的狭隘、环境的肮脏、空气的污浊，又扭曲了他的心灵，产生出很多邪念。那么主人公生活在现代大都市的

① ［俄］陀思妥耶夫斯基：《卡拉马佐夫兄弟》，耿济之译，北京：人民文学出版社，1981 年，第 161－162 页。

彼得堡又是怎样的呢？看看作品中是怎样描写的。“街上热得可怕：加上闷人的空气，杂沓的人群，到处是石灰，脚手架，砖石，灰尘，以及每一个不能在乡间租住别墅的彼得堡人都是十分熟悉的、夏天特有的臭味——所有这一切一齐向这个年轻人袭来，对他本来已经不正常的神经产生了极为不良的影响。”[①]在这样的环境下，什么样的心灵也产生不出健康的思想。拉斯科尼科夫之所以犯罪，固然有受到西方无神论思想影响的主观原因，也有在客观上受都市畸形环境造成的人的影响。不过拉斯科尼科夫即使在最痛苦的状态下，也没有忘记自然的美好。贫困与绝望使拉斯科尼科夫走上了杀人之路，可是淳朴与善良又使他杀人却不劫财，以及杀人后终日坐卧不宁，悔恨自责，自知“强者理论”破产，最后只得投案自首。

像行为上犯罪而内心仍然存在着善良与淳朴的还有《卡拉马佐夫兄弟》中的德米特里。德米特里是老卡拉马佐夫家的老二，外表健壮，脾气暴躁，内心的善良常常被旺盛冲动的生命力所压制，陀思妥耶夫斯基是这样描写他的肖像的。“德米特里·费多罗维奇是个二十八岁的青年人，中等身材，面目可人，但却好像比他实际岁数老得多。他肌肉发达，可以想到他体力十分强大，但脸上似乎露着一点病态。”[②] 这是一位出身社会底层而缺乏良好教养的人。乡村的生活环境赋予了德米特里充沛的生命力，而缺乏后天的教育和卡拉马佐夫家族的遗传基因，使他这种生命力往往成为破坏力，过着酗酒放荡的生活，走向犯罪。但内心的淳朴和善良最终还是使他幡然醒悟，这与他的哥哥伊凡因长期生活在大都市，远离大自然，又沾染上西方虚无主义思想而成为弑父的主谋，形成对照。从作者对伊凡的肖像描写上来看，其形象也是瘦弱的和冷酷的。不过关于伊凡的形象作者没有做正面介绍，但是我们可以从伊凡所遇到的“鬼”的形象中来猜测出伊凡的模样，因为连伊凡自己都承认，“鬼”是“另一个他”。伊凡有天晚上回到家，忽然看到沙发上坐着一个陌生人。

> 那是一位老爷，或者不如说是俄国的某一类绅士，年纪已经不轻，正如法国人所说的那样，年将半百，深色的，还显得又长又密的头发里，以

---

① ［俄］陀思妥耶夫斯基：《罪与罚》，朱海观、王汶译，北京：人民文学出版社，1982 年，第 3 页。

② ［俄］陀思妥耶夫斯基：《卡拉马佐夫兄弟》，耿济之译，北京：人民文学出版社，1981 年，第 67－68 页。

及修剪过的小尖胡子里都夹着不多的几缕银丝。他穿一件褐色上衣，显然是上等裁缝做的，但是穿破了，大概是两年前做的，已经完全不合时髦，这类衣裳在富裕的上流社会里已有两年没人穿了。衬衣和像围巾似的长领带，全和一般漂亮的绅士一模一样，可是如果近看一下，就可以看出衬衣是肮脏的，宽阔的围巾是十分破旧的。客人的那条带格的裤子很合身，但也是颜色太浅，又似乎太瘦，现在已经没有人穿了，就像那顶柔软的白绒帽一样，这位客人现在还戴着这么顶帽子未免太不合时令了。一句话，那是在囊中羞涩情况下维持的体面外表。①

从兄弟两个的肉体形象相比，就可以看出，伊凡是瘦瘪的，鬼鬼祟祟的；而特米特里是健壮的，慷慨大方的，是更接近自然的人。

事实上作者在行文中也表现出了德米特里向往大自然、憧憬诗意生活的一面。德米特里曾对弟弟阿辽沙说："让我们赞美大自然吧：你瞧，太阳多么好，天多么晴朗，树叶多么绿，还正是夏天，下午三点多钟，万籁俱静！"②可见德米特里内心深处，还有崇拜大地、热爱大自然的成分，这就是为什么他最后能够悔过自己的人生，承担起"弑父"的罪责，其实他并非凶手，他只是为自己曾经的弑父意念而甘愿接受惩罚，接受审判，甘愿到西伯利亚矿井中去服苦役。

由此可见，无论是娜斯塔霞、格鲁申卡，还是拉斯科尼科夫、德米特里，他们出身乡村的背景使他们并没有丢弃大地赋予他们的淳朴与善良。如果不是被迫过上都市生活，不是城市生活环境的恶劣，相信他们绝不会走向悲剧。

五

就像托尔斯泰创作中描写了大自然的场景给主人公的精神以启发一样，陀思妥耶夫斯基笔下也非常关注大自然在主人公内心的复活作用，就像安德烈负伤后倒在大地上仰望蓝天一样，像尼古拉和列文热爱狩猎、勤劳地耕种在自己的土地上一样，像哈吉·穆拉特中枪后壮烈地倒在被犁过的土地上一样，陀思

① ［俄］陀思妥耶夫斯基:《卡拉马佐夫兄弟》,耿济之译,北京:人民文学出版社,1981年,第717页。
② ［俄］陀思妥耶夫斯基:《卡拉马佐夫兄弟》,耿济之译,北京:人民文学出版社,1981年,第109页。

妥耶夫斯基笔下的主人公也常常在精神的极度困窘中感受到大自然的美好、壮阔、神奇，而受到启发，使他们从狭隘的心理走向广阔的空间。

还是来看看上述提到的拉斯科尼科夫，他杀了人，可最后经受不住内心的恐惧、良心的折磨，以及索尼娅的劝说，最后到警察局自首，被法院判了八年徒刑，流放西伯利亚。虽然如此，但是拉斯科尼科夫的内心并未完全屈服，他那颗骄傲的心仍在跳动，仍然认为自己之所以选择自首是出于自身的懦弱和无奈，甚至责怪自己为什么当时没有选择自杀。看来虽然遭流放半年多了，拉斯科尼科夫的心还是刚硬的。

可是怀着这样郁闷心情的拉斯科尼科夫，在某天早晨忽然发生了变化，当他坐在情人索尼娅身边，远眺大自然时，忽然“顿悟”了。

> 坐在堆放在板棚旁的原木上，开始眺望那条宽阔、荒凉的河流。从高高的河岸上望去，四周一大片广袤的土地都呈现在眼前。从遥远的对岸隐隐约约传来了歌声。那里洒满阳光、一望无际的草原上，游牧民族的帐篷宛如一个个黑点，依稀可辨。那里是自由的天地，那里住着与这里的人全然不同的另一些人，那里的时间似乎停止了，仿佛亚伯拉罕的时代和他的畜群还没有成为过去。拉斯科尼科夫坐在河边，目不转睛地凝神眺望着；他渐渐陷入幻想和想象中；他什么也没想，但某种忧虑却使他心情激动不安，使他感到痛苦。……这是怎么发生的，他自己也不知道，但是好像不知有什么突然把他举起来，丢到了她的脚下。他哭了，抱住了她的双膝。
>
> 他们决定等待和忍耐。他们还得等待七年；而在那个时候到来之前，还有多少难以忍受的痛苦和无穷无尽的幸福啊！然而他获得了新生，他也知道这一点，已经获得新生的他以全身心充分感觉到了这一点，而她——她只是为了使他活下去而活着！①

拉斯科尼科夫终于复活了，是人性的复活，良心的复活，更是神性的复活！这一切都要归功于神奇的大自然，这一景象不禁让人想起程颢《秋日偶成》中的几句诗：“万物静观皆自得，四时佳兴与人同。道通天地有形外，思

① ［俄］陀思妥耶夫斯基：《罪与罚》，朱海观、王汶译，北京：人民文学出版社，1982年，第539页。

入风云变态中。”大自然的奇妙壮观，以及那非人类所具有的力量，不正显示出造物主的伟大吗？在大自然面前，在神奇的造物主面前，个人的小计谋、小得失，又算得了什么呢？

依靠大自然的神奇而对人产生巨大精神影响的例子还有很多，再如《白痴》中的梅什金公爵是个癫痫病患者，因为疾病经常发作，大脑受到伤害，几乎成为白痴，作品名字叫“白痴”就是针对他而言的。当然“白痴”在作品中更多指梅什金公爵不谙人情世故之意，因为他像小羊羔一样单纯和善良，但他又是聪慧的，他知道每个人的苦恼与心机，他活在世人的误解和偏见中，很少有人会认为梅什金公爵是有智慧的。作品中写到，梅什金公爵一次偶然地走进大自然，站在大地上，他的头脑有一种豁然开朗之感。

> 这是在瑞士，他进行治疗的第一年，甚至是最初几个月。当时他还完全是个白痴，甚至都不会好好说话，有时也不能理解要求他做什么。有一次他走进山里去，那是一个阳光明媚的白天，他怀着一种痛苦的、怎么也不能具体体现的思想在那里踯躅良久。在他面前是辉耀的天空，下面是一汪湖水，四周的天涯清澈明净、无边无际。他久久地望着，心中则非常痛苦。现在他回想起来，当时他向这光明、无涯的清空伸出自己的双手，潸然泪下，使他感到痛苦的是，所有这一切跟他完全没有缘分。……每一棵小草都在生长并感到幸福！万物都有自己的路，万物也都知道自己的路，它们唱着歌儿离去，唱着歌儿来临；只有他一个人什么也不知道，什么也不明白，不了解人们，也不理解声音，一切都与他无缘，他是个被抛弃的人。①

是啊，连自然万物都知道自己的归宿，而自己还在懵懂之中。作者这段近乎泛神论的对大自然的描写，使梅什金公爵大发感慨，这与拉斯科尼科夫在服刑的西伯利亚看到山川万物“皆自得”的场景时的感悟，何其相似。神奇的大自然再次发生作用，“治愈”了这个病人。

《卡拉马佐夫兄弟》中还有一个叫阿辽沙的少年，他是一个虔敬的小神

① ［俄］陀思妥耶夫斯基：《白痴》，南江译，北京：人民文学出版社，1996年，第520页。

父，可是由于其自身的卡拉马佐夫的家族血统，在特殊的环境下，其身上的贪婪、好色的本性开始暴露出来。在交际花格鲁申卡家里，禁不住女色诱惑，差点干出有辱修士服的事情来。但是，当他在夜里走出格鲁申卡家，猛然抬头看到深邃的夜空，繁星当空，银河流动，他刹那间为大自然所表现出来的壮阔景象所震撼。

> 他那充满喜悦的心灵渴求着自由、空旷和广阔。天空布满寂静地闪烁着光芒的繁星，宽阔而望不到边地罩在他的头上。从天顶到地平线，还不很清晰的银河幻成两道。清新而万籁俱静的黑夜覆盖在大地上，教堂的白色尖塔和金黄色圆顶在青玉色的夜空中闪光。屋旁花坛里美丽的秋花沉睡着等待天明。大地的寂静似乎和天上的寂静互相融合，地上的秘密同群星的秘密彼此相通。……阿辽沙站在那里，看着，忽然直挺挺地仆倒在地上。他不知道为什么要拥抱大地，他自己也弄不清楚为什么他这样抑制不住地想吻它，吻个遍，他带着哭声吻着，流下许多眼泪，而且疯狂地发誓要爱它，永远地爱它。①

阿辽沙对自然奇观景象的崇拜，意味着神奇的大地是他生命的源泉。按照古希腊的神话来讲，大地是女性的，是母亲，她生育了天空，天空是儿子，大地与天空结合，生出了自然万物。而所有自然的一切，无不和大地有关。从某种意义上来说，大地崇拜和自然崇拜是一致的。

其实就连陀思妥耶夫斯基对未来"天国"的想象，也像一个大乡村式的，人们健康地快乐地生活在自然环境之中，犹如陶渊明笔下的"桃花源"。作者曾经在《一个荒唐人的梦》中，写到自己来到另一个地球的景象。

> 我仿佛什么也没有觉出，就落到眼前的另一个地球上，原来是个晴朗的日子，阳光普照，像天堂一样迷人。我感到脚下是个小岛，很像我们地球上爱琴岛里的群岛之一，又像大陆沿岸和这些岛屿相连的某个地方。啊，一切都跟我们地球上完全一样，仿佛到处洋溢着节日的喜悦，闪烁着

① ［俄］陀思妥耶夫斯基:《卡拉马佐夫兄弟》,耿济之译,北京:人民文学出版社,1981年,第116页。

壮丽的、神圣的、最后获得胜利的光辉。温顺的大海碧波荡漾，拍岸无声，带着坦然外露的、几乎是衷心属意的柔情亲吻着海岸。树木挺拔俊俏、秀丽葱茏，无数叶片发出轻柔的簌簌声，我觉得它们好像在倾吐情愫，欢迎我们的光临。繁茂的青草地上，盛开着芬芳的鲜花。成群的小鸟在空中飞翔，一点也不怕我，纷纷落在我的肩头和臂上，鼓起可爱的翅膀，欢快地拍打着我。最后，我终于发现和看清了这块乐土上的人们。他们主动向我走来，围住我，吻我。这是太阳的孩子们，他们的那个太阳的儿女——啊，他们长得多么漂亮！在我们的地球上，我从未见过人有这样的美。①

这就是陀思妥耶夫斯基理想的乡村，“桃花源里好耕田”，是带有大地崇拜色彩的天国。

总之，与托尔斯泰一样，陀思妥耶夫斯基对大地是崇拜的，尽管陀思妥耶夫斯基最惯常写的是都市题材，但他的根仍然扎在俄国大地的土壤中，在醉心于现代艺术探讨的过程中，仍然保留着一个通向大地的脐带。陀思妥耶夫斯基的根基主义思想又常常被称之为“土壤派”，看样子是有道理的。

六

但是这种相近性仅仅是“相近”而已，若仔细分析起来，这种表面上的相近背后仍存在着不少的差异，具体来看有这么几点：

首先，托尔斯泰的大地崇拜处于本体的首要地位，而陀思妥耶夫斯基的大地崇拜则处于末节的次要地位。

托尔斯泰对大地的崇拜不但是其世界观、价值观的出发点，而且也是其进行文学创作的出发点，崇拜大地的诗性思维使得托尔斯泰创作出诗性艺术。纵观托尔斯泰一生的创作，大部分时间都是脚踏大地之上，他的惊世骇俗之作《战争与和平》洋洋百万言，虽然纵横捭阖，汪洋恣肆，但最终都离不开大地，其中无数的家族与人物，都离不开以大地崇拜为精神追求的罗斯托夫一

① ［俄］陀思妥耶夫斯基：《中短篇小说选》，曹中德译，北京：人民文学出版社，1982 年，第 596－597 页。

家。《安娜·卡列尼娜》虽然写的是发生在都市里的爱情故事，但是对乡村生活的描写却占了三分之一还要多的篇幅，并且这三对婚姻中，只有列文找到了幸福。安娜的婚姻走向悲剧，并最终以自杀结束。奥布朗斯基和杜丽的婚姻虽然没有破裂，但早已名存实亡，只有列文和基蒂越来越相爱，而所有这一切还是和紧靠大地有关。《伊万·伊利奇之死》中伊万之所以恐惧死亡，是因为他生活卑琐所至，都是由于伊万长期生活在都市里远离土地而失去了精神之源。《哈吉·穆拉特》中的主人公哈吉·穆拉特之所以能够勇敢地面对死亡，壮烈而死，是因为他紧紧依靠大地，尽管他并非基督教徒。《复活》中也有近一半的篇幅描写乡村，虽然乡村在日益走向凋敝，但作者仍然对城市进行了谴责。主人公聂赫留朵夫之所以能够在罪中忏悔，是因为他对乡村有着眷恋之情。为了改善农村的经济状况，他要做出巨大牺牲，要把土地无偿地交给会耕种的农民，尽管这一切可能还会落空，但是聂赫留朵夫对土地的情感之深之珍惜，使他最终能够得到忏悔，实现精神复活。

而陀思妥耶夫斯基并不像托尔斯泰对大地崇拜得那么强烈和必要，虽然陀思妥耶夫斯基也曾经生长于农村，但农村的贫穷和困窘给他留下强烈的印象。可以说在都市中生存的陀思妥耶夫斯基，已经能够比较客观地看待城市的崛起和乡村的贫穷这一现实，因为这是历史发展的必然，道德主义要为历史主义让路。因此，陀思妥耶夫斯基在整个一生的创作中，把他描写的对象更多地瞄准城市生活，以及城里人与人之间的错综复杂的关系，而描写乡村生活景象的篇幅却很少，有的作品几乎就没有。陀思妥耶夫斯基本人甚至也喜欢过都市生活，格罗斯曼在有关陀思妥耶夫斯基的传记中写道：“陀思妥耶夫斯基并不是隐士，他喜欢观看夜间的演出，逛大饭店和咖啡馆，喜欢参观军官们的宴会，和他们一起大吃大喝，纵酒狂欢。每天像过节一样热闹非凡，行乐不止的彼得堡生活把青年文学家完全吸引住了，并耗去他大量的金钱。”① 正是因为这样，陀思妥耶夫斯基很少描写大自然美好的风光，因为大自然在现代人眼里已经失去昔日的魅力，正在变成一个被征服与被研究的对象，自然由善开始转变成恶，这就是为什么陀思妥耶夫斯基更关注人性中恶的原因了。陀思妥耶夫斯基偶尔也会写到大自然，不过在他的创作中也仅仅处于末节的次要地位，要么是

① ［前苏联］格罗斯曼：《陀思妥耶夫斯基传》，王健夫译，北京：外国文学出版社，1987年，第59页。

为了谴责城市，要么是促使人物性格或精神发生变化。因此，上述所说的陀思妥耶夫斯基对大地的崇拜还达不到影响其创作观的地步，更不能构成他的价值核心。

其次，托尔斯泰对大地经历了从坚守到质疑再到最终抛弃的一个过程；陀思妥耶夫斯基似乎是走了一个与托尔斯泰相反的历程，即与大地的关系是从对立否定到接受认可的过程，尽管大地崇拜最终也未能构成陀思妥耶夫斯基创作的全部，但态度则是越来越积极了。

托尔斯泰作为一个生活在当下的现代人，虽然他的创作是从大地崇拜“发家”的，并几乎贯穿了他一生的全部创作，但是面对乡村经济的日益凋敝，大自然正渐渐失去昔日的魅力，而逐渐离开大地，他逐渐地对自然情欲采取消极压制的办法，最终走向了道德主义。在历史主义和道德主义的选择面前，托尔斯泰选择了后者。因此，尽管托尔斯泰在他的所有创作中都触及了对大自然的描写，但他的确存在着一个逐渐减少的趋向，存在着一个大地可爱性逐渐减弱的趋向，存在着一个文学的审美性逐渐降低的趋向。《安娜·卡列尼娜》的艺术性稍逊于《战争与和平》，而《复活》的艺术性则不如《安娜·卡列尼娜》，甚至相差较远，至于后期写的一些中篇小说，如《克莱采奏鸣曲》《舞会之后》《魔鬼》，以及《雇主与雇工》等，其艺术性水平的确在下降。尽管托尔斯泰的批判性在增强，道德激愤程度在加剧，但是文学是艺术，艺术有艺术的规律，不会屈就于道德的。

陀思妥耶夫斯基并不存在这样的内心矛盾，或者说即使存在着这样的矛盾，也是很微弱的，因为陀思妥耶夫斯基比起托尔斯泰来说已经成为一个现代作家，他既不可能对大地像托尔斯泰那样崇拜到迷信的程度，也不可能仅仅靠大地的诗性构成他的创作观。陀思妥耶夫斯基的创作伴随着时代的发展，已经发生了小说叙事上的深刻变化，并以此来建构他的作品。如果说托尔斯泰依靠大地、依靠空间，其所采取的是宏大叙事的诗性结构，那么陀思妥耶夫斯基则采取的是依靠时间的戏剧性构成，他更多地靠共时性激烈冲突来揭示人性在瞬间的千变万化。也正是因为这样，托尔斯泰的心理描写已经非常精细了，被称为心理描写上的微积分；那么陀思妥耶夫斯基更深入人的潜意识，凭靠梦幻、变态心理、人格的分裂等来打开人物的内心世界。美国研究家克利夫顿·法迪曼说：“托尔斯泰是写意识与正常的史诗式的诗人，而补充他不足的是陀思妥耶夫斯基，则是写潜意识与反常的戏剧性的诗人。”① 因此，陀思妥耶夫斯基的创作更加激荡人心，更加能够触及人物灵魂的最深处，更适应了现代市民阶级的审美习惯。

第三，托尔斯泰和陀思妥耶夫斯基还有一点不同，托尔斯泰对大地的崇拜是诗性的、自由的、超功利的；陀思妥耶夫斯基对大地的崇拜则不仅仅是诗性的，同时也是神性的，并且还是“功利性”的。因为陀思妥耶夫斯基所关注的“大地”，不过是启发无神论者或虚无主义者最终皈依上帝的诸多元素中的一种罢了。

托尔斯泰对大地崇拜既解决了世界观也解决了创作观，一举两得，这样，托尔斯泰怎么会舍得离开大地呢？陀思妥耶夫斯基是带着功利目的来写大地的，尽管他崇拜大地的情感并不怎么强烈，但是他的确需要大地。但此时的大地不仅仅是诗性的大地，还是文化的大地，更是神性的大地。具体来说陀思妥耶夫斯基笔下的“大地”包含有三层含义：一是“诗性的大自然”。它对城市生活起着参照和批判作用。在陀思妥耶夫斯基看来，丰饶的大地使人产生健康的思想和乐观的情绪，而狭隘肮脏的城市则使人产生病态的甚至变态的情绪和犯罪的动机。二是“文化的大自然”。“大地”不是简单的物质的大地，而具有文化意义和价值意义，它构成了民族的或民粹的文化根基，与那些接受西方思想的知识精英阶层，形成了对应，启发着他们转向大地，转向代表大地的人民。三是“神性的大自然”。神性的大自然对那些无神论者和虚无主义者起到促使他们幡然醒悟回归上帝的作用。由此来看，大地的诗性启蒙也好，文化批判也好，最终都要上升到神性的高度。黑格尔把宗教发展分为三个阶段：自然的宗教、实用的宗教和心灵的宗教。就宗教观来讲，托尔斯泰对大地的崇拜，对宗法文化的迷恋，使得其对宗教的追求还停留在实用阶段，即功利阶段。道德宗教的确立为托尔斯泰找到了价值迷乱时期的路径，而对道德的推崇也是古典型艺术的核心价值。而陀思妥耶夫斯基所具有的现代观念不可能只停留在实用阶段。人格的分裂，心灵的激变使他不得不寻找一个安慰其心灵的人格意义上的上帝。陀思妥耶夫斯基的确赞赏诗性的自然，而诗性的自然也的确能给人以心灵震撼，但在心灵震撼中感情却得到了进一步升华，感受到大自然的神奇

① 陈燊编选:《欧美作家论列夫·托尔斯泰》,北京:中国社会科学出版社,1983年,第334页。

和造物主的伟大，这样神性的上帝自然就出现了。《罪与罚》中的拉斯科尼科夫正是在对大自然的审美观照中发现了上帝的伟大，并除去了一向的傲慢。《白痴》中的梅什金公爵在对瑞士风景的赞赏中，身体机能得到了康复，心灵找到了寄托。《卡拉马佐夫兄弟》中的阿辽沙，正是在晚上看到天空群星灿烂，才真切感受到上帝的存在，而痛悔自己的偶尔放纵。而托尔斯泰显然做不到这一点，他甚至晚年对审美也不怎么感兴趣了，倒觉得道德比审美更可靠，这就是为什么托尔斯泰晚年开始否定《战争与和平》的艺术性，把《安娜·卡列尼娜》看作是“庸俗无聊的玩意儿”的原因了。

由以上我们对托尔斯泰与陀思妥耶夫斯基的大地崇拜情结之间的“相近性”研究，可以看出，托尔斯泰的大地崇拜情结还处在古典阶段，甚至是自然崇拜阶段，这使他的作品充满了诗性，创作出了具有史诗特征的鸿篇巨制，塑造出了一大批可感可亲的人物形象。但托尔斯泰所处的这个阶段却是不稳定的，大地是颤动的，因为资本主义的冲击，商业时代的到来，使托尔斯泰开始怀疑自己的信仰。西方启蒙思想的启迪使托尔斯泰解脱了宗法社会对大地崇拜的文化外衣，而换上了道德主义（“托尔斯泰主义”）的伪宗教服装，因为托尔斯泰虽接受了启蒙，但他却没有走向具有现代人所需要的现代人格：个人主义，而只能在制度安排上走向倒退，甚至退回到宗法制社会以前。思想的倒退也带来艺术上的倒退，托尔斯泰创作的收获期只能是在他的中年以前了。

陀思妥耶夫斯基对大自然的作用非常理智和清楚，甚至洞若观火，他很早就超越了自然崇拜和宗法社会阶段，看到了个人主义是现代社会发展的伦理需要，在宗教上他也超越了实用阶段而走向了非实用的心灵安慰阶段，他也看到宗教回归对自然启迪的需要，使他笔下的大自然不是迷信的、恐怖的，而是神秘的，是上帝创造万物的神奇显现，是人们回归上帝的启示。因此，从这个意义上说陀思妥耶夫斯基的自然观更为深刻和现代。

但是艺术的成功又非是思想的直接表达，托尔斯泰用他那看似笨拙的自然观和近乎幼稚的社会观、哲学观，给我们创造出了一个独特的艺术世界，这个世界的精彩程度并不逊色于陀思妥耶夫斯基。

附 录

比较中的托尔斯泰

附录一　张炜创作中的托尔斯泰“痕迹”[①]

张炜和托尔斯泰虽生活在不同的时代、不同的国度，但二人相近的创作态度（艺术要为人生为社会服务），相近的创作背景（社会正处于由传统社会向现代社会过渡），所遭遇的相近的社会问题（社会转型时期所带来的道德危机和信仰危机），以及同样面临西方文化对本民族文化的巨大冲击，再加上张炜对托尔斯泰的推崇，张炜曾说：“对我影响最大的，中国是鲁迅，国外是托尔斯泰。”“最佩服的作家是鲁迅和托尔斯泰。”[②]“其实对我影响最大的，还是托尔斯泰。”[③] 所有以上这些因素，都使得张炜在他的创作中，自觉或不自觉地具有了托尔斯泰创作的“痕迹”。因此，通过对张炜创作中的“托尔斯泰成分”进行剖析，或借用托尔斯泰创作的思想特征来剖析张炜，似可以对张炜的创作研究，得以深入。本文试图从托尔斯泰创作所体现的“贵族意识”“忏悔意识”“平民化思想”“宗法制田园生活”“道德理想主义”和“自然神论”等六个方面的创作思想，来探讨张炜在创作上的托尔斯泰“痕迹”。当然，这里的“痕迹”之所以加引号，只是强调说明上述六种思想只具有比附上的意义，是为了诠释张炜创作特色的一种手段，并非张炜“直移”了托尔斯泰的思想，或张炜仅仅具有托尔斯泰的这些“思想”。

---

① 原载《殷都学刊》2004 年第 1 期，论者为第一作者。

② 张炜：《期待回答的声音》，济南：明天出版社，1995 年，第 76－77 页。

③ 张炜：《昨日的里程——关于张伟写作的对话》，《文汇报》1997 年 5 月 5 日。

一、“贵族意识”

在欧洲传统社会，贵族制度是作为一种基本的社会制度存在着的。有了贵族制度，就产生了贵族文化，也进一步培养了贵族意识。贵族意识包括世袭性、血缘性、高贵感和骑士精神，骑士精神又包括强调责任和义务，重视荣誉和承诺，尊重妇女，扶危救困等，再加上他们都信仰基督教，基督教的精神洗礼使以上行为都具有了神圣化的超越。在传统社会，贵族不但在政治上处于统治地位，而且在精神上也处于统治地位，并为整个社会提供着物质资源和精神资源，权利促就责任，特别是在社会转型时期，当贵族的地位面临冲击时，面对日益严重的政治危机和经济危机，他们一方面表现得无可奈何，一方面为“巩固”昔日的权威做着努力，所有这些行为，都是贵族意识在起作用。

作为俄罗斯的大贵族列夫·托尔斯泰当然具有强烈的贵族意识。这种强烈的贵族意识在托尔斯泰的创作中得到充分的体现，因为托尔斯泰的全部创作动机就在于探索当前形势下贵族阶级的前途和命运。从19世纪60年代《战争与和平》中的主人公皮埃尔、安德烈，到70年代《安娜·卡列尼娜》中的列文，再到《复活》中的聂赫留朵夫，这些主人公全都是贵族。他们既具有优越感和高贵感，同时也具有很强的责任感和使命感。这种责任感和使命感使贵族阶级主观上在为自己找寻出路的同时，客观上也为国家、为民族、为大众找寻出路，因而，贵族阶级的忧患意识便具有一种悲壮性质。特别是一些接受了进步思想的优秀贵族知识分子，能够突破自身的阶级局限，成为大众的启蒙教育者和拯救者，并表现出坚忍不拔的意志和无私奉献的精神。

尽管在我国几千年的封建社会发展中，没有形成持久的贵族制度，但这并不等于说在传统社会中就没有形成贵族意识。与西方的贵族相比，在中国传统社会扮演着“贵族”角色的是官僚士大夫阶层和乡绅地主阶层，这些“贵族”们无论从政治上、经济上，还是从精神上都处于社会的统治地位，而这样的统治地位也自然形成了他们较强的责任感和使命感，特别是对那些出身于这个阶层的知识分子来说，更是如此。

张炜作品中的主人公绝不是一般的平民百姓，而是出身于财富和社会地位都非常显赫的大家族。只是这些主人公由于时代的变迁、社会的动荡，他们才被迫地沦落于平民之间。这一点在《古船》和《家族》中表现得最为明显。

《古船》中，隋家兄妹隋抱朴、隋见素、隋含章；《家族》中，曲予、宁珂、宁伽等，作者不惜笔墨地描写主人公出身门第之高贵，府第设施之豪华，主仆等级之分明，其家庭不但在经济上富甲一方，而且其道德品质、学识修养等精神方面，也为时人所称道。这一点主人公特别感到自豪，因为这一切都源于这个家族所具有的高贵的“血缘”。具有这种“血缘”的人先天便具有善良、智慧、仗义、有才干和富有正义感等理性内容。这种“血缘”的渊源甚至可以追溯到三四千年前的古莱子国，在《瀛洲思絮录》中，作者甚至暗示在这之前或之后他所塑造的主人公，大都是徐芾的后代。更重要的是他们这个家族不是一代代世袭了其物质，而是世袭了其精神，这一点在《家族》中表现得最为详尽。这个家族既出了民族工业家、开明绅士，也出了救死扶伤的贤医，还有从不计个人安危得失，整日骑着红马到处游走的“大侠”（这似乎有点像西方的骑士，而骑士精神构成了西方贵族的精神理念。既然张炜笔下的主人公充满了贵族意识，那么也就“必然”有骑士精神了；当然也有点像托尔斯泰笔下游走四方的癫僧），而书中的主人公往往是这种“血缘”遗传的继承者，从而形成了主人公正直、善良、睿智、侠义等优良品行。在《古船》中，作者的家族意识就非常强烈，“人口再多再乱，只要从家族、从谱系上去看，就会清楚得多。血缘关系的纽带会把一些人执拗地联结在一起”①。在《我的家园》中主人公“我”说：“姑娘，谁也弄不清我的焦渴和急躁是为了什么。可能是血缘把我弄成了这样，我继承的是一个奇特家族的血缘……”②“我说过，我从属于一个特殊的家族，当我慢慢辨认出这一点时，我就明白了该做什么，我只有一种结局，就是迎上去，奔向那我应该去的地方。这是非常光荣的。”③这一点说明了张炜笔下的主人公具有较强的责任感和使命感，而这一点则正是贵族意识的体现。

从以上可以看出，张炜笔下的主人公大都具有贵族意识。但是，由于托尔斯泰笔下的主人公还处在统治地位，因而他们对大众的启蒙多从教育方面入手（托尔斯泰甚至在自己的庄园办学校、编教材、办刊物等），其最终目的是维护自己的贵族地位；而张炜的“贵族们”由于已经落难，因此，他们的启蒙

① 张炜：《古船》，北京：人民文学出版社，1994 年，第 3 页。

② 张炜：《我的家园》，北京：作家出版社，1996 年，第 373 页。

③ 张炜：《柏慧》，载《收获》1995 年第 2 期，第 113 页。

更加偏重于对人民大众的政治启蒙，并且因其行为是反特权反专制的，虽然其最终结果可能是反贵族的，但他们那种先知先觉、世人皆醉唯我独醒，以及救民于水火的舍我其谁的民本精神，正体现了知识分子这种中国式的贵族意识。

二、“忏悔意识”

基督教是欧洲人主要的宗教信仰，而忏悔行为则是基督教区别于其他教派的最主要特征之一。基督教虽脱胎于犹太教，但他不再把对上帝的信仰诉诸武力，而是诉诸人的爱。它通过教徒们不断地反思自己的行为，检视自己的过失，在向上帝表白心迹的过程中，使自己的人性更加健全。因此，作为基督徒的托尔斯泰，当然便具有一种“忏悔意识”。

在近代的欧洲，贵族们在资本主义经济和文化的冲击下，日益步入危机和恐怖的困境。这种危机感和恐惧感，加重了贵族们对自我道德品质的反思和检讨，特别是基督教的“原罪”意识，更加重了他们的自责。以贵族经济为代表的宗法文明，必然要被资产阶级为代表的都市文明所击败，这本来是一种经济现象，但奇怪的是贵族阶级大多从文化上、道德上寻找原因。这反映在托尔斯泰身上也是如此，在他看来，与终身勤于耕作的农民相比，贵族阶级世世代代脱离劳动，靠剥削他人来过一种寄生生活，这些便形成他们道德危机的主要原因。因为长期的不劳而获，势必造成精神空虚和道德沦丧，这是传统宗法社会所具有的道德观念。在他们看来，淳朴的道德品质总是和爱土地、爱劳动分不开的，所有这些都引起贵族阶级对自己的身世家族有一种负罪感，并因负罪而至赎罪，因而托尔斯泰笔下的贵族都具有忏悔性格，并且越到他的后期作品，主人公的忏悔意识就愈强烈，并形成了皮埃尔、安德烈、列文、聂赫留朵夫等系列忏悔形象。

中国人主要信奉的不是基督教而是儒家文化，但儒家也讲究反省，讲究“吾日三省吾身”，特别是在张炜身上，这种反思达到了忏悔的地步。张炜笔下的主人公出身的大家族大多是突遭灾祸而衰落，他们对于这样一种突然变故而感到难于理解，因而他们不得不回过头来从自己的家族史中找寻这一原因，那只有一种解释，那就是自己的祖先积怨太多、积罪太深才致于此。其原因也同托尔斯泰认为的一样，认为自己家族世代脱离劳动，靠剥削他人来积累财富，不劳而获，并由此得出了家族之所以衰亡是获罪遭罚的结果。死去的已经死去了，那么活着的人就要承担起赎罪的责任，因此，张炜笔下的人物除具有贵族意识外，还具有忏悔意识。《古船》中的隋抱朴，是具有忏悔意识的第一人。他目睹了隋家的兴衰。父亲临终之前告诉他："我们的财富是大家的!""老隋家的欠账还没有还完，事情得及早做，没有功夫了。"① 特别是目睹母亲的惨烈之死，更让他认为，我是"老隋家有罪的第一人"。他的第一个妻子的死，以及他与小葵的私通，这一切更加加重了他的罪孽感。罪孽感是如此之重，以至于隋抱朴最终没有娶李家寡妇，也没有娶一直恋着他的大喜，而是终日坐在磨房里，自虐式地枯坐、沉思，几乎成为一个木头人，并日夜温习《共产党宣言》。应该说这个细节是真实的，在那个年代这是唯一的修身方式，是儒家反省方式的现代版。隋抱朴不但拒绝与赵家争夺原本属于他家的粉丝厂，而且还帮助其办好厂子，并且当粉丝厂"倒缸"时，他竟不顾个人安危地去"扶缸"，所有这一切不可思议的行为，似都可以用忏悔赎罪来解释。还有其妹妹隋含章，多年来侍奉四爷爷赵柄这个靠政治运动起家的实权人物，并长期遭其蹂躏。而隋含章却难以自拔，即使连李家的爱情也打动不了他，这里不只有女性软弱的原因，毋宁说是一种赎罪心理在起作用。再如《家族》中的曲予，当他的母亲欲打死女仆闵葵，以阻止这场主仆之恋时，曲予由此便认识到了大家族的罪恶，并果断地与之决裂。曲予赴国外学医，学成归来后创办了私人医院，以疗救人民大众的疾病之苦。对于曲予的这些举措仍可以看作是赎罪之举，因为自古行医便是积善的最佳方式。当曲予认识到"革命"是为穷人打天下时，便自觉地支持革命行动，并为此献出了年轻的生命。

在张炜笔下，这些带有忏悔性格的人物形象，有着较深的性格内涵和文化内蕴，增强了人物形象的丰富性，并有着极高的审美价值，这在我国当代文学史上，也是一个独特的贡献。同时，他也预示着，人只有不断地反省自己的得失，才能使自己的精神得到丰富和升华，使自己变得更富有理性。因此，与之相反的是，作者特别担心人们惯于"遗忘"，并由此发出慨叹"我多么憎恨'遗忘'。我认为这是人类最可怕的劣性，最可耻的癫痫。没有了记忆也就丧失了理性。一切丑恶与污秽都是在模糊的记忆之烟的遮蔽下肆意侵犯的。人类

① 张炜:《古船》,北京:人民文学出版社,1994 年,第 49 页。

正在用遗忘扼杀自己的全部希望”①。“一个人如果缺少理性，就不会有好的判断，也就不知道什么是稍微调整和改善了的野蛮。人性中多少都有野蛮的成分，血液中有野蛮的因子，所以也要警惕自身；这种警惕一方面是约束自己，另一方面绝不会迎合野蛮的行径，不要姑息也不要失去批判力。”② 这些“野蛮因子”也许就如西方人的“原罪”观念，因而张炜也像托尔斯泰一样，赋予他的主人公以“忏悔意识”。

当然，由于张炜笔下的主人公缺乏基督教的文化背景，人物的忏悔意识虽不及托尔斯泰笔下人物忏悔得彻底，但由于忏悔意识的存在，使得张炜作品中的人物存在着情与理、爱与恨、灵与肉的强烈冲突，从而使人物性格更为鲜明和突出，增强了作品的艺术性。

三、“平民化思想”

“平民化”是和“贵族化”相对而言的。在欧洲传统社会，贵族文化是占统治地位的文化，于是整个社会都趋向“贵族化”，一个人在世上被封为贵族，是一件光宗耀祖的事情。但到了现代社会，为了适应平等竞争的资本主义自由经济发展的需要，整个社会便掀起了一场平民化的运动。相对于贵族追求世袭性、血缘性、高贵性和等级制度而言，平民则追求平等化、平均化和大众化。出身贵族的托尔斯泰，为贵族阶级所找寻的出路便是贵族的平民化，这便是以取消贵族阶级存在的方式，作为问题的最终解决。因此，托尔斯泰笔下的主人公除在意识上进行忏悔外，表现在行为上则是主动放弃自己的贵族立场，即作为贵族所具有的政治地位和经济地位，把自己的贵族身份转变成平民身份（实际上是一些具有贵族意识的平民），从而用“平民化”来解决贵族们的最终出路。但由于托尔斯泰对于促使社会转型的真正原因并不了解，因而其贵族的平民化不是把贵族变成企业家、银行家、商人等，像近代的英国贵族一样，去参与市场的竞争，而是把贵族变成农民，以恢复和巩固宗法制农民生活。在托尔斯泰看来，农村天然便具有淳朴的道德风尚，因此，贵族转变为农民，向农民学习，这不但解决了贵族的出路，而且也解决了他们的精神困

① 张炜：《柏慧》，载《收获》1995年第2期，第193页。
② 张炜：《葡萄园畅谈录》，北京：作家出版社，1996年，第27页。

境。托尔斯泰这样的思考便明显地带有民粹主义思想倾向，是卢梭思想的实践者。

张炜笔下的主人公们也走着平民化的路子，不过他们不是像聂赫留朵夫一样出于自愿，而是被迫的。时世的变迁、社会的动荡、家族的衰落，把他们抛到社会底层，被迫变为平民。但这又似乎“因祸得福”，知识分子在与农民的接触中，却找到了他们的精神归宿，因为农民曾经是他们的忏悔对象。《柏慧》中的主人公“我”曾说道：“我越来越明白，我这个生命是多么贴近他们，他们差不多就是平原呵……想到这儿，让我好感动。我开始知道我正在自觉地靠近谁，寻找谁了。我与贫困的人从来都是一类，这在我心中是无可争执的……”① 张炜笔下的主人公似乎很早就具有平民意识，他们总是和“平民”接近。《古船》中的隋抱朴娶的是一个丫鬟，而《家族》中的曲予娶的也是女仆（闽葵）。曲予作为一名医生，积极地疗救大众特别是穷人在肉体上的疾苦，而宁珂则通过参加革命活动来拯救劳苦大众，可以说《家族》中的三代人都站在下层劳动人民一边。并且，他们在大是大非问题上，在“善”与“恶”的激烈冲突中，立场坚定，毫不妥协，即使牺牲了个人生命，也在所不惜。在《柏慧》和《葡萄园畅谈录》中，他们甚至和农民同吃同住，并组织农民抵制邪恶势力，发展生产。昔日的“老爷”“少爷”变成了普通的农民，并且作者认为主人公们与农民为伍还有“血缘”上的关系。“我从此更加明白，不同的家族无论以何种方式，因何种机缘走到一起，最终仍将分手。善和恶是两种血缘，血缘问题从来都是人种学中至为重要的识别，也是最后的识别。”②

当然，张炜和托尔斯泰虽都是通过把主人公农民化来最终实现“平民化”，但在这一点上张炜远没有托尔斯泰显得“真诚”。托尔斯泰是真要把贵族变成农民，而张炜笔下的主人公们虽长期地生活在农民之间，貌似成了农民，实则他们仍然扮演着启蒙者乃至领导者的角色。实际上他们仍然是“老爷”，只不过他们不再是政治上、经济上的，而是精神上的。平民化思想使张炜的创作变得博大和更富于人道主义精神。

---

① 张炜：《柏慧》，载《收获》1995 年第 2 期，第 132 页。

② 张炜：《柏慧》，载《收获》1995 年第 2 期，第 158 页。

四、"宗法制田园生活"

托尔斯泰之所以要把贵族变成平民，是因为托尔斯泰的社会理想是要建立一个宗法制农民社会。这种社会既不同于东方的专制社会，在这样的社会里农民受尽官僚和地主的压迫和剥削，也不同于西方的资本主义社会，在这样的社会里，金钱至上，人剥削人。而在托尔斯泰的宗法制社会里大家按照"托尔斯泰主义"去做事，这样就形成了一个没有压迫、没有剥削、人人幸福安乐、近似"天堂"的理想社会，并且这种乌托邦社会正是俄罗斯的未来。同时，对乡村宗法制生活的迷恋，必然对都市生活进行否定，在托尔斯泰看来，都市生活就是腐败、堕落和罪恶。因此，城市不如乡村，彼得堡不如莫斯科，而巴黎等西欧的都市比彼得堡还要差。

张炜在他的创作中表现出对宗法制生活的强烈向往。在他看来，民风淳朴的宗法制生活方式，正是现代人道德的源泉。张炜笔下的主人公大都经历比较特殊，既出身于封建大家族，又因"时运不济"流落于民间，并由农民抚养。因此，他们和农民"天然"有一种深厚的情感，再加上对已失的封建大家族生活的美好追忆，所有这些总能唤起主人公们对宗法制生活的怀念和向往。作者在作品中所描写的封建大家族，总是些不但在物质上很富足，而且在精神上也很富有的名门望族。这些家族的主人们大都有学识、有教养，知书达理，温柔敦厚；仆人则忠厚朴实、勤劳本分，并且主仆之间相处和谐、其乐融融，作者这种对于大家族的留恋和赞美之情常常会情不自禁地流露于笔端。尽管张炜在作品中一再阐明大家族的罪恶，但那绝不是从哲学或社会学的角度，而是从道德角度。实际上在张炜看来，封建大家族在历史上的存在并非不合理，只是由于它世代脱离人民，脱离劳动，脱离大自然所致，从而变得道德沦丧而遭惩罚。更何况这些大家族的主人都是些品德高尚且有远见卓识的开明绅士，他们在时势转变的时候能够认清形势，促进社会发展，有些甚至为人民的利益不惜献出生命。这样的大家族难道不可以称道吗？为什么大家族的模式不能在今天存在下去呢？

像托尔斯泰一样，对宗法制生活的肯定必然导致对都市生活的否定。在张炜笔下，都市生活总是和腐朽、堕落相联系。《古船》中的隋见素离开家乡洼狸镇到城市去经商，不但商事未成，而且还染了一身脏病，差点丢掉性命。

《家族》中的宁周义，也即主人公宁伽的外祖父，本是个开明士绅，但由于长期生活在省城，长时间地脱离人民、脱离土地，而丧失了高贵的品质，最终走向了人民的对立面。《柏慧》《葡萄园畅想录》中的主人公，更是远离都市，走向偏僻的农村。特别是后一部作品的主人公，还专门买了一块葡萄园，收雇一些穷困农民，在一起劳动。他们之间没有尊卑，不分贵贱，共同劳作，享受着超功利的真诚与快乐，他们所组成的一个非血缘的大家族，简直就是宗法制生活的现代版。尤其在《九月寓言》中，作者则更加表达出他对近似原始状态的农村生活的依恋和对现代工业文明的谴责。即使在张炜最近出版的《外省书》中，也仍然表现出其对作为现代金融业工商业代表的美国的不满和忧虑，似乎整个美国人都生活在虚无和空虚中，而对于农村田园生活却表现出深深的眷恋。

当然，与托尔斯泰相比，张炜毕竟是生活在现代社会，他虽然向往宗法制社会，但他也不能不看到农民有缺乏理性的一面。因此，张炜对于农民的认识要比托尔斯泰更清醒些。

五、“道德理想主义”

既然欧洲近代社会，贵族们大都把自己家族的衰落归于一种莫名的罪恶，那么解决现实问题的办法只好借助于道德。在托尔斯泰看来，俄国未来的社会是一种宗法制农民社会，在这样的社会里既没有东方式的专制政府，也没有西方式的议会、法律和警察，那么人们将如何维持他们的社会关系呢？那只有靠道德，凭借道德的力量来调节人与人之间的关系。在俄国的传统社会，道德的制订和维持主要靠官方教会，但到了近代社会，托尔斯泰已清醒地认识到传统的道德观念已经趋于崩溃，官方教会已沦为专制政府的帮凶，因此，必须建立新的道德规范，以适应时代发展的新要求。正是出于这样一种考虑，托尔斯泰便着手建立“新道德”，他以《圣经》中的“福音书”为主要内容，又借鉴了包括老子、孔子、佛陀等世界先哲的学说，形成了他的新道德准则，这便是“托尔斯泰主义”。该“学说”的主要内容便是要求人们要“道德上自我完善”，“勿以暴力抗恶”，要“宽恕”，要爱人如己。在托尔斯泰看来，在没有政府、没有法律的宗法制社会，如果人人按照他的道德理想主义行事，大家就会过上太平、幸福、安乐，类似于人间天堂的生活。并且更为重要的是，由此俄国完全可以避免走西方的资本主义道路，而走自己独特的道路。

张炜也和托尔斯泰一样，对于道德怀有巨大的热情。在这一点上他也很推崇托尔斯泰，认为“他一辈子都在鉴定自己，完善自己的道德，并以此心匡正世事，成了不朽的哲学”①。因此，张炜也认为传统的官僚社会容易导致专制和残暴，而现代的法律社会则导致人的虚伪和奸诈。张炜相信人有向善向爱的本能。他认为人类：“……最为重要的就是保护和培植自己的爱力。让它随着岁月的增加，像积蓄山水一样认紧，让它在付出的慷慨中变得生气蓬勃。关键是要滋润自己的心灵，让其变得越来越适合于成为爱心的居所。一旦人的心灵之巢被爱心盈满的一刻，他就会变得更有力，更从容，更自信和更坦然，他就真正走向了自己的生活……”② 只有人才能够时常自我反省、自我抑制，才会变得富有理性。因此，人要变得克制、忍让，要宽恕他人，特别反对以暴制暴式的复仇。以暴制暴不但不能解决问题，反而在暴力中人会丧失理性，使人性堕落。关于这一点作者是有深刻认识和独特见解的。在《古船》中，所反映的正是残酷的你死我活的政治运动，才使得本来就没有多少理性的人，像赵柄、赵多多等人，人性沦丧。在《家族》中，这一点体现得更为明显。在平原上，几十年来在这块土地上，来自国民党、共产党、日本人参与的拉锯式的残酷战争（先是抗日战争，后是国共内战），把人退回到动物时代。甚至建国后政治运动的扩大，以及之后“文革”的发生，大概都与长期发生战争有关。因此，张炜认为“‘暴力’也是一种‘恶’，而使用了‘恶’最终还是不能消除‘恶’的。‘暴力’是强暴之力，它不能等同于善对恶的反击和惩罚”③。暴力不但变善为恶，还能变爱为恨，这一点在《外省书》中主人公史珂和肖紫薇由相爱到相恨的变化中得到体现。由此看来，张炜对暴力的理解是相当深刻的。他对人的内在理性的培养特别关注，说到底，对社会的改造最终必然要落实到对人的改造上，只有每个个体的素质提高了，才会促进社会的真正进步。尽管我国没有宗教为社会提供道德资源，但儒家主张改造社会首先要培养改造者的个体人格（“修身”）的传统观念，在张炜的潜意识中还在起作用。

---

① 张炜：《葡萄园畅谈录》，北京：作家出版社，1996 年，第 55 页。
② 张炜：《葡萄园畅谈录》，北京：作家出版社，1996 年，第 138 页。
③ 张炜：《葡萄园畅谈录》，北京：作家出版社，1996 年，第 39 页。

因此张炜特别注重传统、注重家族史，提醒人们不要忘记过去。“人要战胜遗忘，首先要从对自己的家族的认识做起。一个人连自己亲人的得失经历都不能烂熟于心，还怎么值得信任。要充分地理解他们，他们身边的故事，它们发生的根源，结局的意义，都要从头问起——为什么？为什么？”[①] 这里张炜把家族史、民族史作为现代人的精神资源和道德资源。因此，张炜的创作结构总是在历史和现实的反复交替中，强化着主人公的思索和理性判断，并由此培养起人的知性。“一个人如果缺少知性，就不会有很好的判断，也就不知道什么是稍稍调整和改装了的野蛮。人性中多少都有野蛮的成分，血缘中有野蛮的因子，所以要警惕自身……”[②] 这一点张炜和托尔斯泰有关人性善、恶二性论相一致，并都认为通过不断反思和忏悔，能够扬善抑恶。

但张炜和托尔斯泰的道德理想稍有不同处是对待“宽恕”这个问题上。托尔斯泰从宗教出发，他要宽恕所有的人，甚至包括自己的敌人，因此托尔斯泰的宽恕是非常彻底的；而张炜除了认为人的本性有善恶之外，认为人与人之间还存在着“血缘”的差别，似乎人类还存在着善“血缘”和恶“血缘”。对于前者可以宽恕，对于后者绝不宽恕。这类人好像生来就是作恶的，是不可救药的，因此要与这种人斗争到底。当然这种斗争仅仅限于精神领域，而非诉诸武力。

六、“自然神论”

“自然神论”是18世纪欧洲启蒙知识分子借助自然来反教会反专制反贵族特权的一种思想资源。这种思想明确地表达了人不是上帝创造的，而是大自然创造的，因此人应该是自由的，人与人之间应该是平等的，这也即“天赋人权”观念的依据。托尔斯泰受法国启蒙思想影响，特别是卢梭的影响，形成了自己的世界观、价值观和历史观。他一方面认为人类社会和自然界一样，也得服从大自然本身的运行规律，这种“规律”将趋向至善，因此人的行为符合自然和符合善应该是统一的。同时，托尔斯泰也和卢梭一样，不但把自然作为批判封建专制和封建教会的武器，而且也把它作为批判现代工业文明的武

① 张炜:《柏慧》,载《收获》1995年第2期,第193页。
② 张炜:《葡萄园畅谈录》,北京:作家出版社,1996年,第27页。

器。同时还应看到，托尔斯泰把人在自然面前的作用既看成积极的又看成消极的。从积极的一面看，自然“目的”的实现要通过人来实现，并且要靠人的主动配合；从消极的一面看，人毕竟是自然的产物，自然的一部分，人还必须服从“自然至善”这一“规律”的“约束”。由此可以看出托尔斯泰自然观的复杂性，并因此形成其复杂的人道主义。

作为一个当代知识分子的张炜也接受了法国的启蒙思想，特别是其中的“自然神论”思想。张炜对大自然也是非常推崇的，他把“自然”当作“故乡”，“大自然是好人，善良的人所依赖的。温柔和勇敢的人是有‘故乡’的人。大自然是所有人的‘故乡’，但并非所有的人都有‘故乡感’……只有热爱大自然的人才会享受自然的‘清福’。‘清福’就是清净、清洁之福。……人与自然互爱的结果，也是迎来清福的岁月”①。对自然的崇尚，同时也形成了他和托尔斯泰类似的自然观：既把自然当成批判专制现象的武器，也把他当成批判现代工业文明的武器。从张炜的作品中可以看出，他对专制现象是痛恨的，是疾恶如仇的。专制残暴无比，靠某种强暴力量压抑和摧残人的个性，在张炜早期的中篇小说如《秋天的愤怒》和《秋天的思索》中表现得特别明显。以后的作品像《古船》《家族》《柏慧》以及《瀛洲思絮录》中，几乎每一部作品都塑造了一个专制者的形象，像赵四柄、“〇三”所所长“瓷眼”“柏老”（柏慧之父），还有远古的秦始皇，所有这些专制者们都惨无人道、生性贪婪。而在《外省书》中出现的新型专制者则是工业化、商业化的代表人物史东宾，他之所以能够发挥他的专制和淫威，已不再是借助手中的政治权利，而是完全依靠手中的金钱。当然，在上述作品中作者还塑造了一系列反抗专制强暴的知识分子形象，像隋家兄妹、宁珂、“我”（《柏慧》）、徐芾、史珂等，他们在极其艰难的条件下与各种专制现象进行着不屈不挠的斗争。他们的力量源泉一方面来自对下层人民的爱；一方面来自对大自然的爱，他们到处流浪，难以得到片刻的宁静。

应该说正是由于张炜也像托尔斯泰一样怀有对自然的崇拜，才使得他对于封建专制和现代工业文明的批判得心应手。但张炜与托尔斯泰相比，他没有看到自然有消极的一面。“自然崇拜”作为启蒙的思想武器却是一把双刃剑，它

① 张炜:《葡萄园畅谈录》,北京:作家出版社,1996 年,第 304 页。

一方面斩杀了专制者和特权者，但也同时斩杀了人的主体性，把人和自然等同起来，使之服从于“自然法则”。对于这一点托尔斯泰是有警觉的，他在《哥萨克》中就已经表明了他并不完全赞成卢梭的自然观，而张炜却还陶醉于“自然神论”这一古老的“启蒙武器”而难以自拔，因此他所塑造的人物（主要是后期）也难免走向简单化和抽象化，这在一定程度上损害了作品的艺术性。

总之，通过上述论述托尔斯泰创作的六个思想特征，在张炜的创作中都得到了体现，由此可以看出，托尔斯泰对张炜创作的影响是存在的，这种影响之巨大甚至影响到作家的人格选择，张炜曾经这样表达过对托尔斯泰的钦佩：“托尔斯泰的作品伟大，这不用说了。可是他这个人更伟大。他是善的化身，仁的化身，道德的化身，良知的代表。我们有时不知道怎样尊敬他才好。在写作的间隙中，你读谁的作品都可以，调节一下精神；不过最好还是读关于托尔斯泰的书。作为一个精神生活的人，他更有正气。他的气会培养人，滋润人，使人长得健康。”[①] 当然，本论的目的并不是仅仅论证这种影响的存在，只不过想借用托尔斯泰创作的思想特征来归纳和概括张炜创作的思想特征，用托尔斯泰来诠释张炜。虽然，由于民族文化、时代风俗、宗教信仰、个人阅历的不同，张炜的创作也呈现出与托尔斯泰的许多不同之处，但这仍不影响他们总体创作的相同或相近，更不影响我们通过托尔斯泰对张炜的创作做进一步的探讨和研究。同时还应看到，张炜和托尔斯泰创作思想的相近性也说明了，20 世纪的中国和 19 世纪的俄国在西方强大文化的冲击下，中俄作家在其创作中体现出了相近的思维方式和审美追求，这是很耐人寻味的。

附录二 《丰乳肥臀》创作中的俄罗斯文学“意蕴”[②]

提起莫言创作深受外国文学影响一事，很容易使人联想到美洲的两位现代派作家福克纳和马尔克斯来，但我们也应看到，除此之外莫言的创作还深受俄罗斯文学的浸润。由于我国特殊的历史及政治原因，莫言和大多数上世纪五十

① 张炜：《葡萄园畅谈录》，北京：作家出版社，1996 年，第 252 页。
② 原载《百家评论》2015 年第 2 期。

年代出生的当代作家一样，在创作的初期首先接受的不是欧美文学，而是俄苏文学。莫言经常谈到陀思妥耶夫斯基的伟大，以及对托尔斯泰和肖洛霍夫等作家所表现出来的钦佩之情，“《战争与和平》也是好小说，是真正的历史小说，真正的战争小说，真正地展示了历史画卷的好小说”。陀思妥耶夫斯基“很可能有强迫症，所以虽然很危险，可能成为尼采，但却是人类灵魂复杂性的表现”①。莫言曾发过这样的感慨：“我接触到的一些老作家，他们也时常提起《战争与和平》是好作品，对《静静的顿河》也佩服得五体投地，但他们自己不敢这样写，也不允许别人这样写。”② 其潜台词显然是说莫言敢于用《战争与和平》与《静静的顿河》的写作方式来创作，并坦诚其在创作中对俄罗斯文学经典的借鉴。莫言正是在对外国文学，特别是对俄罗斯文学的借鉴中，如盐溶于水般地化成自己作品的血肉，创作出独具民族特色的文学杰作来。

俄罗斯文学对莫言创作的影响是多方面的，散见于他的不少作品，难以一一尽述。但这里不得不提《丰乳肥臀》，一方面该作是莫言比较看重的作品，作者认为别的作品可以不看，“但你如果要了解我，应该看我的《丰乳肥臀》”③；另一方面，俄罗斯文学的影响在《丰乳肥臀》中体现得最为明显和集中，总起来看该作主要受俄罗斯文学的三部经典名著“影响”，即陀思妥耶夫斯基的《白痴》、列夫·托尔斯泰的《战争与和平》和肖洛霍夫的《静静的顿河》。具体说来，《丰乳肥臀》的主人公上官金童与《白痴》中的梅什金公爵在病态人格上近似，《丰乳肥臀》中所体现出来的大地崇拜精神与《战争与和平》近似，以及《丰乳肥臀》在表现战争的残酷性、人性恶，以及历史的非理性等问题上与《静静的顿河》近似。正是这许多的“近似”，我们可以看到《丰乳肥臀》的确承载着俄罗斯文学经典名著的意蕴，从而使得该作取得巨大成功。

一、上官金童与梅什金公爵：中西文化走向现代的隐喻

《丰乳肥臀》是莫言自己感到非常满意的作品，特别是其中对主人公上官

① 莫言：《恐惧与希冀：演讲创作集》，深圳：海天出版社，2007年，第94页。
② 王尧编著：《在汉语中出生入死》，沈阳：春风文艺出版社，2005年，第33－34页。
③ 孔繁今、施占军主编：《莫言研究资料》，济南：山东文艺出版社，2006年，第58页。

金童的塑造，让作者颇为得意。对此莫言曾自豪地说：“上官金童是中国文学中从来没有过的一个典型，这是让我感到骄傲的。”① 应该说莫言所言不谬，就中国文学来看，这位怪怪的病怏怏的上官金童形象，塑造得具有如此深厚的历史内涵和丰厚的文化内蕴，并极具象征意义，是非常难得的，在中国文坛确实绝无仅有。但是如果检视一下世界文坛的话却让我们发现无独有偶，一百多年前的俄罗斯文学中便有一个和上官金童近似的形象，这便是陀思妥耶夫斯基的长篇小说《白痴》中的主人公梅什金公爵。上官金童和梅什金公爵这两个人的性格和外表也都很相像，都单纯得像个小孩儿，都非常腼腆懦弱，都善良仁慈，都不谙时世，都有心理疾病，都存在着性障碍，甚至连两个人的长相也都十分接近，都身材高挑消瘦，都皮肤白皙，都金发碧眼，尽管上官金童是个中国人。更有意思的是梅什金公爵长得有点像基督，并怀有用爱来拯救世界的想法，而上官金童则是母亲与一位西洋传教士的私生子，身上似乎也有神性，也时常萌发出要皈依基督教信仰的冲动。

梅什金公爵是《白痴》中贯彻始终的主人公，也是串起一系列情节珠子的“红线”。这个人物最大的特点就是不谙世事，是个长不大的孩子，以至于被人称之为“白痴”。正像梅什金对自己的评价：“我自己完全是一个孩子，一个十足的孩子，只是身材和面孔像成年人，至于在发育、心灵、性格，也许在智慧方面，我都不是成年人，即使活到六十岁，我也将是这样。”② 梅什金公爵当然不是傻瓜，只是由于患有癫痫病，不得不在瑞士医治四年，病还没有完全康复，因为经济原因只能提前回国了。瑞士那世外桃源般的自然环境造就了梅什金公爵的单纯、善良、忠厚、仁爱等美好天性，这一切都与俄罗斯国内商业社会的现状格格不入。梅什金公爵出国期间，国内资本主义迅猛发展，社会上物质主义、拜金主义风气日甚，道德水准下降，人心不古，人性堕落。在这个充满铜臭和等级观念的尔虞我诈的社会里，容不得一点真诚、坦率和单纯，因此，毫无社交经验的梅什金公爵便常常被人们看作是不正常的人，是个“白痴”，也就成了很自然的事了。也正是由于主人公梅什金公爵和彼得堡的都市社会的对立、不协调，才构成了作品中一系列戏剧性

---

① 莫言：《恐惧与希冀：演讲创作集》，深圳：海天出版社，2007 年，第 42 页。

② ［俄］陀思妥耶夫斯基：《白痴》，南江译，北京：人民文学出版社，1989 年，第 87 页。

的矛盾冲突。

梅什金公爵从瑞士治病归来，一下国际列车便踏入彼得堡这个是非之地，令人尴尬的事情便接踵而至。梅什金公爵刚一到叶潘尼将军家，便正巧遇上一桩肮脏的婚姻交易，即富商托茨基为了摆脱名为养女实为情妇的纳斯塔霞，迎娶到叶潘尼将军的女儿阿格拉娅，从而得到大家名媛之目的，便拿出七万五千卢布，作为纳斯塔霞的陪嫁，把她嫁出去，实际上这里的“陪嫁”不过是一种“标价”，以招徕求婚者。这样一场为了金钱而追求爱情和为了情欲而不惜金钱的卑劣活动就这样展开了。由此所表现出的人性之恶，均超出了梅什金公爵孩童般单纯的想象，其实就连纳斯塔霞也不像梅什金公爵想象的那样纯洁和美好，而是有着复杂甚至病态的性情。她的性格有时很娴静，有时却很疯狂；有时很自卑，有时却很傲慢；有时很果断，有时又很优柔，徘徊在梅什金和罗果仁之间，终至酿成悲剧。所有这些事情都远远超出了梅什金公爵的理解力和承受力，因此当梅什金公爵最终看到已经被罗果仁杀死的纳斯塔霞的尸体时，面对这种惨烈的局面，他最后只能是癫痫病复发，成了真正的白痴，重又回到瑞士去治病了。病态的人格遭遇到了病态的社会，完美的人性遭遇到邪恶的生存环境，梅什金的悲剧是必然的。

正如梅什金公爵走进了一个追逐金钱的污浊社会一样，上官金童也似乎生不逢时，出生时正赶上日本人进村，乱世就此开始。上官金童的逆生难产，似乎意味着他对出世的不情愿和对现实世界的恐惧；他的恋乳症使他心理上永远长不大，永远离不开女人的怀抱。作品中描写了上官金童狂热的恋乳情结。如描写上官金童服刑回来，身患绝症，百药不治，而最终挽回他生命的竟然是独乳女人那只巨大乳房，她那涌泉似的乳汁唤回了上官金童的生命。作品中描写了上官金童病中吃奶的情状：“他仰起脖子，像初生的、尚未睁开眼睛的狗崽子一样，用焦灼的嘴唇拱动着她的前胸。她毫不犹豫地撩起衬衫，让那只灌满了浆汁的、像金黄色的哈密瓜一样的乳房垂在了他的脸上。他的嘴在寻找乳头，乳头也在寻找他的嘴。当他战栗着含住她、她战栗着进入他的嘴巴时，两个人都像被开水烫了一样，发出了迷狂的呻吟。他感到有十几股细细的、但却强劲有力的乳汁的细流射击着口腔，在咽喉处汇合成一股甜蜜的热流，灌注进他的连黏膜都呕出了的胃。……上官金童在独乳老金的哺育下，迅速地康复了。他像蛇一样，褪去了一层老皮，显出一层娇嫩的皮肤。”① 可见上官金童的恋乳症有多深。因为现实社会的黑暗和残酷远远超出一个单纯孩童的逆料和承受能力。

上官金童的恋乳癖所带来的肉体快感和生命勃发让人想起梅什金公爵的癫痫病发作后的感受：“在这像闪电般短促的瞬间，他对生命的感觉和自我意识几乎增加了十倍。他的头脑和心灵都被不同寻常的光辉所照亮；他的一切焦虑、一切疑虑、一切不安仿佛一下子都消释了，化为一种高度的宁静，宁静中还充满明朗和谐的欢乐与希望，充满理性和确定不移的根据。……是极其和谐而优美的，能够给人一种直到那时为止还不曾听到也不曾料到的充实感、均衡感，以及与生命的最高综合热烈而虔诚地融为一体之感。”并且“我不惜献出整个生命来换取这一瞬间”②，可见他们的病态心理和病态人格以及由此来维持和激发生命的快感上，也存在着相同的作用。

上官金童所生活的高密东北乡从他出世后就一直动荡不安，像一个被火烧烤的鏊子，颠来倒去，生活在这片土地上的人们被颠覆着，炙烤着。早先是德国人，后来是日本人，再后来是国民党，再往后是国共之间内战，以及新中国成立后的“三反五反”“大跃进”及紧跟其后的大饥荒，以及“文革”等一系列残酷的战争和荒谬的政治运动；改革开放后的好日子还没过上几天，人们又陷入了商业大潮所伴随而来的各种不良社会风气，诸如物质主义、纵欲主义、拜金主义、享乐主义等奢靡之风中。在这个过程中，上官金童家遭到了巨大的灾难，他的祖父、祖母、父亲、八个姐妹以及他的许多姐夫们，都先后在各种历史阶段中，在你死我活的争斗中，大多死于非命。他的母亲虽历经磨难，几经生死，好不容易熬到今天，却又在强制拆迁中倒下了。他的舅舅们以及他的亲人们在商海中要么破产自杀，要么锒铛入狱，要么腐化堕落。他自己也一生坎坷，好几次都走到了死神的面前，终生只能吊在母亲及其她女人的乳房上，在吸吮乳汁中寻得心理安慰。不过母亲的去世使他失去了最后的精神慰藉，就像《白痴》的结尾处是梅什金公爵癫痫病复发，使他再度忘记尘世的一切，重又回到瑞士，在大自然中，了却余生。而上官金童的精神寄托则是母亲，因

---

① 莫言:《丰乳肥臀》,北京:作家出版社,2012 年,第 480 – 481 页。

② [俄]陀思妥耶夫斯基:《白痴》,南江译,北京:人民文学出版社,1989 年,第 276 – 277 页。

此，母亲去世后上官金童也陷入了绝境。虽然作品中没有说明上官金童的所终，但是从主人公做好为母亲殉葬而死的想法上，也能估计到将出现的悲惨结局。

莫言和一百多年前的文学大师陀思妥耶夫斯基塑造出了相似的人物形象上官金童。两位作家的共同点是不约而同地借助其笔下的人物形象，对现代商业社会进行了无情地批判（当然上官金童还有更为深邃更为丰富的历史批判内涵），但是我们也应看到，这种批判无论是上官金童还是梅什金公爵，他们身上所体现的软弱无能（性无能）而导致的无所作为和无能为力的现象，也让人陡增了许多忧虑，即中国儒家文化和西方的基督教文化到了二十世纪都遭遇到了同样的困境，如何走出这一困境？也是值得深思的。

二、大地崇拜：莫言与老托尔斯泰的困惑

评论家张清华在谈到莫言的创作时，认为《丰乳肥臀》有着浓厚的大地崇拜情结和强烈的生命意识：“在当代中国，哪一个作家能像莫言这样，对人类学的丰富要素有如此的敏感和贴近的理解？他的小说中洋溢着的生命意识、酒神精神，他的活跃在细节与‘神经末梢’上的本能与潜意识，他的狂放的反正统伦理的思想、崇高与悲剧的气质，他的源自大地的根性与诗意的境界……”①，这样的评价，确为剀切之论。

托尔斯泰和莫言都是农民作家，他们身上有着浓厚的农民意识，这种农民意识和乡村文化表现得最为强烈的地方就是对土地的崇拜。土地不但为农民提供了得以生存的物质基础，也为农民提供了价值观念和精神信仰。农业周而复始的季节性，以及农民生于土地归于土地的观念，构成了农民对土地的崇拜和对大地生生不息之生命力的膜拜，也由此让我们看到了在这里土地崇拜和生命崇拜是合一的。

托尔斯泰的《战争与和平》表面上看是一部描写战争题材的作品，战争应该是该书描写的中心和重心，但实际上作者的着眼点却是参与战争的人，探讨人广阔的主体内涵成为该书描写的重点，而作为人物的主体性精神世界的基础，在托尔斯泰看来就是对乡村土地的崇拜和对生命力的张扬。因此托尔斯泰

---

① 孔繁今、施占军主编:《莫言研究资料》,济南:山东文艺出版社,2006年,第331页。

笔下人物对土地的热爱，不但是爱国主义的精神源泉，而且也是人性优劣的参考标准，同时还是人生于世的精神寄托。《战争与和平》之所以洋溢着青春气息和汪洋恣肆的洒脱，恰恰表现在托尔斯泰塑造了一批具有乡村（乡土）情结的人物形象。其实俄国人之所以能够打败拿破仑，这既不是一个作战技巧问题，也不是拿破仑的失误造成的，而是由于俄罗斯人依靠和崇拜自己的土地所焕发出来的生命力造成的，是作为农村的俄罗斯战胜了作为都市的法兰西。《战争与和平》中一再批判彼得堡及其生活在那里的贵族阶层的奢侈腐化，不正是因为彼得堡是一座远离乡土的欧化城市吗？同时作品中那些被赞美的人物，那些领导或支持着俄国打败法国的，恰恰是一群与俄罗斯大地紧密相连的人。在这里，爱国和爱俄罗斯土地实际上成了一回事儿。

当然在大地崇拜和生命崇拜这一点上，最为典型地体现在《战争与和平》中所描写的罗斯托夫一家的狩猎场面上。这一场面处在作品的第四部，几近于整部作品的中心位置，是小说的“戏眼”。这也许是为许多人所忽略的地方，但却又是作者的匠心独运。罗斯托夫家的狩猎可不是一般意义上的狩猎，而是一场对土地崇拜的狂欢节。罗斯托夫一家带着家奴群仆，骑着骏马，呼唤着成群的猎狗，驰骋在广阔的田野上，而初冬的田野充满了生机。这样的场面描写可以看出作者对土地的深厚感情，打猎也的确得到了收获，即按照尼古拉所希冀的，捕获了一头老狼，这恰恰象征着土地的奉献。这还不算，随后的娜塔莎在大叔家的美餐、听琴、跳舞等活动，则把这场狩猎推向了高潮，那种人与自然的“天人合一”、和谐相处的欢快情景，难以言表。在这里，土地为人们提供着物质和精神的双重快乐。在这样富饶而美丽的土地上，人们能不热爱自己的故土家园吗？能不勇敢地抗击那些敢于入侵他们国家、剥夺他们土地的侵略者吗？

作为农民出身的作家莫言，高密东北乡最大的村庄大栏镇也和托尔斯泰的雅斯纳雅·波良纳庄园一样，成为他魂牵梦绕的地方。莫言在《丰乳肥臀》中追求像《战争与和平》一样的“大气”，而这种“大气”恰恰来自对大地的礼赞和对生命的崇拜。这种崇拜情感使作品具有了神秘性和宗教性，而当文学作品具有宗教性时，也就自然会产生恒久的艺术魅力。正如宗白华所说的：“文艺从它的左邻‘宗教’获得深厚热情的灌溉，文学艺术和宗教携手了数千年，世界最伟大的建筑和音乐多是宗教的。第一流的文学作品也基于伟大的宗教热情。"[①] 莫言似乎深谙此道，在《丰乳肥臀》中表达着他对一百多年来饱经沧桑的高密东北乡这片厚土的深情厚谊。这片神奇的土地养育了生活在这片土地上的人，滋润出他们火一般激情四射的性情和敢爱敢恨的禀赋，连瑞典传教士马洛亚在内的"洋人"也被这片土地同化了，成了一个瑞典裔的高密东北乡人。自杀前的马洛亚看着眼前的高密东北乡，充满深情。"他手把着窗台站起来，透过破碎的花玻璃，看到了他生活了几十年、处处都留下他的足迹的高密东北乡首府大栏镇的全部面貌：一排排排列整齐的草屋、灰白的宽敞胡同、一柱柱青烟般的绿树、环绕着村庄闪闪发光的河流、镜子般的湖泊、茂密的苇荡、镶嵌着圆池塘的荒草甸子、被野鸟视为乐园的红色沼泽、画卷般展开到天边去的坦荡田野、黄金颜色的卧牛岭、槐花盛开的大沙丘……"[②] 这样的美景，唤起来了马洛亚的悲壮殉情，与其说他是要对遭受士兵蹂躏的情人上官鲁氏殉情，不如说他是要对大地殉情。长期在这片土地上的生活，使文弱的马洛亚也变成了敢爱敢恨的烈性汉子。

当然，《丰乳肥臀》的中心人物还是母亲上官鲁氏。在这片土地上孕育出的上官鲁氏，则是大地承受力和顽强生命力的象征。丰乳肥臀的上官鲁氏，一生育有八个女儿一个儿子，女儿个个如花似玉，女婿也个个风流，并且母亲上官鲁氏一生历经坎坷，饥饿、战争、匪患等常常把她置于死亡的边缘，但她不但能够活下来，还要把一家老小救活。因此，上官鲁氏是大地的象征，她的丰乳肥臀恰恰喻示着高密东北乡土地的肥沃和丰厚。作品写了母亲的很多艰难，其中母亲如何应对饥饿的描写，感人至深。在那饥饿的年代，母亲为了给儿女带回粮食来吃，自己竟发明了一种特殊办法，即在给集体磨面的时候，偷偷地把豆子咽到肚子里，等回到家就急忙找个水盆，用筷子捅自己的喉咙吐出来，经过水洗后再煮熟喂孩子。由于长时间这样做，以至于母亲一看到水盆就起生理反应——呕吐不止，后来便落下胃痛的毛病。她的最小的八女儿正是不愿意看见母亲遭受这样的痛苦，才投河自尽。国共内战期间，母亲在逃难路上饥寒交迫，历尽磨难。在极端困苦的情况下，母亲毅然做出了一个超乎常人的决定：不再逃难，而是再度返回处在双方交战中的高密东北乡，死也要死在家

① 宗白华：《美学散步》，上海：上海人民出版社，1981 年，第 24 页。

② 莫言：《丰乳肥臀》，北京：作家出版社，2012 年，第 78 页。

乡，死在这片生她养她的土地上。于是母亲一家冒着枪林弹雨，又回到已变得满目疮痍的大栏镇，可见母亲对故乡土地的感情之深。上官鲁氏作为一个家庭妇女，没有多少政治观念，但是对大地的挚爱使她知道荣与辱、是与非，知道人的生命高于一切，高于一些冠冕堂皇的“真理”。也正是由于这一点，上官鲁氏在其一生中不知救了多少人的性命，不管是谁的孩子，甚至是仇敌的孩子，只要扔给她，她就悉心抚养。这正如莫言自己所说的，“尤其《丰乳肥臀》里的母亲形象，倾注了我全部的感情。这个母亲经过了战争、疾病、饥饿、政治动乱，费尽了千辛万苦，把自己的子女抚养成人，而且还把女儿们的孩子抚养成人……巨大的母爱超越了阶级，也超越了政治”①。这也不禁让人想起雨果在《九三年》中的话：“在绝对正确的革命之上，还有绝对正确的人道主义。”② 因此，母亲上官鲁氏她的顽强、她的宽容、她的机智、她的善良，所有这些美好的品质，都是高密东北乡那片神奇的土地孕育出来的。母亲的精神就是孕育万物、坚忍不拔、承受一切、奉献一切的大地精神。如果说莫言认为在该作中塑造的上官金童是中国文学的一个独创，那么母亲上官鲁氏的形象在中国文坛上也应该是一位前无古人的形象。与上官金童相比，她更是一位纯粹中国式的母亲，一位集忍受与承担、慈爱与宽容、无私与奉献、达观与希冀、挫折与执着、屈辱与荣耀等为一体的母亲。对母亲的赞扬就是对大地的赞扬，对大地的崇拜就是对母亲的崇拜。大地、生命、母亲，构成了作品的灵魂，让人魂绕梦牵，让人唏嘘感叹，让人捶胸顿足，让人潸然泪下。作为儿子的上官金童已经离不开他的母亲，离不开丰硕的乳房，因为母亲的乳房，“那是爱、那是诗、那是无限高远的天空和翻滚着金色麦浪的丰厚大地……”③

当《战争与和平》中纯洁美丽的娜塔莎离开农村来到彼得堡时，离开了乡村大地的她却禁不住花花公子阿那托利的诱惑，背弃了与未婚夫安德烈的婚约，差一点干出使自己及家人身败名裂的事情，因为一个人离开了土地便失去了精神源泉和力量源泉。当上官母子二人历经磨难步入商业社会时，这对曾遭受饥饿、战争、逃难以及政治斗争等惨烈场面都坚挺过来的母子，却在都市化、商业化的大潮面前倒下了。因为强行拆迁，被迫都市化，他们失去了村

① 莫言：《恐惧与希冀：演讲创作集》，深圳：海天出版社，2007 年，第 151 - 152 页。

② [法]雨果：《九三年》，郑永慧译，北京：人民文学出版社，1978 年，第 397 页。

③ 莫言：《丰乳肥臀》，北京：作家出版社，2012 年，第 274 页。

庄，失去了土地，甚至到了死无葬身之处的境地。结尾上官金童来到母亲坟前，“四顾远望，上官金童心中怅然，不知何去何从。他看到张牙舞爪的大栏市正像个恶性肿瘤一样迅速扩张着，一栋栋霸道蛮横的建筑物疯狂地吞噬着村庄和耕地。母亲寄居过数十年的塔前草屋已在惊吓交加中自行倒塌，那座七层宝塔也摇摇欲坠。太阳出来，喧闹的市声像潮水般追逐着涌过来。沼泽地雾气蒙蒙，沼泽地西侧的槐树林里一片鸟声，槐花的香气彩云般往四处膨胀。他围着新堆起的、散发着泥土腥味的母亲的坟头麻木地转了几圈，然后跪下，又虔诚地给母亲磕起头来”①。此时上官金童所想到的，也许应付拆迁最好的办法是对母亲的殉情，就像当年马洛亚的殉情一样。可是商业时代的到来不可避免，现代性社会的生活方式到来也似乎成为必然，而对大地的崇拜也终将衰落，因此，如何解决好社会转型时期的精神寄托，这的确是莫言所面临的一个难以解决的问题，就像一百多年前老托尔斯泰的困惑一样。

三、审视过去：战争之残酷，人性之恶，历史之荒谬

莫言的创作常常被看作是“残酷文学”，体现的是“暴力美学”。此言不虚，就《丰乳肥臀》而言，在这一点上体现得就比较明显。《丰乳肥臀》在揭示战争的残酷性、人性的恶以及历史的非理性上，与肖洛霍夫的《静静的顿河》也存在着近似性。

肖洛霍夫的《静静的顿河》是继《战争与和平》之后描写战争场面最好的俄国小说。在肖洛霍夫笔下，战争已经不再是正义与非正义、爱国与不爱国、进步与落后、革命与反革命等传统观念下的冲突，而是在作者看来战争就是战争，战争除了剥夺无数人的性命，使人妻离子散、家破人亡之外，没什么好赞美的。此外战争还使人性恶得到了充分的释放，人变成了禽兽，甚至禽兽不如。

《静静的顿河》描写了哥萨克所参与的三次“战争”，即第一次是对德国的“一战”；第二次是对布尔什维克的“国内战争”，主张哥萨克自治；第三次则是反对布尔什维克的余粮征集制而进行的暴动。肖洛霍夫详尽描写了战争的残酷，其中描写了一场对德战后哥萨克的伤亡场面。“在一片不大的林间空

---

① 莫言:《丰乳肥臀》,北京:作家出版社,2012年,第647页。

地上，哥萨克们看到了一长串尸体。……他右边的一具尸体脸朝下横在那里，后腰上的饰带已经脱落，军大衣像驼峰似的在脊背上鼓起来，健壮的腿，腿上穿着草绿色的裤子，脚上穿着后跟歪斜的细皮短靴子。他的头上没有帽子，天灵盖也没有了，是被炮弹片整齐地削掉的。……再远一点——横着一具简直还是孩子似的尸体，丰满的嘴唇和孩子般椭圆的脸；一排机枪子弹打穿了他的胸部，军大衣上打了四个窟窿，烧焦的棉花从窟窿扎煞出来。‘这个……这个小家伙临死的时候呼叫的是谁呢？妈妈？’”① 从这里可以看出，战争非常残酷，毫无理性，人回到了动物状态，杀人很随意，甚至乱杀俘虏的现象时有发生，如作品写到了红军军事委员会主席波乔尔科夫突然下令杀死四十个俘虏，而这些俘虏本是由他转运押送的，但他却擅自杀了他们。作品中描写到波乔尔科夫先动手，用马刀把一个俘虏劈成两段，接着其他人也进入屠杀场面，“顿时枪声大作。那个生着像女人一样的美丽的眼睛，戴红色军官长耳风帽的陆军中尉，抱头鼠窜。一颗子弹打得他像跳跃栅栏似的，高高地跳起来。他倒了下去——再也起不来了。两个哥萨克砍死了那个身材高大、威武的大尉。他抓住刀刃，血从被割破的手掌上流到袖子里；他像小孩子一样喊叫着——跪到地上，然后仰面倒下去，脑袋在血地上乱滚着；他的脸上只能看见两只血红的眼睛和不断呼号的黑洞洞的嘴。尽管马刀在他的脸上和黑洞洞的嘴上乱砍不止，可是他由于恐惧和疼痛，还是一直在尖声喊叫”②。可是过了不长时间，风水轮流转，波乔尔科夫所带领的红军又被哥萨克抓获，便遭到报复的厄运，结果是连他在内的七十七个士兵全被处决，波乔尔科夫则遭到被绞死的“优待”。作品中展现了当时恐怖的行刑场景：“可憎的屠杀场面、正在死去的人们的惨叫和呻吟声、等待枪毙的人们的吼叫声——所有这无比凄惨的、震惊人心的场面把人们驱散了。”③ 战争的残酷也使亲戚、乡里，甚至儿时起的伙伴都变成了仇敌，后来葛利高里妹夫的科舍沃依当了村苏维埃主席后，生性变得非常残忍，总找机会要报复已经走向末路的葛利高里。

---

① ［前苏联］米哈伊尔·肖洛霍夫：《静静的顿河》，金人译，北京：人民文学出版社，1956 年，第 449 - 450 页。

② ［前苏联］米哈伊尔·肖洛霍夫：《静静的顿河》，金人译，北京：人民文学出版社，1956 年，第 680 页。

③ ［前苏联］米哈伊尔·肖洛霍夫：《静静的顿河》，金人译，北京：人民文学出版社，1956 年，第 803 页。

受这种新型战争观的影响，莫言在《丰乳肥臀》也涉及不少战争的残酷与人性恶的问题。非常巧合的是莫言在该作中也叙述了三次战争，即第一次是高密东北乡人民对德国人的战争，第二次是抗日战争，第三次则是国共内战。《丰乳肥臀》中的“蛟龙河”也像“顿河”一样，见证着、演绎着近百年来发生在高密东北乡的风风雨雨，历史沧桑。作品开篇不久就描写了司马库领导的抗日游击队战败遭屠的场面。日本人的“一匹杏黄大马紧擦着他的身体跑过去，马上的日本人迅速地侧过身体，马刀直冲着他的脑袋劈下来，他的身体前扑，脑袋完整无缺，但右肩上一块肉被削掉，飞起来，落在了地上。他看到巴掌块的皮肉，像一只剥了皮的青蛙在地上跳跃。……日本兵从马上探下身去，一刀把他的脑袋劈成两半。白色的脑浆子溅在了日本兵的裤子上。转眼的时间，十几个从灌木丛中逃出来的男人，便永远地安息了。日本人纵着马，余兴未消地践踏着他们的尸体”[①]。这是抗日战争，之后的国内战争也异常惨烈，国共之间的拉锯式战争带来了敌对双方的互相残杀。上官鲁氏走进战后村庄的惨景，充满恐怖。“我们进村的傍晚，夕阳如血。街上密匝匝的摆着残缺不全的尸首。有二十几具比较完整的尸首摆放在一块空地上，排列的十分整齐，好像有一根线穿着他们。……村子里一片死寂，我们一家，像行走在传说中的地狱里。”[②] 在战争中人性变得越来越恶。作品中写了还乡团活埋一家人的场景，暴露出人性的恶。进财一家人被推进沙坑里，“进财的女儿哭着说：‘娘呀，沙子迷眼……’进财的老婆便把大襟撩起来，蒙住了女孩的头。进财的儿子挣扎着往上爬，被大汉用铁锨铲下去了。那男孩呜呜地哭。进财的娘坐在沙坑里，沙土很快把她埋住了。……沙土埋进了进财老婆的脖子，沙土早埋了进财的女儿，进财的儿子露了个头颅，两只小手从沙土里伸出来，还在瞎扒拉。进财老婆的鼻子、耳朵里都窜出了黑血，那个嘴，像个黑窟窿，还在嗷嗷地叫，惨，惨，太惨了”[③]。这一天时间，还乡团就活埋了九十九人。战争也造成一些正面人物的心理变态和性变态。哑巴孙不言本来是一位战争中立功的功勋战士，双腿被炸断成了残疾人，也同时成了性无能者。这位胸前挂满奖章的英雄，却像野兽一样，残忍地折磨自己的妻子上官来弟，最后被难以忍耐的上官

---

① 莫言:《丰乳肥臀》,北京:作家出版社,2012年,第37－38页。

② 莫言:《丰乳肥臀》,北京:作家出版社,2012年,第290页。

③ 莫言:《丰乳肥臀》,北京:作家出版社,2012年,第351－352页。

来弟杀死，而上官来弟也因杀死功臣而被枪决。还有马种场的场长马青萍，在战争中失去了一只胳膊，应该是位女英雄，但因残疾难以找到男人，长期的性压抑导致性变态，在一次企图强奸上官金童未遂后，由于羞愧而开枪自杀。莫言在《丰乳肥臀》中更多地揭示了人性的阴暗面。

人的本性之所以恶是因为人身上的自然属性造成的，自然属性属于动物性，遵从自然法则，人性遭遇到像战争这样的极端环境，就会表现出动物性的一面来，就此恩格斯曾说：“人来源于动物界这一事实已经决定人永远不能摆脱兽性，所以问题只能在于摆脱得多些或少些，在于兽性或人性的程度上的差异。”① 在古代社会，由于生产力低下，人们还不敢正视自身的动物本能，只是随着人们征服自然的能力增强，特别是近现代以来，才开始把自身的自然属性作为研究对象，只有这个时候人性的恶才是被认可的，在美学上则是审丑。20 世纪非理性主义哲学的大行其道，则是对人性恶的充分肯定，是自启蒙之后人的第二次觉醒。由此来看，莫言也在向大师肖洛霍夫借鉴，通过描写战争来展示人性的恶，达到展示人性复杂性之目的。

既然人性是恶的，由人所构成的历史也给我们生发不出光辉的前景。尽管我们总是从启蒙的角度对历史的发展抱有乐观态度，但现代历史观则指出了历史的非理性和盲目性。“在现代西方哲学看来，主体性的目的论或历史主义原则不过是一种哲学上的简约论，历史的发展根本不存在某种线性的、连续的因果链条，而只是一系列偶然事件的堆积。用某种永恒的、理想的人类目标来解释人类的过去和设想人类的未来，这其实不过是神话、意识形态和偏见的源泉，是一种乌托邦，这种总体性的、简约化的和封闭的方法不仅不能为人类指明一个美好的未来，反而给人类带来了虚妄和欺骗。”②《静静的顿河》中并没有体现出后来按照某种意识形态所解释的所谓“历史规律”，我们看到的只是发生在 20 世纪上半叶顿河流域的许许多多谁也说不清的战争，只是毁灭了一群曾经自由自在地生活在某个地域的哥萨克，可见人与社会、人与世界的关系不过是一种荒诞关系。

莫言深悟此道，在《丰乳肥臀》中给我们展示的高密东北乡历史不过是

① 《马克思恩格斯全集》(第 20 卷)，北京：人民出版社，1971 年，第 110 页。
② 张志伟、欧阳谦主编：《西方哲学智慧》，北京：中国人民大学出版社，2000 年，第 91 页。

一个荒诞到匪夷所思的历史。作品所展现的百年史不过是上官鲁氏和自己的子女及其他高密父老乡亲的苦难史。先是上世纪二三十年代，上官金童的祖辈们司马大牙和上官斗在高密东北乡抗击德国人，在战斗中二人均战死，这看上去似乎很悲壮，可是看他们对德国鬼子打仗所摆的“屎阵”和维护家乡所谓的风水而战等愚昧行为和落后观念，又觉得他们如此抗击德国人的行为未免有些滑稽。到了司马库火烧桥头阻击日本人进村的行为似乎轰轰烈烈，可是用高粱酒去烧鬼子不过是白白送死。日本人投降了，历史演进到国共由合作走向了对抗，战争死了很多人。之后历史很快地进入新中国成立后的镇压反革命，“三反五反”“大跃进”、大饥荒、饿殍遍地，之后是“文革”的“十年浩劫”。在这期间，上官鲁氏的八个女儿相继死去，女婿们的下场也多是悲惨的。鸟儿韩被日本人掳去做苦工，逃到野山林里与野兽为伍十三年；曾经的抗日英雄司马库被共产党抓住枪毙时竟喊出了一句“女人是好东西啊——”① 这句莫名其妙的话，他的死让人想起的仅仅是风流而非政治。司马库，这个类似于《静静的顿河》中的葛利高里，在历次的战争洗礼和不断左右摇摆的政治选择中，变得迷茫了，困顿了，一如葛利高里的绝望，也许只有死才是最大的解脱。大栏镇在改革开放后，政治形势也不再那么紧张了，可是好日子没过上几天，社会就陷入了商业主义所带来的拜金主义风潮，而这时上官鲁氏却走到了生命的终点。可见这是怎样的历史呵，庞大冷漠的历史在每个阶段都制造着苦难，吞噬着鲜活的生命，“天地不仁以万物为刍狗，圣贤不仁以百姓为刍狗”，莫言笔下的历史不再给人带来光明与希冀，而是一部荒谬的盲目的历史。

综上所述，我们可以看出莫言《丰乳肥臀》的创作的确受到俄罗斯文学经典名著的影响。《白痴》“启发”着莫言塑造出了上官金童这样一个具有畸形心理的知识分子；《战争与和平》“影响”着莫言永远匍匐在坚实的大地上，并借助上官鲁氏来赞美大地，赞美生命；而《静静的顿河》则“警喻”着莫言重新审视战争、审视人性、审视历史。莫言的《丰乳肥臀》也正是由于深深体现着丰厚的俄罗斯文学经典意蕴，才使得该作达到了震撼人心的艺术效果。

---

① 莫言:《丰乳肥臀》,北京:作家出版社,2012 年,第 369 页。

附录三 手持《安娜·卡列尼娜》约会的特丽莎①

——用安娜的命运来诠释《生命中不能承受之轻》中的特丽莎

近几天整理书架，一本身材瘦小的书——《生命中不能承受之轻》赫然跃入眼帘。打开微微泛黄的封皮，我隐约看得见扉页右下角写着“1994年冬购于泉城”的字迹，整整二十年了，久违了！看来书似乎也有灵性，它平时默默地伫立在书架上，忍受着孤独和冷寂，只有在恰当的时刻才拜会它的主人，彰显它的存在。该书的作者是捷克作家米兰·昆德拉，译者是当代著名作家韩少功，此书一经出版（作家出版社1992年）就引发了中国知识界的“昆德拉”热，当时的读书人如果不谈论昆德拉或没有听说过昆德拉，简直就是件不可思议的事，是会遭到其他读书人鄙视的。所谓“恰当的时刻”才会出现，是因为我刚刚买了一本该书的新译本，是南京大学许均翻译的，只不过名字有所改动，叫“不能承受的生命之轻”，以示区别。此书的再译仍然畅销，可见昆德拉在我国仍余热未消。不过还是有点奇怪，新书刚买旧书即现，莫非书也嫉妒？对比两本书，“许本”比起“韩本”来装帧精美大方，设计新颖新潮，像是出身于豪门的富家子弟，而“韩本”则有些“寒碜”，像个潦倒的穷酸书生。不过我还是挺喜欢这本旧书的，我知道，它的每页书上都沾满了我曾经热情的目光和手指摩挲的温情。

当时买这本书时有赶时髦的虚荣心在作祟，并没有真正读懂，人云亦云也觉得这本书不错。尽管如此，但书中的一个细节印象至今还很深，这便是女主人公特丽莎初次约会情人托马斯时，手里拿着一本《安娜·卡列尼娜》。用书约会这样的细节设置我很不以为然，因为大家上大学时都有类似的经历，用书作为道具和女生相联系，是我们那个时代期望发生恋爱的唯一能想象出来的途径（有些可怜），看来昆德拉也未能免俗。但是20年后的今天与故友再次重逢，静下心来仔细阅读时，才真正理解了作者设置此细节的良苦用心。

特丽莎初次在酒馆里见到托马斯时，托马斯的餐桌上恰巧放着一本打开的书，这个一般人不经意的场景，在特丽莎身上却引起极大的震动，刹那间竟使

① 原载《齐鲁晚报·青未了》2015年1月17日，收入时文字有所增加。

她听到了贝多芬的交响曲（其时收音机里正播放贝多芬的四重奏），爱情到来时的激动心情，竟让特丽莎在生理上发生了通感现象，这是古今中外的文学中，关于男女一见钟情的最富有想象力的写法。为什么仅仅一本普通的书竟成为点燃爱情的火花？是因为在那个人人都不读书的极权主义年代里，无知和粗俗成了时髦，读书竟然成了一件不正常的怪诞行为。此时“书”的意义就被无限放大了，突出了。因为在“这个店里从未有人把书打开放在桌上。在特丽莎的眼里，那些书是友谊默契的象征。她也爱读书，她只有一件武器来与这个包围着她的庸俗世界相对抗：从市图书馆借来的书，首先又是小说。她读了大量小说，从菲尔丁到托马斯·曼。这些书不仅提供了一种能使她摆脱无聊生活的虚幻可能性，作为物体，它们还有另一种意义；她喜欢腋下夹一本书在街上走。这与一百年前花花公子们的华美手杖一样有意义，使她与其他人区别开来”①，因此，特丽莎平时干活时身边总放着一本书。书对于特丽莎不但是朋友，也是“战友”与“知己”，书成了她战胜庸俗并表明自己独一无二的存在。正是因为具有这种想法，在特丽莎看来，书在男女之间的联系也很重要，她认为女人通向男人之路的“通行证”，不应该首先是自己的身体，而应该是一本书，一本文学名著，而在所有的名著中，特丽莎最看好列夫·托尔斯泰的《安娜·卡列尼娜》。“这本书就像是进入托马斯世界的通行证。她明白，除了这可怜的通行证外，她一无所有。一想到这儿她就想哭。为了不使自己哭出来，她大声说了那么多的话，还笑了。他立刻又一次拥抱了她，然后做爱。她像进入一片茫茫云雾，除了能听见自己的尖叫声外，什么也看不见。”② 看来这个“通行证”还真灵验。

为什么是《安娜·卡列尼娜》而非别的什么名著？特丽莎的选择显然不是随意的，作者让她的女主人公拿着这样的书也不是偶然的。在特丽莎看来，安娜的命运引发了她的共鸣，安娜追求爱情的动机也和她一样，是为了摆脱庸俗。安娜的丈夫卡列宁虽然是个社会地位很高的大人物，但却是一个非常庸俗之人，因为在他的眼中只有仕途、勋章，而没有安娜。安娜是美的，但因为庸俗使卡列宁失去了发现美的眼睛，在他眼中的安娜仅仅是作为一个“女人”

① ［捷克］米兰·昆德拉：《生命中不能承受之轻》，韩少功译，北京：作家出版社，1992 年，第 47 页。

② ［捷克］米兰·昆德拉：《生命中不能承受之轻》，韩少功译，北京：作家出版社，1992 年，第 53－54 页。

和“妻子”存在着，并没有个体性的价值。安娜是一位真诚脱俗的女性，尽管她的丈夫虚伪自私，是“一架官僚机器”，但安娜并没有随意委身给任何男人，贵妇人的风流风骚、奢华放荡，似乎是当时贵族们的一种时髦行为，因为这是身份、地位，以及自身魅力的炫耀。但安娜不会这样做，否则她将会陷入另一种庸俗，其结果不过是用庸俗反抗庸俗。安娜很看重自己的情感，她把身体裹得紧紧的，其目的是要把具有灵魂的身体献给她所真正爱的人（卡列宁得到的似乎只是身体——“body”），所以在车站上安娜对弗龙斯基一见钟情，就像“如今”的特丽莎在酒店里见到托马斯一样那么“来电”。其实特丽莎并不了解托马斯，正像安娜并不了解弗龙斯基一样。安娜把弗龙斯基想象成浪漫骑士，和她一样敢爱敢恨，超尘拔俗，可是弗龙斯基却是很平凡的男人，虽然他不乏真诚，甚至开始时也不乏勇气，但是他没有更高的理想和追求，爱情激动过后逐渐归于平庸，甚至视爱情为累赘。于是他的兴趣开始转向社交界，也许用不了多久弗龙斯基就变成第二个卡列宁了。冲出庸俗生活的安娜则难免再次陷于庸俗，那么真正能拯救她的就只有自杀了。特丽莎爱托马斯，托马斯也爱特丽莎，这些都是无疑的，但两个人的爱情观差距太大了。特丽莎是一位来自乡间的姑娘，怀有古典爱情观，按照托马斯的想象特丽莎是坐着涂满树脂的篮子飘来的；而作为自由主义知识分子的托马斯则是持一种现代爱情观。古典爱情观强调爱情的忠贞与忠诚，充满了温馨、浪漫与稳定，但是古典爱情观也存在着局限性，这便是情感的单薄和偏狭，说它单薄是因为它承受不了情感的变故；说它偏狭是因为爱情的目的不是指向个体自由，而是指向婚姻、家庭，直至性的繁衍。爱情的目的是指向“洞房花烛夜”，是相夫教子，这样看来西方流行“婚姻是爱情的坟墓”的说法似乎有道理。正是因为这样，特丽莎手里拿的《安娜·卡列尼娜》是一本古典名著，而托尔斯泰在这本书中更多表达的是爱情的义务而非权利。现代爱情观是把个体自由放在首位，它忠于感情而非爱情，同时它把婚姻、爱情、性分得非常清楚，彼此独立而不相害。即托马斯所谓“同女人做爱和同女人睡觉是两种互不相关的感情，岂止不同，简直对立。爱情不会使人产生性交的欲望，却会引起同眠共寝的欲求”[1]。如果让托马斯也拿本文学名著的话他不会对托尔斯泰感兴趣，而是会有可能转向陀

① ［捷克］米兰·昆德拉:《生命中不能承受之轻》,韩少功译,北京:作家出版社,1992 年,第 14 页。

思妥耶夫斯基，转向陀氏的《白痴》或《卡拉马佐夫兄弟》，在这些作品中所展现的爱情观其复杂程度会远远超过托尔斯泰的，即爱情是现代的而非古典的。爱情观的差异成为特丽莎与托马斯相矛盾的基点，同时也是相互吸引的前提，正是因为相异才有魅力，“和实生物，同则不继”，是谓也。

现代爱情虽然保障了个体自由，但是自由的终极是虚无，而生命是难以承受之轻的，作品中另一个女主人公萨宾娜的爱情悲剧就是一个很好的证明。正是因为爱情观的差异，婚后的特丽莎常常为托马斯的“不忠”而苦恼，托马斯虽然爱着她，但他仍然和许多（托马斯自己承认有二百多）的女人幽会、同居，特别是他的情人萨宾娜和其关系非常密切。因此也像安娜一样，特丽莎充满了嫉妒和猜疑的痛苦。特丽莎也差点自杀，她曾经服过毒药，后被托马斯及时发现；也曾经到一个山上求助于“自杀援助者”，但她缺乏勇气。当然比这些苦恼更甚的是，特丽莎认为托马斯也像她母亲一样，仅仅把她看成和其他女人一样的女人，只有肉体没有灵魂。特丽莎有一个庸俗的母亲，因为在她看来，女人除了身体上的高矮胖瘦以及漂亮与否的生理区别外，并没有什么本质的差别，因此，她可以随意暴露身体，甚至在继父对特丽莎有非分的行为时，她也不以为然，甚至责怪特丽莎自以为了不起。还有她在酒吧里工作时的那些顾客们，他们用放肆的语言调笑她，因为在大家的眼中她不过是一个女招待，仅仅漂亮一点而已。反对庸俗就是要做一个独一无二的人，做一个有个性的人，因为庸俗就是抹杀个性，使大家千篇一律。这是特丽莎最为痛苦的，因为这影响到了她要摆脱庸俗生活的初衷。特丽莎要摆脱庸俗，离开家乡小镇，来到布拉格托马斯的家，手持一本《安娜·卡列尼娜》作为通行证，向托马斯示爱（似乎高雅是他们之间联系的暗号和基础），以期实现过独一无二生活的愿望，可是一切的一切都让人失望。特丽莎曾经做过一个这样的梦向托马斯倾诉：

有一个很大的室内游泳池，我们大约二十个人，都是女人，都光着身子，被逼迫着绕池行走。房顶上挂着一个篮子，里面站着个男人，戴了顶宽边帽子，遮着脸。我可看清楚了，那就是你。你不停地指手画脚，冲着我们叫。我们边走还得边唱歌，边唱还得边下跪。要是有谁跪得不好，你就用手枪朝她射击。她就会倒在水里死去。这样，大家只得唱得更响也笑

> 得更响。你目不转睛地盯着我们，一发现岔子就开枪。池子里漂满了死人。我知道我再也没有力气下跪了，这一次，你就会向我开枪了！
>
> 在第三轮梦中，她死了。
>
> 她躺在一个像家具搬运车一般大的灵柩车里，身边都是死了的女人。她们人太多，使得车后门都无法关上，几条腿悬在车外。
>
> “我没有死！”特丽莎叫道，“我还有感觉！”
>
> “我们也有。”那些死人笑了。
>
> 她们笑着，使特丽莎想起了一些活人的笑。那些活着的女人过去常常告诉她，她总有一天也会牙齿脱落，卵巢萎缩，脸生皱纹，这是完全正常的，她们早已这样啦。正是以这种开心的大笑，她们对她说，她死了，千真万确。
>
> 突然她感到内急，叫道：“你看，我要憋尿了，这证明我没死！”
>
> 可她们只是又笑开来：“要撒尿也完全正常！”她们说：“好久好久，你还会有这种感觉的。砍掉了手臂的人，也会总觉得手臂还在那里哩。我们实在已没有一滴尿了，可总会觉得要撒。”
>
> 特丽莎在床上靠着托马斯缩成一团：“她们用那种神气跟我说话，像老朋友，像永远是我的熟人。一想到永远待在一起，我就害怕。”①

从上述这段梦可以看出特丽莎对于失去个性的恐惧，因为没有了个性也就没有了独一无二，也就成了千篇一律，而千篇一律也就意味着死亡，这就是为什么她要证明自己还活着，而所有的死人（失去个性的女人）都证明她已经死了。当特丽莎和别的女人一样只是一片裸体中的一个站在托马斯跟前时，她知道在托马斯的眼中她已经和别的女人没有什么差别了，这是令特丽莎最为担心的。不仅如此，在如此的境地特丽莎不但个性不保，而且连起码的做人的尊严和权利也没有了，所有的女人似乎都成了托马斯的性奴隶。这里尽管是特丽莎的梦，但潜意识里却表现出特丽莎最为痛苦的根源，因为托马斯把她重新扔回到原先她母亲与餐馆所构成的庸俗世界。为了找回自己的个性和属于自己的

---

① ［捷克］米兰·昆德拉：《生命中不能承受之轻》，韩少功译，北京：作家出版社，1992 年，第 17 – 18 页。

灵魂，特丽莎常常用针刺痛自己的手指，刺得满手流血。为了报复丈夫的不忠行为，她也寻找情人，并勉强和别人发生性关系，但所有这些都失败了，结果是特丽莎既找不回自己的个性，也做不到托马斯那样的“别样亦可”即生命之轻，而最终报复的不是托马斯而是自己，因为这些行为与自己的爱情观相矛盾，并带来人格扭曲即灵与肉的分离，这是特丽莎最为痛苦的。可见特丽莎婚后的痛苦也正如与弗龙斯基同居后的安娜，这是当初特丽莎手持《安娜·卡列尼娜》约会时所想不到的。特丽莎似乎也有些后悔。“她对自己说，他们的结识一开始就是一种错误。腋下的那本《安娜·卡列尼娜》不过是一件假证件，它使托马斯想入非非。他们相爱，但他们都使对方的生活如地狱一般。”① 是的，等待他们的只能是不好的结局。

特丽莎为了摆脱痛苦，就劝说托马斯来到了荒僻的农村，开始过着一种半隐居半逃避的生活，这种方式也像安娜与情人弗龙斯基生活在乡村庄园一样。在寂静、隔膜、贫乏的乡村，特丽莎变成了一个性情寡淡的主妇，而托马斯则由一个知识分子，变成了一个农民——一个卡车司机。此时的特丽莎已经没有了激情和热情，更没有了对高雅生活的追求，有的只是活着，肉体的活着，像动物一样地活着。为了维护个性，减少生活的苦恼而做出如此消极的选择，反倒使她失去了个性，失去了独一无二，这样的做法无异于饮鸩止渴。失去个性必然庸俗，特丽莎甘愿与一只名叫“卡列宁”的狗为伍（因为狗的脸长得很滑稽而取了安娜丈夫的名字）。特丽莎特别喜欢卡列宁（有意思的是“卡列宁”为母狗，可是特丽莎却常常以“他”指代而非“她”），甚至超过了对托马斯的兴趣。特丽莎为卡列宁的忠诚而感动，为它的死而悲痛，在这里“卡列宁”的命名便有了象征性：安娜的丈夫卡列宁不是对安娜也很忠诚吗？但是这种没有感情的“忠诚”还叫忠诚吗？对卡列宁的认可使得特丽莎落到了连安娜也不如的地步，因为安娜是宁死也不会回头的，“不脱俗，毋宁死”。更甚的是，特丽莎在改变自己的时候也改变着托马斯，可以说她终于战胜了托马斯，维护了自己的所谓尊严，但也毁掉了托马斯，因为来到这偏僻之地的托马斯已经没有了激情和理想，甚至也没有了正义感和对正义的追求，一个自由主义知识分子变成了一个犬儒主义者，变成一个只知道保存性命而苟活于乡间

① ［捷克］米兰·昆德拉：《生命中不能承受之轻》，韩少功译，北京：作家出版社，1992 年，第 77 页。

的农民，特丽莎最大的胜利也意味着是其最大的失败。特丽莎对此似乎也有些悔悟，站在正在更换卡车轮胎的托马斯身旁：

> 她突然感到一阵强烈的自责：他从苏黎世返回布拉格是她的错，他离开布拉格也是她的错，甚至就是在这里，她未能给他留下一丝安宁，卡列宁病死那阵子，她还用隐秘的怀疑来折磨他。
>
> 她总是隐秘地责怪托马斯爱她爱得不够，把自己的爱视为无可指责，视为对他的一种屈尊恩赐。
>
> 现在，她看出了自己是不公正的：如果她真的是怀着伟大的爱去爱托马斯，就应该在国外坚持到底！托马斯在那里是快乐的，新的一片生活正在向他展开！然而她离开了他！确实，那时她确信是宽宏大量地给以自由。但是，她的宽宏大量不仅仅是个托辞吗？她始终知道托马斯会回家来到自己身边的！她召唤他一步一步随着她下来，像山林女妖把毫无疑心的村民诱入沼泽，把他们抛在那里任其沉没。她还利用那个胃痛之夜骗他迁往农村！她是多么狡诈啊！她召唤他跟随着自己，希望一次又一次测试他，测试他对她的爱；她坚持不懈地召唤他，以至于现在他就在这里，疲惫不堪，霜染鬓发，手指僵硬，再也不能捉稳手术刀了。
>
> 现在他们已经山穷水尽了，还能向哪里去呢？他们不可能再获准出国了，不可能再找到回布拉格的办法了：那里不会有人给他们工作，他们甚至没有理由移居到另一个村庄。仁慈的上帝，他们走完了所有的路程，只是为了让特丽莎相信他爱她吗？①
>
> ……
>
> “托马斯，”她在舞池里对他说，“你生活中的一切，都是我的错，你的句号打在这里，低得不可能再低了。”②

可是特丽莎的这一悔恨来得太晚了！这也令我想起了安娜，安娜为了自私的爱也把弗龙斯基改造得面目全非，先是过早地退出本来很有前途的服役生

---

① [捷克]米兰·昆德拉:《生命中不能承受之轻》,韩少功译,北京:作家出版社,1992年,第330－331页。

② [捷克]米兰·昆德拉:《生命中不能承受之轻》,韩少功译,北京:作家出版社,1992年,第334页。

活，然后又不得不退出刚刚崭露头角的社交界，最后因为安娜的死而志愿到塞尔维亚去参战，并愿意战死在那里。人并非动物，不能只是抽象地爱，要有社会的内容。没有社会行为赋予爱情更多的内容，爱情就会因失重而轻飘飘。还有，冲出庸俗环境与弗龙斯基在乡间同居的安娜也陷入了空虚和寂寞，甚至要靠吸食吗啡度日。到了此时爱情也不再是对个性的追求，而成了生活的必需品，情人便成了必需物。安娜有一次偶然和列文相见，她的美令这位老实人神魂颠倒，之后的安娜颇为得意，认为自己如此有魅力为什么就不能吸引住弗龙斯基呢？可见安娜已经忘了她当初之所以能够吸引住弗龙斯基的是她那光彩照人的个性，而现在却是依靠肉体姿色了（悔悟之后的特丽莎也是拼命地打扮），到了这里爱情已死，自由已亡，作为载体的生命也该终结了。特丽莎似乎也在重复安娜的一切，因为没有了激情的特丽莎和没有了思想的托马斯似乎活着而非存在，而等待他们的只有慢慢地老去、死去。果不其然，特丽莎死在了一场偶发的车祸。看来连特丽莎的死法也是安娜式的，安娜为了摆脱庸俗，冲向了火车轮子；而特丽莎“为了”摆脱庸俗，倒在了货车轮下，只不过陪伴她的还有她的丈夫托马斯。

看来特丽莎约会时手持一本《安娜·卡列尼娜》并非偶然，这个不经意的细节设计却有着“微言大义”，它成了特丽莎一生追求的诠释，命运归宿的暗示，在这里道具变成了叙事内容，变成了两本书之间的互喻，从而丰富和深化了作品的内涵，这使得《生命中不能承受之轻》表面平静的水下，暗流涌动，深不可测，给人以无限的遐想。

结　语

本论文运用文化人类学研究方法和美学研究方法，通过对创作主体托尔斯泰所持有的大地崇拜情结及其危机的变化历程，考察了作家的全部创作过程，尽管没能面面俱到，但也算部分地打开了托尔斯泰创作的秘密。托尔斯泰作为一个农民知识分子，他的主体世界具有农民和知识分子的双重特征，前者使他依附于大地，崇拜大地，充满诗情画意；后者使他总是想扮演一个先知角色，试图开出一个治世良方。前者是作家应该干的却逐渐放弃，后者是作家不该干的却越干越起劲。托尔斯泰的矛盾属于时代变迁给他带来的，不过托尔斯泰的矛盾和痛苦并非只具有消极意义，文学艺术不是单纯的思想表达，这种矛盾和痛苦的心情使他在客观上深化了作品的内涵，而《战争与和平》《安娜·卡列尼娜》《哥萨克》《哈吉·穆拉特》等都是这种在大地的崇拜及其危机的矛盾冲突中，所形成的天才之作。当托尔斯泰真正离开了大地，转向了以宗教的名义对道德加以推崇时，他也就损害了创作的诗性思维和作品的审美性，从而出现了一些艺术性远不如前期的作品，如《复活》《克莱采奏鸣曲》《舞会之后》等。特别是对《复活》的重新评价，可能会引起一些同道的难以认同，但的确又是从我自己确认的视角中推导出来的。

本论文采用一种新方法是作为研究托尔斯泰创作的初步尝试，存在着不少缺点和不少稚嫩之处，还需要做大量的后期修改工作，譬如对文化人类学研究方法的进一步钻研，对生命美学、体验美学、超越美学、身体美学等新美学理论的认真体会，对托尔斯泰作品做全面的阅读和尽可能多地占有研究资料等，因此，在本人理论水平有限和时间紧张的情况下，留下了诸多遗憾，还请方家多多指正。

尽管拙作还有些稚嫩，却试图为沉寂了好长时间的托尔斯泰研究发出一点声音，并且是一种力求独特的声音，以此证明着在大地的某个偏僻的角落，还有人在默默地从事着对托尔斯泰的研究。论者以黄灯古卷为伴，与近二百岁的托翁促膝相谈，站在前人研究的成果基础上，续写着对托翁的解读。

对于这部引玉之作，论者更感觉到它是自己研究托尔斯泰的开始，但愿将来能够出现更多具有较高水平的学术著作，来续写托尔斯泰研究的辉煌。

参考文献

一、有关列夫·托尔斯泰研究方面的著作、编著或译著

[1] 倪蕊琴编选:《俄国作家批评家论列夫·托尔斯泰》,北京:中国社会科学出版社,1982 年。

[2] 陈燊编选:《欧美作家批评家论列夫·托尔斯泰》,北京:中国社会科学出版社,1983 年。

[3] 倪蕊琴主编:《论列夫·托尔斯泰比较研究》,上海:华东师范大学出版社,1983 年。

[4] 上海译文出版社编:《托尔斯泰研究论文集》,上海:上海译文出版社,1983 年。

[5] 雷成德:《托尔斯泰作品研究》,西安:陕西人民出版社,1985 年。

[6] 雷成德:《寻迹文学大师》,天津:百花文艺出版社,2013 年。

[7] 余一中:《余一中集》,哈尔滨:黑龙江大学出版社,2013 年。

[8] 余一中、汪加兴译:《另一个高尔基》,南京:译林出版社,2012 年。

[9] 王朝闻:《〈复活〉的复活》,北京:首都师范大学出版社,1993 年。

[10] 王智量等主编:《托尔斯泰览要》,贵阳:贵州人民出版社,2006 年。

[11] 吴泽霖:《托尔斯泰与中国古典文化思想》,北京:北京师范大学出版社,2000 年。

[12] 邱运华:《诗性启示:托尔斯泰小说诗学研究》,北京:学苑出版社,2000 年。

[13] 李正荣:《托尔斯泰的体悟与托尔斯泰的小说》,北京:北京师范大学出版社,2001 年。

[14] 刘文飞:《伊阿诺斯,或双头鹰——俄国文学和文化中的斯拉夫派和西

方派的思想对峙》,北京:中国社会科学出版社,2006 年。
[15] 钱中文主编:《巴赫金全集》,石家庄:河北教育出版社,2009 年。
[16] 徐葆耕:《叩问生命的神性》,桂林:广西师范大学出版社,2009 年。
[17] 陈建华主编:《中国俄苏文学研究史论》,重庆:重庆出版社,2007 年。
[18] 徐凤林编:《俄罗斯宗教哲学》,北京:北京大学出版社,2006 年。
[19] 雷永生:《东西文化碰撞中的人——东正教与俄罗斯人道主义》,北京:华夏出版社,2007 年。
[20] 胡日佳:《俄国文学与西方》,上海:学林出版社,1999 年。
[21] 周启超:《白银时代的俄罗斯文学研究》,北京:北京大学出版社,2003 年。
[22] 张百春:《当代俄国东正教神学思想》,北京:三联书店,2000 年。
[23] 金亚娜、刘锟等:《充盈的虚无》,北京:人民文学出版社,2003 年。
[24] 刘锟:《东正教精神与俄罗斯文学》,北京:人民文学出版社,2009 年。
[25] 王志耕:《圣愚之思:俄罗斯文学经典的一种文化阐释》,北京:北京大学出版社,2013 年。
[26] 何怀宏:《道德·上帝与人——陀思妥耶夫斯基的问题》,北京:北京大学出版社,2010 年。
[27] 金雁:《倒转"红轮"——俄国知识分子的心路回溯》,北京:北京大学出版社,2012 年。
[28] 杨正先:《托尔斯泰研究》,北京:中国社会科学出版社,2008 年。
[29] 董晓:《理想主义:激励与灼伤——苏联文学七十年》,上海:上海人民出版社,2009 年。
[30] 朱建刚:《普罗米修斯的"堕落"——俄国文学知识分子形象研究》,北京:人民文学出版社,2006 年。
[31] 张晓东:《苦闷的园丁——"现代性"体验与俄罗斯文学中的知识分子形象》,北京:人民文学出版社,2009 年。
[32] 耿海英:《别尔嘉耶夫与俄罗斯文学》,上海:上海书店出版社,2009 年。
[33] 何云波:《陀思妥耶夫斯基与俄罗斯文化精神》,长沙:湖南教育出版社,1997 年。

[34] 姚海:《俄罗斯文化》,上海:上海社会科学出版社,2013 年。
[35] 汪家明编著:《灵魂酷族:列夫·托尔斯泰》,西安:太白文艺出版社,1998 年。
[36] [俄]康·尼·索姆诺夫等著:《同时代人回忆托尔斯泰》,冯连驸等译,上海:上海译文出版社,1983 年。
[37] [俄]符·日丹诺夫:《〈安娜·卡列尼娜〉创作过程》,雷成德译,呼和浩特:内蒙古人民出版社,1980 年。
[38] [前苏联]尼·尼·古谢夫:《〈安娜·卡列尼娜〉创作过程概要》,雷成德译,呼和浩特:内蒙古人民出版社,1993 年。
[39] [俄]符·日丹诺夫:《〈复活〉创作过程》,雷成德译,呼和浩特:内蒙古人民出版社,1982 年。
[40] [前苏联]尼·尼·古谢夫:《〈战争与和平〉创作过程概要》,雷成德译,西安:西北大学出版社,1987 年。
[41] [俄]列夫·托尔斯泰:《列夫·托尔斯泰文集》(17 卷本),谢素台等译,北京:人民文学出版社,1987 年。
[42] [俄]列夫·托尔斯泰:《托尔斯泰小说全集》(12 卷本),草婴译,上海:上海文艺出版社,2004 年。
[43] [前苏联]尼·尼·古谢夫:《托尔斯泰艺术才华的顶峰》,秦得儒译,武汉:湖北人民出版社,2000 年。
[44] [俄]布宁:《托尔斯泰的解脱》,陈馥译,沈阳:辽宁教育出版社,2000 年。
[45] [俄]德米特里·梅列日科夫斯基:《托尔斯泰与陀思妥耶夫斯基》,杨德友译,北京:华夏出版社,2009 年。
[46] [俄]什克洛夫斯基:《列夫·托尔斯泰传》,安国梁译,郑州:海燕出版社,2005 年。
[47] [俄]赫尔岑:《往事与随想》,臧仲伦译,南京:译林出版社,2009 年。
[48] [俄]柯罗连科:《文学回忆录》,丰一吟译,北京:人民文学出版社,1985 年。
[49] [俄]弗·谢·索洛维约夫等著:《精神领袖:俄罗斯思想家论陀思妥耶夫斯基》,徐振亚等译,上海:上海译文出版社,2009 年。

[50] [俄]罗赞诺夫:《论宗教大法官的传说》,张百春译,北京:华夏出版社,2007 年。

[51] [俄]尼·别尔嘉耶夫:《俄罗斯思想》,雷永生、邱守娟译,北京:三联书店,2004 年。

[52] [俄]尼·别尔嘉耶夫:《陀思妥耶夫斯基的世界观》,耿海英译,桂林:广西师范大学出版社,2008 年。

[53] [俄]尼·别尔嘉耶夫:《俄罗斯的命运》,汪剑钊译,南京:译林出版社,2011 年。

[54] [俄]尼·别尔嘉耶夫:《自我认识——思想自传》,雷永生译,上海:上海三联书店,2008 年。

[55] [俄]列夫·舍斯托夫:《旷野呼告　无根据颂》,方珊、李勤译,上海:上海人民出版社,2004 年。

[56] [俄]苏霍京娜·托尔斯塔娅:《回忆》,伍洲等译,北京:中国展望出版社,1885 年。

[57] [俄]德·斯·米尔斯基:《俄国文学史》(上、下),刘文飞译,北京:人民出版社,2005 年。

[58] [英]以赛亚·柏林:《俄国思想家》,彭淮栋译,南京:译林出版社,2003 年。

[59] [英]乔治·斯坦纳:《托尔斯泰或陀思妥耶夫斯基》,严忠志译,杭州:浙江大学出版社,2011 年。

[60] [英]艾尔默·莫德:《托尔斯泰传》,宋蜀碧、徐迟译,北京:北京十月文艺出版社,2001 年。

[61] [英]罗莎蒙德·巴特利特:《托尔斯泰大传——一个俄国人的一生》,朱建迅译,北京:现代出版社,2014 年。

[62] [法]罗曼·罗兰:《托尔斯泰传》,傅雷译,北京:商务印书馆,1995 年。

[63] [奥]茨威格:《托尔斯泰传》,申文林译,杭州:浙江文艺出版社,2009 年。

[64] [奥]茨威格:《六大师》,黄明嘉译,桂林:漓江出版社,1998 年。

[65] [美]埃娃·汤普逊:《理解俄国:俄国文化中的圣愚》,杨德友译,北京:北京大学出版社,2009 年。

二、有关文化人类学等方面的著作、编著或译著

[1] 叶舒宪:《原型与跨文化阐释》,广州:暨南大学出版社,2002 年。
[2] 叶舒宪主编:《文学人类学教程》,北京:中国社会科学出版社,2010 年。
[3] [法]詹姆斯·乔治·弗雷泽:《金枝》,汪培基译,北京:商务印书馆,2013 年。
[4] [法]列维-斯特劳斯:《野性的思维》,李幼蒸译,北京:中国人民大学出版社,2006 年。
[5] [意]维科:《新科学》,朱光潜译,北京:人民文学出版社,2008 年。

三、有关美学、哲学、社会学等方面的著作、编著或译著

[1] 朱光潜:《朱光潜美学文集》,上海:上海文艺出版社,1982 年。
[2] 宗白华:《宗白华全集》,合肥:安徽教育出版社,1994 年。
[3] 李泽厚:《批判哲学的批判》,北京:人民出版社,1979 年。
[4] 蒋孔阳:《美学新论》,北京:人民文学出版社,1993 年。
[5] 蒋孔阳:《德国古典美学》,北京:商务印书馆,1981 年。
[6] 周来祥:《周来祥美学文选》,桂林:广西师范大学出版社,1998 年。
[7] 周来祥:《再论美是和谐》,桂林:广西师范大学出版社,1996 年。
[8] 周来祥:《三论美是和谐》,济南:山东大学出版社,2007 年。
[9] 周来祥:《文艺美学》,北京:人民文学出版社,2003 年。
[10] 高尔泰:《美是自由的象征》,北京:人民文学出版社,1986 年。
[11] 陈炎:《反理性思潮的反思》,济南:山东大学出版社,1994 年。
[12] 陈炎:《积淀与突破》,桂林:广西师范大学出版社,1997 年。
[13] 陈炎:《文明与文化》,济南:山东大学出版社,2006 年。
[14] 陈炎:《艺术与技术》,北京:人民出版社,2012 年。
[15] 刘晓波:《选择的批判——与李泽厚对话》,上海:上海人民出版社,1988 年。
[16] 刘晓波:《审美与人的自由》,北京:北京师范大学出版社,1988 年。
[17] 刘小枫:《拯救与逍遥》(修订本),上海:上海三联书店,2001 年。
[18] 刘小枫:《走向十字架的真》,上海:上海三联书店,1994 年。

[19] 陈伯海:《生命体验与审美超越》,北京:生活·读书·新知三联书店,2012年。
[20] 陈伯海:《回归生命本原》,北京:商务印书馆,2012年。
[21] 朱立元主编:《西方美学范畴史》,太原:山西教育出版社,2006年。
[22] 周宪:《20世纪西方美学》,南京:南京大学出版社,1999年。
[23] 周宪:《审美现代性批判》,北京:商务印书馆,2005年。
[24] 耿占春:《隐喻》,北京:东方出版社,1993年。
[25] 杨春时:《生存与超越》,桂林:广西师范大学出版社,1997年。
[26] 杨春时:《走向后实践美学》,合肥:安徽教育出版社,2008年。
[27] 杨守森:《审美本体否定论》,天津:百花文艺出版社,1992年。
[28] 潘知常:《反美学》,北京:学林出版社,1995年。
[29] 潘知常:《生命美学》,郑州:河南人民出版社,1991年。
[30] 邹华:《流变之美——美学理论的探索与重构》,北京:清华大学出版社,2004年。
[31] 牛宏宝:《现代西方美学史》,北京:北京大学出版社,2014年。
[32] 刘东:《西方的丑学》,成都:四川人民出版社,1986年。
[33] 栾栋:《感性学发微——美学与丑学的合题》,北京:商务印书馆,1999年。
[34] 李世涛、戴阿宝编著:《中国当代美学口述史》,北京:中国社会科学出版社,2014年。
[35] 赵汀阳:《论可能生活》(修订版),北京:中国人民大学出版社,2004年。
[36] 寇鹏程:《古典、浪漫与现代》,上海:上海三联书店,2005年。
[37] 杨存昌主编:《中国美学三十年》,济南:济南出版社,2010年。
[38] 陆扬:《死亡美学》,北京:北京大学出版社,2006年。
[39] 冯玉珍:《理性——非理性批判》,北京:人民出版社,2013年。
[40] 张世英:《美在自由——中欧美学思想比较研究》,北京:人民出版社,2002年。
[41] 刘传霞:《中国当代文学身体政治研究》,北京:中国社会科学出版社,2014年。

[42] 李劼:《给大师定位——20 世纪西方文化风景》,昆明:云南人民出版社,1988 年。

[43] [美]理查德·舒斯特曼:《身体意识与身体美学》,程相占译,北京:商务印书馆,2011 年。

[44] [美]威廉·巴雷特:《非理性的人:存在主义哲学研究》,杨照明、艾平译,北京:商务印书馆,1995 年。

[45] [法]丹纳:《艺术哲学》,傅雷译,合肥:安徽文艺出版社,1991 年。

[46] [法]米歇尔·福柯:《性史》,上海:上海科学技术出版社,1989 年。

[47] [德]马克斯·韦伯:《新教伦理与资本主义精神》,于晓、陈维纲等译,北京:生活·读书·新知三联书店,1987 年。

[48] [德]奥斯瓦尔德·斯宾格勒:《西方的没落》,齐世荣等译,北京:商务印书馆,2001 年。

[49] [德]彼得-安德雷·阿尔特:《恶的美学》,宁瑛等译,北京:中央编译出版社,2015 年。

[50] [丹麦]克尔凯郭尔:《恐惧与颤栗》,刘继译,贵阳:贵州人民出版社,1994 年。

跋

一

《圣经》上说："没有主的允许，就连一根头发也掉不下来。"这是托尔斯泰在《战争与和平》中曾引用过的一句话。是啊，在中世纪人们的观念中，世上的一切都是神的安排，人像待罪的羔羊，没有个人意志，只能听从上帝的安排，"人一思考，上帝就发笑"，应该说这是典型的宿命论思想。受过启蒙思想影响的托尔斯泰，虽然懂得了人的高贵在于意志自由，但他并没有把这种自由放任下去，而是仍然看到人生宿命的一面，只不过他用"理性"置换了"上帝"。

在我人生经历中，也有过一段从反抗命运到顺从命运的过程。钱钟书说过，一个人二十岁不疯狂就没有出息，三十岁还疯狂也没出息。年轻时候，我就有过不信天不信地只信自己的狂放阶段，并美其名曰追求个性或曰个性解放，把宿命论看作是一种没有出息的懦弱哲学。那还是在二十五六年前读研究生阶段，当时血气方刚，任性使气，桀骜难驯，崇尚西方的个人主义，崇拜萨特和尼采，总觉得命运掌握在自己手里，靠奋斗就可以改变命运。可如今已步入"知天命"之年的我，在经历了许多人事变迁之后，却真的相信宿命了。"江湖越老，胆子越小"，甚至认为宿命论思想远比我想象的要深刻得多。

我在西北大学读硕士的导师是雷成德先生，他是研究托尔斯泰的专家，那时他对我期望很高，希望我把他的学问继续下去，这就是所谓学有传承吧。可是我却觉得托尔斯泰已经太老了，还是研究俄苏当代作家为好，如艾特玛托夫、拉斯普京等。面对我的固执，先生只能摇头叹息。谁知道工作后，伴随着研究的深入和年龄的增长，我却越来越喜欢十九世纪的俄国古典作家，这其中也越来越喜欢托尔斯泰了。光《战争与和平》我就买了好几种版本，其中还有俄文原版。这些精装书放在案头身边，闲来翻看，顿觉神清气爽。在托尔斯泰笔下那些活灵活现、血肉丰满的人物，特别是那些兼具有东方性格的主人公，深深地吸引着我，像库图佐夫、皮埃尔、列文、叶罗什卡大叔等，常常让我想起我国文学中那些大智若愚的圣贤，但是这些人物身上同时所具有的恢弘气魄和超越性的品格，以及对形而上的执着追求，又是我们文学中的人物所缺乏的。说来也怪，尽管我也搞了多年的学术，但到目前为止发表论文最多的，质量还说得过去的，反倒是有关托尔斯泰的，并且对托尔斯泰的研究兴趣与日俱增了。从开始违逆导师的期许，到不自觉地回到当初的拒绝，一晃二十多年过去了，如今却转了一大圈又回到了起点，这难道不是一种宿命吗？

就在撰写此文的前几天，我因开会到西安，有幸再次造访了雷先生。时隔二十五年的师生相聚，感慨良多：昔日的中年学者变成了耄耋老人；从前的青年才俊，也已头生华发，四目相视，双手紧握，相顾无言，唯有叹息岁月的无情。临别时雷先生还像先前那样一再叮嘱我，要多搞研究，多出成果。最让我感动的是雷先生年过八旬，还抱病执笔为我这本小册子写了上万字的序言，令我深受感动，我也由此更加理解了学术薪火相传的意义。

二

毕业参加工作后的好长时间里，由于教学需要，我并没有马上教授俄罗斯文学，而是美学、文艺理论。美学大厦的灿烂，文学理论宫殿的奥妙，使我渐渐对美学发生了兴趣，作为八十年代上大学的中文系学生，又有哪一个不喜欢美学呢？由于历史的原因和社会环境诸因素，美学早已超出了学科的意义而起着社会启蒙作用，成为显学中的显学。我喜欢美学，对于朱光潜、李泽厚、周来祥、高尔泰等美学家的美学思想如数家珍，特别是由于在济南工作的地缘关系，我有幸认识了山东大学的美学家周来祥先生，并不断地拜访求教于他。记得那年冬天拜访周先生的景象，被我的一个名叫夏丽娟的学生用赋记录下来。“梅竹雅居，张师何处寻庐？己丑暮冬，幸访山大学府。薄雾萦洞，细雪纷飞，实寒风之凛冽，惟程途犹欣然。但行处，鸟惊庭树。任门前红叶铺阶，也堪图画，还也绮哉。轩窗随意，巧致规模，惜尔苍苔，净扫尘埃。字画临横墙，春色倚疏窗；冬草凝碧翠，书画沐辉光。耄耋之年，悠游自在，花木亲培，取次教开。且随分，且宽舒，且开怀。……”在与先生的交谈中，我被周先生那宏大而严密的和谐体系所吸引。如果说李泽厚先生的美学思想是受康德影响而成为大家，那么周来祥先生的美学思想则受黑格尔影响而成为泰斗。黑格尔正反合的辩证思想被周先生运用得出神入化，在周先生看来，美不是静止的、抽象的，而是运动的、具体的，是历史地发展变化着的，并以三种形态出现，即从古代朴素的和谐美，到近代崇高美，再到现代对立崇高的和谐美。在这个大的动态的美学发展中，一些诸如壮美、优美、崇高、丑、荒诞等美学范畴，因被注入了辩证法的灵魂而显得生机盎然，很多文学现象中的疑惑，被迎刃而解。特别是其中的丑学概念，这个历来很难说清的新的美学范畴，也得到了很好的解释。沿着周先生的丑学理论深入研究下去，我也取得了一定的学术成果，也获得了教育部课题，最为重要的是，周先生也关注着我的丑学研究，为了进一步培养我，在他2010年刚刚被山东大学聘为“终身教授”之际，即招收我为他的博士生，从而开始了研究美学的学术生涯。

眼看我真的要离开俄罗斯文学的时候，命运又给我做了另外的安排，即还有一种力量在把我拉回到俄罗斯文学研究中去，这便是2010年认识了南京大学的余一中教授。余一中先生是著名的俄罗斯文学研究专家，有着超强的学术睿智和学术胆识，自称“唐德”（即堂·吉诃德，笔者倒觉得像别林斯基），他决心要清扫一下长期被意识形态所污染的俄罗斯研究界这个奥吉亚斯牛圈。说起来可能有些难以置信，就外国文学对我国作家、学者的影响程度来讲，以俄罗斯文学影响最大，但它自身存在着的反启蒙问题也最多，这不但是一些意识形态的批评方法及其得出的结论尚以权威的面目存在，而且现如今已经被俄罗斯学界否定了的前苏联作家作品，在我们某些人的研究中，仍然按照惯性思维奉为金科玉律，这是俄罗斯研究界最为可悲的事情。特别是当前研究界对新研究方法的推崇，对形式主义等研究方法的热衷，对所谓文化研究视角的迷恋等，尽管这些都可以研究，但这些都使我们在无形中远离了文学研究的最基本使命：文学的思想启蒙工作。余先生为此曾发起过三场俄罗斯文学研究中的启蒙运动：一是掀起了对《钢铁是怎样炼成的》一书文学价值的重估，发表了《〈钢铁是怎样炼成的〉是一本好书吗?》（《俄罗斯文艺》1998年第2期）、《再谈〈钢铁是怎样炼成的〉是一本好书吗?》（《俄罗斯文艺》2000年第3期）等系列论文，使人们最终看到该书不过是一本价值观念可疑、历史知识错误的准文学作品（或政治宣传小册子）；二是廓清了缠绕在高尔基身上的政治迷误，还原了过去被意识形态崇高化而失真的高尔基，让我们看到了高尔基人道的、民主的、尊重知识的一面，为此余先生先后翻译了《不合时宜的思想》《另一个高尔基》等重要论著；三是重新强调索尔仁尼琴的文学价值和启蒙意义，特别是对《古拉格群岛》学术价值的重新评估，为此余先生主编了《〈古拉格群岛〉大家谈》等作品，以期警示人们极权主义对前苏联社会的危害之深，可惜这后一场学术启蒙运动还没怎么展开，余先生便因病去世了。天地不仁，夺我英才。我生性怯懦，畏惧强权，患得患失，余先生那过人的学术胆识和深刻的启蒙思想深深影响着我，给我以学术的勇气，并常常教我像契诃夫那样，把身上的奴性一点点挤出来。俄罗斯文学学术启蒙工作做得比较好的学者还有很多，譬如我在北师大进修时认识的蓝英年先生，其在俄苏文学的启蒙方面所取得的成就就非常突出。蓝先生在短短的十多年内发表了一系列文章，出版了像学术随笔集《青山遮不住》《冷月葬诗魂》《被现实撞碎的生命之舟》《利季娅被开除作协》等作品，把前苏联时期文坛上所发生的一些荒唐事，都给揭出来了，有的让人震惊，有的让人心酸，有的让人醒悟，其笔法之老辣，语言之流畅，文风之蕴藉，再加上那不蔓不枝，娓娓道来而不动声色的叙事风格，给学界带来一股清新空气，因而蓝先生被称为“俄罗斯文学的点灯者”。正是因为在我国俄罗斯文学研究界有像余一中、蓝英年等这样不少的“点灯者”，才重新唤起我对俄罗斯文学的热情，尽管学术启蒙似乎并不意味着一定要思想家代替学问家，但回避思想问题的学术研究是很可质疑的，特别是在我国目前的俄罗斯文学学术研究阶段。在以后的几年里，我又写了不少有关俄罗斯文学的学术论文，特别是有关托尔斯泰的学术研究，这也为我最终回到托尔斯泰身边来并形成博士论文，扩大了基础。

三

正当我徘徊于俄罗斯文学与美学研究之间的时候，2011 年 6 月底在我人生旅途中遭遇到了一件大事，这便是我的导师周来祥先生突然病逝。当时我悲痛异常，刚刚跟着周先生研究美学才半年，这正所谓“培育方始身先殒，常使学生泪满襟”。可是对先生离去的悲伤还没有被时光销蚀殆尽，就在今年的六月，慈爱的师母戴磊先生也离开了人世。学海无涯，而人生有涯，当我们穷尽毕生精力钻研治学、并试图以学术启迪后人之时，无情的大自然却阻碍了一切。望着周先生那空荡荡的房间，那落满灰尘的书架，我顿时萌发出一种疑惑：天道真的酬勤吗？

这之后我的博士生导师改为陈炎教授。能成为陈炎先生的弟子，似乎又是一宿命。想起二十年前拜访陈炎先生的情景，历历在目。那时先生还风华正茂，刚刚因为发表了论文《试论“积淀说”与“突破说”》而爆得大名，因为这篇文章启动了因政治原因而僵持已久的美学话题，为美学学术研究的重振，起了一个不小的破冰作用。当时和我一块去的还有好友王洪岳（现为浙师大教授）。陈先生住在一幢旧楼的顶层，室内的光线很好，印象最深的是先生的书房有满屋的书刊（可能书架太少）。陈先生侃侃而谈、意气风发的神采至今难忘。那时怎么也想象不到今日会有幸拜师于先生。山不转水转，这不是宿命吗？

陈先生是周先生的高足，是一位年轻的美学家。陈先生既研究西方美学，也研究中国儒学；既研究文化，也研究艺术，可谓学贯中西，融通古今。就在我毕业的这一年，陈先生被教育部聘为“长江学者”，可谓水到渠成，实至名归。不过让我感到奇怪的是陈先生让我报博士论文选题时，当时我想报的并非俄罗斯文学，更非托尔斯泰，而是美学中的审丑问题，主要是关于审丑机制的研究。因为报这样的选题可以一举两得，既完成了毕业论文，也完成了教育部课题。可是当我这样表达我的想法时，却不承想被陈先生明确拒绝了，也许审丑作为博士论文题目可能太小，也许是因为审丑本来就很难成立，当然，导师有导师的想法。这样，阴差阳错，我不得不又重新回到对俄罗斯文学的研究上，而苦苦徘徊了一年多，最终还是回到了托尔斯泰研究上（还是托翁救了我）。虽然有关托尔斯泰的研究很多，似乎已经被人穷尽了，以至于近十年的有关托尔斯泰研究进入了荒寂时期，但本人还是执着于托尔斯泰研究，并试图完全摆脱意识形态的束缚，从托尔斯泰对生命力的尊重与张扬出发，依据大地崇拜的文化理论，来展现托尔斯泰对人的主体性所做的独特性开拓，为托尔斯泰的研究打开一条新途径。值得庆幸的是，我在这条艰难的路上，得到了陈先生的肯定、支持和鼓励，最终完成了这部还算自圆其说的学术专著。当我敲完最后一个字时，已满身疲惫，不禁想起了路遥在完成《平凡的世界》之后所抒发的感慨：“……终于完成了。它可能不好，但是完成了。只要能完成，它也就是好的。”我也想转借路遥的这几句话来安慰自己。拙著不敢和路遥的大作相比，但不可否认的是它为沉寂荒漠了近十年的托尔斯泰研究领域，增加了一点绿色，增添了一道风景；为日益增高的俄罗斯文学研究大厦增加了一块砖瓦，增添了一抹泥灰，如此这般，我的心里也就满足了。

用手抚摸着这一摞还算厚重的手稿，回想起二十五年前雷先生的嘱托和希冀，这让我充分体会到了宿命哲学的深刻。

感谢宿命！

感谢在我学术成长道路和博士论文完成过程中我所尊敬的雷成德先生、周来祥先生、陈炎先生、余一中先生、蓝英年先生等！感谢山东大学文学与新闻传播学院对我的精心培养！感谢工作单位济南大学文学院对我的支持和资助！感谢师母戴磊先生和其爱女周文君女士对我无微不至的关怀。感谢我的师兄、师弟和师妹们对我的帮助，特别是刘汉林、郭玉越等师弟。感谢曾经帮助和鼓励过我的好友宋家庚教授、刘培教授、郭前孔副教授等同仁。还要感谢老家中的兄弟姊妹对我的关心与帮助，特别是张俊凤大姐、王洪涛外甥女等亲人。还要感谢我的妻子张玲女士，以及还是大学生的儿子张渐厚，尽管他们一个工作繁忙，一个大三学习紧张，但他们不让我分心，默默地支持我的学术研究。

还要感谢我的父亲大人张连河和母亲大人杨凤仙，他们在我读博士期间病逝，没能看到儿子取得博士学位的这一天，很觉遗憾。特别是期间也没能很好地侍奉他们，是所谓“树欲静而风不止，子欲养而亲不待”。如今儿子学业初成，父母大人可以得以安慰了。我知道老人家那望子成龙的殷切目光，仍在冥冥中激励着我，关注着我。

最后感谢山东人民出版社的刘晨编辑，使本书稿有了离开电脑面见社会的机会。

书跋即将结束时，恰逢电视上正在播出“纪念中国人民抗日战争暨反法西斯战争胜利七十周年”大阅兵，当我听到呼喊“正义必胜！和平必胜！人民必胜！”的口号时，我被这崇高而激昂的声音感动了，眼睛湿润了，此时我想到了祖国的强大和空前的自信。由此我也想到了我所研究的托尔斯泰，他，一个天才的伟大作家，却同时也是一个真正的世界主义者、和平主义者和人民的代言人。他喜欢中国，并对中华民族的未来寄予厚望。念及此，我猛然感觉到我所研究的意义。

2015 年 9 月 3 日于“一叶斋”

图书在版编目（CIP）数据

列夫·托尔斯泰的大地崇拜情结及其危机/张中锋著. —济南：山东人民出版社，2015.12
ISBN 978－7－209－09211－1

Ⅰ. ①列… Ⅱ. ①张… Ⅲ. ①托尔斯泰，L. N.（1828－1910）—文学创作研究— Ⅳ. ①I512.064

中国版本图书馆 CIP 数据核字(2015)第 234848 号

列夫·托尔斯泰的大地崇拜情结及其危机
张中锋 著

主管部门 山东出版传媒股份有限公司
出版发行 山东人民出版社
社　　址 济南市胜利大街 39 号
邮　　编 250001
电　　话 总编室（0531）82098914
　　　　 市场部（0531）82098027
网　　址 http://www.sd－book.com.cn
印　　装 莱芜市华立印务有限公司
经　　销 新华书店

规　　格 16 开（169mm×239mm）
印　　张 19
字　　数 310 千字
版　　次 2015 年 12 月第 1 版
印　　次 2015 年 12 月第 1 次
ISBN 978－7－209－09211－1
定　　价 48.00 元